DONGSUH MYSTERY BOOKS 36

UNCLE ABNER-MASTER OF MYSTERIES

엉클 애브너의 지혜

멜빌 데이비슨 포스트/김우탁 옮김

동서문화사

옮긴이 김우탁(金遇鐸)

서울대영문과졸업. Hawaii대학대학원 수료, 성균관대·명지대 교수 역임.
옮긴책 재플리조《신데렐라의 함정》푸르텔《사고기계》등이 있다.

DONGSUH MYSTERY BOOKS 36

엉클 애브너의 지혜

멜빌 데이비슨 포스트 지음/김우탁 옮김
초판 발행/1977년 12월 1일
중판 발행/2003년 1월 1일
발행인 고정일/발행처 동서문화사
창업 1956. 12. 12. 등록 16-345(윤)
서울강남구신사동 540-22 ☎546-0331~6 (FAX) 545-0331
www.epascal.co.kr

*

편찬·필름·제작 일체 「동판」 자본으로 이루어짐에 따라
출판권 소유권자 「동판」에서 제조출판판매 세무일체를 전담합니다.
사업자등록번호 211-90-02201
ISBN 89-497-0117-0 04840
ISBN 89-497-0081-6 (세트)

엉클 애브너의 지혜

차례

머리말

아버지께 바칩니다.

모든 사태의 변전(變轉) 뒤에는 반드시 정의가 존재한다
는 것을 굳게 믿으셨던 아버지——그분은 나에게 경이와 영
감의 원천이었다.

등장인물

엉클 애브너 버지니아 주의 목장 주인이자 견실한 기독교인

랜돌프 치안관

루퍼스 엉클 애브너의 동생

마틴 루퍼스의 아들

머리글

    엉클 애브너 시리즈가 오늘날까지도 그 신선함을 잃지 않는 것은 초기 역사미스터리소설로서 아주 뛰어난 작품이기 때문이다. 이 책을 읽는 이들은 이 책을 통해 제퍼슨 시대의 버지니아를 방문하게 된다.

    지은이 멜빌 데이비슨 포스트는 이 이야기의 대부분을 제1차 세계대전 이전의 여러 해 동안에 걸쳐 써냈으니만큼 제퍼슨 시대의 버지니아에 대하여 잘못 알고 있는 점이 있는지도 모른다. 그러나 오늘날에 와서 보면, 그가 그린 버지니아는 그 뒤의 소설이나 영화에 의하여 우리들에게 알려진 것──패러디오 양식의 하얀 칠을 한 영주 저택, 모슬린 옷을 입은 발랄한 아가씨들, 결투용 피스톨을 재빨리 꺼내드는 사나이들, 은그릇에 든 스프를 발소리 하나 내지 않고 나누어 주며 다니는 흑인 노예들──보다도 더 진실에 가까운 듯이 여겨진다.

    엉클 애브너의 활약무대인 버지니아는, 앨레게니 산맥에 의하여 주도(州都)로부터 멀리 떨어진 좀 독특한 고장이다. 농부와 소몰이들이 모여사는 소박한 사회──그곳에서는 고운 린네르며 비단 소매장식 같은 것은 찾아보기 힘들다. 말 내음이 곳곳에서 풍기고, 작물이 말라죽어 지주가 파산하고, 법규주의가 그 세력을 떨치며, 구약성서의 교의가 속속들이 스며 있다.

이러한 것들을 밑바탕으로 하여 그 대표자로서 나타난 것이 턱수염을 기르고 근골이 늠름하며 키가 큰 엉클 애브너이다. 그는 늘 성서를 주머니에 넣고 다닌다. 그러나 엉클 애브너를 칼빈 파나 마니교도로 생각해서는 안될 것이다. 그는 악마의 소행을 눈 앞에 보면서도 하느님의 정의를 무조건 믿고 있다. 그리고 또 인간은 그 행위에 의하여 스스로 지옥에 뛰어드는 일은 있어도 운명에 의하여 지옥에 떨어지는 일은 없다고 그는 굳게 믿고 있다. 엉클 애브너의 행동 속에는 참으로 기묘하게 여겨지는 것이 있다. 이를테면 용서할 수 없는 살인범 딕스를 방면해 주는 일 등이다(셋째 이야기 '하느님의 사자(使者)'에서). 아무튼 '내 사랑하는 자들아, 너희가 친히 원수를 갚지 말고 진노하심에 맡기라'는 성경말씀에 따르는 것으로서, 엉클 애브너는 결코 보복을 일삼는 인간이 아니다. 성서를 즐겨읽음으로써 거기에 담긴 뜻을 속속들이 파악하여 많은 공부를 하고 있는 것이다. 만일 오늘날 같은 방종한 사회에 태어났다면, 그는 이 사회를 경멸할지언정 결코 놀라지는 않으리라. 성서에는 방종한 사회에 대한 이야기가 얼마든지 나오니까.

따라서 엉클 애브너는 우리가 생각하는 것만큼 순박한 사람은 아니다. 그에게 하느님은 '이성적인 존재'가 아니다. 전지전능한 하느님에게는 이성 따위가 필요하지 않지만, 인간에게는 진실을 꿰뚫어보기 위해 이성이 필요하다. 그리고 엉클 애브너는 뛰어난 이성의 소유자인 것이다. 명탐정은 누구나 다 그렇듯이, 그도 역시 구체적인 사실의 관찰에서 추리를 전개한다. 찢어진 곳이 꼭 들어맞도록(아홉째 이야기 '제10계'에서).

지은이 포스트는 소재가 될 수수께끼를 엉클 애브너에게 제공하는 동시에 또한 셜록 홈즈나 브라운 신부를 연상케 하는 역설(逆說)을 즐겨쓰는 버릇이 주인공에게 부여되고 있다. 그러나 여기에다 수수께끼 풀이의 독특한 재미와 깊이를 덧붙여주고 있는 것은 어디까지나 엉클 애브너의 성격이며 활약무대라고 생각한다. 엉클 애브너 같은 인물은, 어떤 종류의 소설이건간에 현대소설에서는 전혀 찾아볼 수 없다. 그는 자기 자신에게는 엄격하지만, 우리들 인간의 허물에는 슬픔과 가엾은 마음을 품는다. 더욱이 그는 명사(名士)일 뿐만 아니라, 오늘날까지도 전혀 신선미를 잃지 않는 인물로서 광채를 내뿜고 있는 것이다. 착한 성품과 이성을 고루 갖춘 인물로서.

에드먼드 크리스핀

도움도프 살인사건

버지니아 주의 경계를 이루는 산 속에는 개척자들만 사는 것이 아니었다. 여러 차례에 걸친 식민지 전쟁이 끝난 뒤 낯선 외국인들이 꽤 많이 흘러들어와 있었다. 외국 군인들 가운데는 산을 좋아하는 이들이 있어서, 그대로 이곳에 머물러 사는 것이다. 그들은 블래독 장군과 탐험가 라 사르에게 인솔되어 왔다가, 멕시코에서 제정(帝政)이 무너지자 그곳을 도망쳐 북쪽으로 흘러들어온 것이었다.

도움도프라는 사나이는 저 불운한 풍운아 이토울비테가 바다 건너 멕시코로 돌아왔을 때——결국은 총살되었기 때문에 돌아온 것이나 마찬가지이다——같이 온 모양이다. 그러나 그의 몸에 남쪽 나라의 피는 흐르지 않았다. 어딘가 유럽 깊숙한 땅의 야만족 출신인 것 같았다. 한 번만 보면 누구나 그 점을 알 수 있었다. 그는 검은 스페이드 모양의 턱수염을 기르고, 살이 두툼한 큰 손과 네모지고 넓적한 손가락을 가지고 있었다.

그는 다니엘 데이비슨의 영지와 국유지 사이에서 쐐기 모양의 땅을 발견했다. 삼각형의 이 메마른 땅은 일부러 줄을 치고 측량할 만한 곳도 못되었기 때문에 그대로 버려져 있었던 것이다. 깎아지른 듯한 바위산이 강가에서부터 높이 솟아오르고, 그 등 뒤의 북쪽에는 높은 산꼭대기가 쐐기 모양으로 솟아올라 있었다.

도움도프는 그 바위산 위에 집을 지었다. 말을 타고 왔을 때 금화를 넣은 벨트라도 차고 있었던 모양이다. 돈을 치르고 로버트 스튜어트의 노예를 빌려 바위산 위에 돌집을 지었다. 살림도구들은 체서피크 만에 있는 프리깃 함선에서 사들여 산을 넘어 날라왔다. 그리고 뒷산에는 뿌리가 내릴 수 있는 곳은 모조리 복숭아나무를 심었다. 그리하여 돈을 다 써버리고 말았지만, 이런 사나이가 곤란을 겪거나 하는 일은 없었다. 도움도프는 통나무 증류소를 세우고 처음 열린 과일로 술을 만들었다. 게으른 사람과 행실이 좋지 못한 녀석들이 병을 들고 술을 사러 왔다. 폭력 사태까지 벌어졌다.

버지니아 주 정부는 멀리 떨어진 곳에 있었고, 그 힘이 미치는 범위도 한정된데다 세력도 약했다. 영국 국왕에게서 받은 땅을 야만족으로부터 지키고, 나중에는 국왕의 손으로부터도 지켜온 산맥 서쪽에 사는 사람들은 일을 신속하고 재치있게 해치우는 방법을 알고 있었다. 그들은 인내심도 강했지만, 도저히 견딜 수 없게 되면 논밭을 버려두고라도 일어나서 천벌을 내리듯 상대가 도망갈 때까지 싸우는 것이었다.

이리하여 어느 날 엉클 애브너와 랜돌프 치안관이 말을 타고 산과 산을 누비며 도움도프에게 담판을 하러 떠나게 되었다. 천국의 향내를 풍기고 지옥의 효능을 지닌 술 제조를 더 이상 내버려둘 수가 없었다. 곤드레가 된 검둥이가 덩컨 영감네 소를 쏘아죽이고 건초더미에 불을 지른 것이다. 지방 사람들은 이제 잠자코 있을 수가 없었다.

직접 찾아간 사람은 둘뿐이었지만, 이들은 여느 사람의 몇 갑절에 해당하는 힘을 가지고 있었다. 랜돌프는 생김새가 거만한데다 좀 허풍스러운 결점이 있기는 했지만 근본은 신사였으며, 이 세상에 무서운 것이 아무것도 없었다. 엉클 애브너로 말하면 이 지방에서는 그의 오른팔과 같은 존재였다.

초여름이라 햇살이 강했다. 두 사람은 울퉁불퉁한 산등성이를 누비며, 큰 밤나무가 줄을 지어 그림자를 던지고 있는 시냇물을 따라 말을 몰았다. 길이 좁아 말머리를 나란히 하고 갈 수는 없었다. 바위산에 이르자 길은 시냇물을 벗어나 빙 돌아서 복숭아나무숲을 빠져나간 다음 산허리에 있는 집으로 이어졌다. 랜돌프와 엉클 애브너는 말에서 내려 안장을 벗기고, 말은 풀을 뜯도록 놓아주었다. 상대가 도움도프인 만큼 한 시간으로 일이 끝나지는 않으리라. 두 사람은 산허리의 집으로 이어져 있는 험한 산길을 걸었다.

흑갈색 반점이 있는 흰 말을 탄 사나이 한 사람이 현관 앞 돌층계에 있었다. 바짝 여윈 노인으로 모자도 쓰지 않은 채 두 손바닥을 안장머리에 얹고 있었다. 그리고 넥타이에 턱을 묻고 뭔가 추억에 잠긴 듯한 얼굴로 더부룩한 흰 머리를 바람부는 대로 내맡기고 있었다. 흑갈색 반점이 있는 커다란 흰 말은 다리를 벌리고 돌부처처럼 움직이지 않았다.

아무 소리도 들리지 않았다. 현관문은 닫혀 있었다. 벌레가 양지쪽에서 뒤섞여 날아다녔다. 꼼짝도 하지 않는 노인과 말의 그림자가 땅바닥에 드리워져 있고, 수없이 많은 노랑나비 무리들이 마치 군대의 기동연습처럼 날고 있었다.

엉클 애브너와 랜돌프 치안관은 발길을 멈췄다. 두 사람은 이 비극배우 같은 노인을 알고 있었다. 산 속을 돌아다니는 순회 목사로, 노한 복수의 신을 대변하듯 이사야 같은 독설을 퍼부으며 설교하는 노인이었다. 그의 말을 듣고 있으면, 버지니아 정부도 열왕기에 나오는 그런 신권정치를 하고 있는 게 아닌가 생각될 정도였다. 말이 땀에 흠뻑 젖고 노인이 흙먼지를 뒤집어쓰고 있는 것으로 보아 멀리서 찾아왔음을 분명히 알 수 있었다.

"브론슨, 도움도프는 어디 있소?" 하고 엉클 애브너가 말했다.

노인은 얼굴을 들고 안장머리 너머로 엉클 애브너를 굽어보며 말했다.

"아마 '다락방에서 발을 가리고 있겠지(사사기 3장 24절)'."

엉클 애브너가 현관으로 다가가 잠긴 문을 노크하자 곧 겁에 질린 듯한 여자의 창백한 얼굴이 내다보았다. 금발에 이국풍의 얼굴로 가냘픈 느낌을 주는 작은 여자였는데, 어딘지 모르게 고귀한 피가 흐르고 있는 것 같아 보였다.

엉클 애브너는 같은 질문을 되풀이했다.

"도움도프는 어디 있소?"

"네, 저……" 하고 여자는 혀짧은 묘한 말투로 대답했다. "그분은 점심을 먹고 나자 언제나처럼 남쪽 방으로 낮잠을 자러 갔어요. 나는 복숭아나무숲으로 익은 복숭아를 따러 갔었고요." 여자는 잠시 망설이더니 목소리를 낮추어 말했다. "그분은 아직 일어나지 않았어요. 깨울 수도 없어요."

두 사람은 여자의 뒤를 따라 현관 홀을 지나서 층계를 올라가 문 앞으로 갔다.

"그분은 언제나 빗장을 걸어두지요──잘 때도."

그녀는 손 끝으로 아주 조그맣게 문을 두들겼다.

대답이 없자 랜돌프가 손잡이를 덜거덕거리며 "자, 나와, 도움도프!" 하고 울부짖듯 큰 소리로 외쳤다.

그러나 그 소리는 서까래에 메아리칠 뿐 방 안은 여전히 조용하기만 했다. 이윽고 랜돌프는 어깨로 문을 힘껏 밀쳤다. 문이 활짝 열렸다.

그들은 안으로 들어갔다. 남쪽 들창으로 비쳐드는 햇살이 방 안에 가득 차 있었다. 도움도프는 벽 깊숙이 놓인 침대의자 위에 누워 있었다. 가슴에서 피가 크게 번져나오고 바닥에도 흥건히 괴어 있었다.

여자는 눈을 커다랗게 뜨고 잠시 우두커니 서 있었다.

"마침내 죽여버렸어!" 하고 큰 소리로 외치며 그녀는 놀란 토끼처럼 달아났다.

두 사람은 문을 닫고 침대의자 옆으로 갔다. 도움도프는 총을 맞고 죽어 있었다. 조끼에 큰 구멍이 뚫려 있었다. 흉기가 없을까 하고 두 사람은 방 안을 둘러보았다. 금방 눈에 띄었다. 벽에 층층나무 갈고리를 두 개 박은 총걸이가 있었는데, 거기에 엽총이 한 자루 걸려 있었다. 발사한 지 얼마 안되는 모양으로 방아쇠 밑에 방금 터진 종이 뇌관이 떨어져 있었다.

그밖에 방 안에는 이렇다할 만한 것이 없었다. 베틀로 짠 엉성한 융단이 바닥에 깔려 있고 창문에 단 나무 덧문은 말아올려져 있었다. 큰 참나무 테이블 위에는 크고 둥근 유리 주전자가 놓여 있고, 금방 나온 생술이 가득 담겨 있었다. 그것은 샘물처럼 맑았다. 코를 찌르는 독한 냄새만 없다면, 도움도프의 손으로 만들어진 것이 아니라 신이 만든 것으로 착각할 정도였다. 그 주전자에 햇살이 비쳐 한 사람의 목숨을 앗은 엽총이 걸려 있는 벽에 반사되었다.

"애브너, 이건 살인일세!" 하고 랜돌프가 외쳤다. "저 여자가 한 짓이야. 도움도프가 자고 있는 동안에 저 엽총을 내려서 쏜 걸세."

엉클 애브너는 테이블 옆에 서서 턱에 손을 대고 생각에 잠겨 있었다.

"랜돌프, 브론슨 목사가 무슨 볼일이 있어 여기에 찾아왔을까?"

"우리와 마찬가지겠지. 그 미치광이 목사는 도움도프를 몰아내야 한다고 그전부터 여기저기서 떠들어대고 있었지."

엉클 애브너는 여전히 턱에 손을 댄 채 말했다.

"자네는 그 여자가 도움도프를 죽였다고 생각하는 모양이로군? 브론슨에게 가서 물어보세, 누가 죽였는지."

두 사람은 침대의자 위의 시체를 그대로 두고 밖으로 나왔다.

늙은 순회 목사는 말에서 내려 도끼를 들고 서 있었다. 웃옷을 벗어던지고 셔츠 소매를 팔꿈치 위까지 걷어올렸다. 지금 막 증류소로 뛰어들어가 술통을 때려부술 참이었던 것이다. 두 사람이 밖으로 나오자 그는 걸음을 멈췄다. 엉클 애브너가 소리쳤다.

"브론슨, 누가 도움도프를 죽였지요?"

"내가 죽였지" 하고 대답하며 노인은 증류소 쪽으로 향했다.

랜돌프는 무심결에 혀를 차며 말했다.

"이게 대체 어찌된 일이지!"

"손을 쓴 것이 꼭 한 사람이라고 볼 수만은 없지 않은가?" 엉클 애브너가 말했다.

"벌써 두 사람이 자백을 했네! 세 사람째가 나타날지도 모르지. 자네도 하지 않았나, 애브너? 그리고 또 나도? 그런 일이란 있을 수 없지 않은가!"

"있을 수 없는 일이 여기서는 진실로 생각되는 걸세. 이리 와보게, 랜돌프, 더욱 있을 수 없는 일을 한 가지 보여줄 테니."

두 사람은 집 안으로 돌아가서 층계를 올라가 다시 그 방으로 들어갔다. 방으로 들어가자 엉클 애브너는 문을 닫았다.

"이 빗장을 보게. 이것은 안쪽에 있어서 자물쇠와는 상관없는 걸세. 빗장이 걸려 있었는데 도움도프를 죽인 범인이 어떻게 이 방으로 들어왔을까?"

"창문으로 들어왔겠지" 하고 랜돌프가 대답했다.

창문은 둘밖에 없는데, 어느 것이나 모두 남쪽으로 나 있어서 햇빛이 비쳐들고 있었다. 엉클 애브너는 랜돌프를 창 옆으로 데리고 갔다.

"보게나! 바깥벽 아래는 깎아지른 바위 절벽일세. 아래의 강물까지 1백 피트는 되겠군. 게다가 절벽 표면이 거울처럼 매끄럽네. 그뿐만이 아닐세. 이 창틀을 보게. 먼지가 쌓여 있고, 가장자리에는 거미집까지 쳐져 있어. 따라서 이 창문은 열린 적이 없는 걸세. 그렇다면 범인은 어떻게 이 방으로 들어왔을까?"

"대답은 명백하네." 랜돌프가 말했다. "도움도프가 잠이 들 때까지 방 어디엔가 숨어 있다가 쏘아죽이고 나간 거지."

"훌륭한 대답이라고 말하고 싶지만, 그 설명에는 한 가지 곤란한 점이 있네." 엉클 애브너가 말했다. "범인이 방을 나간 다음 어떻게 안쪽에서 빗장을 걸었겠나?"

랜돌프는 도무지 모르겠다는 듯이 두 팔을 크게 벌렸다.

"잘 모르겠는걸. 그럼, 자살한 것일까?"

엉클 애브너는 웃음을 터뜨렸다.

"그럼, 자기 손으로 심장에 산탄을 쏘아넣고 나서 천천히 일어나 총을 총걸이에 도로 갖다놓았다는 말인가?"

"으음, 이 수수께끼를 푸는 길이 한 가지 있긴 하네. 브론슨과 그 여자가 각기 자신이 도움도프를 죽였다고 하니, 그들이 죽였다면 어떻게 죽였는지 알고 있겠지. 자, 가서 물어보세!"

"법정에서는 그런 방법이 이치에 맞는 것으로 생각될지 모르지만, 하느님의 심판 앞에서는 일을 신중히 해나가지 않으면 안되네. 두 사람을 만나보기 전에 가능하면 도움도프가 죽은 시간을 알아두세."

엉클 애브너는 시체로 다가가 그 호주머니에서 큰 은시계를 꺼냈다. 시계는 산탄을 한방 맞고 부서져버렸는데, 바늘이 1시를 가리키고 있었다. 엉클 애브너는 턱에 손을 대고 우두커니 서서 말했다.

"1시라면 브론슨은 이리로 오는 도중이었고, 그 여자는 뒷산에서 복숭아를 따고 있었을 걸세."

그러자 랜돌프가 어깨를 으쓱하며 참견했다.

"그런 걸 따지며 시간을 낭비해 봐야 소용없네, 애브너. 누가 했는지 알고 있잖나. 직접 본인들에게서 이야기를 듣도록 하세. 도움도프는 브론슨이나 그 여자 가운데 어느 한 사람의 손에 의해 죽은 걸세."

"나 역시 그렇게 믿고 싶네…… 저 준엄한 율법만 없다면 말일세."

"율법이라니, 버지니아 주의 법률 말인가?"

"아니, 보다 권위있는 율법, 알겠나? ——'칼로 죽이는 자는 자기도 마땅히 칼에 죽으리니(요한 계시록 13장 10절)'"

엉클 애브너는 랜돌프에게로 다가가 그의 팔을 잡았다.

"'마땅히 죽으리니'라고 했네! 알겠나, 랜돌프? 이 '마땅히'라는 말에 주의를 하게. 이것이 지상(至上)의 법일세. 우연이니 운명이니 하는 것이 끼어들 여지가 없어. 도저히 피할 수 없네. 이리하여 글자 그대로 뿌린 씨는 거두지 않으면 안되고, 준 사람은 받지 않으면 안되네. 손에 든 무기가 결국에는 자신을 멸망시키게 되는 걸세. 지금 보는 바와 같이 말일세."

엉클 애브너는 테이블과 엽총과 시체가 보이도록 랜돌프의 몸을 빙글 돌렸다.

"'칼로 죽이는 자는 자기도 마땅히 칼에 죽으리니'. 그럼, 가서 법정에서 하는 방식을 시험해 보기로 할까? 자네는 그쪽을 믿고 있는 모양이니 말일세."

통나무집으로 가보니 늙은 순회 목사는 도끼를 휘둘러 술통을 때려 부수고 있었다.

"브론슨, 어떻게 도움도프를 죽였소?" 하고 랜돌프가 물었다.

노인은 손을 멈추고 도끼에 몸을 기대었다.

"엘리야가 아하시아 두목과 그의 부하 50명을 죽인 것과 같은 방법으로, 나는 하느님께 기도드렸지——하늘의 불로 도움도프를 태워주옵소서 하고."

노인은 허리를 펴고 두 팔을 벌렸다.

"그의 두 손은 피투성이가 되었소, 바알 신의 숲에서 그 얄미운 술을 만들어내어 사람들을 싸움과 살육으로 몰아넣었소, 과부와 고아들은 하늘을 우러러 울부짖으며 그를 저주하고 있소! '참으로 내가 너희들의 외침을 들어주리라'고 성경에도 기록되어 있지요. 모두들 놈을 지긋지긋해 하고 있는 거요, 그래서 나는 하느님께 기도를 올렸소——하늘의 불로 고모라의 왕자들을 그 궁궐에서 태워죽인 것처럼 그를 태워죽여주옵소서 하고!"

랜돌프는 상대가 되지 않는다는 몸짓을 했으나, 엉클 애브너는 이상한 표정을 짓고 뭔가 가만히 생각에 잠겨 있었다.

"하늘의 불……" 그는 천천히 중얼거리고 나서 질문의 화살을 던졌다. "아까 우리가 이리로 왔을 때, 도움도프는 어디에 있느냐고 내가 물었더니 당신은 사사기 3장의 글귀로 대답했었소, 어째서 그런 말을 했지요, 브론슨?——'다락방에서 발을 가리고 있겠지'라고."

"그 여자가 말해 주었소, 녀석은 낮잠자러 방으로 들어간 채 아직 일어나지 않았으며, 문은 잠긴 채라고, 그래서 알았지, 모압의 임금 에글론처럼 놈이 다락방에서 죽어있다는 것을."

노인은 팔을 뻗어 남쪽을 가리켰다.

"나는 위대한 골짜기에서 왔소, 바알의 나무들을 찍어넘어뜨리고 이 못된 술을 없애기 위해, 그러나 산과 산을 넘어 이 집 앞에 닿을 때까지는 하느님이 내 기도를 들어주시어 그에게 천벌을 내리신 것을 전혀 몰랐었소. 그런데 그 여자의 한 마디로 나는 알게 된 거요."

말을 끝내자 노인은 흩어진 술통 판자 사이에다 도끼를 던져버리고 말을 매어둔 쪽으로 걸어갔다.

랜돌프가 입을 열었다.

"애브너, 공연히 시간만 낭비하고 말았군. 도움도프를 죽인 건 브론슨이 아닐세."

엉클 애브너는 언제나의 굵직하고 침착한 목소리로 천천히 대답했다.

"그럼, 자네는 도움도프가 어떻게 피살되었는지 알았단 말인가?"

"하늘의 불로 죽지 않았다는 것만은 확실하네."

"그렇게 단언할 자신이 있나, 랜돌프?"

"여보게, 애브너" 하고 랜돌프는 목소리를 높였다. "농담하는 건 자네 자유지만, 나는 지금 진지하다네. 여기서 살인이 일어났네. 나는 치안관으로서 살인범을 찾아내려 하고 있는 걸세."

그는 집 쪽으로 걸어가기 시작했다. 그 뒤에서 엉클 애브너가 뒷짐을 지고 떡벌어진 어깨를 느직하게 앞으로 내밀며 입 언저리에 기분 나쁜 미소를 띠고 따라갔다.

"저런 미치광이 목사와 이야기해 봐야 아무 소용 없어" 하고 랜돌프는 말을 계속했다. "술통을 때려부쉈으니 어디로든 가버리는 게 좋겠지. 목사에게는 체포영장을 내지 않겠네. 기도로 사람을 죽이면 성가실 게 없지만, 버지니아 주 법률에서 그런 건 흉기로 인정하지 않는단 말이야. 브론슨이 뭔지 알아듣지 못할 넋두리를 늘어놓으며 여기에 도착했을 때 도움도프는 이미 살해되어 있었네. 그 여자가 죽인 거야. 심문해 봐야지."

"그러고 싶으면 해보는 게 좋겠지." 엉클 애브너가 대답했다. "자네는 변함없이 법정식으로 하는 것을 신용하고 있으니 말일세."

"달리 좋은 방법이라도 있단 말인가?

"글쎄…… 자네 수사가 끝나면 들려주지."

어둠의 장막이 골짜기에 내리기 시작하고 있었다. 두 사람은 집 안으로 들어가서 시체를 매장하기 위한 준비를 시작했다. 촛불을 밝히고 관을 짜서 그 속에 유해를 넣은 다음 두 다리를 똑바로 뻗게 하고 총알에 뚫린 가슴 위로 두 팔을 포개놓았다. 그리고 나서 홀에 의자를 나란히 붙여놓고 그 위에 관을 올려놓았다.

식당에 불을 켜고 두 사람은 그 앞에 앉았다. 문을 열어두었기 때문에 식당 안의 불빛이 관을 비췄다. 차가운 고기와 황금빛 치즈와 빵이 식탁에 놓여 있었다. 여자의 모습은 보이지 않았으나 집 안을 돌아다니는 소리가 들렸다. 이윽고 여자가 문 밖으로 나갔는지 자갈 밟는 소리와 말 울음 소리가 들렸다. 그녀가 돌아왔을 때는 여행을 떠날 때처럼 몸차림을 갖추고 있었다. 랜돌프는 놀라서 벌떡 일어났다.

"어디로 가는 거요?"

"바다에 가서 배를 타겠어요" 하고 대답하며 여자는 홀 쪽을 몸짓으로 가리켰다. "저 사람은 죽었어요, 나는 이제 자유예요."

그녀의 얼굴이 활짝 빛났다. 랜돌프는 그녀 쪽으로 한 걸음 나서며 엄숙히 캐물었다.

"누가 도움도프를 죽였소?"

"내가요, 그건 당연한 일이에요!"

"당연한 일?" 치안관은 앵무새처럼 흉내를 냈다. "그게 대체 무슨 말이오?"

여자는 어깨를 움츠리며 이국풍으로 두 손을 내밀었다.

"벌써 상당히 옛날일이지만, 할아버지가 벽에 기대앉아서 소꿉장난을 하고 있었어요. 그 옆에 어린 여자아이가 하나 있었어요. 거기에 한 사나이가 찾아와 오랫동안 할아버지와 이야기를 나누었어요. 그 사이에 여자아이는 풀밭에서 노란 꽃을 꺾어다 머리에 꽂았어요. 이윽고 그 낯선 사나이는 할아버지에게 금목걸이를 건네주더니 여자아이를 데리고 가버렸어요."

그녀는 두 팔을 크게 벌려보였다.

"당연하지요——그 사람을 죽인다 해도 말이에요!"

여자는 우울한 미소를 띠며 망연히 얼굴을 들었다.

"할아버지는 벌써 세상을 떠났겠지요. 하지만 해가 비치던 그 벽은 아직도 있을 거예요. 그리고 풀밭에 피어 있던 노란 꽃들도. 자, 이제 가도 괜찮겠지요?"

이야기를 하지 말 것——그것이 이야기를 만드는 사람의 방법이다. 이야기를 하는 것은 듣는 사람 쪽이다. 말하는 사람은 암시만 하면 되는 것이다.

랜돌프는 일어나 방 안을 왔다갔다했다. 그는 치안관이었으며, 그 무렵 그런 지위에 앉는 사람은 영국에서처럼 지주 계급으로 한정되어 있었다. 그에게 지워진 책임은 무거웠다. 법률 조문을 멋대로 해석하거나 한다면 법의 존엄성이 지켜질 수 있겠는가. 여기에 살인을 자백한 여자가 있다. 이 여자를 못 본 척해도 좋은 것일까?

엉클 애브너는 꼼짝도 하지 않고 난롯가 의자에 조용히 앉아 있었다. 의자팔걸이에 팔을 얹고 손바닥으로 턱을 괸 채, 얼굴에는 주름이 몇 가닥 깊숙이 새겨졌다. 랜돌프는 몹시 으스대기도 했지만 책임감도 남보다 갑절이나 강했다. 이윽고 그는 발을 멈추고 여자를 쳐다보았다. 여자는 지하감방에서 빠져나온 전설의 수인(囚人)처럼 창백했다.

등불이 흔들리며 여자의 어깨 너머로 현관 홀에 놓여 있는 관을 비추었다. 그때 한없이 넓은 하느님의 재량이 숨어들어와 그의 마음을 사로잡았다.

"가도 좋소! 이런 일로 당신을 구속하라고 주장할 배심원은 버지니아에 없을 거요. 저런 짐승을 한 마리 쏘아죽인 정도의 일로서는" 라고 말하며 랜돌프는 팔을·들어 시체 쪽을 가리켰다.

여자는 어색하게 꾸벅 고개를 숙였다.

"고맙습니다, 나리." 그녀는 잠시 망설이다가 더듬거리는 말투로 덧붙였다. "하지만 저 사람을 쏘거나 하지는 않았어요."

"뭐라고!" 랜돌프가 소리쳤다. "그의 가슴엔 벌집처럼 구멍이 뚫려 있단 말이오!"

"네." 그녀는 어린아이처럼 천진스럽게 대답했다. "내가 저 사람을 죽였어요. 하지만 총으로 죽이진 않았어요."

랜돌프는 무심코 성큼성큼 여자 쪽으로 두 걸음 다가섰다.

"쏘아죽인 게 아니라고? 그럼, 어떻게 죽였소?"

랜돌프의 커다란 목소리는 텅 빈 방 구석구석까지 울려퍼졌다.

"지금 보여드리겠어요."

여자는 빙글 등을 돌리더니 방에서 나갔다. 잠시 뒤 그녀는 자루에 싼 것을 가지고 돌아와 테이블 위의 빵과 치즈 사이에 올려놓았다.

랜돌프가 테이블 위로 몸을 내밀자 여자는 솜씨있게 그것을 풀었다. 내용물이 금방 나타났다.

그것은 작고 보잘것없는 납인형으로, 가슴에 바늘이 꽂혀 있었다.

랜돌프는 꿀꺽 숨을 삼키며 일어섰다.

"저주란 말이오? 이거 참!"

"네, 그래요." 여자는 어린아이 같은 몸짓과 목소리로 설명했다.

"몇 번이나 죽이려고 했는지 몰라요. 몇 번이나 몇 번이나! 저주를 했지만 조금도 효과가 없었어요. 그래서 마지막에는 그 사람의 납인형을 만들어 가슴에 바늘을 찔러놓았어요. 그랬더니 금방 죽어 버렸어요."

랜돌프로서도 이 여자가 죽이지 않았다는 것은 불을 보는 것보다 더 분명하다고 생각했다. 죄없는 그녀의 저주는 공룡을 퇴치하려는 어린아이의 노력처럼 가엾은 것이다. 그는 잠시 망설이다가 이윽고 신사답게 행동하기로 마음먹었다. 저주로 괴물을 죽였다고 믿고싶다면――믿게 해두는 것이 좋다.

"저, 그럼, 그만 가도 괜찮겠지요?"

랜돌프는 약간 놀란 듯이 여자를 바라보며 말했다.

"무섭지 않소, 밤중에 산길을 걸어 먼 길을 떠나는 것이?"

"아니오, 조금도. 어디에나 하느님이 계시니까요." 그녀는 천진스럽게 대답했다.

이것은 죽은 사나이에 대한 통렬한 비판의 말이었다. 이 어린아이 같은 이국풍의 여자는 이 세상의 모든 악이 그 사나이의 죽음과 함께 사라져버린 것으로 믿고 있다. 그 사나이가 죽어버린 지금, 이 세상 구석구석까지 하늘의 영광이 가득 차 있는 것으로 믿고 있는 것이다.

이처럼 소박한 신앙을 깨뜨리고 싶지 않았으므로 두 사람은 여자를 보내기로 했다. 이윽고 해가 떠오르면 체서피크 만에 이르는 산길은 저절로 열리게 되겠지.

랜돌프는 여자를 말에 태워주고 나서 난롯가로 돌아와 앉았다. 그는 잠시 심심한 듯이 부젓가락으로 난로바닥을 두들기고 있더니 이윽고 겨우 입을 열었다.

"참 이상한 일도 다 있군. 예언자 엘리야처럼 하늘의 불로 도움도프를 태워죽였다고 주장하는 미친 목사가 있는가 하면, 중세의 저주로 그를 죽였다고 믿고 있는 어린아이 같은 여자가 있으니―― 어느 쪽이나 나와 마찬가지로 죄가 없는 걸세. 그런데도 저 짐승은 죽은 거야!"

랜돌프는 부젓가락을 집어들어 손가락 사이로 미끄러뜨리며 연방 난로바닥을 두들기고 있었다.

"그럼, 누가 도움도프를 죽였을까? 누구일까? 어떻게 저 꼭 잠긴 방으로 들어갔다가 나갔을까? 저 방으로 들어가지 않고는 죽일 수 없었을 텐데……대체 어떻게 숨어들어 갔을까?" 하고 랜돌프는 혼잣말처럼 중얼거렸다.

맞은편에 앉아 있는 엉클 애브너가 그 말에 대답했다.

"창문으로 들어갔네."

"창문으로?" 랜돌프는 앵무새처럼 되풀이했다. "그러나 창문이 열린 적이 없다는 건 자네가 증명해 주지 않았나? 그리고 창 밑은 파리도 미끄러질 정도의 절벽일세. 이제와서 창문이 열려졌다고 말하려는 건가?"

"아니, 창문은 열리지 않았네."

랜돌프가 벌떡 일어나며 외쳤다.

"여보게, 애브너, 도움도프를 죽인 범인은 저 절벽을 타고 올라와서, 닫혀진 창문으로 창틀의 먼지며 거미집 등을 조금도 건드리지 않고 숨어들어왔다는 건가?"

엉클 애브너는 랜돌프의 얼굴을 물끄러미 바라보며 대답했다.

"도움도프를 죽인 범인은 그 이상의 일을 해치웠네. 그 녀석은 절벽을 타고 올라와 닫혀진 창문으로 숨어들어왔을 뿐만 아니라 도움도프를 쏘아죽이고 나자 그 닫힌 창문으로 아무 흔적도 남기지 않고, 먼지 하나 내지 않고, 거미집 하나 건드리지 않고 나간 걸세."

랜돌프는 자신도 모르게 혀를 찼다.

"그런 엉터리 같은! 중세도 아닌데, 오늘날의 버지니아에서 요술이나 신의 저주로 사람이 죽을 리가 없네!"

"요술이 아니라 신의 저주일세. 그것은 지금도 있을 수 있다고 생각하네."

랜돌프는 오른쪽 주먹을 불끈 쥐어 왼쪽 손바닥을 쳤다.

"무슨 소리인가! 지옥의 작은 귀신인지 하늘에서 내려온 천사인지는 모르지만, 그런 흉내를 낼 수 있는 살인범이 있다면 직접 보았으면 좋겠군!"

"그것도 괜찮겠지." 엉클 애브너는 태연하게 대답했다. "내일 그놈이 돌아오면 만나게 해주지."

날이 밝자 두 사람은 산을 등진 복숭아나무숲에 구덩이를 파고 시체를 묻었다. 장례가 끝난 것은 점심때였다. 엉클 애브너는 삽을 내던지며 말했다.

"랜돌프, 가서 숨어서 범인을 기다리세. 곧 찾아올 테니."

정말 이상한 잠복이었다. 도움도프가 죽어 있던 방으로 들어가 엉클 애브너는 문에 빗장을 걸었다. 그리고는 엽총에 산탄을 장전하여 신중히 벽의 총걸이에 걸었다. 그런 다음 다시 이상한 짓을 했다. 매장하기 전에 시체에서 벗겨둔 피투성이가 된 웃옷을 베개에 입히고 그것을 침대의자 위 바로 도움도프가 누워 있던 곳에 놓았던 것이다. 그리고 멍하니 서 있는 랜돌프를 향해 엉클 애브너는 설명해 주었다.

"알겠나, 랜돌프……범인을 함정에 빠지게 해주는 걸세……현행범으로 잡아들이게 말이야!"

그는 치안관 옆으로 다가가더니 그 팔을 잡고 소리쳤다.

"보게나, 범인이 벽을 타고 찾아오네!"

그러나 랜돌프에게는 아무것도 보이지 않았고 아무 소리도 들리지 않았다. 햇살이 비쳐들고 있을 뿐이었다. 랜돌프의 팔을 쥐고 있는 엉클 애브너의 손에 힘이 주어졌다.

"자, 왔네! 보게!" 하며 그는 벽을 가리켰다.

랜돌프는 가리키는 방향을 바라보았다. 번쩍번쩍하는 작고 둥근 빛의 고리가 천천히 벽을 기어올라와 엽총 쪽으로 다가갔다. 엉클 애브너의 손이 바이스처럼 랜돌프의 팔을 죄어붙이며 그 목소리가 날카롭게 울려퍼졌다.

"'칼로 죽인 자는 자기도 마땅히 칼에 죽으리니'——저 주전자라네, 도움도프의 술이 가득 들어 있는 저 주전자, 저것에 햇빛이 비쳐 초점을 만든 걸세…… 보게, 랜돌프, 저렇게 해서 브론슨의 기도가 이루어진 걸세!"

작은 빛의 고리가 총신 위를 기어올라갔다.

"바로 하늘의 불이다!"

그 말과 함께 엽총이 탕 소리를 내며 침대의자 위에 놓인 죽은 사람의 웃옷에 산탄을 쏘았다. 그 튀어오르는 산탄이 랜돌프의 눈에 보였다. 엽총을 총걸이에 걸면 그 위치에서 방 한쪽 구석에 놓여 있는 침대의자로 총구가 향해지게끔 되는 것이다. 그리고 주전자에 비친 햇빛이 뇌관에 초점을 만들어 폭발이 일어난 것이다.

랜돌프는 팔을 크게 벌리며 말했다.

"이 세상에는 정말 이상한 우연도 다 있군!"

"이 세상에는 하느님의 심판이 가득 차 있다네!" 하고 엉클 애브너는 대답했다.

손자국

나의 큰아버지인 엉클 애브너로서는 가능하면 나를 그 집으로 데려가고 싶지 않았을 것이다. 그때 엉클 애브너는 아주 위험한 사명을 띠고 있었으므로 아이를 데리고 다니는 것은 아주 바람직한 일이 못 되었지만, 그렇게 하지 않을 수 없었던 것이다. 그것은 초겨울 저녁 무렵의 일이었다. 축축하고 으스스 추운 날이었다. 찬비와 함께 어둠의 장막이 내리기 시작했는데도 나는 더 이상 갈 수가 없었다. 험한 산 속 깊숙이 들어갔다가 구릉을 누비는 지름길을 택한 때문이다. 순조롭게 갔으면 벌써 집에 닿았을 텐데, 말발굽의 편자가 부서졌기 때문에 시간이 걸렸다.

네거리로 가까이 올 때까지 엉클 애브너의 말은 보이지 않았지만, 그는 상당히 떨어진 곳에서 내 모습을 지켜보았을 것이다. 엉클 애브너가 사랑하는 큰 밤색 말은 두 길 사이에 있는 풀밭에서 멎었으며, 말 위에는 엉클 애브너가 돌부처처럼 걸터앉아 있었다. 내가 가까이 가자 그의 결심은 굳어졌다.

바라보니 몹시 불길해 보이는 땅이었다. 그 집은 언덕 위에 있었다. 언덕 기슭을 돌아 잔디로 덮인 목초지를 누비며 냇물이 흐르고 있었다. 거무스름한 물살이 빠르게 소리도 없이 흐르는 냇물이. 서쪽으로는 숲이 펼쳐지고, 그 등 뒤에는 큰 산들이 하늘을 향해 솟아 있었다. 집은 몹시 낡았다. 길다란 창문에는 작은 유리가 끼워져 있고, 오래된 문의 하얀 페인트는 더해지는 나이로 주름이 잡히고 잔금이 갔다.

그 집에 사는 사나이의 이름은 이곳 구릉지에서 모르는 이가 없었다. 그 사나이는 골이라는 이름의 곱사등이로, 큰 말을 타고 있는 모습은 마치 안장에 달라붙은 거미 같았다. 이 사나이는 두 번 결혼을 했는데 아내 중 하나는 미쳐버리고, 또 하나는 자살하고 말았다——어느 여름날 아침 엉클 애브너가 고용하고 있던 소몰이가 그 자살한 여자를 발견했는데, 목에 고삐를 졸라매고 현관 앞 큰 느릅나무의 굵은 가지에 늘어져 그 맨발이 돼지풀의 노란 꽃가루를 차고 있었다 한다. 그 느릅나무는 우리들에게 지옥문이었다. 목맨 유령이 나타난다고 하여 그 나무 밑을 지나가지 못했다.

이곳 땅은 분할하지 않고 골과 그 동생의 공동 소유로 되어 있었다. 동생은 산 저쪽에 살고 있었다. 한 번도 찾아온 적이 없었는데, 겨우 찾아온 날 그것이 마지막이 되고 말았다. 형 골이 회계를 맡고 공동 관리를 해왔는데, 속임수가 있다고 생각한 동생이 땅의 분할을 요구하기 위해 찾아온 것이라 한다. 하지만 이것은 어디까지나 소문에 지나지 않았다. 골의 주장에 따르면 동생이 찾아온 것은 형에 대한 애정 때문이었다고 한다.

진상이 어떤 것인지는 알 수 없었다. 어째서 그가 찾아왔는지 우리로서는 알 수 없었지만, 왜 그가 거기에 머물러 있었는지에 대해서는 의심할 여지가 없었다.

어느 날 아침 골이 질주하는 말 안장에 매달리듯이 타고 엉클 애브너를 찾아와 동생이 죽은 사실을 알리고, 의사를 데리고 와서 아무도 시체에 손대기 전에 조사해 달라고 부탁했다. 그런 뒤 장례를 치렀으면 한다는 것이었다.

곱사등이 사나이는 코를 훌쩍이면서, 목에 구멍이 뚫리고 피투성이가 되어 침대에 쓰러져 있는 동생의 모습을 보자 슬프기도 하고 무섭기도 하여 정신이 이상해지고 말았다고 울부짖었다. 문 앞에서 잠깐 바라보고 곧장 이리로 달려왔으므로 자세한 것은 모른다고 했다──동생이 일어나지 않기에 깨우러 갔더니 그런 상황이었다는 것이었다. 왜 동생이 이런 일을 저질렀는지 상상도 할 수 없다, 아주 건강하고 편안히 자고 있었는데, 하며 곱사등이 사나이는 눈두덩이가 빨갛게 부어오른 눈을 깜박거리고 털이 많은 큰 손을 비벼대며 슬픔에 젖어 있었다. 정말 그로테스크한 모습이었다. 그러나 그런 일을 당하면 이렇게 되는 것도 무리가 아닐 것이다.

엉클 애브너는 나의 아버지와 앨너선 스톤을 데리고 현장으로 갔다. 현장은 골이 말한 그대로였다. 죽은 사람의 손 아래에 면도칼이 굴러 있고, 시체에도 침대에도 손가락 자국과 고통을 당한 흔적이 있었다. 고장 사람들이 장례식을 구경하려고 몰려들었다. 구릉지는 그 소문으로 불이 난 것처럼 야단이었는데, 엉클 애브너와 나의 아버지와 앨너선 스톤은 침묵을 지키고 있었다. 이 세 사람은 말없이 골의 집을 나와 묻히려 하는 시체 앞에 잠자코 서 있었다. 시체가 땅 속으로 들어갈 때도 말없이 모자를 벗었을 뿐이다.

그러나 잠시 뒤 골이 유언장을 꺼내, 동생이 사랑에 넘치는 말과 함께 자기 몫의 땅을 형에게 남겨주고 자기 아들에게는 별로 재산을 물려주지 않은 것을 알자 이들 세 사람은 한곳에 모였다. 그리고 엉클 애브너는 어디론가 밤새도록 돌아다녔다.

그 집 쪽으로 말머리를 돌렸을 때, 엉클 애브너가 저녁 식사는 했느냐고 물었다.

"네" 하고 나는 대답했다.

얕은 여울의 나루터까지 오자, 엉클 애브너는 말을 멈추고 그대로 잠시 안장에 걸터앉아 있었다.

"마틴, 내려가서 물을 마셔도 좋아. 하느님의 냇물이기 때문에 물은 깨끗해."

그리고 그는 안개 속에서 희미하게 보이는 집 쪽으로 굵은 팔을 뻗쳤다.

"지금부터 저 집으로 가는데, 거기서는 아무것도 마시거나 먹어서는 안돼. 마음놓을 수 없으니까 말이야."

나는 그 집에 대해서는 잘 몰랐다. 실제로 본 것은 방 하나뿐이었기 때문이다. 그 방은 텅 비어 있어서, 먼지와 잡동사니들이 마구 흩어져 있고 거미집투성이였다. 작은 유리를 끼운 길다란 이중 창문으로 어둡고 조용한 냇물과, 숲에 내리는 비와, 흐릿하게 안개에 덮인 산들이 보였다. 그 방에도 불을 때고 있었다. 사과나무 줄기 한 끝이 난로에서 타고 있었다. 검은 털실로 앉을 자리를 만든 낡은 의자 몇 개와 소파가 하나 놓여 있었다. 모두 몹시 오래된 것들이었다. 곱사등이 사나이는 이 의자들을 쓰지 않은 것 같았다. 만져보니 먼지투성이였다. 난롯가에도 의자가 하나 있었는데, 곱사등이는 거기에 앉아 있었다. 작은 소파처럼 만들어 쿠션을 넣은 등받이가 높은 의자로 팔걸이에도 속을 넣었으며 손을 얹는 부분은 닳아서 누더기가 되어 있었다.

그는 푸른 웃옷을 입고 있었다. 웃옷에는 작은 케이프가 달려 있어 튀어나온 등을 감추었다. 앉은 채 타고 있는 통나무를 지팡이로 두들기고 있었다. 그 검은 지팡이의 손잡이에는 금화가 박혀 있었다. 소문에 따르면 무엇보다도 사랑하는 금화에 언제나 손이 닿을 수 있도록 박아둔 것이라고 했다. 얼굴 양쪽으로 늘어진 반백의 머리털이 굴뚝에서 불어드는 샛바람에 흔들거리고 있었다.

왜 우리가 찾아왔는지 의아한 모양으로, 몹시 못마땅한 눈초리였다. 그 눈은 확 타오르는가 하면 갑자기 식어버렸다. 우리를 바라볼 때는 번쩍거리고 있지만 생각에 잠기면 흐리멍덩해졌다.

이 사나이는 심한 곱사등이였지만, 힘도 있고 활동력도 있어 보였다. 입이 동굴처럼 크고 목소리는 소 울음 소리 같았다. 시달려 혹투성이가 되었으면서도 큰 나무같이 강인하고 꿋꿋한 참나무가 있는데, 말하자면 골이 바로 그런 사람이었다.

그는 엉클 애브너를 보자 큰 소리를 질렀다. 뜻밖의 방문에 깜짝 놀라서 우연히 들른 것인지, 아니면 뭔가 볼일이 있어 찾아온 것인지를 알고 싶었던 것이다.

"애브너 씨, 들어오십시오. 악마의 밤입니다. 어찌나 비바람이 심한지."

"날씨는 하느님의 손에 달린 거요" 하고 엉클 애브너가 말했다.

"하느님이라고요!" 골이 소리쳤다. "그 따위 하느님은 실컷 두들겨패주고 싶군요! 가을도 아직 끝나지 않았는데 벌써 겨울이 닥쳐오니, 목초는 다 얼어죽었고 소는 먹여야 하겠고……"

그때 내 모습이 눈에 띄었던 모양이다. 겁에 질려 핏기잃은 내 얼굴이. 그래서 아마 우연히 들른 것으로 확신했던 것이다. 그는 굵은 목을 늘어뜨리고 나를 바라보았다.

"아가, 어서 들어와 손을 녹이거라. 잡아먹지는 않을 테니까. 아이들에게 겁주려고 이런 몸이 된 건 아니란다. 애브너 씨가 믿는 하느님의 짓이지."

우리는 안으로 들어가 불 옆에 앉았다. 사과나무는 불꽃을 일으키며 탁탁 소리를 내고 있었다. 문 밖에서는 바람이 심해지고, 비는 진

눈깨비를 섞어 산탄처럼 유리창을 두들겨 댔다. 높다란 놋쇠 촛대에 켜진 두 개의 촛불로 방 안은 밝았다. 촛대는 짐승의 기름으로 더러워진 난로 선반 양쪽 끝에 세워져 있었다. 가끔 통나무에서 연기가 시꺼멓면 난로 바닥을 따라 확 내뿜어지며 타올랐다.

엉클 애브너와 곱사등이 사나이는 소의 시세며, 송아지가 잘 걸리는 '기종저(氣腫疽)'——우리가 골치를 앓고 있는 목숨을 앗아가는 병——며, '방선균병(放線菌病)'에 대해 이야기하고 있었다.

송아지를 모두 한 곳에 모아놓지 말고 몇 마리씩 따로 작은 우리에 넣어두면 '기종저' 때문에 죽는 일도 적을 것이라고 골은 말했다. '방선균병'이란 병균에 의해 생기는 것으로 생각되며, 방선균병에 걸리면 덜 익은 옥수수를 주어 소를 살찌게 한 다음 내다팔면 된다고도 말했다. 네덜란드 사람이라면 예사로 먹어치울 것이다——그 나라 사람들은 독에 대한 저항력이 강하니까 라고 말하는 것이었다. 그러나 엉클 애브너는 병에 걸린 소는 쏘아죽여야 한다고 말했다.

"사들인 값과 기른 값을 헛것으로 만들란 말이오?" 하고 골은 고함을 질렀다. "나는 절대로 그럴 수 없소! 무슨 일이 있어도 내다팔겠소!"

"그런 짓을 하면 시(市) 검사관으로부터 쏘아죽이라는 명령을 받고 게다가 벌금을 물게 되지요."

"시 검사관이라고요!" 하며 골은 웃었다. "돈 한 닢 손에 쥐어주면 못 본 척해 주지요, '걱정 말고 가지고 오시오, 서로가 이득이 되니까'라고 말하는 거요."

곱사등이 사나이는 목구멍을 울리며 소리내어 웃었다.

그리고 나서 소작인들이며 건초를 베어들여 겨울 사료를 만드는 일꾼들에 대한 이야기가 화제에 올랐다. 그러자 골은 웃는 일이 없어지고 욕을 퍼붓기 시작했다.

"이제 일다운 일은 사라지고 참다운 일꾼도 없어졌어. 요즘 녀석들은 쓸모가 없어. 일도 제대로 하지 않아!" 그의 욕설은 온 방 안에 울려퍼졌다. "나의 아버지가 부리던 사람들은 새벽부터 어두워질 때까지 일을 하고, 칸델라 등불 아래서 말 손질을 했었는데……못마땅한 세상이 되어버렸단 말이야. 옛날에는 금화 2백 개로 남자 하나를 살 수 있었는데, 지금은 그 녀석들에게도 시민권이 있고 선거권이 있다나! 그만두게 할 수도 없고, 채찍으로 때리기라도 하는 날이면 당장 소송이 일어나 폭력행위니 뭐니 하며 손해배상을 청구하거든. 이따위 새로운 생각에 물이 들어 모두 미치고 말았어. 이런 식으로 나가다간 잡초만 무성하게 되고 말 거야!"

한편으로는 일리가 있는 말이라고 엉클 애브너는 대답했다——아버지 대(代)보다 일을 하지 않게 된 것은 사실이라고. 성경을 인용하며 노동을 저주라고 말한 목사도 있지만 자신이 성경을 읽은 바에 의하면 게으름이야말로 저주라고 씌어 있었다. 노동과 성경이야기야말로 이 세상을 구원하는 것이다——이 두 날개를 타고 사람은 하늘나라로 가게 되는 것이라고.

"그 녀석들은 모두 지옥으로 떨어질 거요" 하고 골은 말했다. "나는 일을 우선으로 생각합니다."

그는 큰 지팡이로 통나무를 탕탕 두들기며 도둑질을 일삼는 고용인이 있다고 소리쳤다. 말을 타고 감시하지 않으면 큰 낫을 훔쳐다 팔아버리고, 소에게 주는 먹이에 유황을 섞어두지 않으면 한몫을 떼어먹으며, 멋대로 소젖을 짜가지고 제 집 애들에게 먹인다는 것이다. 그 따위 인정많은 법률만 없으면 가죽을 벗겨주겠는데 라고도 말했다.

그러자 엉클 애브너가 말했다. 인간은 그날그날의 일에 정성을 다하는 동시에 또 한 가지 일에도 마음을 쓰지 않으면 안된다, 동생을 죽인 카인의 예도 있지만 인간은 동포를 지켜주지 않으면 안된다, 형 된 사람은 그날그날 일을 지시할 권리가 있지만 동생 된 사람에게도 형으로부터 보호받을 권리가 있는 것이다, 인간은 하느님의 부탁에 응하지 않으면 안된다, 그 부탁을 저버릴 수는 없는 것이라고.

"나로서는 모르겠구료, 그 부탁이란 것을" 하고 골은 말했다. "나는 누구에게도 신세지지 않고 지내니까요."

"누구의 신세도 지지 않는다고요" 엉클 애브너가 목소리를 높였다. "하느님이 당신에 대해 어떻게 생각하고 계신지 아오?"

"그럼, 내가 하느님에 대해 어떻게 생각하고 있는지 당신은 알겠소?" 하고 골은 외쳤다.

"그래, 당신은 하느님을 어떻게 생각하고 있소?"

"하느님 따위는 허수아비라고 생각하고 있소!" 라고 골은 말했다. "그리고 나는 당신보다 현명하다고 생각하오, 애브너 씨. 그런 것을 무서워하며 소리내어 울거나 하지는 않으니까요. 허수아비의 더럽고 낡은 누더기 아래로 세로나무가 훤히 보이고 소매에서 가로나무가 내다보이며 힘없이 흔들거리는 다리가 보이고, 웃옷자락이 펄럭거려도 나는 밭으로 내려가서 필요한 것을 가지고 올 수 있소. 당신이 믿는 하느님인가 하는 것이 의지하고 있는 것은 바로 공포요. 그런데 공교롭게도 나는 그런 것을 두려워하지 않거든요."

엉클 애브너는 가만히 상대를 노려보고 있더니 아무 대답도 않고 내 쪽을 바라보았다.

"마틴, 너는 그만 자거라."

엉클 애브너는 그의 뒤쪽 구석에 있는 소파에 나를 눕히고 두꺼운 외투를 덮어주었다. 나는 몸이 따뜻해지자 기분이 좋아져서 금방 잠이 올 것만 같았으나, 엉클 애브너가 무엇 때문에 여기에 왔는지 궁금해서 외투 단추구멍으로 가만히 내다보았다.

엉클 애브너는 무릎 위에 팔꿈치를 올려 두 손을 깍지끼고 가만히 난롯불을 바라보며 앉아 있었다. 곱사등이 사나이는 상대를 지켜보고 있었다. 털복숭이 큰 손이 의자의 팔걸이 위를 움직이고 날카로운 눈이 유리구슬처럼 번쩍였다. 이윽고 엉클 애브너가 입을 열었다. 내가 잠든 것으로 생각한 모양이다.

"골, 당신은 하느님을 허수아비로 생각한다고 말했지요?"

"아, 물론."

"그리고 당신은 지금까지 마음에 드는 것을 모조리 차지해 왔겠지요?"

"물론이오."

"그럼, 차지한 것을 돌려주지 않겠소? 거기에 이자를 붙여서."

엉클 애브너는 주머니에서 접혀진 종이를 꺼내 난로 너머로 골에게 내밀었다.

곱사등이 사나이는 그 종이를 받아들자 의자에 기대어 천천히 펴더니 느릿느릿 읽어내려갔다.

"이곳 토지의 상속증서로군……동생의 아들에게 물려준다는 법률 용어임에 틀림없구먼. '날인보증계약으로서 양도하는 것으로 한다'……잘 썼군. 하지만 나는 양도하고 싶지 않소."

"당신 마음을 움직이게 할 이유가 몇 가지 있소" 하고 엉클 애브너가 말했다.

곱사등이 사나이는 싱긋 웃으며 대꾸했다.

"틀림없이 훌륭한 이유겠지. 토지를 양도할 마음을 일으키게 한다면 말이오."

"훌륭한 이유고말고"라고 엉클 애브너가 말했다. "우선 가장 좋은 이유를 말하겠소."

"들어봅시다" 하며 골은 얼굴을 활짝 폈다.

"그것은 즉——당신에게는 뒤를 이을 사람이 없다는 것이오. 동생의 아들은 벌써 어른이 되어 있소. 결혼하여 아이를 기르고 있으니 마땅히 이 땅을 차지해야 하오. 그는 당신이 할 수 없는 일을 하도록 요구받고 있으니까 당신이 가지고 있는 것을 쓰도록 해주어야 하지 않겠소, 골?"

"아주 훌륭한 이유로군. 과연 당신답소. 하지만 나에게는 더 훌륭한 이유가 있소."

"무엇이지요?" 하고 엉클 애브너가 물었다.

"바로 내 생각이오!" 하고 곱사등이 사나이는 싱긋 웃고 나서 대답했다.

그는 커다란 검은 지팡이로 장화 신은 종아리를 툭 쳤다.

"그런데——" 하며 그는 다시 목소리를 높였다. "누가 이런 어리석은 생각을 당신에게 불어넣었지요?"

"나 자신이." 엉클 애브너는 말했다.

곱사등이 사나이의 굵은 눈썹이 아래로 처졌다. 불안해진 것은 아니지만, 엉클 애브너가 헛수고를 할 사람이 아니라는 것을 알고 있었기 때문이다.

"애브너 씨, 여기에는 뭔가 이유가 있을 거요. 무슨 이유가 있는지 말해 보시오."

"이유야 여러 가지가 있지만, 우선 가장 훌륭한 이유를 이미 들려주었소."

"그럼, 그밖의 이유는 특별히 내세울 것이 없다는 거요?" 하고 골이 외쳤다.

"아니, 그건 전혀 잘못 생각한 거요. 가장 훌륭한 이유를 들려주었다고 말한 것이지, 가장 강력한 이유라고 하지는 않았소. 지금 들려준 이유를 잘 생각해 보시오. 우리가 이 세상에서 땅을 차지한다는 것은, 무조건 재산으로 상속받은 것이 아니라 일정한 기간 동안 빌려 쓰고 있는 것에 지나지 않소. 따라서 쓰지 않게 되면 땅을 빌린 계약은 말소되고 새로운 사람이 그 권리를 물려받을 수가 있는 것이오."

골은 이해가 되지 않는 듯 경계하는 기색을 더 깊이 나타냈다.

"나는 동생의 유언대로 하겠소!"

"그러나 죽은 사람에게는 소유권이 없소. 생애권(生涯權)을 벗어난 소유권이란 있을 수 없지요. 이들 토지와 재산은 앞으로 오는 인간이 사용하는 거요. 죽은 사람의 생각은 살아 있는 사람의 요구에 의해 무효가 되는 것이오."

골은 가만히 상대를 지켜보고 있었다. 이야기가 근본 취지에서 벗어났다는 것은 알고 있었지만, 조용히 공격을 막고 있었다. 이윽고 털복숭이 손가락을 마주끼더니 재판관처럼 떠들어대기 시작했다.

"당신 이론에는 근거가 없소. 이 세상을 지배하고 있는 것은 죽은 사람이오. 어떻게 죽은 사람이 우리를 좌우하고 있는지 생각해 보시오! 법률을 만든 건 누구요? 죽은 사람이잖소! 우리가 따르고 있는 격식, 우리 생활의 기초가 되어 있는 격식을 만든 건 누구요? 죽은 사람이잖소! 그리고 토지의 권리 같은 것도 죽은 사람이 생각해냈소……측량기사가 측량선을 긋는 것은, 죽은 사람이 박은 귀퉁이 경계선에서부터 시작하지 않는가 말이오. 그리고 어떤 문제에 대해 소송이 일어나면 재판관은 이것저것 책을 펴보고 죽은 사람이 내린 판례를 조사하여 거기에 따르지 않는가 말이오. 그리고 글을 쓰는 사람은 누구나 자기 의견에 무게와 권위를 주려고 할 때 죽은 사람의 말을 인용하고, 연설이나 설교나 강연을 하는 사람들은 누구나 죽은 사람이 한 말을 열심히 예로 들지 않소? 그리고 우리들 생활은 죽은 사람이 정한 틀에 따르고 있지 않는가 말이오!"

곱사등이 사나이는 일어나 엉클 애브너를 바라보았다.

"나는 동생의 유언에 따를 작정이오. 그 유언장을 보았소?"

"실물은 보지 못했지만, 사본은 군주사(郡主事)에게 있는 등기부에서 보았소. 이 토지를 형인 당신에게 넘겨준다고 씌어 있더군요."

곱사등이 사나이는 벽 옆에 있는 낡아빠진 책상으로 갔다. 서랍을 열고 유언장과 한 다발의 종이를 꺼내 난로가로 가지고 왔다. 그리고 테이블에 얹혀 있는 엉클 애브너의 증서 옆에 그 다발을 놓고 유언장을 내밀었다.

엉클 애브너는 유언장을 받아들고 읽었다.

"내 동생의 필적을 알고 있소?" 하고 골이 물었다.

"알고 있고말고요." 엉클 애브너가 대답했다.

"그럼, 동생이 그 유언장을 썼다는 것도 알겠군요?"

"틀림없이 이녹의 필적이오. ……그러나 그가 여기로 오기 한 달쯤 전의 날짜로군."

"그렇소, 이건 내 집에서 쓴 것이 아니오. 우편으로 보내온 거요. 자, 이것이 그때의 봉투요. 그 날짜의 소인이 찍혀 있소."

엉클 애브너는 봉투를 받아들고 날짜를 확인했다.

"바로 같은 날짜이고 겉봉 글씨도 이녹의 필적이군요."

"물론이오. 이 유언장에 서명했을 때 이 겉봉도 쓴 거요. 이녹이 그렇게 말했었소." 곱사등이 사나이는 볼을 오므리며 눈을 내리감았다. "정말 동생은 나를 사랑하고 있었던 거요."

"물론 그랬겠지요. 피를 나눈 아들의 상속권을 이렇게 빼앗았으니까."

"그럼, 나는 그 녀석과 피를 나눈 형제가 아니라는 말이오?" 하고 곱사등이 사나이가 소리쳤다. "내 몸에는 동생과 똑같은 피가 흐르고 있소. 동생의 자식이 되면 피는 엷어지게 되지. 피가 진한 쪽을 사랑하는 것이 자연의 이치가 아니겠소?"

"사랑이라고!" 엉클 애브너는 앵무새처럼 되풀이하며 말했다.

"그런 말을 하고 있지만——당신은 정말로 그렇게 믿고 있는 거요, 골?"

"물론, 동생은 애정에 의해 나와 맺어졌으니까."

"그런데 당신 쪽은 어땠소?" 하고 엉클 애브너가 말했다.

곱사등이 사나이는 큰 눈꺼풀이 아래로 늘어지고 얼굴이 더 길어진 것처럼 보였다.

"우리는 다윗과 요나단 같은 사이였소. 이녹을 위해서라면 오른팔을 잃어도 후회하지 않았을 것이고, 그 녀석도 나를 위해서라면 죽어도 후회가 없었을 거요."

"실제로 죽어버렸잖소!" 하고 엉클 애브너가 말했다.

곱사등이 사나이는 놀란 듯했다. 낭패한 기색을 감추기 위해 몸을 굽혀 사과나무 줄기를 난로바닥으로 휙 밀어넣었다. 불똥이 사방으로 날았다. 사나운 바람이 우리 등 뒤의 헐거운 창틀에 와 부딪치며 쫓겨나 화가 치밀어오른 사나이가 문을 잡아흔들 듯 무섭게 창틀을 뒤흔들었다. 곱사등이 사나이가 일어섰을 때 엉클 애브너는 벌써 말을 잇고 있었다.

"그토록 동생을 사랑하고 있었다면, 동생을 위해 이 정도의 일쯤은 해줄 수 있지 않겠소. 이 증서에 서명하는 정도의 일은."

"그러나 동생의 유언장에는 그런 말이 씌어 있지 않소. 법률에 따르면 동생의 자식들은 내가 죽고 난 뒤 상속하게 되어 있소. 그때까지 기다릴 수 없다는 거요?"

"당신은 기다렸소?" 하고 엉클 애브너가 되물었다.

곱사등이 사나이는 머리를 번쩍 쳐들었다.

"그게 무슨 뜻이오, 애브너?"

그는 더듬듯이 엉클 애브너의 얼굴을 살폈다.

그러나 거기에는 아무 실마리도 없었다. 다만 엄숙하고 조용한 엉클 애브너의 얼굴이 있을 뿐이었다.

"사람의 죽음에 흥미를 가져서는 아니되오."

"어째서지요?"

"하느님의 뜻에 어긋나는 행동을 하고 싶어지기 때문이오."

이 야유를 골은 교묘하게 다른 데로 돌렸다.

"조카들이 내 목숨을 노리게 될지도 모른다는 말이오?"

거기에 대한 엉클 애브너의 대답을 듣고 나는 깜짝 놀랐다.

"아, 바로 그 말이오" 하고 엉클 애브너는 대답했던 것이다.

그러자 곱사등이 사나이가 외쳤다.

"아, 정말 사람 웃기는군!"

"웃고 싶으면 마음대로 웃으시오. 하지만 당신 조카들은 우리 같은 생각을 하지 않을 것이오."

"우리 같은 생각이라니?"

"내 동생 루퍼스와 엘너선 스톤 씨 같은 생각 말이오." 라고 엉클 애브너는 말했다.

"옳아, 당신들이 내 목숨을 구할 방법을 생각해 주었다는 거로군. 정말 고맙소." 조롱하는 듯 괴상한 절을 한 번 하고 그는 말을 이었다. "그런데 어떻게 해서 내 목숨을 구해주겠다는 거요?"

"그 증서에 서명함으로써."

"그거 참 친절하군!" 곱사등이 사나이는 목소리를 높였다. "하지만 나는 그렇게까지 해서 도움을 받고 싶지는 않소."

엉클 애브너가 따끔하게 대답하리라고 나는 생각했다. 그러나 뜻밖에도 큰아버지는 천천히 주저하듯 이야기했다.

"달리 방법이 없소. 당신이 온전한 수명을 다하기 전에 이 땅을 잃는 것보다도, 당신이 죽었을 때 남길 더럽혀진 당신의 오명(汚名)과 가명(家名)과 스캔들 쪽이 더 조카의 명예를 떨어뜨리게 될 것으로 우리는 생각하고 있었소. 그런데 그들이 그런 식으로 생각할 것 같지 않다는 걸 알게 되었소. 따라서 당신이 이 증서에 서명하지 않는다면 우리로서는 사실을 분명히 하지 않을 수가 없소. 이 문제를 처리하는 것은 루퍼스나 엘너선 스톤이나 내가 할 일이 아니기 때문이오."

"이 문제라니?"

"당신이 사느냐 죽느냐 하는 문제요!" 하고 엉클 애브너는 말했다.

곱사등이 사나이의 얼굴이 험악해졌다. 의자에 앉아 무릎 사이로 지팡이를 놓고 엉클 애브너의 눈을 노려보았다.

"여보시오, 수수께끼 같은 말을 하고 있군. 분명히 말해 줄 수 없소? 그 유언장을 내가 위조했다고 생각하는 거요?"

"아니, 그렇게 생각지는 않소."

"그렇게 생각하는 녀석은 없겠지! 분명 동생의 필적이니까——한 마디도 빠짐 없이. 그리고 이 집에는 잉크도 종이도 없소. 나는 계산할 때는 석판을 쓰고, 전하고 싶은 말은 나가서 전하니까."

"그런데 동생이 죽기 전날 당신은 우체국장에게서 풀스캡 종이(大判洋紙)를 몇 장 샀지요."

"물론 샀소. 동생을 위해서. 연필로 뭔가 계산하고 싶다고 말했소. 이놈이 숫자를 적은 종이가 남아 있소."

곱사등이 사나이는 책상으로 가서 종이를 몇 장 들고 왔다.

"그런데 이 유언은 풀스캡 종이에 씌어 있소" 하고 엉클 애브너는 말했다.

"그래서 어떻다는 거요? 전국 어느 가게에서나 팔고 있지 않소?"

사실 그렇다. 엉클 애브너는 테이블을 쾅 내리쳤다.

골이 말했다.

"그러면 내 쪽에서도 한 가지 의문을 제시하기로 할까요? 당신은 내 동생의 죽음에 대해 무엇을 알아내었소?"

"어째서 그는 이 집에 와서 자살한 거요?"

"그건 나도 모르오."

"실은 동생의 시체에 피투성이가 된 손자국이 묻어 있었소!"

"알아낸 건 그뿐이오?"

"그렇소."

"흐음, 그것이 내가 동생을 죽였다는 증거라도 된단 말이오? 그 지긋지긋한 의심을 올바로 생각해 보지 않겠소? 동생의 손이 피투성이가 되어 고통을 견디지 못한 나머지 침대를 잡고 늘어지다 손가락 자국이 묻은 게 아니겠소?"

"틀림없이 그렇소."

"그 손자국에 어떤 특정한 손——예를 들면 내 손——의 자국이라고 말할 수 있는 특정이라도 있었단 말이오?"

"아니오" 하고 엉클 애브너는 대답했다.

골의 얼굴에 승리의 빛이 떠올랐다.

이로써 엉클 애브너가 알고 있는 사실을 자기도 모두 안 셈이므로, 골로서는 이제 상대를 두려워할 필요가 없었다. 그에게 불리한 증거는 하나도 없다. 그것은 나로서도 알 수 있었다.

"자, 이 집에서 나가주지 않겠소? 이제 더 이상 이야기할 생각은 없으니까 당장 나가주시오!"

그러나 엉클 애브너는 움직이려고 하지 않았다. 5분쯤 전부터 뭔가 하기 시작했는데, 무엇을 하고 있는지는 나로서 알 수 없었다. 내 쪽으로 등을 돌리고 있었기 때문이다. 그런데 문득 엉클 애브너가 골 옆에 있는 테이블 쪽을 향했으므로 무엇을 하고 있는지 나도 알 수 있었다. 거위 깃털을 깎아 펜을 만들고 있었던 것이다! 그 펜을 테이블 위에 놓고, 그 옆에 잉크 병을 놓았다. 그리고 가지고 온 증서를 펴서 서명할 곳을 손가락으로 가리키며 거위 깃털 펜에 잉크를 찍어 골에게 내밀었다.

"여기에 서명하시오!"

곱사등이 사나이는 욕을 퍼부으며 일어났다.

"그걸 가지고 나가!"

그러나 엉클 애브너는 움직이려고 하지 않았다.

"서명을 해주면 나가지."

"서명을 하라구?" 곱사등이 사나이는 부르짖었다. "네놈과 루퍼스와 엘너선 스톤 같은 녀석들은 지옥에서 서로 만나게 될 거다!"

"틀림없이 만나게 되겠지, 지옥에 떨어지는 녀석이라면."

엉클 애브너의 태도에서 마침내 절정에 이르렀다는 것을 알 수 있었다. 그는 골이 책상에서 가지고 온 유언장과 봉투를 집어 상대에게 들이밀었다.

"둘 다 같은 때에 썼다고 말했는데, 잘 보시오! 봉투의 필적은 얌전하고 똑똑하게 씌어져 있지만, 유언장의 필적은 떨고 있소. 자, 글씨가 뒤틀리고 흔들려 있지 않소! 그럼, 설명해 주지. 봉투는 전에 온 편지에서 간직해 둔 것이고, 유언장은 이 집에서 씌어진 것이기 때문이오——공포 속에서! 그리고 이것은 당신 동생이 죽던 날 아침에 씌어진 것이오……알겠소! 엘너선 스톤은 당신 동생 침대 있는 데서 돌아나오다 융단에 발이 걸렸었는데, 그 아래쪽이 잉크로 더럽혀져 있었소——잉크 병이 깨진 것이오. 만져보았더니 아직 축축했었소."

곱사등이 사나이는 막다른 골목으로 몰린 짐승처럼 울부짖으며 소리를 지르기 시작했다. 나는 무서워서 엉클 애브너의 외투 속에서 움츠러들었다. 곱사등이 사나이의 울부짖음 소리가 텅 빈 큰 집 안에 울려퍼지며 바람 소리를 타고 더욱 높아져갔다. 그 반주처럼 진눈깨비가 유리창을 때리며 쇳소리를 내고, 헐거워진 지붕 판자가 부서지는 소리를 울렸으며, 굴뚝이 윙윙 소리를 냈다——악마가 손톱으로 퉁기는 기분나쁜 악기처럼.

그동안 엉클 애브너는 가만히 서서 상대를 내려다보고 있었다. 그리고 사정없이 천벌을 내리는 하느님처럼 굵고 조용한 목소리는 변함이 없었다.

"하지만 그전에 이미 우리들은 알고 있었소. 당신이 동생을 죽였다는 사실을! 그의 침대 앞에 섰을 때 알았던 것이오. '저걸 보십시오, 저 피투성이의 손자국을!' 하고 루퍼스가 말했을 때부터…… 우리는 조사해 보았소. 그 결과 그것이 이녹의 손자국이 아니라는 사실을 알아낸 것이오. 어떻게 해서 그것을 알아냈는지 알겠소?……그럼, 설명해 주지요. 당신 동생의 오른손에 묻어 있었던 피투성이 손자국은 오른손 손자국이었던 거요!"

골은 증서에 서명했다.

새벽에 우리는 그 집을 나왔다. 곱사등이 사나이의 약속을 받아낸 것이다. 그날 오후 공중인에게 가서 서명한 증서를 정식으로 승인하겠다는 약속을. 그러나 그는 나오지 않았다——그 날도, 그 다음날도, 며칠이 지나도.

엉클 애브너가 데리러 가보았더니 곱사등이 사나이는 그 느릅나무에 목을 매고 늘어져 있었다.

하느님의 사자(使者)

아버지는 과감하게 일하는 사람이라고 나는 언제나 생각하고 있었다. 누군가가 그 일을 꼭 하지 않으면 안되었으며, 나라면 노림을 받을 가능성이 가장 적다는 게 확실했다. 아무튼 아직 개척되지 않은 지방이었고, 은행도 없었다. 기르는 소값을 치러야 하는데, 누군가가 그 돈을 가지고 가지 않으면 안되는 것이다. 아버지나 엉클 애브너라면 노림을 받을 게 틀림없다는 아버지 말이 나는 옳다고 생각되었다.

"애브너 형님, 마틴에게 가지고 가게 할까 하는데요. 이 정도의 큰 돈을 어린아이에게 들려서 보내리라고는 아무도 생각하지 못할 테니까 말입니다."

엉클 애브너는 손가락으로 테이블을 딱딱 치고 발뒤꿈치로 마룻바닥을 탁탁 굴렀다. 엉클 애브너는 말이 없고 엄격한 사람으로 독신생활을 하고 있었다. 그렇다고 해서 언제나 입을 다물고 있는 것은 아니다. 한 번 입을 열면 논리정연하게 이야기를 시작하여 상대를 끌어들이고야 만다. 그가 하는 말에는 확고한 뒷받침이 있기 때문이다.

"마틴이라면 습격당해도 돈을 잃는 것만으로 끝나겠지요." 아버지는 말을 계속했다.

"그러나 형님이 습격당하면 죽는 사람이 생길 거요."

아버지가 말하는 뜻은 나도 알 수 있었다. 엉클 애브너로부터 돈을 빼앗으려면 먼저 그를 쏘아죽일 거라는 뜻이다.

여기서 엉클 애브너에 대해 한 마디 해두어야겠다. 그는 종교 개혁의 산물인 엄격한 신앙가의 한 사람이었다. 언제나 성경을 주머니에 넣고 다니면서 마음내키는 대로 읽었다. 언젠가 로이가 경영하는 여인숙 난로가에서 그가 성경을 꺼내자 같이 있던 사람들이 그를 놀리려고 한 일이 있었다. 그러나 이제 두 번 다시 놀리려는 사람은 없었다. 싸움이 끝나자 엉클 애브너는 의자며 테이블을 부순 배상금이라면서 은화 18달러를 로이에게 지급했다. 그리고 거기에 같이 있던 사람들 가운데 말을 제대로 탈 수 있는 사람은 엉클 애브너뿐이었다. 엉클 애브너는 '싸우는 교회'에 속해 있었고, 그가 믿는 하느님은 '싸우는 하느님'이었다.

아무튼 이런 형편에서 내가 가기로 되었던 것이다. 돈은 지폐로서 몇 다발로 묶여져 있었다. 그들은 돈다발을 신문지에 싸서 둘로 나누어 말안장주머니에 넣었다. 이리하여 나는 출발했다. 그 무렵 나는 9살이었다. 그러나 독자 여러분이 상상하고 있는 것만큼 어리지는 않았다. 9살이라고는 하지만 온종일 말을 타고 돌아다닐 수 있었다——거의 어떤 종류의 말이든. 나는 무두질한 가죽처럼 강인했으며, 목적지인 고장에 대해서도 알고 있었다. 광장에서 굴렁쇠를 굴리며 노는 어린 소년과는 근본적으로 다른 것이다.

초가을 오후였다. 찰흙질 도로는 밤중이 되면 얼어붙는다. 그리고 낮이 되면 녹아서 질척거린다. 나는 냇물 남쪽에 있는 로이의 여인숙에서 자고, 아침에 다시 여행을 계속하기로 되어 있었다. 때마침 지나가던 소몰이꾼을 뒤쫓아 앞질렀으나 아무도 뒤쫓아 오지는 않았다.

그런데 해질 무렵이 가까워지자 등 뒤에서 말발굽 소리가 들리며 한 사나이가 다가왔다. 나도 알고 있는 이였다. 딕스라는 소를 기르는 사람이었다. 본디 짐을 실어보내는 장사꾼이었는데, 크게 불운한 일을 겪은 것이다. 방목(放牧)하는 사람에게 치르기로 되어 있는 큰돈을 앨카이어라는 같이 가던 녀석이 가지고 도망쳐 버렸던 것이다. 그로 인해 딕스는 파산당하고, 얼마 안되는 토지도 방목하는 사람에게 넘겨주고 말았다. 그 뒤 그는 산을 넘어 친척집에 가서 목돈을 모아가지고 넓은 목초지를 샀다. 그런데 또 뭔가 잘못되어 옛날 권리를 방패로 외국 사람에게 고소를 당해 법정에서 졌다. 그 결과 토지 전부와 그것을 살 때 치른 돈을 잃고 말았던 것이다. 그는 지금 우리의 먼 친척 되는 여자와 결혼하여, 엉클 애브너의 땅과 이웃해 있는 그녀의 땅에서 살고 있다.

딕스는 나그네차림을 한 나를 보자 깜짝 놀란 모양이었다.

"여, 마틴, 너였구나!" 그는 말했다. "나는 애브너가 오지(奧地)로 가지 않나 생각했었지."

그 나이에도 상당히 빈틈없이 행동할 수 있었기 때문에 나는 내가 부탁받은 일을 아무에게도 말하지 않았다.

"아버지가 강 저쪽의 소를 한 달쯤 다른 데로 옮겨놓았으면 하고 있어요." 나는 서슴없이 대답했다. "그래서 방목하는 사람에게 그 말을 전하러 가는 길이에요."

그는 나를 훑어보고 나서 손등으로 안장주머니를 툭툭 쳤다.

"꽤 짐이 많은데."

나는 웃으며 대답했다.

"말 여물이에요. 아무튼 아버지는 그런 분이니까요! 말은 먹을 때가 되면 먹이를 주어야 하지만, 사람은 밥을 대할 때까지 계속 가라는 거지요."

길동무가 생겼다는 것은 반가운 일이므로 나는 어느새 그와 세상 이야기를 시작하고 있었다. 딕스는 텐 마일 컨트리에 가는 길이라고 말했다. 그 말은 사실이었을 거라고 지금도 나는 생각한다. 내가 목표로 하고 있는 여인숙은 큰길을 남쪽으로 꺾어 1마일쯤 간 곳에 있었다. 나는 아무래도 딕스가 마음에 걸렸다. 태도가 어딘지 꾸민 듯했으며, 교활한 얼굴을 하고 있었기 때문이다.

조금 지나자 한 사나이가 전속력으로 달려서 우리를 쫓아와 앞질러 갔다. 맥스라는 가축 상인으로, 엉클 애브너의 산 저쪽에 살고 있었다. 해가 저물기 전에 돌아가 닿으려고 말을 달리고 있었던 것이다. 그는 우리를 보자 인사했으나 말을 세우지는 않았다. 진흙이 우리에게 튀어 딕스는 그에게 욕을 퍼부었다. 그때의 딕스 얼굴——그런 흉악한 얼굴을 본 일이 없다. 언제나 입가에 이죽거리는 웃음을 띠고 있기 때문이리라. 그 얼굴이 일그러지자 도무지 이 세상 사람으로 여겨지지 않았다.

그 뒤로 그는 잠잠해졌다. 뭔가 망설이고 있는 것처럼 머리를 숙이고 손가락으로 턱을 만지작거리며 말에 걸터앉아 있었다. 네거리에 오자 그는 말을 세우고 잠시 안장에 걸터앉은 채 앞을 바라보고 있었다. 나는 거기서 그와 헤어졌는데, 다리 있는 곳에서 그는 나를 뒤쫓아왔다. 저녁을 먹고 나서 가기로 결정했다는 것이었다.

로이의 여인숙은 큰 방이 하나 있을 뿐, 다락방이 손님용 침실로 되어 있었다. 지붕달린, 건너다니는 복도가 이 다락방과 로이네 가족이 사는 큰방을 연결해 주었다. 이 건너다니는 복도 나무못에 안장을 걸도록 되어 있었다. 어떤 때에는 더 이상 등자를 걸 여지가 없을 정도로 그 벽에 안장이 죽 걸려 있는 적도 있다. 그러나 그날 저녁 그 여인숙에 있는 사람은 딕스와 나뿐이었다. 딕스는 내가 안장 주머니를 가지고 큰방으로 들어가 사닥다리 층계를 올라가 다락방으로 들어가는 것을 교활한 눈으로 지켜보고 있었다. 그러나 아무 말도 하지 않았다. 그때뿐만이 아니라 그는 거의 말이 없었다. 추운 날이었다. 우리가 도착했을 무렵에는 이미 길이 얼어붙기 시작했다. 로이는 기분좋게 불을 때주었다. 나는 난로 앞에서 딕스와 헤어졌다. 나는 옷을 벗지 않았다. 이곳 침대는 송아지가죽을 씌운 보릿짚 방석이었기 때문이다. 여름에는 쾌적하지만, 이런 밤에는 흰색과 검은색의 큰 바둑판무늬로 짠 두꺼운 이불을 덮어도 상당히 춥다.

나는 안장주머니를 베고 누웠다. 곧 잠이 들었으나, 갑자기 잠이 깼다. 다락방에 촛불이 켜져 있는 줄 알았는데, 아랫방 난로의 불빛이었다. 마룻바닥 틈으로 비쳐들고 있는 것이었다. 나는 누운 채 이불을 턱까지 끌어올리고 자세히 살폈다. 어째서 이토록 불이 벌겋게 타오르고 있을까? 딕스는 이미 떠났을 것이다. 마지막까지 남아 있는 사람이 불단속을 하는 게 관습이었다. 아무 소리도 나지 않았다. 빛은 틈새로 계속 비쳐들어왔다.

이윽고 문득 생각이 났다——딕스는 불단속을 잊은 것이다. 내려가서 단속하지 않으면 안된다. 로이는 안으로 자러 갈 때 불조심하라고 말했었다. 나는 일어나 두툼한 이불을 몸에 두르고 불빛이 비쳐드는 곳으로 가서 그 틈새로 내려다보았다. 마룻바닥에 한쪽 눈을 꼭 붙이려면 몸을 쭉 뻗지 않으면 안되었다. 히콜리 통나무는 커다란 숯불이 되어 새빨간 석탄처럼 불꼬리를 올리지 않고 타고 있었다.

불 앞에 딕스가 서 있었다. 두 손을 쭉 뻗치고, 뼛속까지 추운 것처럼 몸을 한껏 꼬부리고 있었다. 그러나 이처럼 추위에 떨면서도 불에 비친 그 얼굴에는 땀이 방울방울 빛나고 있었다.

그 모습은 죽을 때까지 잊지 못할 것이다. 여전히 이죽거리는 느낌이 입가에 떠올라 있었으나 지금은 그것이 긴장되었다. 눈두덩이가 푹 꺼지고 이를 꽉 물고 있었다. 언젠가 스트리키닌으로 독살된 개를 본 적이 있는데, 꼭 그런 얼굴이었다.

나는 바닥에 엎드린 채 뚫어지게 그를 쳐다보았다. 마치 이 사나이 속에 깃들어 있는 강력하고 흉악한 무엇인가가 그 모습대로 그의 얼굴을 뜯어 고치려고 애타하며 몸부림치고 있는 것 같았다. 고민하는 그 악마와도 같은 모습에 나는 완전히 마음을 빼앗기고 말았다. 그 얼굴은 꿈틀꿈틀 경련을 일으키며 땀이 번져나왔다. 그런데도 사나이는 추위에 떨고 있었던 것이다. 불을 덮어누를 듯이 몸을 웅크리고 두 손을 내민 자세였다. 그래도 열이 그의 몸으로 스며들어 따뜻하게 해주지 못하는 것 같았다. 얼음을 따뜻하게 할 수 없는 것처럼.

열은 그의 몸을 태우면서도 전혀 따뜻하게 해주지 못하는 모양이었다. 그는 꽁꽁 얼어붙은 것이다! 그의 몸뚱이가 타는 냄새까지 나는데도 이 심한 오한에는 전혀 효과가 없는 것이다. 그러는 동안 나까지 떨리기 시작했다. 두꺼운 이불로 몸을 감싸고 있는데도.

정말 소름끼치는 광경이었다. 아기 낳는 방이라도 들여다보고 있는 듯한 기분이었다. 아래쪽 방은 흔들리지 않는 빨간 불빛으로 가득 차 있었다. 흔들리는 그림자라고는 하나도 없다. 게다가 쥐죽은 듯 조용했다. 사나이는 장화를 벗고 있었다. 그리고 불 앞에 서서 소리도 없이 몸을 비틀고 있었다. 마약 중독이 되면 딴 사람처럼 된다던데, 바로 그런 느낌이었다. 분신(燒身)자살을 하는 게 아닌가 생각되었다. 옷이 달아 타고 있다. 대체 어째서 저렇게 추워하는 것일까?

이윽고 그것도 마침내 끝났다! 내 눈에는 보이지 않았다. 사나이의 얼굴이 불에 싸여 있었기 때문이다. 그러나 갑자기 그는 태연해지며 뒷걸음질쳤다. 나는 무서워서 똑바로 볼 수가 없었다! 무엇이 눈에 비쳤는지는 알 수 없었지만, 그 사나이가 딕스라고는 생각되지 않았다.

그러나 딕스였다. 하지만 지금까지 우리가 알고 있는 딕스는 아니었다. 우리가 알고 있는 딕스의 얼굴에는 늘 변명하는 듯한 표정과 분명치 못한 모습과 비굴함 같은 것들이 어딘지 모르게 나타나 있었는데, 이 사나이에게서는 그런 약점을 조금도 볼 수 없었다.

확실한 얼굴 모습으로 바뀌어 있었다. 태연하게 그곳에 우뚝 서서 용기가 넘쳐흐르는 모습이었다. 그러나 나는 이 사나이가 무서웠다. 이처럼 사람이 무섭게 생각된 적은 없었다! 지금까지 비굴했던 그의 내부의 무엇인가가, 가면 속에 숨어 있던 무엇인가가, 거짓차림을 하고 있던 무엇인가가 이제야 얼굴에 나타난 것이다. 그리하여 이 사나이의 얼굴 모습을 몸서리쳐지는 용기에 찬 표정으로 만든 것이다.

이윽고 그는 빠른 걸음으로 방 안을 돌아다니기 시작했다. 창 밖을 내다보고 문 앞에 서서 귀를 기울였다. 그리고는 가만히 건너가는 복도로 나갔다. 떠나는 것이 아닌가 했지만, 장화를 난로가에 놓아둔 것으로 보아 그럴 리가 없었다. 곧 안장에 걸치는 담요를 가지고 돌아온 그는 가만히 방을 가로질러 사닥다리 층계로 다가왔다.

순간 나는 그가 무엇을 하려는지 알아차렸다. 너무도 무서워 꼼짝할 수가 없었다. 일어나려고 했으나 헛일이었다. 그 자리에 엎드린 채 마루 틈새에 눈을 대고 있을 수밖에 없었다. 사닥다리 첫단에 한쪽 발을 얹었다. '그의 손이 내 목을 죄고 그 담요가 내 얼굴을 뒤덮고, 나는 숨이 막히고 말겠지……' 하고 나는 생각했다. 그때 멀리서 얼어붙은 길을 질주해 오는 말발굽 소리가 들려왔다!

그에게도 들린 모양이었다. 사닥다리 층계 중간에서 발을 멈추더니 흉악한 얼굴을 문쪽으로 돌렸다. 말은 다리 저쪽의 긴 언덕 근처를 달려 오고 있었다. 악마가 타고 있는 듯 싶었다. 몹시 춥고 어두운 밤이었다. 얼어붙은 길은 부싯돌처럼 딱딱하다. 말발굽 울리는 소리가 들렸다. 누가 타고 있는지 모르나 필사적으로 달리고 있음에 틀림없다. 그렇지 않으면 정신이 돌기라도 한 것일까? 말이 다리에 접어

들어 소리높이 달려오는 소리가 들렸다. 그동안 딕스는 두 손으로 사닥다리 층계에 달라붙은 채 귀를 기울이고 있더니 가만히 뛰어내려 장화를 신고 불 앞에 섰다. 그 얼굴——그 새로운 얼굴——은 흉악한 용기로 번뜩이고 있었다. 이윽고 다음 순간에 말이 멈추는 소리가 났다.

재갈이 절겅거리고 편자가 얼어붙은 길을 차는 소리도 들렸다. 그런 뒤 문이 활짝 열리며 엉클 애브너가 방으로 들어왔다. 나는 너무도 반가워 숨이 막힐 것만 같았다. 한순간은 거의 아무것도 보이지 않았다. 주위가 안개에 둘러싸인 듯 흐릿해졌던 것이다.

엉클 애브너는 흘끗 방 안을 둘러보고 나서 발을 멈췄다.

"아, 다행이었군, 제 시간에 와서!" 하고 말하며 그는 뭔가 비틀어따려는 것처럼 얼굴에 손을 대고 힘있게 문질렀다.

"제 시간에 닿았다니요?" 하고 딕스가 말했다.

엉클 애브너는 흘끗 상대를 훑어보았다. 엉클 애브너의 떡벌어진 어깨 근육이 긴장되는 것이 보였다. 그는 다시 한 번 상대를 훑어보았다. 조금 있다가 입을 열었는데, 그 목소리에 이상한 울림이 담겨 있었다.

"여, 딕스, 자네였군!"

"그럼, 누군 줄 알았지요?"

"악마가 아닌가 했지." 엉클 애브너가 말했다. "자신이 어떤 얼굴을 하고 있는지 알고 있나?"

"상관할 것 없잖소, 어떤 얼굴을 하고 있든!"

"그래서 용기가 솟아났다는 건가? 얼굴표정이 달라졌기 때문에?"

그러자 딕스는 머리를 번쩍 쳐들고 말했다.

"잘난 척하는 태도는 그만해 두시지! 당신은 미친사람처럼 말을 달려 이리로 온 모양인데, 머리가 어떻게 된 게 아니오?"

"뭐, 별로 어떻게 된 건 아닐세." 엉클 애브너가 대답했다. "어떻게 된 건 자네 쪽일세, 딕스."

"악마에게라도 잡아먹히려고 했지."

딕스는 한쪽 눈으로 엉클 애브너를 바라보았다. 그가 망설이고 있는 것은 공포 때문이 아니었다. 공포는 어느새 사라져버렸다. 그가 망설인 것은 신중하게 태세를 취한 때문인 것 같았다.

엉클 애브너의 눈이 번쩍 빛났으나 목소리는 여전히 낮게 가라앉아 있었다.

"큰소리치는군, 딕스!"

"어찌되었든 거기서 비켜서서 나가게 해주시오!" 하고 딕스가 고함쳤다.

"잠깐만, 할 이야기가 있네."

"그럼, 어서 말해 보시오." 딕스가 외쳤다. "그리고 얼른 거기서 비켜주오!"

"서두를 건 없지 않은가. 날이 밝으려면 아직 상당한 시간이 있고, 또 하고 싶은 말도 많으니까."

"그럼, 그만두시지!" 딕스가 말했다. "나는 오늘 밤 길을 떠나야 해. 자, 비켜서시오, 어서!"

그러나 엉클 애브너는 움직이려고 하지 않았다.

"생각한 것보다 먼 여행이 될지도 모르지만, 딕스, 떠나기 전에 내 이야기를 들어주게."

딕스가 조심스럽게 일어나는 것이 보였다. 그가 무엇을 바라는지 나는 알았다. 무기가 필요한 것이다. 그리고 엉클 애브너를 해치울 만한 힘이 필요한 것이다. 그러나 그는 그 어느 것도 가지고 있지 않았다. 그러므로 그 자리에 조심스럽게 버티고 서서 욕을 퍼붓기 시작했다. 칼이라도 휘두르듯, 상대로 하여금 벌벌 떨게 만들고야 말 저 속하고 잔인한 저주의 말들을.

엉클 애브너는 신기한 듯이 상대를 바라보고 있었다.

"이상한 일이지만……".

엉클 에브너는 자신에게 타이르듯 입을 열었다.

"이것으로 분명해졌군. 어느 주인에게나 몸을 바치지 않으면 용기 도 얻어질 수 없지. 그러나 어느 쪽인가 택하게 되면 주인이 주는 것이 몸에 배게 되는 걸세."

그리고 그는 딕스를 향해 명령했다.

"앉게!"

굵고 가라앉은 목소리였다. 이유를 묻지 못하게 하는 목소리였다. 이 근처 사람이라면 누구나 들은 기억이 있는 목소리였다. 이 목소리 가 들리면 당장 배짱을 정하지 않으면 안된다. 딕스도 그것을 알고 있었다. 그는 한순간 그 자리에 우뚝 서서 족제비처럼 눈을 반짝이며 입을 일그러뜨렸다. 무서워하는 것은 아니다! 만일 엉클 애브너를 이길 가능성이 조금이라도 있었다면 달려들었을 것이다. 그러나 이길 가능성이 없음은 그도 잘 알고 있었다. 그는 욕을 퍼부으며 안장에 걸치는 담요를 구석으로 내던지고 불 옆에 앉았다.

그러자 엉클 애브너도 문 앞에서 떨어졌다. 그는 외투를 벗고, 통 나무를 하나 불 속에 집어넣은 뒤 딕스의 맞은편 난로가에 앉았다. 새로 넣은 나무가 탁탁 소리를 내며 타올랐다. 엉클 애브너는 눈 앞 에 있는 사나이를 관찰하기 시작한 것 같았다.

이윽고 엉클 애브너가 입을 열었다.

"여보게, 딕스, 자네는 하느님의 섭리를 믿고 있나?"

그러자 딕스는 턱을 쑥 내밀며 대답했다.

"잠꼬대를 늘어놓는다면 듣고 있을 수 없소!"

엉클 애브너는 곧 대답하지 않았다. 이번에는 다른 생각을 하기 시작한 것 같았다.

"딕스, 자네는 호된 일을 당했었지. 그렇게 말해 주기를 바란다면 ……."

"그렇소, 지옥에 떨어진 것 같은 꼴을 당했소."

"지옥에 떨어진 것 같은 꼴? 멋진 말을 하는군. 잘 알고 있네. 자네는 강 저쪽의 방목하는 사람에게 치를 돈을 같이 가던 사람들에게 털리고 말았지. 그리고 소송을 당해 토지를 잃었네. 아무튼 굉장히 넓은 땅을 가지고 있었는데 말일세. 그런데 그런 큰돈이 어디서 생겼었나?"

"벌써 몇 번이나 말했을 텐데요? 산 너머 친척집에서 생긴 거요. 어디서 생겼는지는 당신도 알지 않소!"

"아, 알고말고, 딕스. 그리고 그밖에도 아는 게 있지. 그러나 그전에 먼저 자네한테 보여주고 싶은 게 있네." 하며 엉클 애브너는 주머니에서 작은 칼을 꺼냈다. "미리 말해 두지만, 나는 하느님의 섭리를 믿고 있네, 딕스."

"당신이 무얼 믿든 내가 알 바 아니오" 하고 딕스는 말했다.

"그러나 내가 무엇을 알고 있는지, 그건 알고 싶겠지?" 하고 엉클 애브너가 말했다.

"뭘 알고 있다는 거요?"

"자네의 한패가 어디에 있는지 나는 알고 있네" 하고 엉클 애브너는 대답했다.

딕스가 무슨 짓을 하려 하고 있는지 우리는 알지 못했지만, 조금 뒤 그는 비웃는 빛을 띠며 말했다.

"그럼, 당신은 아무도 모르는 것을 알고 있는 셈이군."

"물론. 그러나 그것을 알고 있는 사람이 나 말고 또 한 사람 있다네."

"누구요, 그게?"

"자네지" 하고 엉클 애브너는 말했다.

딕스는 의자에 앉은 채 윗몸을 내밀고 엉클 애브너를 가만히 바라보았다.

"여보시오!" 하고 딕스는 목소리를 높였다. "또 잠꼬대를 늘어놓고 있군! 앨카이어가 어디에 있는지는 아무도 몰라! 만일 내가 알고 있다면 뒤쫓아갔겠지."

또다시 엉클 애브너의 굵고 가라앉은 목소리가 울렸다.

"여보게, 딕스. 만일 내가 여기에 도착하는 것이 5분만 늦었더라면 자네는 지금 그를 뒤쫓고 있겠지. 이 점만은 확신할 수 있네, 딕스.

그런데 딕스! 나는 오지에 가 있을 때 자네가 동료를 구하고 있다는 이야기를 들었었네. 그때 돌아오는 도중 큰 방목장에서 등자(橙子) 가죽이 끊어지고 말았지. 칼을 가지고 있지 않았기 때문에 가게로 들어가서 이것을 샀네. 그때 가게 주인이 앨카이어가 자네를 만나러 갔다고 말해 주었지. 나는 그에게 말을 시키고 싶지 않았기 때문에 돌아와버렸네⋯⋯그래서 자네 동료가 되지 않았지. 따라서 자취를 감추는 일도 없었던 걸세⋯⋯무엇에 방해를 받은 것일까? 등자 가죽이 끊어져버린 때문일까? 칼을 가지고 있지 않았기 때문일까? 알겠나, 딕스, 옛날에는 사람들의 눈이 몹시 어두웠기 때문에 하느님이 눈을 뜨게 해주시지 않으면 그분이 보낸 사자(使者)의 모습을 볼 수 없었네⋯⋯인간들은 아직도 눈이 어둡지만, 언제까지나 이렇게 어두운 상태로 있어서는 안되지⋯⋯그런데 앨카이어가 자취를 감춘 날 밤, 나는 그를 만났었다네. 그는 자네 집에 가는 길이라고 말했었지. 다리 앞에서 만났는데, 그는 등자

가죽이 끊어져서 못으로 이으려 하고 있었다네. 칼을 가지고 있느냐고 묻기에 이걸 빌려주었지. 그러나 비가 내리기 시작했기 때문에 나는 칼을 맡긴 채 그와 헤어져 길을 서둘러 갔네."

엉클 애브너는 잠시 말을 끊었다. 그 커다란 무쇠 같은 턱의 근육이 긴장되었다. 이윽고 그는 말했다.

"하느님, 용서하십시오! 하느님께서는 그를 맞으러 천사를 보내셨던 걸세! 그 길로 그의 모습은 보이지 않았지."

"그 뒤 그의 모습을 본 사람은 아무도 없소." 딕스가 말했다. "그 날 밤 그는 이 구릉지에서 자취를 감추고 말았으니까."

"아니 앨카이어가 길을 떠난 것은 밤이 아니었네. 낮이었지."

"그런 터무니없는!……만일 앨카이어가 낮에 길을 떠났다면 누군가 그의 모습을 본 사람이 있을 텐데?"

"그렇지, 큰길 쪽에서 그를 본 사람은 없네."

"큰길 쪽?"

"곧 알게 될 걸세, 딕스."

엉클 애브너는 가만히 상대를 지켜보았다.

"자네는 앨카이어가 길을 떠나는 것을 보았다고 말했지? 그와 함께 간 것은 누구였나?"

"동행은 없었소." 딕스가 대답했다. "앨카이어는 혼자 말을 타고 떠났소."

"혼자가 아니었는데——동행이 한 사람 있었어."

"나는 보지 못했소!"

"아니, 자네가 앨카이어를 그 사람과 함께 가게 한 걸세."

딕스의 얼굴이 교활하게 일그러지는 것이 보였다. 그는 낭패를 느끼고 있었지만 엉클 애브너의 추궁을 벗어난 것으로 생각하는 모양이었다.

"흥, 내가 앨카이어를 누구와 같이 보냈다고? 그게 누구요? 당신이 그 사람을 보았단 말이오?"

"그 사나이를 본 사람은 없네."

"아마 모르는 사람이었겠지."

"아니, 우리가 구릉지로 들어오기 전에 그 사나이는 말을 타고 갔네."

"흐음, 그래, 그놈은 어떤 말을 타고 갔지요?"

"흰 말!" 하고 엉클 애브너가 대답했다.

딕스는 엉클 애브너가 말하는 뜻을 어렴풋이 짐작한 모양으로 얼굴이 창백해졌다.

"대체 무슨 소리를 하고 싶은 거요?" 하고 그는 목소리를 높이며 떠들었다. "이처럼 남의 뒤를 캐고들다니! 아는 것이 있으면 분명히 말해 보시오! 자, 어떤 건지 들려주지 않겠소?"

엉클 애브너는 상대를 의자에 도로 앉히려는 것처럼 듬직한 큰 손을 쑥 내밀었다.

"그 이틀 뒤에 나는 텐 마일 컨트리로 가기 위해 자네 땅을 지났네. 자네 집 서쪽에 있는 좁은 골짜기의 작은 길로 말을 몰았지. 사과나무가 있는 지점에 닿자 눈에 띄는 것이 있어 나는 말을 세웠네. 그리고 5분쯤 지나자, 그 사과나무 밑에서 무슨 일이 일어났었는지 확실히 알았지……말을 타고 그리로 간 사람이 있었으며 사과나무 밑에서 그 녀석의 말이 달아났다는 사실을 작은 길에 남아 있는 말의 발자취로 나는 알아냈다네. 그 말에는 사람이 타고 있었고, 그 나무 밑에서 멈춰섰다는 것도 알았지──어느 높이에 있는 큰 가지가 하나 잘라져 있었으니까. 말이 그곳에 서 있었다는 것도 알았지──그 큰 가지에 붙었던 작은 가지가 잘려나와 작은 길에 널려 있었으니까. 말이 뭔가에 겁을 먹고 달아났다는 것도 알았네

——껑충 뛰어오른 듯 잔디가 벗겨져 있었으니까……그리고 10분쯤 지난 뒤 안 일이지만, 말이 뛰어올랐을 때는 말에 사람이 타고 있지 않았던 걸세. 그리고 말이 무엇 때문에 놀랐는지도 알았으며, 이 일들이 그 전날에 일어났다는 것도 알았네. 그럼, 어떻게 그것을 알게 되었을까?

나는 그 나무 밑에 남은 말의 발자취를 따라 말을 몰며 땅바닥을 유심히 살폈다네. 그러자 작은 길 옆의 잡초가 어떤 짐승이 누워 있었던 것처럼 짓눌려 있고, 그 테두리 바로 한복판에 새 흙이 두툼하게 올라와 있는 것을 금방 알게 되었지. 이건 이상하지 않은가, 딕스? ——짐승이 누운 자리에 새 흙이 솟아올라 있다니! 그것은 짐승이 일어난 다음에 생긴 걸세. 그렇지 않다면 짓눌려서 평평해졌을 테니까. 그러면 대체 어떻게 해서 그런 모양이 되었을까?

나는 말에서 내려 사과나무 주위를 돌아보았지. 조금씩 테두리를 넓혀가자 개밋둑이 눈에 띄었네. 그 꼭대기가 폭 패어져 있더군——누군가가 두 손으로 푸슬푸슬한 흙을 퍼낸 것처럼 말일세. 나는 되돌아와서 흙을 조금 헤쳐보았네. 그러자 아래쪽 흙더미에 빨간 페인트 같은 것이 묻어 있었네……그러나 그것은 페인트가 아니었어. 50야드쯤 떨어진 곳에 관목 산울타리가 있더군. 나는 그리로 가서 조사해 보았지.

사과나무 맞은편 잡초도 어떤 짐승이 누워 있었던 것처럼 짓눌려 있었네. 나는 거기에 앉아서 산울타리 통나무 너머로 사과나무의 큰 가지를 향해 눈으로 줄을 그어보았지. 그리고는 말을 타고 그 나무 밑에 있던 말 발자국 있는 곳으로 가보았네. 그러자 상상했던 줄은 내 명치 밑을 지나지 않겠나……나는 앨카이어보다 4인치 키가 크다네."

딕스가 욕을 퍼붓기 시작한 것은 그때였다. 엉클 애브너가 이야기 하고 있는 동안 딕스의 얼굴은 실룩실룩 경련을 일으켰으며, 다시 땀이 뿜어나오고 있었다. 그러나 용기는 잃지 않았다.

"사람 놀라게 하는군!" 그는 외쳤다. "대단한데! 요점을 적어둔 애브너 변호사님의 등장이라는 건가? 내 소작인이 송아지를 죽였는데, 소작인의 말이 피를 보고 놀라 도망쳤으므로 그곳을 지나가는 말이 마찬가지로 도망치지 않도록 소작인들이 피가 괸 곳에 흙을 덮었던 거요. 그런데도 말을 탄 앨카이어를 내가 쏘아죽였다는 건가?……이거야 원, 기막힌 대발견이로군! 그런데 애브너 변호사님, 당신의 뛰어난 추리에 따른다면 내가 앨카이어를 죽인 다음 그 시체를 어떻게 했다는 겁니까? 유황 냄새와 함께 공중으로 사라져버리기라도 했습니까? 아니면 땅의 입을 벌리게 하고 그 뱃속으로 쑤셔넣기라도 했단 말씀입니까?"

"꼭 맞지는 않아도 비슷하긴 하군, 딕스" 하고 엉클 애브너는 대답했다.

"칭찬해 주어서 황공하옵니다!……" 딕스는 목소리를 높였다.

"만일 내가 그런 마술을 알고 있다면 당신도 어물어물하고 있을 수는 없을걸?"

엉클 애브너는 잠시 말없이 있더니 조금 뒤 입을 열었다.

"그런데 딕스, 땅바닥의 잔디가 한 군데 고쳐심어져 있는 것은 어떻게 된 거지?"

"알아맞추기 내기요? 그 정도야 아무것도 아니지! 당신은 나에게 살인죄를 뒤집어씌우고 나서 수수께끼를 걸어왔소. 그 수수께끼의 대답은 무엇이오, 애브너? 만일 살인이 행해졌다면 그 잔디는 무덤을 덮어 감추기 위한 것으로, 앨카이어가 피투성이가 된 셔츠차림으로 그 속에 들어 있다는 거겠지. 어떻소, 대답이 됩니까?"

"안되겠는걸" 하고 엉클 애브너는 대답했다.

"대답이 안된다고?" 딕스는 소리쳤다. "잔디가 옮겨심어진 그 구역이 무덤이 아니라면, 앨카이어가 그 속에서 천사 가브리엘의 나팔 소리를 기다리고 있는 게 아니란 말이오? 그럼, 당신의 결론을 들어봅시다."

"자네는 정직한 사람이군, 딕스. 앨카이어는 무덤 속에서 자고 있지는 않다네."

"허공으로 사라져버렸나요, 유황 냄새와 함께?" 딕스는 비웃듯이 미소를 지었다.

"아니, 허공으로 사라진 것도 아닐세."

"그럼, 타서 없어졌단 말이오, 바알을 섬기는 수도사처럼?"

"아니, 타서 없어지지도 않았네."

딕스는 조용한 표정을 되찾고 있었다. 이러한 대화를 나누는 동안에 엉클 애브너가 들어왔을 때의 상태로 되돌아간 것이다.

"모두 터무니 없는 이야기요. 만일 내가 앨카이어를 죽였다면, 그 시체를 어떻게 했다는 거요? 그리고 말도 그렇지! 말을 어떻게 했단 말이오? 앨카이어의 모습을 본 사람이 없는 것과 마찬가지로, 앨카이어의 말을 본 사람도 없소. 왜냐하면 그날 저녁 앨카이어는 말을 타고 구릉지에서 모습을 감추었기 때문이지. 그런데 당신은 나에게 여러 가지 질문을 했소. 그럼, 내 쪽에서도 한 가지 물어보고 싶은 게 있는데……당신의 결론에 따르면, 그런 일을 나 혼자 해치웠다는 거요, 아니면 누군가 같은 패가 있다는 거요?"

"공범은 없었다고 생각되는군, 딕스."

"그럼, 어떻게 말의 시체를 운반해 갔을까요? 앨카이어의 시체라면 나 혼자 운반할 수도 있겠지만, 말은 1천 3백 파운드나 나가거든요!"

"그런 일을 하는 걸 도와준 사람은 없지만 딕스, 그 사실을 감추는 데 도와준 사람은 몇 명 있네."

"아니, 미치기라도 했소!" 딕스가 외쳤다. "그런 일을 누구에게 맡길 수 있단 말이오? 다른 지방으로 옮겨가거나, 술을 반 되만 먹어도 지껄이고 마는 녀석들뿐이잖소. 나를 도와주었다는 녀석이 어디에 있소?"

"50년 전에 죽은 사람들이지, 딕스."

딕스는 껄껄 웃었다. 그 흉악한 얼굴이 불을 켠 것처럼 환하게 빛났다. 이것으로 엉클 애브너는 아무 소리 못하게 되는 게 아닐까 하고 나는 생각했다.

"이거 정말 기가 차군!" 딕스는 목소리를 높였다. "그만큼 증거가 갖춰져 있으면서 나를 교수대로 보내지 않는 이유가 무엇이오?"

"교수형에 처해 마땅하지만……" 하고 엉클 애브너가 말했다.

"그렇다면 보안관에게 가서 말을 해보시오, 그 멋진 결론을 내보이며. 말 발자국이며 송아지를 도살한 장소로부터 앨카이어가 살해되었다고 단정하고, 그 시체와 말의 시체를 숨기는 데 손을 빌려준 사람이 있다고 추리한——그것도 내가 태어날 무렵에는 이미 무덤 속에서 썩고 있었던 사람들의 손을 빌렸다고 하는——것이 받아들여지리라 생각하고 있소?"

엉클 애브너는 상대가 들떠 지껄여대는 대로 내버려두고는 호주머니에서 커다란 은시계를 꺼내어 손잡이를 누르고 바라보았다. 이윽고 그는 타고난 굵고 부드러운 목소리로 말했다.

"여보게, 딕스, 벌써 그럭저럭 한밤중이로군. 한 시간만 지나면 자네는 길을 떠나야겠지. 실은 아직도 말해 둘 일이 있네. 알겠나, 딕스, 이것이 행해진 것은 전날이었다는 것을 안 걸세. 내가 앨카이어를 만난 저녁에는 비가 왔으니까. 그리고 개밋둑 흙이 허물어진 것은 그 다음의 일이었지. 그리고 그 흙은 얼었던 흔적이 있었네. 이것은 즉 그리로 옮겨진 뒤 하룻밤이 지났다는 증거가 되네. 그리고 그 말에 타고 있던 것은 앨카이어였다는 것도 알았지. 작은 길 옆에 잘리어 떨어진 작은 가지 근처에 내 칼이 떨어져 있었으니까. 그의 손에서 떨어진 것일세. 여기까지의 일은 15분쯤으로 알아냈다네. 그 다음부터는 조금 시간이 걸렸지만 말이야.

말 발자국을 따라가자 작은 골짜기 있는 데서 사라져버렸더군. 말이 달린 곳은 곧 알 수 있었네. 잔디가 끊어져 있었기 때문이지. 그러나 말이 달리기를 그만둔 곳은 밟아도 발자국이 나지 않는 곳이었어. 작은 시내가 골짜기를 누비며 흐르고 있었지. 나는 숲에서부터 조사하기 시작해서 말이 어디로 지나갔는지 알아내려고 천천히 살피며 돌아다녔네. 그리하여 드디어 말 발자국을 찾아냈다네. 사람의 발자국도 있었지. 그것은 자네가 말을 붙들어 데리고 갔다는 말이 되네. 그러면 어디로 갔을까?

둔덕에 오랜 과수원이 있는데, 거기에는 예부터 집이 있었네. 백 년이나 옛날에 세워진 집으로, 지금은 다 낡았더군. 자네는 이 과수원을 목초지로 만들었던 걸세. 나는 말을 타고 이 언덕을 모조리 살피다가 이윽고 이 과수원에 들어갔지. 집이 세워져 있던 터에서 몇 발자국 떨어진 곳에 이끼가 덮인 커다랗고 넓적한 돌이 하나 있더군. 자세히 보니 돌 표면에서 땅바닥에 걸쳐 나 있는 이끼가 오른쪽 가장자리에서 끊어져 있었네. 그리고 돌 주위 몇 피트 지면의 잔디가 고쳐심어져 있었지. 나는 말에서 내려 이 새 잔디를 조금 파헤쳐 보았네. 그러자 그 밑의 흙이 흠뻑 젖어 있었지……그 빨간 페인트 같은 것으로.

썩 잘했더군, 딕스, 잔디를 고쳐심는 것은 별로 손이 가는 일도 아니고, 말을 죽인 장소를 용케 숨길 수도 있었으니까. 하지만 그래도 좀 서툴렀어──크고 넓적한 돌 가장자리의 잘라진 이끼를 바로잡아두지 않았던 것은."

"제발 그만해 주오!" 딕스가 소리쳤다.

그는 땀이 솟아나 반죽한 밀가루처럼 얼굴이 당겨붙고 몹시 오한이 드는 것처럼 덜덜 떨고 있었다. 엉클 애브너는 잠시 잠자코 있더니 다시 말을 이었다.

"두 번 하느님의 사자가 눈 앞에 나타나 있었는데, 나는 미처 몰랐었네. 세 번째에야 겨우 알았지. 하느님의 사자가 나타난 것을 우리가 알게 되는 것은, 바람의 외침에 의한 것도 아니고 물의 속삭임에 의한 것도 아닐세. 이스라엘의 그 사나이는 자기가 타고 있는 짐승이 앞으로 나아가려 하지 않는 것을 보고 하느님의 사자가 나타난 것을 알았지. 두 번이나 그와 같은 징조가 나에게 찾아왔네. 오늘 밤 우리 집 앞에서 맥스가 등자 가죽이 끊어졌다면서 나를 문 앞으로 불러내어, 수리를 해야겠으니 칼을 빌려달라고 했을 때 나는 문득 생각이 났던 걸세. 그래서 이리로 찾아온 거지!"

엉클 애브너가 집어넣은 통나무는 다 타서 숯덩이가 되어 있었다. 방 안은 무딘 빨간 빛으로 가득 찼다. 딕스는 일어나 있었다. 두 손을 불 위로 쑥 내밀고 몸을 바짝 붙이며 덜덜 떨었다. 타는 냄새가 났다.

엉클 애브너가 일어났다. 그리고 입을 열었을 때 그 목소리는 부피와 무게를 가진 물체 같았다.

"딕스, 자네는 방목자에게서 돈을 빼앗았던 걸세. 그리고 말을 타고 가던 앨카이어를 쏘아죽였지. 게다가 어린아이까지 죽이려 했던 걸세!"

엉클 애브너의 윗옷 소매가 꿈틀하더니 딱 멈췄다. 벽에 걸어놓은 무엇인가를 가만히 바라보고 있었다. 무얼 보는 것일까 하고 눈을 크게 뜨고 살폈으나 알 수가 없었다. 엉클 애브너는 벽 저쪽을 바라보고 있었다──마치 벽이 뚫려버린 것처럼.

그동안 줄곧 딕스는 덜덜 떨고 있었다──난로가에 몸을 붙이고 불 위를 덮어누르듯이 서서. 이윽고 비틀비틀 뒷걸음질쳤다. 언제나의 딕스로 되돌아왔던 것이다──축 늘어진 얼굴, 훔쳐보는 듯한 눈매. 완전히 공포에 질려 있었다.

딕스가 처량한 목소리를 내자 엉클 애브너는 문득 자기 정신으로 되돌아왔다. 그리고 한쪽 손을 들어 잡아훑듯이 얼굴을 문질렀다. 그리고 나서 공포에 사로잡혀 딴 사람처럼 된 상대를 바라보았다.

"딕스, 앨카이어는 정당한 사람이었네. 지금은 쓰지 않는 그 우물 속, 사랑하는 말의 시체 밑에서 편안히 잠들어 있지. 무덤에서 잠자고 있듯이 편안하게. 마음대로 손이 앞으로 내밀어지지 않는군. 자, 떠나게. '내 사랑하는 자들아, 너희가 친히 원수를 갚지 말고 진노하심에 맡기라'고 주께서 말씀하셨지(로마서 12장 19절)."

"하지만 어디로 가면 좋지요, 애브너 씨!" 딕스는 신음하듯 말했다. "돈도 없고 추워서 견딜 수가 없는데."

엉클 애브너는 가죽지갑을 꺼내 현관 쪽으로 집어던졌다.

"돈은 거기 있네. 백 달러쯤 되지. 그리고 이 웃옷을 주겠네. 어서 가게! 하지만 알겠나, 내일이 되어도 이 구릉지를 서성거리고 있으면, 아니, 어디서든 자네 모습을 보게 되면 그냥두지 않겠네!"

그 지긋지긋한 사나이가 몸을 꿈틀거리며 엉클 애브너의 웃옷을 두르고 지갑을 집어들더니 살금살금 문 앞으로 나가는 것이 보였다. 조금 지나자 말발굽 소리가 들려왔다. 나는 가만히 송아지가죽 침대로 파고들었다.

이튿날 아침 내가 아래층으로 내려가자 엉클 애브너는 난로가에서 책을 읽고 있었다.

하느님이 하시는 일

군(郡) 공진회(共進會) 마지막 날이었다. 나는 엉클 애브너의 옆, 사람들로 둘러싸인 끝쪽에 서서 곡예사의 곡예에 정신이 팔려 있었다.

작은 집 앞에 차려놓은, 수레바퀴가 붙은 단 위에 접시차림을 한 소녀가 두 팔을 벌리고 서 있었다. 그리고 군중으로 둘러싸인 의자 위에 서 있는 한 노인이 큰 강철 나이프를 집어던져 소녀의 몸 둘레로 울타리처럼 꽂고 있었다. 소녀는 아직 어린아이라고 해도 좋을 정도였다. 사나이 쪽은 늙기는 했으나 원기왕성했다. 이 사나이는 나막신을 신고 후줄근한 자주색 벨벳 바지에 빨간 장식띠를 허리에 두르고 앞깃이 열린 하얀 와이셔츠 모양의 작업복을 입고 있었다.

나는 사나이의 놀라운 솜씨에 완전히 정신이 팔렸다. 사나이는 자신과 수레 사이를 지나다니는 군중의 얼굴을 계속 지켜보는 것 같았는데, 그러면서도 그가 던지는 큰 나이프는 소녀의 몸을 스치며 한 치의 어김도 없이 과녁에 꽂혔다.

나이프다발을 손에 든 노인이 나의 주의를 끌고 있는 동안 엉클 애브너가 보고 있는 것은 소녀 쪽이었다. 그는 넋을 잃은 듯이 소녀의 얼굴을 가만히 지켜보고 있었다. 가끔 머리를 들어 뭔가 생각나지 않는 기억의 실마리를 더듬기라도 하는 것처럼 눈을 가늘게 뜨고 멍하니 군중을 둘러보았다. 그리고는 다시 백합나무 판자에 꽂혀 흔들거리는 나이프에 둘러싸인 검은 머리털이 늘어진 얼굴로 시선을 돌리는 것이었다.

나의 아버지가 찾아와서 엉클 애브너와 나를 발견한 것은 바로 이때였다.

"블랙포드를 보지 못했습니까? 그 녀석을 만났으면 하는데" 하고 아버지는 말했다.

"아니, 하지만 아마 이 근처에 있겠지. 사람 많은 곳이면 어디든 얼굴을 내미는 녀석이니까" 하고 엉클 애브너는 대답했다.

"어제 저녁에 그 녀석 집으로 소값을 보냈는데, 받았는지 확인해 볼까 해서요" 하고 아버지는 말했다.

그 말을 듣자 엉클 애브너는 아버지 쪽으로 몸을 돌리며 말했다.

"그런 악당과 상대하게 되면 별로 좋은 일 없을 거다, 루퍼스! 언젠가는 그 녀석에게 먹히고 말아. 그 녀석의 땅은 전부 저당에 들어가 있거든."

"아닙니다" 하고 아버지는 회심의 미소를 지으며 대답했다. "이번에는 그저 먹힐 리가 없습니다. 나에게는 블랙포드가 서명한 대금 청구 편지가 있지요. 거기에 이 편지를 돈받은 증거로 한다고 씌어 있단 말입니다."

아버지는 주머니에서 봉투를 꺼내 엉클 애브너에게 건네주었다.

엉클 애브너는 그 편지를 끝까지 읽었다. 편지지를 들고 있는 큰 손가락에 힘이 주어졌다. 그리고는 다시 한 번 주의깊게 읽고, 다시 또 한 번 눈을 가늘게 뜨고 턱을 내밀며 거듭 읽었다. 그리고 마지막으로 유심히 아버지의 얼굴을 바라보며 말했다.

"이 편지는 블랙포드가 쓴 게 아니야."

"뭐라구요!" 아버지는 자신도 모르게 목소리를 높였다. "아니, 나는 그 벙어리 바보의 필적을 잘 알고 있는데요. 그 녀석의 글씨는 줄 하나하나와 기울어진 정도까지 다 알고 있고, 서명하는 버릇과 특징까지도 다 알고 있습니다."

그러나 엉클 애브너는 머리를 옆으로 저었다.

아버지는 몸이 달아서 소리쳤다.

"무슨 소립니까! 이 공진회 마당에서 증인을 백 명이라도 모아보이지요. 비록 그 녀석이 부인하더라도, 비록 모세나 예언자들을 데리고 온다 하더라도 이 편지는 한 자 빼지 않고 블랙포드가 쓴 거라고 증언해 줄 겁니다."

엉클 애브너는 가만히 아버지의 얼굴을 바라보며 말했다.

"그렇다, 루퍼스, 이건 완전무결해. 블랙포드의 필적과 다른 것은 한 자도 없고, 줄 하나 펜놀림 하나 완전히 똑같다. 이 구릉지의 방목하는 사람이라면 누구 한 사람 빠짐없이 이 편지는 그 녀석이 쓴 거라고 성경에 손을 얹고 단언하겠지. 블랙포드 자신도 이 필적과 자신의 필적을 분간하지 못할 거야. 아니, 이 세상 어느 누구도 분간할 수 없을 거다. 그러나 역시 이것은 그 벙어리 바보가 쓴 게 아니야."

"그렇다면……." 아버지는 말했다. "옳지, 저기 블랙포드가 있군. 녀석에게 물어봅시다."

그러나 물어볼 수가 없었다.

키가 큰 벙어리 바보는 어깨로 바람을 끊듯 걸어와 곡예사의 수레 앞 군중 속으로 들어갔다. 바로 이때 어떤 일이 벌어진 것이다. 노인이 올라서 있던 의자가 무게를 못 이겨 부서졌다. 노인이 의자에서 떨어지는 바람에 들고 있던 큰 나이프가 과녁을 벗어나 마치 치즈라도 찌르듯 벙어리 바보의 몸에 가서 꽂힌 것이다. 우리가 안아일으켰을 때는 벌써 일이 끝나 있었다. 칼은 양어깨 사이에 박혀 피투성이가 된 웃옷을 뚫고 칼자루께까지 박혀 있었다.

우리는 시체를 농업 회관으로 옮겨 입상(入賞)한 사과와 호박들 사이에 눕힌 다음 축사(畜舍)에서 랜돌프 치안관을 불러오고 곡예사를 데리고 왔다.

랜돌프는 타고난 거만한 태도로 들어와서, 자기야말로 전세계의 재판관이라는 듯이 자리에 앉았다. 이리하여 증언을 들었는데, 이 비극은 완전히 돌발적인 사고였다. 그렇기는 해도 소름이 오싹 끼치는 사고였다. 그것은 구약성경 열왕기에 나오는 천벌처럼 뜻밖에 내려져 목숨을 앗은 사고였다. 아무 불안도 느끼지 않고 사람들 사이로 비집고 들어간 한 사나이가 칼에 맞아죽은 것이다. 그 많은 사람들 가운데서 이런 식으로 블랙포드를 희생자로 선택한 운명의 신비로움에 나도 모르게 가슴이 서늘해지는 것을 느꼈다. 사람 목숨의 허무함과 눈에 보이는 세상의 덧없음을 생각하며 어느덧 우리는 목소리를 죽이고 있었다.

그러나 여기에는 뭔가 뜻이 작용하고 있는 것 같은 데가 있고, 우리의 엄숙한 신앙과 일치하는 듯한 대목이 있었다. 목사의 설교 속에서 이 벙어리 바보는 교훈의 본보기였다. 그의 생활은 방탕하기 그지없었다. 그는 소를 배에 싣는 사람이었는데, 시편(詩篇)의 작자 다윗 왕이 지적한 추행을 모조리 알고 있었다. 벙어리 바보라는 불행을 짊어지고 있을 뿐만 아니라, 여러 면에서 버림받은 사람이었다. 아내도 자식도 없고 가까운 친척도 없었다. 그 사나이는 좋게 죽지 못할 거라고 구릉지의 선량한 주부들 사이에 소문이 나 있었다. 그 녀석은 아차 하는 사이에 힘이 빠져 지옥에 떨어질 거라고 말하는 전도자들도 있었다. 과연 이 세상이 에덴 동산처럼 아름다운 가을날 아침, 아차 하는 사이에 그는 힘이 다해 지옥으로 떨어지고 만 것이다.

그리고 지금 옥수수다발과 과일과 곡식 따위에 둘러싸여 누워 있다. 정말 예언대로 최후를 마쳤기 때문에 목소리를 크게 하여 그렇게 예언하던 사람들도 깜짝 놀라 어리둥절해 했다. 그들은 열심히 떠들어댔으면서도 하느님이 이처럼 빨리 일을 처리하신 것이 믿어지지 않았던 것이다. 그들은 목소리를 죽여 서로 이야기하면서, 마치 하느님의 사자가 에브스 사람 오르낙의 타작 마당에 서 있었던 것처럼 이 작은 축제 마당 입구에 나타나기라도 한 듯이 조심스러운 발걸음으로 모여들었다.

랜돌프로서는 이 사고를 돌발적인 것으로 판정내리고 노인을 놓아주지 않으면 안되었다. 그러나 그는 테이블 너머로 이런 장사가 얼마나 위험한 것인가에 대해 큰 소리로 떠들어댔다. 그동안 곡예사는 눈앞이 캄캄한 듯 랜돌프 앞에 멍청히 서 있었다. 소녀는 울면서 큰 몸집의 농부 손에 매달려 있었다. 랜돌프는 소녀를 가리키며 노인을 향해 언젠가 당신은 저 소녀도 죽이게 될 거라고 훈계한 다음, 전능의 권위를 가진 사람에게 어울리는 몸짓을 섞어가며 앞으로는 이런 장사를 그만두도록 언도했다. 늙은 곡예사는 나이프를 집어던지고 다른 장사를 시작하겠노라고 맹세했다. 랜돌프는 돌발적인 사고에 관한 법률에 대해 30분쯤 거창하게 이야기를 늘어놓은 다음 블랙스턴 경과 치티 씨의 말을 인용하여 이 사건은 법률의 정의(定義) 안에 있는 '하느님이 하시는 일(不可抗力의 뜻)'이라고 말하며 일어났다.

엉클 애브너는 문 가까이에 서서 뭐라고 판단하기 어려운 심각한 표정으로 바라보고 있었다. 노인이 넘어졌을 때 그는 사람들을 헤치고 의자로 달려가 블랙포드의 몸에서 나이프를 뽑아냈으나 시체를 운반하는 일은 돕지 않고 문 앞에 서서 그 위엄있어 보이는 어깨로 공연히 떠들어대는 사람들을 위압하고 있었다. 랜돌프는 나갈 때 엉클 애브너 옆에서 발길을 멈추고 코담배를 한줌 들이마시더니 여러 가지 색깔이 섞인 큰 손수건으로 코를 싸며 나팔 같은 소리를 냈다.

"여, 애브너, 자네도 판결에 찬성이겠지?"

"자네는 이 사건을 '하느님이 하시는 일'이라고 말했는데, 그 점에 대해서는 나도 찬성일세" 하고 엉클 애브너는 대답했다.

"그야 그렇겠지." 랜돌프는 아주 재판관답게 뽐내며 말했다. "법률을 처음 만든 사람들은 불법행위에 관한 논고(論考)에서, 사람의 지식으로는 예측할 수 없는 불가사의한 재난――예를 들어 홍수나 지진이나 해일 같은 것――을 이 말 속에 포함시키고 있다네."

"그것이 바로 법률 초안자들의 얼빠진 점일세" 하고 엉클 애브너는 대답했다. "나 같으면 그런 것은 악마가 하는 짓이라고 부르겠네. 하느님이 죄없는 사람에게 해를 끼치려고 자연의 힘을 이용한다는 것은 나로서 믿을 수가 없거든."

"법률 초안자들은 신앙자가 아니었으니까――하기는 그린립 씨는 믿음이 두터웠고, 치티 씨도 대단한 신앙가였으며, 콕 경과 블랙스턴 경과 매슈 헤일 경은 국교회(國敎會)에 귀의했었지. 이분들은 침해행위의 여러 예들을 모아서 분류하고, 소송을 제기할 수 있는가 어떤가에 대해 세밀하게 검토했네. 그 결과 어떤 종류의 침해행위는 하느님이 하시는 일이라는 결론에 이르렀던 걸세. 내가 읽은 것 가운데 악마의 짓이라는 침해행위는 한 예도 없네. 법률은 악마의 주권이나 지배를 인정하고 있지 않아."

"어쩔 수 없는 것으로 생각되긴 하지만, 법률 조문에는 잘못된 견해가 있어" 하고 엉클 애브너는 말했다. "내가 알고 있는 한, 법률 관할 구역에 악마의 영장(令狀)이 끼어들지 않은 일은 한 번도 없었네."

문 앞에 서 있는 엉클 애브너의 얼굴에 미소가 떠올랐다. 안에 죽은 사람만 없었다면 웃음을 터뜨렸을지도 모르는 미소였다.

랜돌프는 화를 내며 코담뱃갑에 얼굴을 들이밀고 나서 가벼운 문제로 화제를 돌렸다.

"자네는 어떻게 생각하나, 애브너? 그 늙은 곡예사가 약속한 대로 그 위험한 장사를 그만둘 것 같은가?"

"아, 그만두겠지. 하지만 자네와 약속했기 때문은 아닐세."

그리고 나서 엉클 애브너는 그 자리를 떠나 나의 아버지 있는 곳으로 가서 팔을 붙잡고 한옆으로 데리고 갔다.

"루퍼스, 나는 어떤 내막을 알게 되었다. 너의 영수증은 유효해."

"그야 물론이지요" 하고 아버지는 대답했다. "블랙포드가 직접 쓴 것이니까 말입니다."

"으음, 그 녀석이 다시 살아나서 그걸 부인할 리도 없고, 나는 그 녀석을 위해 증인이 되어줄 생각이 없으니까."

"그게 무슨 뜻이지요, 애브너 형님?" 하고 아버지는 말했다. "이 편지는 블랙포드가 쓴 게 아니라고 하더니 이제 와서 유효하다고 하니 말입니다."

"채무를 이행시킬 권리가 있는 사람이 그 편지를 보냈다면, 그것으로 충분하다는 뜻이지."

엉클 애브너는 머리를 들고 떡벌어진 등을 보이며 뒷짐을 진 채 사람들 속으로 걸어갔다.

군 공진회는 그날 밤 막을 내렸으나, 블랙포드의 죽음을 둘러싼 온갖 뒷이야기와 밑도끝도없는 소문이 꼬리를 이었다. 난로가의 법률가들이 집으로 돌아가는 군중들과 함께 말에 올라 제퍼슨 씨의 상속법에 대해 토론하며 블랙포드에게는 가까운 친척이 없으므로 재산이 주(州)에 몰수될 거라고 떠들어대는 동안에, 그가 가지고 있던 토지와 가축은 빚을 다 갚고 나면 관값으로 10달러 금화가 한두 닢 남을 뿐이라는 정보가 전해졌다. 그런데도 법률가들에게 내맡기고 잠자코 입을 다물지 않았다. 사실이 그들 추측한 전제와 일치하기만 하면 법률 따위가 무슨 소용 있느냐고 큰소리쳤다. 그리고 예언자들은 각자의 자기 마차에 앉아 증인들을 모으고, 자기가 예언한 날짜를 입증하게 했다.

황혼이 밀어닥치자 공진회장 주변에는 거의 사람의 그림자가 보이지 않았다. 그다지 멀지 않은 곳에 살고 있는 사람들은 자기네 가축을 군중들과 함께 앞세우고 우리며 축사를 그곳에 버려둔 채 돌아갔다. 그러나 언제나처럼 공진회에 한무리의 입상 가축을 데리고 와 있던 아버지는 아침까지 여기 머물러야 한다고 말했다. 집이 너무 멀었고, 게다가 길이 으슥했기 때문이다. 아버지의 소는 이집트의 황소 못지않게 신성한 것으로, 마차바퀴에 밀려나거나 떠들어대는 주정뱅이들이 끼어들거나 해서는 안되는 것이다.

밤의 장막이 내렸다. 달은 없었지만, 땅 위가 온통 어둠에 뒤덮여 있지는 않았다. 맑게 갠 하늘에 별들이 흩어져 있었다. 밭에 씨를 뿌린 것처럼. 나는 마굿간 안에 말린 토끼풀을 깔고 손으로 짠 수건을 걸친 임시 침대에 자기로 되어 있었지만, 자러 가지 않았다. 어느 나이 또래의 아이들은 재칼과 같아서, 사람들이 많이 야영하고 있는 사이를 어슬렁거리며 다니는 것을 무엇보다 좋아하는 것이다. 그리고 나는 그 곡예사 영감이 어떻게 되었는지 알고 싶었다. 그것은 곧 알수 있었다.

곡예사의 마차는 공진회장 끝인 강 가까운 가로수 사이에 멈춰 있었으며, 문이 닫혀 있었다. 말은 차바퀴에 매어진 채 한아름의 마른 풀에 코를 박고 있었다. 나뭇가지 사이로 비쳐드는 별빛이 차바퀴에 그림자를 던지고, 마차 옆은 구멍처럼 새까맣게 보였다. 나는 가로수

길가까지 걸어갔다. 그리고 그곳에 웅크리고 앉아 있노라니 발자국 소리가 들리며 그 마차 쪽으로 걸어가는 엉클 애브너의 모습이 보였다. 아까 군중 속을 걸어갈 때처럼 두 손을 뒤로 돌려 뒷짐지고 얼굴을 똑바로 든 모습이었다. 뭔가 곤란한 문제라도 생각하고 있는 것 같은 태도였다. 엉클 애브너는 마차 발판 있는 데까지 가자 주먹으로 문을 두들겼다. 대답하는 소리가 나자 안으로 들어갔다.

　나는 호기심에 지고 말았다. 마차의 어두운 쪽으로 잰걸음으로 달려갔다. 그곳에서는 약간의 행운이 나를 기다리고 있었다. 금빛으로 칠한 널빤지 하나에 오는 도중의 진동으로 틈이 생겼는데, 차바퀴에 걸터앉자 그 사이로 안이 들여다보였던 것이다. 그 노인은 경첩으로 벽에 붙인 나무탁자 앞에 앉아 있었다. 나이프는 노끈에 묶여 옆 바닥에 있었다. 탁자 위에는 몇 다발인가의 낡은 편지와 초 한 자루가 놓여 있었다. 소녀는 구석의 선반 같은 침대에서 자고 있었다. 엉클 애브너가 들어가자 노인은 일어났는데, 치안관 앞에서는 멍청하던 그 얼굴이 지금은 날카롭게 생기가 돌았다.

　"영광입니다, 나리." 라고 노인은 말했다. 그러나 그 말과는 달리 전혀 환영하고 있지 않은 말투였다.

　"영광이라니, 천만에요." 엉클 애브너는 모자를 쓴 채 대답했다.

　"뭔가 도움이 될지는 모르지만 말이오."

　"그건 좀 이상한데요" 하고 곡예사는 거침없이 말했다. "나는 이 고장에서 누구의 도움도 받은 일이 없기 때문에……."

　"당신은 건망증이 심하구료" 하고 엉클 애브너는 말했다. "오늘 치안관에게서 도움을 받았잖소, 당신은 자기 목숨을 소중히 하지 않다는 말이오?"

　"내 목숨은 위험하지 않습니다, 나리" 하고 노인은 말했다.

　"나는 위험하다고 생각하는데."

"그럼, 나리는 그 판결에 의문을 가지고 계신가요?"

"아니, 랜돌프가 내린 판결 가운데 그토록 현명한 것은 없었다고 생각하오."

"그럼, 어째서 내 목숨이 위험하다는 거지요?"

"글쎄……" 하고 엉클 애브너는 대답했다. "누구의 목숨이든 위험 앞에 놓여 있는 게 아니겠소? 목숨이 절대로 안전하다고 할 때가 하루라도, 아니, 한 시간이라도 있겠소? 이 땅에 위험이 없는 곳이 한 군데라도, 아니 한 조각이라도 있겠소? 새벽에 침대에서 눈을 떴을 때 오늘 나는 위험한 일을 당할 것이라든가, 또는 당하지 않을 거라고 말할 수 있는 사람이 있겠소? 밝은 곳에도 어두운 곳에도 위험은 있소. 예상되는 곳에도 전혀 생각지 못했던 곳에도 위험은 있기 마련이오. 블랙포드는 오늘 당신 앞을 지날 때 몸이 위험을 느꼈을까요?"

"아, 나리, 정말 무서운 사고였습니다!" 하고 노인은 대답했다.

엉클 애브너는 의자를 들어 탁자 옆에 놓고 앉았다. 그리고 모자를 벗어 무릎 위에 놓자 바닥을 내려다본 채 입을 열었다.

"당신은 하느님이 계시다는 것을 믿고 있소?"

노인이 한쪽 손으로 이마를 문지르는 듯하는 것이 보였다. 둘째손가락 끝으로 십자를 긋고 있었다.

"네, 나리, 믿고 있습니다."

"그럼, 사물이 우연히 생긴다고 믿지는 않겠군요."

"우연이라는 말은 이해가 되지 않을 때 쓰는 말입니다."

"보다 나은 말을 쓸 수도 있지만 말이오" 하고 엉클 애브너는 대답했다. "그런데 오늘 랜돌프는 블랙포드의 죽음이 이해가 되지 않는데도 '하느님이 하시는 일'이라는 말로 끝내 버렸소."

"아무도 알 수 없습니다. 하느님이 하시는 일은 알 수 없는 거니까요. ”

“꼭 그렇지만은 않소. ”

엉클 애브너는 턱을 한쪽 손으로 꼭 쥐고 잠시 꼼짝도 하지 않았다. 조금 있다가 그는 다시 말을 이었다.

“나는 이 사건에 대해 어떤 사실을 알게 되었소. ”

늙은 곡예사는 엉클 애브너의 맞은편 의자로 옮겨앉았다.

“뭘 아셨지요, 나리 ? ”

“당신의 목숨이 위험하다는 것──그것이 하나요. ”

“어떤 위험인가요 ? ”

“당신은 남 유럽 출신인 모양인데──한 사람이 죽으면, 죽인 사람의 목숨을 노리는 자가 나타난다는 것을 잊었소 ? ”

“하지만 블랙포드에게는 원한을 갚아 줄 혈족이 한 사람도 없습니다” 하고 곡예사는 말했다.

“그것을 알고 그를 죽인 거로군. 그처럼 신중하게 일을 꾸몄는데도 치안관 앞에 있던 군중 가운데 한 사람이 당신 목숨을 손에 쥐고 있었던 거요. 그 사람은 입을 열기만 하면 되었는데도……. ”

“그럼, 어째서 입을 열지 않았지요──그 사람은 ? ” 곡예사는 탁자 너머로 엉클 애브너를 바라보았다.

“설명해 주지요” 하고 엉클 애브너는 대답했다. “그 사람은 법의 판결이 하나님의 판결을 뒤집을지도 모른다고 두려워했던 거요. 말하자면 무수한 실로 짜여진 옷감 같은 것이오──하느님의 판결이라는 것은. 나는 오늘 그중 세 가닥의 실이 큰 베틀에 걸려있는 것을 보았지만, 짜는 사람에게 방해가 될까 싶어서 손을 내밀지 않았소. 사람들이 살인을 보면서도 그걸 모르는 것을 나는 이 눈으로 보았소. 어린아이가 자기 아버지를 보고도 몰라보는 것을 나는 보았소. 그리고 가짜 필적으로 씌어진 한 통의 편지도 보았소. ”

늙은 곡예사의 얼굴은 창백해지기는커녕 도리어 엄숙하게 되어, 햇볕에 그을린 피부에 힘줄이 솟아올랐다.

"증거는?" 하고 노인은 말했다.

"모두 여기에 감춰져 있소."

엉클 애브너는 몸을 굽혀 나이프다발을 집어들고 묶은 끈을 풀어 탁자 위에 놓았다. 그리고 블랙포드의 피를 닦아낸 나이프를 골라냈다. 그는 말을 계속했다.

"랜돌프는 이 나이프를 살펴보았지만, 다른 것은 살펴보지 않았소——다 똑같으리라고 생각했던 거지요. 그런데 그렇지가 않았소. 다른 것은 칼날을 무디게 해두었는데, 여기에는 면도날 같은 칼날이 붙어 있었던 거요."

엉클 애브너는 낚아채듯 탁자에서 종이를 한 장 집어들어 그것을 나이프로 잘라보였다. 그리고 나이프를 탁자 위에 놓자 맞은쪽 구석을 바라보며 설명을 계속했다.

"그리고 저 아이의 얼굴 말인데, 이 점은 블랙포드가 죽음의 신에게 붙잡히는 것을 보기 전까지는 확신이 없었소. 그러나 그제야 비로소 깨달았던 거요. 그리고 그 편지에 대해서는——"

그러나 노인은 이미 일어나 탁자 위로 몸을 내밀고 있었다. 그 얼굴은 잡아당긴 밧줄처럼 팽팽하게 긴장되어 있었다.

"쉿! 쉿!" 하고 노인은 말했다.

바람이 휙 불어와 마른풀 속에서 부스럭거리는 소리를 내며 마차와 내 얼굴에 마른잎을 뿌렸다. 마른잎은 마치 영혼처럼 펄럭펄럭 춤을 추며 가냘픈 손톱처럼 금빛 널빤지를 두들기기도 하고 집어뜯기도 했다. 나는 혼자 어둠 속에 앉아 이 비극을 들여다보고 있는 동안 공포에 사로잡히기 시작했다.

"여보시오, 나리" 하고 노인은 말했다. "다른 사람을 지옥으로 밀어넣고 자신은 지옥을 면할 수 있겠습니까? 맞소, 저 아이는 그놈의 딸이고 저 아이의 어미는 내 딸이었습니다. 그런데 나는 놈을 죽였습니다. 놈은 말은 하지 못했지만, 이 편지로 내 딸을 꾀어냈던 겁니다."

노인은 잠깐 말을 끊고 빛바랜 리본으로 묶여 있는 누르스름한 봉투다발을 풀었다.

"그런데 딸년은 그것을 정말로 받아들인 겁니다. 당신 같으면 어떻게 했겠습니까? 법에 호소하겠습니까──당신들 영국식 법률에서는, 여자에게 돈 몇 푼 쥐어주고 법정에서 내쫓아 더러운 놈들의 웃음거리로 만드는 것이 고작일 겁니다! 빌어먹을! 여보시오, 그런 건 법률이라고 할 수가 없습니다. 나는 법률이라는 것을 알고 있지요──나의 아버지나 할아버지, 나리의 아버지나 할아버지가 알고 있었던 것처럼. 딸년이 죽었을 때 저 아이만 없었으면, 나는 그놈을 죽여버리고 싶었습니다. 날마다 그림자처럼 놈의 뒤를 따라다니며, 그놈의 몸에다 칼을 쿡 찔러 도살당한 돼지처럼 갈기갈기 찢어주고 싶었지요. 그러나 저 아이를 남겨둔 채 교수형을 당할 수는 없었습니다. 그래서 기다린 겁니다."

노인은 의자에 앉았다.

"우리는 기다릴 수가 있답니다, 나리. 우리나라에서는 모두들 그렇습니다──참을 수가 있는 겁니다. 그리고 준비가 다 되자 놈을 죽였던 거지요."

노인은 잠시 숨을 돌리고 손바닥을 위로 펴서 한쪽 손을 탁자 위로 내밀었다. 독립된 생물 같은 놀라운 손이었다.

"당신 눈은 틀림없군요, 나리. 그러나 다른 사람들은 장님이나 마찬가지입니다. 이 손이 실수하는 일이 있다고 생각했으니 말입니다! 머리좋은 사람이 깜짝 놀랄 정도로 정확한 기계를 만들었지만, 끊임없이 단련을 하게 되면 사람의 손처럼 정확한 기계도 없답니다. 나는 당신 뒤에 있는 문에 바늘로 줄을 그어놓고 눈을 감은 채 그 줄 어디에고 마음대로 칼 끝을 꽂을 수가 있습니다. 블랙포드의 웃옷에 지푸라기가 하나 붙어 있었는데——외양간에 들어갔을 때 들러붙은 거겠지요——놈이 사람들 속을 헤치고 가까이 왔을 때, 나는 그것을 과녁으로 삼아 둘로 갈라놓았던 겁니다! 자, 어떻습니까, 나리?"

그러나 엉클 애브너는 상대를 제어했다.

"잠깐만——나는 살아 있는 사람을 걱정하고 있는 거요. 죽은 사람은 어쩔 수 없으니까. 만일 내가 죽은 사람의 일만을 생각했다면 잠자코 있지 않았을 것이오. 그러나 나는 살아 있는 사람의 일도 생각하고 있었던 거요. 당신은 저 아이에게 무엇을 해주었지요?"

노인의 얼굴에 깊은 사랑의 빛이 떠올랐다.

"귀엽게 길러왔지요. 훌륭하게 길러왔습니다. 그리고 저 아이를 위해 유산도 만들어주었습니다."

그는 말을 끊고 편지다발을 가리켰다.

"당신이 여기 오셨을 때, 나는 이것을 태우려던 참이었습니다, 나리. 이제 목적을 이루었으니까요. 나는 블랙포드의 필적을 익히지 않으면 안된다고 생각하여 연습을 시작했습니다. 흔해빠진 사기꾼처럼 하루나 1주일에 한 일은 아닙니다. 이런 일은 처음이었습니다만 한 해가 지나고 몇 해가 지나는 동안 손이 생각대로 움직이게 되고, 온갖 단어와 글자를 몇 번이고 되풀이 연습하는 동안에 마침내 그 녀석의 필적으로 쓸 수가 있게 되었습니다. 단순한 모방이 아닙니다. 나리, 그놈의 필적, 블랙포드의 필적 바로 그것이었습니다. 그런데 마침내 그것이 쓸모있게 된 겁니다. 빚을 갚고 난 블랙포드의 전재산을 저 아이의 것으로 해주었으니까요. 블랙포드가 쓴 것이 아니라는 사실을 아무도 알 리가 없는 한 통의 편지로."

"나는 알고 있었소, 블랙포드가 쓴 것이 아니라는 사실을." 엉클 애브너가 말했다.

노인은 싱긋 웃었다.

"농담이시겠지요, 나리. 바로 블랙포드 자신도 그 글씨와 자기 글씨를 구별하지 못했을 겁니다. 나도 구별할 수 없고 아무도 구별할 수가 없었을 겁니다."

"사실 그렇소" 하고 엉클 애브너는 대답했다. "그 편지의 글씨는 블랙포드의 필체였소. 그 녀석이 직접 쓴 것 같았소. 당신 말대로 그 것은 모방이 아니라 그 녀석의 글씨 바로 그 자체였소. 그러나 역시 그 녀석이 쓴 건 아니었소. 나는 그것을 보았을 때 곧 그 사실을 알았던 거요."

노인은 믿어지지 않는다는 표정으로 물었다.

"어떻게 그걸 알아보셨지요, 나리?"

엉클 애브너는 아버지가 받은 그 편지를 주머니에서 꺼내 탁자 위에 펴놓았다.

"그럼, 이야기해 주지요. 이 편지는 블랙포드의 필적과 아주 똑같이 씌어져 있는데, 어떻게 해서 그가 쓴 것이 아니라는 사실을 알았는가. 동생 루퍼스가 이 편지를 보여주기에 읽어보았지요. 그런데 철자법이 틀린 말이 있다는 것을 알았소. 하지만 그것 자체는 별문제가 아니오. 그 벙어리 바보가 언제나 철자법을 제대로 알고 쓴다고 할 수는 없으니까요. 문제는 그 틀린 방법이었소. 옛날 방법대로 벙어리 바보에게 글씨를 가르칠 경우, 눈으로 가르쳤지요. 그 결과 눈으로 보고 안 대로 쓰는 겁니다——소리로 알고 있는 대로 쓰는 게 아니라. 따라서 벙어리 바보가 철자법이 틀린다면 눈의 틀림이지 귀의 틀림은 아니오. 이 점이 들을 수 있는 사람과 다른 거요. 귀가 들리는 사람은 어떤 말의 철자가 애매할 경우 발음 나는 대로 쓰지요. 눈으로 보아서 옳다고 생각되는 글자가 아니라 발음나는 대로 비슷한 글자를 씁니다. C로 써야 할 곳을 S로 쓰기도 하고, U로 써야 할 곳에 O를 쓰기도 합니다. 그러나 벙어리 바보라면 결코 그렇게 쓰지는 않을 겁니다. 벙어리 바보는 글자가 어떤 소리로 들리는지 모르니까요. 따라서 이 편지 속에 소리에 의한 철자법의 잘못이 있다는 것을 알았을 때 이 편지를 쓴 사람은 발음을 할 수 있어서, 글자를 모아 그 소리를 내려 하고 있었다는 것을 알았을 때 이 편지는 귀가 들리는 사람에 의해 씌어졌다는 것을 알았던 겁니다."

노인은 말없이 일어나 엉클 애브너 앞에 섰다. 두려워하지도 않고 똑바로 섰다. 길다란 흰 머리를 뒤로 늘이고, 구릿빛 목을 쑥 빼어 얼굴을 들고 평온한 눈으로 똑바로 앞을 쳐다보았다. 성스러운 오크나무 사이에 서 있는 고대 드루이드 교(로마 시대에 異敎 승려 드루이드가 창시한 종교단체의 한 파로, 죽음의 신을 세계의 주재자로 믿었음)의 사제처럼.

나는 널빤지 틈에 얼굴을 바싹 붙이고 노인이 하는 말을 들으려고 귀를 기울였다.

노인은 말했다.

"네, 나리. 그것은 내 나름대로의 판결이었던 겁니다. 인간이 행하는 판결이 아니라 하느님의 섭리와 같은 판결이었습니다. 신중히 끈기있게 하나하나 해치웠기 때문에 사람들의 눈에는 하느님의 섭리로 비쳤던 거겠지요. 그리고 그것을 보고 있던 사람들은 모두 만족했습니다. 당신 말고는 말입니다. 당신은 진상을 추궁하여 밝혀냈으니까, 알고 있는 사실에 대해 책임을 지지 않으면 안됩니다."

노인은 잠들어 있는 소녀 쪽으로 두 손을 폈다.

"저 아이는 아무것도 모르고 훌륭한 어른이 될 수 있을까요, 아니면 진상을 알고 지옥으로 떨어지지 않으면 안될까요? 어머니가 어떤 여자이고 아버지가 어떤 남자이며, 또 내가 어떤 인간인가를 저 아이에게 알려주어 쓰라린 생각을 품게 하지 않으면 안되는 것일까요? 그리고 유산을 몰수당하고 사회로부터 매장당할 뿐만 아니라, 거지로까지 몰락하지 않으면 안되는 것일까요? 나는 사형 집행인에게 끌려가고, 저 아이는 밤의 여자가 되지 않으면 안되는 것일까요? 이것은 당신이 결정할 문제입니다. 진상을 파헤쳐 숨겨진 사실을 알아내셨으니까요. 이것은 당신에게 맡기겠습니다."

엉클 애브너는 일어나면서 대답했다.

"나로서는 하느님의 손에 맡기겠소."

보물찾기

그 뱃사람이 하이필드에 모습을 나타냈을 때의 일은 지금도 똑똑히 기억하고 있다. 말하자면 방탕한 자의 귀향——그것도 너무 늦은 귀향이었다. 그러나 성경의 이야기와는 달리 그를 기다리고 있었던 것은 환대가 아니었다. 손다이크 매디슨 노인은 벌써 이 세상에 없었다. 그리고 단 한 명의 상속인으로서 죽은 아버지의 뒤를 이은 찰리 매디슨은 20년 동안이나 행방불명이었던 형이 배를 타고 상륙해서 불쑥 모습을 나타내도 전혀 반갑지 않았던 것이다.

행방불명된 지 7년이 지나면 법률은 그 사람을 죽은 것으로 추정한다. 20년 동안 더브네 매디슨은 죽은 것으로 여겨지고 있었던 것이다——법률이 정하는 바에 의해, 살아있는 한 아들에게 재산을 물려준 손다이크 노인에 의해, 그리고 또 그 권리를 물려받은 찰리에 의해.

이곳 구릉지에 사는 젊은이들은 너나없이 이 로맨틱한 사건에 상상력을 불러일으키게 되었다. 흑인들은 하찮은 이야기까지 속속들이 떠들어댔다. 만일 색채가 부족했다면, 상상력에 맞게끔 각색을 했을 것이다.

그 집은 새벽부터 밤늦게까지 술에 만취된 찰리와 함께 엉망이었다. 늙은 클레이븐과 마리아가 안채에서 반 마일 떨어진 흑인 움막에 살고 있었다. 클레이븐이 만취된 찰리를 자리에 눕히고 움막으로 돌아가면 아침에 마리아가 커피를 끓이러 온다. 손다이크 노인이 70살의 고령으로 이 세상을 떠난 다음부터 찰리의 생활은 이런 것이었다.

그것은 마녀가 설치고 다니는 것 같은 밤의 일이었다. 굉장한 비바람에 기둥과 굴뚝이 울부짖는 소리를 지르고 있었다. 그 집은 강 위의 높은 둑에 있었는데, 그곳에서는 홍수 같은 급류가 급한 물굽이를 이루고 있다. 집은 정면으로 비바람을 받고 있었다. 낡은 집이라 기둥과 판자가 끼익끼익 소리를 내었다.

찰리는 술이 취해 있었다. 죽은 줄로 생각하고 있던 형의 모습을 보자 무심결에 큰 소리를 외치며 비틀비틀 일어났다.

"더브네! 소설책에서 뛰어나온 거겠지?"

그러더니 그는 손으로 만든 유령을 앞에 놓은 어린아이처럼 마치 공포에 쫓긴 듯이 소리내어 웃었다.

취해 있는 사람치고는 재치있는 대사였다. 더브네는 정말 해적이야기 속에서 튀어나온 것 같은 태도를 취하고 있었기 때문이다.

더브네는 노크도 하지 않고 문고리를 벗기고 들어왔다. 큰 몸집에다 아버지를 닮은 매부리코, 바닷바람에 찌든 선원복, 얼굴은 회칠한 벽처럼 푸르스름했으며, 빨간 헝겊을 머리에 단단히 두르고 있었다. 그리고 엄청나게 큰 반달 모양의 귀고리를 달고 있었다. 거기다 선원용 옷상자를 둘러메고 있었던 것이다.

이것은 모두 클레이븐에게서 들은 이야기다.

뭔가 귀중한 물건이라도 들어 있는 것처럼 더브네는 조심스럽게 옷상자를 내려놓았다. 그리고는 천천히 입을 열었다.

"나를 만나서 기쁘냐?"

찰리는 졸린 듯이 눈을 뜨고 입을 멍하니 벌린 채 두 손으로 테이블을 꼭 붙잡고 있었다.

"당신이 누군지 본 기억이 없는데." 그는 떨리는 목소리로 말하고 나서 턱을 약간 움직여 늙은 흑인 쪽으로 얼굴을 돌리며 물었다. "전혀 본 기억이 없어. 안 그런가?"

그러나 더브네는 테이블 앞으로 걸어와서 술병과 유리잔을 들고 말했다.

"이봐, 클레이브, 이건 사과술인가?"

이 이야기는 클레이브에게서 수도 없이 들었는데——그러자 그는 문득 생각이 나서 자기도 모르게 큰 소리를 질렀다고 한다. 그 말로써——그 몇마디 말로써 모든 것이 분명해졌던 것이다. 이야기가 이 부분에 이르면 클레이브은 마치 노래라도 부르듯 코먹은 소리로 길게 잡아당기듯이 말하곤 했다.

"더브네 도련님이었어! 정말 깜짝 놀랐지. 예전에 더브네 도련님이 그렇게 말하는 것을 몇 번이나 들었었는지 몰라. 도련님은 언제나 그렇게 말했었지——'이봐, 클레이브, 이건 사과술인가?'라고 말이야. 그처럼 이상야릇한 옷을 입고 있어도 나는 잘 알 수 있었어! 그 말을 들은 이상 이스라엘의 옷을 입고 있다 해도 더브네 도련님이라는 걸 알 수 있을 거야!"

그러나 그날 밤의 클레이브은 찰리에게 몹시 처치곤란한 존재였다. 찰리는 테이블에 달라붙어 마구 소리를 질렀다.

"아니, 더브네가 아니야! 나는 다 알고 있어! 네놈은 해적 라피트다! 뉴올리언스에서 영국군을 쳐부순 잭슨 장군을 도와준 해적. 네놈에 대해선 어릴 때 할아버지로부터 몇 번이나 들었어!"

할아버지가 그 해적의 모습을 너무도 생생하게 마음에 새겨넣어주었기 때문에, 술만 취하면 그 모습이 나타나 괴로움을 겪는다고 소리소리쳤다. 이윽고 그는 용기를 불러일으켜 떨리는 주먹을 테이블 너머로 휘둘렀다.

"무섭지 않아, 라피트——개새끼! 나는 네놈보다 더 못된 녀석도 만난 적이 있지. 가래로 무덤을 파는 악마를 만난 일도 있어. 독수리처럼 큰 등에가 장롱 위에 올라앉아 나를 바라보면서 악마를 향해 외쳐댔어——'더 깊이 파라! 찰리라는 놈을 깊이 묻어 주게'라고 말이다!"

클레이븐은 간신히 찰리를 이해시켰다. 빨간 머릿수건 밑의 얼굴이 하얗긴 하지만, 이 사람은 틀림없이 더브네이지 유령이 아니라는 사실을. 그러자 찰리는 술김에 버럭 화를 냈다. 더브네는 죽었다, 죽지 않았다면 죽여주겠다——라고 소리치면서 결투용 권총을 꺼내려고 장롱 쪽으로 달려갔다. 성난 목소리와 취기로 떠드는 욕설이 집 안에 울려퍼졌다. 이 집은 내 거야! 나눠줄 수 없어!"

그것은 악마의 밤이었다. 새벽 무렵이 되어서야 늙은 흑인은 겨우 찰리를 자리에 눕히고, 더브네를 죽은 손다이크 노인의 방으로 안내하여 불을 지피고 여러 가지로 시중을 들어주었다.

그런 뒤부터 찰리는 이상하게 온순해졌다. 형의 침입을 말없이 참고 있었다. 만일 찰리의 태도에서 뭔가 냄새를 맡으려 한다면, 더브네는 계속 집에 붙어 있었을 것이다. 아무튼 평온하기는 했지만, 어딘지 모르게 휴전상태 같은 느낌이었다.

더브네는 정든 옛집을 주의깊게 두루 돌아보기는 했으나, 찰리가 가진 물건에 손을 대지는 않았다. 그가 권리를 주장했다는 소문도 없었다. 찰리는 더브네를 경계하는 것 같았으나 술을 조심하며 얌전히 행동하고 있었다.

클레이븐의 말에 따르면, 꼭 집어 분명한 이유를 댈 수는 없었지만 더브네는 곧 불안에 쫓기는 것 같은 행동을 하게 되었다. 그는 나이

든 큰 사냥개를 길들였다. 엽총을 꺼내 베개맡에 세워놓았으며, 마침
내 밤이 되면 사냥개를 침실에 들여놓게까지 되었다. 낮에는 대개 밖
에 나가 있었다.

망원경을 가지고 강 위 높은 곳을 바쁘게 쏘다니기도 하고, 나무등
치에 앉아 있기도 했다. 아직도 선원복에 빨간 머릿수건을 두른 차림
이었다.

엉클 애브너도 한두 번이 아니라 여러 번 그를 보았을 것이다. 그
중 한 번은 나도 알고 있다. 엉클 애브너는 군 재판소에서 말을 타고
집으로 돌아오는 길이었다. 더브네는 옛집 맞은편 높은 언덕의 금작
화숲을 거닐고 있었다. 엉클 애브너가 소리쳐서 부르자 그는 길가로
내려왔다. 망원경을 메고 선원복을 입었으며, 머릿수건을 두르고 있
었다.

그는 엉클 애브너를 만난 것을 기뻐하지 않았다. 뭔가에 사로잡혀
있는 사람처럼 조마조마해 있다. 엉클 애브너가 이야기를 걸자 그는
곧장 앞으로 세 걸음 나왔다가 홱 방향을 바꾸었다. 엉클 애브너는
그것을 보고 이상하게 생각했다.

"더브네 씨" 하고 그는 말했다. "왜 그렇게 서둘러 방향을 바꾸시
지요?"

사나이는 문득 걸음을 멈췄다. 한순간 깜짝 놀라며 공포에 사로잡
히는 것 같았다. 이윽고 그는 내뱉듯이 말했다.

"버릇이오, 애브너 씨!"

"그래요? 어디서 그런 버릇이 생겼습니까?" 하고 엉클 애브너가
물었다.

"배에서" 하고 사나이는 대답했다.

"어떤 배를 타셨습니까?"

선원은 한순간 망설이더니 조금 뒤 목소리를 높여 대답했다.

"애브너 씨, 카리브 해를 항해하여 드라이 토르츠거스 섬으로 집결하는 배가 어떤 배라고 생각하오?" 별안간 긴장된 듯한 거친 목소리로 바뀌었다. "넓은 선실이라도 있는 배일까요, 아니면 이런 식으로 세 걸음만 걸으면 부딪치고 마는 답답한 우리 같은 배일까요?"

엉클 애브너는 굵직한 손가락으로 턱을 문지르며 사나이를 똑바로 바라보았다.

"묘한 곳에 있었군요, 더브네 씨. 손다이크 매디슨 노인의 아드님으로서는."

"글쎄 말입니다!" 하고 사나이는 외쳤다. "그렇게 갇혀 있지 않으면 뱃전에서 쑥 내밀어진 판자 위를 걷게 하여 죽고 마는 거요. 버지니아 주의 보호 아래 있는 양가집 자식이라면 이런 근사한 꼴을 당하는 일이 없겠지만, 버뮤다 바다로 나가면 이야기가 다르오. 머스킷 총의 총구를 등에 느끼며 바로 아래는 끓어오르는 듯 거친 바다라면 ——어떻게 하겠소?"

엉클 애브너는 기묘한 표정을 지으며 뚫어지게 사나이를 지켜보았다.

"죽는 것이 천벌에 쫓기는 것보다 낫겠지요."

사나이는 자기도 모르게 욕을 퍼부으며 "천벌!" 하고 외치더니 웃었다. "그런 것에 쫓겨보아야 별일은 없소. 피가 얼어붙을 정도로 소름끼치는 것은, 쥘 노와르나 저 지긋지긋한 영국인 발레트에게 복수를 당하는 일이었지요. 천벌이라고! 여보시오, 애브너 씨, 목사라면 교회당에서 그런 걸 가지고 한바탕 부딪칠 수 있겠지만, 혼혈아를 설득할 수가 있겠소? 아니면 코가 달아난 영국인을?"

사나이는 격정의 소용돌이에 휘말린 듯이 뜻밖의 소리를 떠들어댔다.

"카리브 해는 버지니아 주와는 형편이 다르오! 신사인 체하다가는 살아남지 못하오. 약탈을 하거나 죽이거나 하는 것은 신사의 도락이 아니지. 카리브 해는 안전한 곳이 못되오. 그건 그렇고, 버지니아 주도 과연 안전한 곳일까요? 안전한 곳이 정말 있을 수 있을까요? 애브너 씨, 알고 있으면 어디 가르쳐주구료!"

이처럼 떠들더니 그는 금작화숲으로 자취를 감추었다.

이리하여 잇새에 단도를 숨겨놓은 프랑스의 악당이니, 코가 떨어지고 없는 쌍권총의 주정뱅이니 하는 말이 더브네를 둘러싼 소문에 얽혀들게 된 것이다.

이곳 구릉지에 사는 사람들은 누구나 결국은 무슨 일이 일어나리라 생각하고 있었지만, 그토록 괴상한 사건이 이처럼 빨리 일어나리라고는 아무도 예상하지 못했다.

어느 날 아침 해가 뜰 무렵 흑인 하인이 숨을 헐떡이며 달려와서 말하기를, 클레이븐이 말을 달려 랜돌프 치안관에게 갔다는 것이었다. 그리고 엉클 애브너에게도 빨리 하이필드로 와달라고 큰 소리로 부탁했다고 말했다.

랜돌프 치안관의 집이 더 가까웠지만, 엉클 애브너는 매디슨의 집 입구에서 그와 만나 함께 안으로 들어갔다.

찰리는 취해 있지는 않았다. 그러나 독한 술을 거푸 들이켜며 취하려고 애쓰고 있었다. 창백한 얼굴이었다. 손이 떨려서 큰 잔에 화이트 브랜디가 제대로 따라지지 않았다. 지옥으로 떨어지는 인간의 공포가 이 세상 사람에게 옮겨붙는 일이 있다면, 이때의 찰리야말로 바로 그 모습이었다고 엉클 애브너는 말했다.

사건의 윤곽이 알려지기까지는 잠시 시간이 걸렸다. 술기운이 돌아 마음이 가라앉을 때까지는 찰리에게 물어보아야 헛일이었다. 늘어진 아랫입술을 실룩이며 온갖 재주를 다해 브랜디를 입으로 가져가기 위해서 기를 쓰고 있었다.

마리아는 속이 비어져나와 있는 부엌 의자에 걸터앉아 머리에 앞치마를 푹 뒤집어쓰고 몸을 떨고 있었다. 이 늙은 여자도 아무 소용이 없었다.

엉클 애브너와 랜돌프는 이리로 오는 도중 클레이븐으로부터 약간 이야기를 들었었다. 어제 저녁만 해도 이런 일이 일어날 기미는 전혀 없었다는 것이다.·더브네는 언제나처럼 개를 데리고 죽은 아버지 손다이크 노인의 방으로 들어갔다. 클레이븐은 취해 있는 찰리를 침대에 눕힌 다음 촛불을 끄고 반 마일 떨어진 움막으로 돌아갔다. 그것은 전날 밤의 일로서 클레이븐이 알고 있는 것은 그뿐이었다.

더브네는 어느 때보다 불안에 떨고 있었으며 찰리도 다른 때보다 더 취해 있었던 모양이었지만, 어느 정도인가는 확실히 알지 못했다. 선원은 최근 줄곧 공포에 쫓기는 것 같았으며, 찰리는 다시 본디대로 돌아가 많은 술을 마시고 있었다 한다.

그 다음에 일어난 일에 대해서는, 엉클 애브너와 랜돌프가 클레이븐이 알고 있는 이상의 것을 알아냈다.

죽은 손다이크 노인의 방에는 이 집의 다른 방과 마찬가지로 강 쪽으로 난 지붕달린 긴 베란다로 통하는 문이 있었는데, 그 도어가 열려 있었던 것이다. 낡고 녹슨 자물쇠의 판금(板金)이 나사못과 함께 옆기둥에 늘어져 있었다. 문에는 억지로 비틀어 연 흔적도 전혀 없었다. 더브네의 모습은 보이지 않았다. 베개와 이부자리는 피투성이였다. 그의 옷가지는 빨간 머릿수건을 포함해서 모두 얌전하게 의자팔걸이에 걸려 있었다.

옷상자는 뚜껑이 열린 채 텅 비어 있었다. 침대에서 문까지, 그리고 또 문 밖 잡초 속까지 핏방울이 조금씩 떨어져 있었으나, 방 안의 다른 곳에는 핏자국이 하나도 없었다. 그리고 거기서 강까지 일직선으로 풀이 짓밟혀 있었다. 땅바닥은 단단하게 말라서 어떤 사람이 집에서 그쪽으로 갔는지 아무리 보아도 알 수가 없었다.

개는 방 안 문 바로 앞에 거의 목이 잘린 모습으로 쓰러져 있었다. 면도칼같이 예리한 칼이었던지, 머리가 목에서 거의 끊어지려 하고 있었다.

소리를 내지 않고 재빨리 해치운 것이다. 믿어지지 않을 정도의 재빠른 솜씨로, 더브네는 잠이 깨지 않았던 모양으로, 엽총이 베게맡에 세워져 있었다. 문이 열리자마자 뭔가가 개의 주둥이를 잡고 목에 칼을 박은 다음 이어서 일련의 행동을 해치운 것이다.

"대충 그런 거겠지" 하고 랜돌프가 말했다.

어찌되었든 반갑지 않은 선원은 모습을 감추고 말았다. 수수께끼에 싸여 모습을 나타냈다가 또 수수께끼에 싸여 모습을 감추고 만 것이다. 그러나 간 곳은 분명했다. 강물은 모든 것을 삼켜버린다.

이 강에서 수영을 하다가 행방불명된 사람의 시체가 몇 달이나 지난 뒤 몇 마일 아래쪽에서 발견되는 일이 있었다. 아니, 분간할 수 없는 기분나쁜 물체가 떠내려오면 이곳 구릉지 사람들은 그것을 시체라고 인정하는 것이다.

방법에 대해서도, 더브네가 엉클 애브너에게 지껄여버린 이야기에서 추측할 수 없는 것도 아니다. 그리고 흑인들이 저녁 무렵 사람 그림자를——한 사람이 아니었을지도 모르지만——보았다는 것이다. 하이필드 안쪽의 넓은 목초지 저쪽에 있는 낡아서 쓰지 못하는 담배 움막 근처에서. 이 움막은 목초지와 그 저쪽의 몇 에이커나 되는 저습지(低濕地)——남부에서는 늪지라고 불린다——사이의 길다란 떨기나무숲 속에 있었는데, 금방이라도 쓰러질 듯한 오래된 집이었다. 흑인들은 도깨비집이라고 말한다. 참극이 일어나기 전날 클레이븐은 그 목초지 변두리에 있는 큰 느릅나무 뒤에서 움직이는 사람 그림자를 멀리서 보았지만, 그 행동을 가만히 엿보거나 할 생각은 없었다고 한다.

더브네가 망원경으로 강을 살피고 있는 사이에 그가 두려워하던 자가 등 뒤 늪지로 몰래 다가왔다는 것은 피할 수 없는 운명의 장난이었을까?

엉클 애브너와 랜돌프가 이런 증거를 다 모으고 났을 무렵에는 찰리도 술기운이 돌아 정신을 가라앉히고 있었다. 처음 한동안 그는 사건에 대해서는 아무것도 모른다고 말했다. 미친 듯한 마리아의 외침소리로 잠이 깨었기 때문에 아무것도 듣지 못했다는 것이었다.

랜돌프의 말에 의하면, 그때처럼 난처한 빛을 띤 엉클 애브너의 얼굴을 본 적이 없다고 한다. 엉클 애브너는 찰리의 방에 아무 말 없이 앉아 있었다. 윤곽이 뚜렷한 날카로운 얼굴이 마치 가면처럼 보였다.

그러나 랜돌프 치안관은 수수께끼의 갈라진 틈으로 실마리를 찾아내자 재빨리 본격적으로 파고들었다.

"당신은 형이 나타난 것을 보고도 반갑지 않았겠지요?"

취한 사람은 거짓말을 하지 않았다.

"아, 만나고 싶지도 않았소."

"어째서?"

"죽은 줄 알고 있었기 때문이오."

"유산을 나눠주고 싶지 않았기 때문이었겠지. 그렇지 않소?"

"아, 모두 내 것이었소. 그렇지 않소? 만일 더브네가 죽어 있다면."

보안관은 다시 다그쳤다.

"찾아온 날 밤, 형을 쏘아죽이려고 했겠지요?"

"기억할 수가 없소, 취해 있었으니까. 클레이븐에게 물어보시오."

공포에 떨고 있었으나, 머리는 확실했다. 그것은 불을 보는 것보다 분명했다.

"당신 형은 여기에 있으면 위험하다는 것을 알고 있었겠지요?"

"물론 알고 있었소."

"그래서 공포에 쫓기고 있었던 게 아니오?"

"공포로 몹시 떨고 있었소!"

"당신을 무서워했던 거요!" 치안관은 갑자기 무서운 위엄을 보이며 외쳤다.

"나를?" 찰리는 이상한 듯이 상대를 바라보았다. "천만에요, 나를 무서워하다니!"

"그럼, 무엇을 무서워하고 있었단 말이오?" 하고 랜돌프가 되물었다.

찰리는 우물쭈물했다. 다시 브랜디를 한 모금 마시고 나서 겨우 입을 열었다.

"어찌되었든 무서워하는 것도 당연했겠지요, 저런 꼴을 당했으니까!"

그러나 랜돌프는 일어나 테이블 너머 찰리 쪽으로 몸을 내밀었다.

"당신들 매디슨 집안 사람들은 모두 덩치가 크지. 자, 잘 들어주시오! 저 문을 벗기려면 굉장한 힘이 필요하오. 그런데 문에는 아무흔적도 남아 있지 않거든. 그것은 곧 어깨로 밀어서 벗겼다는 말이오——소리없이 가만히. 그리고 또 한 가지——당신 형은 자다가침대에서 살해된 거요. 그런데도 같이 방에 있던 개가 짖는 소리한번 내지 않았으니, 이것이 어떻게 된 일이오?"

취한 사나이의 얼굴에 당황한 듯한 묘한 표정이 떠올랐다.

"랜돌프 씨" 하고 그는 말했다. "그것이 이상하오, 정말 이상하오!"

"그다지 이상할 것도 없소"라고 치안관은 대답했다.

"어째서지요?" 찰리가 물었다.

"개가 그 사나이를 알고 있었기 때문이오!"

랜돌프는 동요하는 찰리에게 다시 위협하듯 파고들었다.

"당신 형이 살해될 때 쓰인 칼이 어디에 있소?"

그러자 모든 사람의 확신과 예상을 뒤엎고 찰리는 옆 서랍을 열어 칼을 꺼내더니 테이블 위에 놓았다.

유도 심문의 이 믿어지지 않는 성과에 랜돌프는 자신도 모르게 숨을 삼켰다.

엉클 애브너도 일어나 그의 옆으로 걸어갔다.

두 사람은 가만히 칼을 들여다보았다. 써서 낡은 줄로 대장장이가 만든, 이 지방에 흔히 쓰이는 고기자르는 부엌칼로서 어느 집 부엌에나 있는 것이었다. 그런데 이것은 끝이 뾰족하고 면도칼처럼 날이 서 있었다.

"자루를 보시오!" 하고 찰리가 말했다.

그들은 보았다. 거기에는 어린아이들의 그림을 흉내낸 것 같은 도형──넓적다리뼈를 십자로 포개고 그 위에 두개골을 그려놓은 도형이 나무손잡이에 아무렇게나 새겨져 있었다.

"이 부엌칼은 어디에 있었지요?"

"이 방, 내 베개맡의 테이블 여기에 꽂혀 있었소. 내가 눈을 떴을 때." 그는 손가락 끝으로 마호가니 테이블의 칼 끝이 꽂혀 있던 작은 구멍을 가리켰다. "여기에 있었소."

찰리는 다시 몸을 굽혀 서랍에서 종이 한 장을 꺼내더니 놀라고 있는 두 사람 앞 테이블에 놓았다. 큰 종이에 칼 끝으로 썼다고 생각되는 피로 다음과 같은 말이 적혀 있었다.

'상자는 비어 있다. 금화로 천 달러를 넣어라──목초지──느릅나무. 그렇지 않으면 똑같은 꼴을 당할 것이다!'

그리고 종이 한복판에 구멍이 뚫려 있었다. 칼 끝이 찔려 있었던 것이다. 엉클 애브너는 그것을 마호가니 판자의 작은 구멍에 대고 칼로 그것을 눌러보았다. 칼 끝이 종이와 판자에 꼭 들어맞았다.

칼에는 피가 묻어 있었다. 이렇게 하여 끔찍한 장면을 다시 이야기하려 하자 술 힘으로 간신히 누르고 있던 찰리의 공포상태가 다시 되살아난 것 같았다. 손가락이 꿈틀꿈틀 경련을 일으켰으며, 격정을 참으려고 아이들처럼 아랫입술을 쑥 내밀고 있었다.

그는 브랜디 병으로 손을 뻗었다. 이리하여 겨우 시작한 이야기는, 지금까지 어느 누구도 자기 변호로서 말한 적이 없을 것 같은 터무니 없는 거짓말이었다——만일 그것이 거짓말이라고 한다면. 거짓말인지 아닌지 둘 중의 하나겠지만, 그때 랜돌프는 거짓말이라고 판단했던 것이다.

찰리의 말에 의하면, 더브네는 여러 가지 이해가 가지 않는 행동을 거듭한 끝에 이 사건이 일어나기 1주일쯤 전에 천 달러를 달라고 했다는 것이다. 찰리는 무슨 터무니없는 소리냐고 말해 주었다. 더브네는 거절당해도, 심한 말을 퍼부어도 분개하지 않았다고 한다. 다만 가만히 앉은 채 뭔가에 겁을 먹고 있는 것처럼 보였으므로, 찰리는 보다못해 큰 술잔을 들고 술병에 매달렸다고 한다. 더브네가 날마다 아니면 하루 걸러씩 돈을 달라며 방으로 들어오게 되었기 때문에 화를 면하기 위해 술을 마시게 되었다는 것이다.

"천 달러라는 큰돈이 어디 있겠소?" 하고 그는 엉클 애브너와 랜돌프를 향해 말했다. 그의 말에 따르면 참극이 있기 전날 가장 심했다고 한다. 더브네는 겁에 질려 돈을 강요하러 왔는데, 무슨 일이 있어도 돈이 필요하다, 목숨이 걸려 있다면서 필사적으로 계속 졸라댔다는 것이다. 그리고 마지막에는 울기까지 했다고 한다!

찰리는 생각하는 것만으로도 견딜 수 없는 모양이었다. 더브네의 모습에는 굉장히 무시무시하고 소름끼치는 데가 있었으며 온 몸을 부들부들 떨고 있었다고 한다. 눈물을 흘리고 귀고리를 달그락거리며 무시무시한 시늉을 해보였다. 공포에 떨면서! 새파랗게 질려서 떨고 있는 그의 볼에 반달 모양의 커다란 귀고리가 달랑거리는 모습은 정말 차마 볼 수 없었다고 찰리는 말했다.

찰리 녀석은 사실을 다르게 말하고 있다고 랜돌프는 생각했다. 만일 사실대로 말하고 있다면 이런 과장된 인상은 술에 취한 뒤의 망상으로 설명될 것이다. 아무튼 치안관은 자기가 생각하는 점을 기탄없이 털어놓았다.

"찰리, 엉터리 작가가 꾸며낸 바다의 모험담을 그대로 옮겨놓으려고 해도 헛수고요!"

상대는 갑자기 생각에 잠기며 랜돌프의 얼굴을 뚫어지게 바라보았다.

"하긴 그렇게 생각하는 것도 무리가 아니오. 틀림없이 그렇게 들릴 테니까 말이오. 하지만 이건 거짓말이 아니오." 그리고 나서 그는 엉클 애브너 쪽을 바라보며 말했다. "당신이라면 알 수 있을 거요. 사실이라는 것을, 애브너 씨."

랜돌프의 말에 따르면, 일이 여기에까지 이르자 상식이니 맑은 정신의 신빙성 등이 도대체 뭔지 알 수 없게 되었다고 한다.

"아, 모두 사실이었다고 생각되는군요." 엉클 애브너는 대답했다.

찰리는 주머니에서 커다란 삼베 손수건을 꺼내 얼굴을 닦았다. 그리고 불쑥 말했다——어린아이처럼.

"나는 무서워요!"

랜돌프의 말에 의하면, 다른 것은 모두 의심할 수 있어도 이 한 가지만은 의심할 수가 없었다고 한다. 찰리는 의심할 여지 없이 공포에 떨고 있었던 것이다.

"아마도 범인은 그 상자 안에 들어 있다고 생각되는 물건을 손에 넣기 위해 더브네를 노리고 있었던 것 같소. 그리고 자기 몫으로 천 달러만 주면 눈감아주겠다고 했겠지요. 그래서 더브네는 어떻게 든 돈을 마련하려고 그처럼 애썼던 것 같습니다. 그런데 상자가 비어 있는 걸 보고 내가 그것을 가지고 있거나 아니면 더브네가 그것을 숨겨둔 곳을 내가 알고 있다고 생각했겠지요. 그래서 이번에는 나를 노리고 있는 거요!"

찰리는 잠시 말을 끊고 얼굴을 닦았다.

"나는 죽고 싶지 않습니다, 더브네처럼 침대 속에서, 어떻게 하면 좋을까요?"

"방법은 하나밖에 없소" 하고 엉클 애브너는 대답했다. "목초지 느릅나무 뒤에다 돈을 놓아두는 거지요."

"하지만 애브너 씨! 천 달러라는 큰돈이 어디 있겠습니까, 더브네 에게도 말했듯이."

"내가 빌려주겠소." 라고 엉클 애브너가 대답했다.

"그렇지만 지금 주머니 속에 금화로 천 달러를 가지고 있지는 않겠 지요?"

"아," 하고 엉클 애브너가 대답했다. "땅을 담보로 하면, 내가 그 돈을 치러주겠소. 땅과 집이 황폐되어 있긴 하지만, 그 금액의 배는 될 테니까 말이오."

그리하여 랜돌프의 말에 의하면, 그 잊을 수 없는 날에 매디슨 집 안의 소유지를 저당으로 천 달러를 나의 큰아버지에게 빌린다는 내용 의 차용증서를 작성했다고 한다.

엉클 애브너의 말에는 힘이 있어 신뢰심을 불러일으키기에 충분했 기 때문에, 그들이 말을 타고 떠날 무렵에는 찰리도 이것으로 위험은 면하게 되었다고 확신하고 안심했다. 랜돌프가 의심스럽게 생각한 것처럼 그것이 늪지에 숨어 있는 살인 해적으로부터의 위험인지, 아니면 버지니아 주 교수대로 보내질 위험인지는 모르지만.

매디슨네 집에서 2백 야드 떨어진 목초지 변두리의 길다란 관목숲이 도로에 접해 있는 근처까지 오자 엉클 애브너는 말에서 내려 고삐를 어린 나무에 매었다.

"어떻게 하려는 건가, 애브너?" 하고 랜돌프가 외쳤다――미친 듯한 일련의 사건에 휘말려 떠내려가는 것처럼.

"돈 치를 교섭을 하러 가는 걸세" 하고 엉클 애브너는 대답했다.

랜돌프 치안관은 자기도 모르게 저주의 말을 내뱉었다. 만일 엉클 애브너가 미쳐날뛰는 살인자――그 행동으로 보아 의심할 여지가 없다――를 혼자서, 그것도 맨손으로 만나러 가는 것이라면 이처럼 무모한 짓은 없다. 살인자가 교섭에 응하여 무사히 돌려보내리라 생각하고 있는 걸까? 민병대(民兵隊)를 앞세우고 다시 들이닥칠지도 모를 그를?

랜돌프가 팔짱끼고 보고만 있을 리 없었다. 무모한 일이라고 확신하면서도 눈 앞에 놓인 피하기 어려운 모험의 결과를 생각하자 말에서 내려 엉클 애브너와 함께 관목숲을 헤치고 들어갔다.

옛날 늪지에 쌓은 둑 같은 곳으로 한 줄기 작은 길이 나 있었다. 지금은 그 길 양쪽에 큰 갈대와 물 속에서 자라는 너도밤나무와 습지대에 나는 보통 관목들이 무성했다.

두 사람은 축축한 좁은 길을 따라 발소리를 죽여가며 낡아빠진 담배움막에 닿았다.

당장 쓰러질 것 같은 문이 달려 있었다. 엉클 애브너는 책략이나 안전을 생각하여 발길을 멈추거나 하는 일은 하지 않았다. 곧장 문 앞으로 가더니 활짝 열어젖혔다. 문은 썩어서 흐느적거렸기 때문에 무서운 소리를 내며 낡은 집 안으로 넘어졌다.

그 소리에 놀라 바닥에서 자고 있던 초라한 차림의 덩치 큰 사나이가 벌떡 일어났다.

어둠침침한 속에서 랜돌프는 무기가 없을까 하고 얼른 주위를 둘러보았다. 부서진 문짝이라도 좋다고 생각하면서. 그러나 엉클 애브너는 태연하게 있었다.

"더브네 씨" 하고 그는 말했다. "돈을 결정하러 왔소. 내 대리인으로 멘피스에 살고 있는 글레이라는 사람에게서 받아가시오. 서명 같은 건 필요없을 거요."

랜돌프는 깜짝 놀라 소리를 질렀다.

"더브네 매디슨이 살아 있었던가? 죽은 줄 알았는데!"

엉클 애브너는 몸을 빙글 돌리고 말했다.

"어째서 그렇게 생각했지, 랜돌프? 자네 자신이 지적하지 않았나. 개는 아는 사람에게 살해된 거라고. 그리고 개가 쓰러진 바닥에 피가 흘러 있지 않은 것을 눈치챘겠지? 그것은 위장 살인에 피가 필요하기 때문에 개를 침대 속에서 죽였다는 증거일세."

"그렇지만 애브너, 그 돈을——" 하고 랜돌프는 또 목소리를 높였다. "어째서 더브네 매디슨에게 돈을 지불하는 건가?"

"죽은 아버지의 재산에서 그가 가질 몫일세!" 하고 엉클 애브너가 대답했다.

"으음, 그걸 노리고 있었군!" 하고 랜돌프는 외쳤다. "아버지 재산의 반……그렇더라도 몹시 복잡한 짓을 했군! 그보다도 소송을 거는 편이 좋았을 텐데. 정당한 권리가 있으니까."

"법정에 나오면 과거의 일이 세상에 알려지기 때문이지" 하고 엉클 애브너는 대답했다.

갑자기 잠을 깬 사나이는 얼마쯤 자제심을 되찾았다.

"랜돌프 씨, 하느님의 법이든 인간의 법이든, 바다 위에서는 통용

되지 않습니다. 버뮤다 남쪽 바다의 거친 일은 아무리 보아도 올바른 인간이 할 일이 아니었지요. 조상 전래의 땅에서는 입에 담을 만한 일이 아니었소. 애브너 씨는 알고 있었지요, 내가 어디서 일하고 있었는지!"

"아, 알고 있었소" 하고 엉클 애브너는 대답했다. "푸르스름하게 바랜 그 얼굴을 보는 순간, 선원 머릿수건 밑의 밤송이 머리를 보는 순간, 조마조마하며 세 걸음 걷고 빙글 몸을 돌리는 것을 본 순간――나는 알았던 거요."

"내가 카리브 해에 있었던 것을 말이오?" 하고 더브네가 말했다.

"아니, 교도소에 있었다는 것을!" 하고 엉클 애브너는 대답했다.

죽은 사람의 집

엉클 애브너와 나는 스몰우드 플레이스로 향하고 있었다. 이른 아침이어서 우리 이외에는 아직 떠나는 사람이 아무도 없을 것으로 생각했는데, 산에서 내려오는 로스트 클리크 도로와 마주치는 삼거리에 이르렀을 때 말 한 마리가 우리 앞에 나타났다.

하늘나라도 이렇겠지 하고 생각될 정도로 상쾌하고 맑은 아침이었다. 산울타리 가로나무에 쳐져 있는 거미집이 번쩍번쩍 빛났다. 재목이 뚝 하고 소리를 냈다. 마디풀(豚草)이 은빛 이슬에 흠뻑 젖어 있었다. 이러한 10월의 아침에 살고 있다는 기쁨에 무심코 휘파람을 불고 싶어졌다. 그러나 엉클 애브너는 눈길을 떨군 채 묵묵히 말을 몰았다. 이런 여행을 떠나야 할 때면 그는 언제나 입을 다물고 말이 없었다. 거기에는 까닭이 있다.

우리가 이제부터 가려고 하는 목초지는 우리의 땅이 아닌 것이다. 애즐베리 스몰우드 보안관의 목초지인 것이다. 그 무렵에는 보안관이 군의 세금을 거두고 있었다. 어느 날 밤, 보안관 집에 강도가 들어와 가만히 불을 지르고 많은 액수의 금을 가지고 달아났다. 범인은 잡지 못했다. 그 결과 보안관은 파산하고 말았다. 그는 땅을 버리고 이웃 마을로 옮겨갔다. 보증인들이 손해액을 물어주지 않으면 안되었다. 나의 아버지도 그중 한 사람이었다. 그러나 엉클 애브너를 괴롭힌 것은 아버지가 입은 손해가 아니었다.

"너는 그다지 대단하지 않겠지만, 루퍼스, 엘너선 스톤 씨는 재정 능력을 잃게 되고 애덤 그레이트하우스 씨는 파산하고 말 거다."

스톤은 상당한 빚을 떠맡은 목축업자였고, 그레이트하우스는 작은 농장의 주인이었다. 할당된 변상금을 지급할 때, 아버지가 농담으로 엉클 애브너에게 했던 말을 나는 지금도 기억하고 있다.

"'주님은 주시고 또 빼앗으신다'고 하지 않았습니까, 형님."

"그러나 루퍼스, 과연 주님이 빼앗으신 걸까? 그 점을 분명히 하지 않으면 안돼. 빼앗는 것은 그밖에도 또 있으니까."

엉클 애브너가 말하는 뜻은 분명했다. 주님이 빼앗으신 거라면 단념할 수도 있다. 그러나 주님 이외의 사람이 빼앗았다면 무기를 들고 뒤를 밟아 빼앗긴 것을 되찾지 않으면 안된다는 것이었다. 엉클 애브너가 믿는 하느님은 엄격한 최고 주권자로서 그의 요구에는 무조건 응하지 않으면 안되지만 그러나 도둑에게서 나누어 받거나 약탈 면허장을 떼어주는 하느님은 아닌 것이다.

보안관이 파산하자 엉클 애브너는 할 수 있는 한 보증인들을 도와주려고 그 땅에 소를 놓아 길렀다. 좋은 목초지이긴 하지만, 샘에서 물을 끌어들이게 되어 있어 계속 수원(水源)을 살피고 다니지 않으면 안되었다. 식용(食用)으로 쓰이는 소는 물이 충분하지 않으면 살이 찌지 않는다. 그러므로 우리는 매주 그곳으로 가서 소에게 소금을 주고 샘들을 살펴보았다.

말을 타고 나가자 나는 곧 엉클 애브너가 말 발자국을 내려다보고 있는 것을 알아차렸다. 그리고 그때까지 미처 몰랐던 사실도 알게 되었다. 길에는 말 발자국이 세 가지로 나 있었던 것이다. 둘은 우리가 가는 방향으로 향해 있고, 다른 하나는 반대 방향으로 나 있었다. 이윽고 엉클 애브너는 사랑하는 큰 밤색 말을 세웠다. 불에 탄 보안관의 집 앞을 지나가려는 참이었다. 무너진 토대와 시들어버린 나무들이 작은 길가에 서 있었다. 작은 길 옆에 대문이 있었는데, 지금은 못질이 되어 있었다. 우리보다 먼저 간 말은 이 작은 길로 몇 걸음 발을 들여놓았다가 큰길로 되돌아간 것이다.

엉클 애브너는 아무 말도 하지 않았다. 잠깐 동안 발자국을 바라보고 나서 말을 몰아 갔다. 얼마 안 가 우리는 큰길에서 목초지로 통하는, 차단기 있는 곳에 닿았다. 그 말은 거기에 멈춰서서 타고 있던 사람이 안장에서 내려와 차단기를 올린 것이다. 말이 지나간 자국이며 사람의 발자국도 부드러운 흙 위에 뚜렷하게 남아 있었다. 말의 발자국도 이리로 들어갔다가 나간 것을 보여주었다.

엉클 애브너는 지나치게 흥미를 갖는다 싶을 정도로 자세히 사람의 발자국을 살폈다. 나그네는 줄곧 다른 땅을 빠져나가고 있었다. 지나간 뒤 차단기를 본디대로 내려두었다면 별문제도 아닐 것이다. 아무튼 엉클 애브너는 이 나그네가 마음이 걸리는 모양이었다. 풀밭으로 들어가서 잠시 가만히 안장에 앉아 있었다. 그리고는 샘이 있는 언덕으로 가지 않고 숲으로 향해 골짜기를 따라 말을 몰았다. 작은 냇물이 이 골짜기를 누비며 흘러내렸다. 그는 말을 몰아가면서 가만히 눈을 한곳에 모으고 있었다.

작은 시내가 숲으로 들어가는 바로 앞까지 오자 그는 말을 세우고 내렸다. 내가 가까이 가서 보니, 그는 냇가에 나 있는 발자국을 바라보는 것이었다. 그것은 사람의 발자국으로, 거기에 괸 물이 아직도 흐려 있었다. 엉클 애브너는 냇물 기슭에 서 있었다. 무엇을 기다리고 있는지 잠시 동안은 짐작도 할 수 없었지만 이윽고 나도 알게 되었다. 그 사람의 발자국이 잘 보이게끔 흐린 물이 맑아지기를 기다리고 있었던 것이다.

"큰아버지" 하고 나는 소리쳤다. "누가 들판을 지나가든 상관없지 않아요?"

"여느 일이라면 마음에 걸릴 게 없겠지. 차단기를 제대로 내려놓고 갔다면 말이야. 그러나 이 사람은 어딘가 이상한 데가 있어. 걸어서 그곳을 지나간 사람은 말을 타고 온 사람과 같은 사람이거든. 여기 있는 발자국과 차단기 있는 곳의 발자국이 똑같다는 것은 구두 뒤축 바닥이 증명해 주고 있어. 그 녀석이 타고 있던 말은 오늘 말고 그 전에도 이리로 온 적이 있는 거야. 그 작은 길을 알고 있어서 그곳으로 들어서려고 했으니까. 그리고 그 녀석은 남의 눈에 띄고 싶지 않았던 모양이다. 아침 일찍 찾아와서 말을 숨겨두고 불탄 집 쪽으로 걸어서 갔으니까."

"말을 숨겨둔 것을 어떻게 아시지요, 큰아버지?"

이때 그가 손짓으로 나에게 신호를 보내 우리는 말에 올라 숲으로 들어갔다. 잎이 젖어 있었으므로 말은 소리없이 나아갔다. 얼마 안 있어 엉클 애브너는 말을 세우고 너도밤나무 너머로 손가락질을 했다. 밤색 말이 하나 어린 나무에 매어 있는 것이 보였다. 말은 다리를 크게 벌리고 목을 늘어뜨린 모습으로 있었다.

"저 말은 자고 있는 거야." 엉클 애브너가 말했다. "밤새도록 타고 다닌 거지. 타고 있던 사람을 찾아내지 않으면 안되겠다."

나는 흥미가 생겼다. 옛날에 들은 도둑 이야기가 머리에 떠올랐다. 가만히 이리로 와서 밤새도록 말을 타고 돌아다니다 숲 속에 말을 감춰두는 짓을 죄없는 사람이 할 수 있을까? 그리고 엉클 애브너의 말에 따르면, 이 말은 오늘 이전에도 보안관 집에 간 일이 있다고 한다. 그 집이 불타기 전에 그곳으로 간 일이 있는 것이다. 본 기억이 없는 작은 길로 들어가다 올라탄 사람에 의해 방향이 돌려졌으니까. 말의 기억력이 좋다는 걸 말해 주는 그런 예는 우리 누구나 다 잘 알고 있다. 어느 길을 걸어와 어느 문으로 들어간 일이 있는 말은 다음에도 그 길을 걸어 그 문으로 들어가려고 하기 마련이다.

그러자 이때 나는 생각이 났다. 이 발자국보다 전에 나 있는 그 말의 발자국에 대해서. 우선 이것을 밝히지 않으면 안된다. 보안관의 집에 침입한 범인은 둘이었다는 소문이 나돌고 있는데, 이 증거들은 그 소문과 들어맞는다. 두 사람이 말을 타고 그 목초지로 들어간 것이다. 한쪽 발자국이 오래된 것은 한 사람이 여기서 만나자고 같은 패에게 전하러 갔다가 되돌아오고, 그리고 같은 패가 뒤에 찾아왔기 때문이다. 그리고 도둑의 말은 깊숙한 숲 속에 감춰두었던 것이 틀림없다. 그럼, 그들은 어째서 다시 돌아왔을까? 그것은 명백하다. 지금까지 약탈품을 숨겨두었다가 그것을 가지러 돌아온 것이다.

모험의 스릴을 생각하자 나는 등골이 오싹했다. 우리는 도둑을 뒤쫓고 있는 것이다. 그들은 쉽사리 달아날 수 없을 것이다. 이 말을 타고 온 사람은 그리 멀리에 있지 않을 것이다. 저 냇가에 나 있던 발자국에 괸 물은 우리가 발견했을 때 아직도 흐려 있었으니까. 그런데 어째서 그자는 시내를 건너 불탄 집 쪽으로 갔을까? 그 집으로 이어져 있는 언덕의 길에는 아무것도 없었다. 예쁜 잔디가 가득 덮여 있을 뿐 나무라고는 한 그루도 없었다. 우리가 말을 타고 그 시내를 건너 언덕 끝을 돌았을 무렵, 걸어가는 범인이 우리 눈을 벗어날 수 있다고 생각되지는 않았으나 그러나 분명히 아무것도 보이지 않았다.

우리는 말을 탄 채 눈 앞에 펼쳐진 평평한 땅을 휘둘러보았다. 눈 아래 보이는 타버린 집은 온통 드러나 있고, 목초지도 훤히 건너다보였다. 토끼 한 마리 숨을 수 없을 정도였다. 지쳐서 잠이 든 저 말을 타고 온 사람은 어디에 있는 것일까?

막힌 곳 없이 넓은 들판을 엉클 애브너는 말 위에 앉아 굽어보고 있었다. 허공으로 사라져버렸을 리도 없고 잎이 긴 풀 속에 몸을 숨길 수 있을 리도 없었다. 냇가에 나 있던 발자국은 그때 아직 흐려 있었으니까, 3백 에이커나 되는 널따란 들판을 지나가버렸다고 생각할 수도 없었다. 언덕 끝에 도착하자마자 집 쪽으로 내려가버렸다고 생각할 수도 있겠지만, 날개라도 달리지 않은 한 이 너른 초원을 벌써 달려갔다고 생각할 수는 없었다.

이제 이른 아침이라고 할 수 없다. 대기는 말할 수 없이 상쾌했다. 태양은 아직 모습을 나타내지 않았지만, 언덕을 금빛으로 물들이기 시작하고 있었다. 나는 눈을 들었다. 저쪽 언덕배기의 불쑥 튀어오른 한 지점에 오랜 묘지가 있었다──가장 높은 곳에 죽은 사람을 장사 지내다니, 묘한 풍습도 다 있다. 한아름의 햇빛이 이 죽은 사람들의 마을에 비쳐들고 있었다──바로 이때 내 눈을 끄는 것이 있었다.

나는 무심코 뒤돌아보며 말했다.

"저기서 뭔가 번쩍했어요, 큰아버지!"

"번쩍했다고? 무기처럼?"

"네, 번쩍했어요" 하고 나는 되풀이 말하며 고삐를 힘껏 잡아당겼다.

그러나 엉클 애브너는 재갈에 손을 대며 나를 말렸다.

"당황해선 안돼, 마틴. 천천히 언덕을 돌자, 소를 찾고 있는 것처럼 말이다. 그리고 저 쑥 튀어나온 뒤쪽으로 올라가자. 그곳은 지붕처럼 되어 있기 때문에 언덕 꼭대기의 묘지 옆으로 갈 때까지 우리 모습은 보이지 않을 게다."

우리는 한가한 사람처럼 가끔 쉬면서 천천히 말을 몰았다. 그러나 나는 호기심에 쫓기고 있었다. 언덕 꼭대기로 가는 도중 계속 심장이 무섭게 뛰놀았다. 말은 푸른 융단 같은 잔디 위를 소리도 없이 걸어갔다. 그리고 문득 오랜 묘지 옆으로 다가갔을 때——이야기책의 삽화에 나오는 것처럼——수건을 머리에 두르고, 허리에 권총을 찬 피투성이가 된 2인조 강도의 모습이 보이리라 생각하고 있었다. 아니면 산더미 같은 스페인 은화를 앞에 높은 두 명의 털복숭이 해적의 모습이.

그러나 순간 나는 실망하지 않을 수 없었다. 무덤 옆에 무릎을 꿇고 있던 한 사나이가 일어났다. 한 번 보고도 금방 알았다. 보안관이었다. 왜 거기에 있는지도 곧 알았다. 나는 당황했다. 그의 아버지가 이 오랜 무덤에 잠들어 있는 것이다. 이곳은 사람이 범죄 행위를 숨기듯, 감정을 눌러 숨기는 곳이다. 남의 숨은 감정에 끼어들 바엔 차라리 이웃사람의 물건을 훔치는 편이 나을지도 모른다.

나는 고삐를 당겨 말을 세우고 못 본 체하며 되돌아가려고 했다. 부끄러웠기 때문이다. 그러나 엉클 애브너가 아랑곳없이 말을 몰았기 때문에 나는 놀라 어이가 없었지만, 역시 그 뒤를 따라갔다. 만일 엉클 애브너가 말을 보고 욕을 하거나 쌍스러운 노래를 불렀다 해도 나는 이처럼 놀라지는 않았을 것이다. 나 자신도 부끄러웠고 엉클 애브너를 위해서도 부끄러웠다. 엉클 애브너는 무엇하러 아버지의 무덤 옆에 일어나 서 있는 사람쪽으로 가는 것일까? 지금까지 엉클 애브너가 이처럼 생각이 모자라는 행동을 한 적이 있었던가 하고 나는 문득 생각해 보았다. 그런 일은 한 번도 없었다.

보안관은 우리의 모습을 보자 소맷부리로 얼굴을 닦으며 새파래졌다. 나로서도 같은 기분이었다. 나도 이런 장면을 들키게 되면 아마 얼굴이 파랗게 될 것이다. 엉클 애브너에 대한 안타까운 생각으로 나는 목이 메어버릴 것만 같았다. 마음이 기울어져 너그러운 본성이 쏟아져버린 것일까, 아무렇지도 않게 말을 걸어 그 장면을 얼버무려줄 생각일까?——문득 이런 생각이 들었지만, 그렇기는커녕 나는 점점 더 깜짝 놀랄 뿐이었다. 엉클 애브너가 이렇게 말했던 것이다.

"여, 스몰우드 씨, 마침내 돌아왔군요!"

보안관은 태양에 눈이 부신 듯 눈을 깜박거렸다. 아직 바로 서 있지는 않았다.

"그렇소……."

"어째서 돌아왔지요?" 엉클 애브너가 말했다.

그러자 스몰우드의 창백한 얼굴에 문득 핏기가 올랐다.

"물을 것도 없을 텐데요……아버지의 무덤이 아니오!"

"당신 아버님은 훌륭한 분이었지요. 신앙이 두터운 분이었소. 나도 그 무덤에는 경의를 표하고 있소."

"고맙소, 나는 아버지의 무덤을 소중히 여기고 있소."

"하지만 너무 늦은 것 같군요."

"너무 늦다니요!" 스몰우드는 같은 말을 되받았다.

"너무 늦었습니다."

그러자 스몰우드는 체념한 듯이 두 손을 벌리며 말했다.

"나의 불행으로 아버지의 명예가 손상되었다는 말이오?"

"아니, 그런 뜻이 아니오. 불행 같은 것으로 사람의 명예가 손상되지는 않으니까——아버님의 명예도 조상의 명예도."

"그럼, 무슨 뜻이오?"

"스몰우드 씨, 눈 앞의 것이 보이지 않소? 자기 아버지의 무덤인데도 당신은 이 주위의 울타리가 썩는 그대로 내버려두었지요. 그 울타리는 내가 고쳐세운 거요. 풀이 무성한 것을 내가 깎아주었소."

사실이었다. 엉클 애브너가 울타리를 고쳐세우고, 이 무덤을 깨끗이 손질한 것이다. 이 둘레에 남아 있는 것은 덩굴 일일초(日日草)와 찔레꽃뿐이었다. 부끄러운 생각이 들리라고 생각했는데, 보안관은 뜻밖에도 명랑한 얼굴을 지었다.

"내 몸에 닥친 불행이 죽은 사람에 대한 의무를 생각나게 해주었소. 잘되어나갈 때는 잊고 있다가 곤궁해지면 생각하게 되는가 보오."

"예수께서는 죽은 사람의 일은 별로 마음에 두지 않았소. 나도 마찬가지요. 죽은 사람은 하느님이 지켜주시니까! 산 사람에 대한 의무야말로 우리를 움직이게 해서 마땅한 것이오. 아버지를 매장하러 가겠다고 했던 젊은이의 이야기를 기억하고 있소, 스몰우드 씨?"

"물론." 스몰우드는 말했다. "나는 일찍부터 그 젊은이에게 경의를 표하고 있었소."

"예수도 그 젊은이에게 경의를 표했을는지 모르오——어떤 한 가지 점만 없었다면 말이오."

"그게 뭐지요?"

"그 말은 구실이었던 거요" 하고 엉클 애브너는 대답했다.

보안관의 얼굴이 갑자기 흐려지더니 입술이 실룩실룩 움직였다. 조금 뒤 그는 내가 겁내고 있던 말을 했다.

"기어코 내 입으로 말하도록 만들겠다면 하겠소. 나는 이제 더 이상 이 지역에 살 수가 없게 되었소. 나로 인해 불운에 빠진 사람들을 차마 볼 수 없는 거요——엘너선 스톤 씨, 당신 아우 루퍼스 씨, 그리고 애덤 그레이트하우스 씨……나는 영원히 이곳을 떠나려고 결심했는데, 떠나기 전에 아버지가 묻혀 있는 곳을 보고 싶어졌소. 이제 두 번 다시 볼 수 없을 테니까. 이 기분을 당신은 이해하지 못할 거요. 사람이란 고난에 빠졌을 때 아버지가 살아 있으면 그 집을, 아버지가 죽었으면 그 무덤을 생각하게 마련이라오."

엉클 애브너의 무심한 태도로 인해 나오게 된 이 고백에 나는 견딜 수가 없어서 자신도 모르게 손을 내밀어 그의 소매를 잡아당겼다. 내 말은 엉클 애브너의 밤색 말 옆에 서 있었다. 그가 내 부탁을 받아들여 돌아가주면 좋을 텐데 하고 생각했으나, 엉클 애브너는 안장 위에서 몸을 돌려 먼저 나를 보고 그 다음에 보안관을 굽어보았다.

"마틴은 효자인 당신을 가만히 놓아두어야 한다고 생각하는 모양이구려" 하고 엉클 애브너는 말했다.

"동정심이 많은 아이로군." 보안관은 대답했다. "실례지만 애브너씨, 당신은 나이를 먹어감에 따라 자비심이 없어지니 안타까운 일이오."

엉클 애브너는 안장머리에 두 손을 얹고 보안관을 바라보며 말했다.

"나는 자비심에 대한 사도 바울의 편지를 읽은 적이 있는데, 두고 두고 생각한 결과 자비심보다 더 위대한 것——인류에 대한 것보다 더 가치있는 것——이 존재한다는 확신을 얻었소. 자비심과 마찬가지로 부정을 기뻐하지는 않지만, 모든 것을 참거나 믿거나 견딜 수 있다고 말할 수는 없소. 자비심과는 달리 그 자체를 구하여 ……내가 무슨 말을 하려는 건지 알겠소, 스몰우드 씨? 바로 정의라는 것이오."

"설교 같은 건 듣고 싶지 않소."

"설교 같은 건 듣고 싶지 않다는 사람에 한해서 설교가 필요한 거요" 하고 엉클 애브너는 말했다.

"정말 귀찮게 구는군!" 하고 보안관은 목소리를 높였다. "저리로 가주지 않겠소?"

"곧 가겠소, 이제 조금만 더 이야기를 하고 나면. 당신은 여기를 떠나려 하고 있소. 이것으로 다시 만나지 못할 테니까 어떤 문제에 대한 당신 의견을 들어두고 싶소."

"그래, 그게 무엇이요?"

"들어보시오——당신은 남달리 효성을 지니고 있는 모양이니 그 점에 대해서 한 가지 물어보고 싶은 거요. 아버지에게 무기를 들이대는 사람은 어떻게 처치해야 마땅할까요?"

"교수형에 처해 마땅하겠지요" 하고 스몰우드는 대답했다.

"아버지가 자식에게서 어떤 물건을 맡았는데, 그것이 다른 사람의 것이어서 내줄 수 없는 처지에 있을 때 아들이 쇠망치를 들고 그것을 가지러 왔다면?"

보안관의 얼굴에 의혹과 불안과 공포의 빛이 떠오르는 것 같았다.

"애브너 씨!" 하고 그는 소리질렀다. "난 모르겠소——무슨 소리인지 설명해 주지 않겠소?"

"모른다면 설명해 주지요. 내가 알 수 없는 것을 설명해 주지요. 당신은 어젯밤 이리로 왔다가 오늘 아침 또 왔는데, 무엇 때문이오? 여섯 시간 사이에 두 번이나 아버지의 무덤을 찾았소. 나는 그 점을 이해할 수 없는 거요. 어째서 두 번이나 와야만 했는지——그것도 연거푸."

한순간 보안관은 대답이 없다가 잠시 뒤 입을 열었다.

"어떻게 내가 어젯밤 이리로 왔다는 것을 알았소? 당신이 직접 보았소, 아니면 누가 보고 당신한테 이야기를 했소?"

"내가 직접 본 건 아니오, 남에게 들은 것도 아니고. 하지만 나는 알고 있소."

"흐음, 어떻게 안다는 거요?" 하고 보안관이 말했다.

엉클 애브너가 말했다.

"설명해 주지요. 오늘 아침 이리로 오는 도중 말 발자국이 두 가닥으로 겹쳐져 있는 것을 보았던 거요. 모두 다 네거리를 지났고 똑같이 이리로 이어져 있었소. 한쪽 발자국은 새롭고 다른 한쪽은 몇 시간쯤 전에 난 것이었소. 진흙길이라 금방 알아볼 수 있었지요. 이들 두 가지 발자국과 반대 방향으로 향한 제3의 발자국을 비교해 보고 나는 이 세 가지가 다 같은 말의 발자국이라는 사실을 금방 알았소."

엉클 애브너는 잠시 말을 끊고 너도밤나무숲 쪽을 가리켰다.

"그리고 저 나무숲 속에 숨겨둔 당신 말이 지쳐서 잠자고 있었소. 그런데 당신이 살고 있는 곳은 여기서 20마일쯤 떨어진 곳이오. 오늘 아침 그 정도의 길을 달려왔다 해도 곯아떨어질 정도로 말이 지치는 일은 없을 거요. 그러나 두 번이나 왔다갔다하며 밤을 샜으니 60마일을 걸었다고 한다면 그렇게 될 수도 있겠지요."

보안관의 머리는 움직이지 않았으나 그 눈이 흘끗 아래로 향하는 것이 보였다. 그 눈의 움직임을 엉클 애브너가 알아차리지 못할 리 없었다. 그는 말을 이었다.

"그 풀섶에 쇠망치가 떨어져 있는 것이 보였는데, 그것은 이 두 번의 여행과 어떤 관계가 있지요?"

쇠망치는 내 눈에도 보였다. 햇빛을 받아 번쩍 하고 빛난 것은 이 쇠망치였던 것이다.

보안관은 등을 쭉 펴며 얼굴을 들고 일어섰다. 될 대로 되라는 듯 모조리 털어놓을 자세와 표정이었다.

"바로 맞았소. 나는 어젯밤 이리로 왔소. 길에 나 있는 발자국은 내 말의 발자국이었고, 지금 숲 속에 숨겨둔 말도 내 말이오. 그리고 또 풀섶의 쇠망치도 내 것이오……당신은 그러니까 내가 왜 다시 이리로 돌아왔는지, 어째서 쇠망치를 가지고 왔는지, 왜 말을 숨겨두었는지——이런 것들을 알고 싶다는 거지요? 그럼, 이야기해 주겠소. 당신은 부끄러움도 이해심도 없는 모양이고, 또 기어이 듣고 싶어하는 것 같으니……돌 같은 마음을 가진 당신으로서는 이해하지 못하겠지만, 나는 영원히 이곳을 떠나는 마당에 아버지의 무덤을 보아두려고 했던 거요. 도중에 사람을 만나는 것이 부끄러워 밤중에 왔지요. 여기에 와서 보니 무거운 묘석이 기울어 갓돌(笠石)에 짓눌려 있었소. 똑바로 고쳐세우려고 했으나 헛일이었지요……그런 경우 당신이라면 어떻게 하겠소? 아버지의 무덤을 황폐한 채 버려두겠소?……뭐, 아무래도 상관은 없지만 말이오. 나는 20마일 길을 되돌아가 쇠망치를 가지고 와서 이 땅을 떠나기 전에 아버지의 묘석을 반듯이 고쳐세우려고 다시 찾아온 거요…… 자, 저리로 가서 내 기분이 풀리게 해주지 않겠소?"

"스몰우드 씨!" 엉클 애브너가 곧 말했다. "어떻게 알 수 있었지요. 집이 타기 전에 도둑이 들어왔다는 것을? 군 세금이 집과 함께 타버렸다고 생각할 수는 없을까요?"

"이야기하겠소——어떻게 해서 알게 되었는지. 군 세금은 모두 사슴가죽으로 만든 안장주머니에 넣어 베개맡에 두었소. 밤중에 잠이 깨었을 때 집 안은 캄캄하고 연기가 가득 차 있었소. 나는 자신도 모르게 벌떡 일어나 침대의자 위에 있는 옷을 집어들고 아래층으로 뛰어내려갔던 거요. 나는 그러기 전에 베개 아래 있는 안장주머니를 손을 더듬어 찾아보았는데——없었소."

"그러나 스몰우드 씨, 안장주머니가 눈에 띄지 않았는데, 그 속에 든 돈이 도둑맞았다고 어떻게 단언할 수 있지요?"

"나중에 그 안장주머니가 발견되었소." 보안관은 대답했다. "집 안으로 되돌아와서 그것을 발견하여 가지고 나왔는데——텅 비어 있었소."

"대단히 용감했군요, 스몰우드 씨. 연기가 가득 차 있고 깜깜하며, 그것도 한창 불타고 있는 집 안으로 뛰어들어갔다니! 잠시도 지체할 수 없었을 텐데."

"그렇소." 보안관은 대답했다. "잠시도 지체할 수 없었소. 집 안은 연기로 가득 차 있었으니까. 그러나 나는 그 돈을 맡고 있었던 거요. 나에게는 의무가 있었소. 비록 목숨을 내던지는 한이 있어도!"

엉클 애브너는 무서운 표정을 지으며 발을 콱 딛었다. 등자가 삐걱하는 소리가 났다.

"스몰우드 씨!" 하고 엉클 애브너는 말했다. 무기를 들이대는 것 같은 말투였다. "어떻게 그런 일을 할 수 있었소? 연기가 가득 차 있는 깜깜한 집 안으로 들어가서 재빨리——한순간 동안에——그 텅 빈 안장주머니를 찾아내다니! 그것이 있는 장소를 미리 정확하게 알고 있지 않았던 한!"

엉클 애브너의 말은 상대를 꼼짝 못하게 찔렀다——바늘로 파리를 찌르듯이.

보안관은 파리처럼 떨었다.

"스몰우드 씨" 하고 엉클 애브너가 말했다. "당신은 도둑이고 위선자고 거짓말쟁이요! 그리고 거짓말쟁이의 전례를 벗어나지 못하고 스스로 파멸을 부른 것이오! 당신은 그 돈을 훔쳤을 뿐만 아니라 아버지를 약탈의 공범자로 만들려고 했었소. 남에게 들키지 않으려고 이 죽은 사람의 집에다 그 돈을 숨긴 거요. 자, 그러나 죽은 사람은 그 돈을 내주지 않았소! 숨겨둔 돈을 가져가려고 어젯밤 이리로 와서 보니, 아버지 무덤 위의 바닥돌이 내려앉아 석회암 갓돌에 박혀들어가 들어올릴 수가 없었던 거요. 그래서 쇠망치를 가지러 돌아갔었지……그러나 비록 죽었어도 의로운 사람은 하느님과 서로 감응하는 법이오! 그 집을 지키려는 당신 아버님에게 나는 힘을 빌려드리고 있었던 거요. 무기를 든 자식에게 저항하려는 아버님에게!"

보안관은 자지러지게 놀라 몸을 비틀며 부들부들 떨었다. 달아날 수 없다고 체념한 것 같았으나, 이윽고 힘이 솟아났는지 울타리를 뛰

어넘어 도망쳤다. 그러자 조금 뒤 다시 모습을 나타내어 지친 말을
전속력으로 달리고 있었다.

엉클 애브너는 언덕 위에서 달아나는 도둑을 내려다보고 있었으나
뒤쫓으려고 하지는 않았다.

"가게 내버려두어라. 그 아버지를 보아서라도 우리는 돌아가신 분
에게 그만한 은혜와 의리를 입고 있으니까."

황혼의 괴사건

우리는 이 세상에서는 보기드문 기묘한 장면을 가까이하고 있었다. 너도밤나무숲으로 통하는 샛길 입구에 말을 탄 사나이가 라이플을 안장에 찔러놓고 있었다. 우리가 눈 앞에 길을 막고 설 때까지 사나이는 입을 열지 않았는데, 이윽고 입에 담은 말에는 불길한 느낌이 담겨 있었다.

"어서 가버려!"

그러나 엉클 애브너는 어서 가라고 해서 갈 사람이 아니었다. 엉클 애브너는 고삐를 당겨 큰 밤색 말을 세우고 태연히 상대를 바라보며 말했다.

"관리 같은 말을 하는군."

사나이는 저주의 말을 섞어 대답했다.

"어서 가! 그렇지 않으면 싸움에 말려들게 돼!"

"나도 싸움에는 익숙하지." 엉클 애브너는 아무렇지도 않은 듯이 대답했다. "분명하게 까닭을 들려주지 않는다면 말이야."

"까닭 같은 건 아무래도 상관없어!" 사나이는 으르렁대듯 말했다. "어서 가버려!"

엉클 애브너의 눈이 천천히 상대를 더듬듯 살펴보았다.

"아무래도 상관없지는 않지. 버지니아 도로가 무기로 다져져 있기라도 하단 말인가?"

"이 길은 그렇지" 하고 사나이는 대답했다.

"글쎄, 어떨까……."

엉클 애브너는 말에 박차를 넣어 샛길로 들어섰다.

사나이는 무기를 들었다. 공이치기를 일으키는 소리가 들렸다. 엉클 애브너의 귀에도 들렸을 게 틀림없을 텐데, 그 떡벌어진 등을 돌리지 않았다. 언제나처럼 아무렇지도 않은 목소리로 나에게 소리쳤을 뿐이었다.

"먼저 가거라, 마틴, 곧 갈 테니까."

사나이는 총을 허리 옆으로 들어올렸으나 쏘지는 않았다. 상대가 명령에 따르지 않을 경우 어떻게 할 것인가는 생각지도 않고 무작정 복종하게 만들려는 사람인 것이다. 거친 말을 내뱉으며 위협하려고 하지만 거친 행동에 이르는 일은 없다. 사나이는 어이없는 듯 그 자리에 서서 혼자 욕을 하고 있었다.

엉클 애브너가 시킨 대로 내가 먼저 가려고 하자 사나이는 힘차게 말했다.

"가면 안돼! 공연히 말려들 거야!"

그는 내 말의 고삐를 잡아 샛길로 끌어들인 다음 뒤를 따라왔다.

이곳 구릉지에서는 황혼이 길다. 해가 져도 낮 동안의 빛이 남아 있는 것이다. 해가 짐과 동시에 만물을 둘러싸고 지배하는, 이야기 속의 나라와 같이 기분나쁜 어렴풋한 빛. 빛은 가득차 있지만, 물론 태양의 빛은 아니다. 수도 없이 지나가는 빛. 마치 땅덩이가 빛을 내려 하며 마침내 그것에 성공한 것 같다.

별은 아직 나오지 않았다. 가끔 흐릿한 달이 하늘높이 나타나지만, 별은 힘이 없으며 빛도 거기서 오는 게 아니다. 바람은 대개 자고 있다. 대기는 부드럽고 들 냄새가 향기처럼 풍겨 오른다. 낮의 소리——낮 동안 돌다니는 동물의 소리는 끊어지고, 밤의 소리——밤 사이 돌다니는 동물의 소리가 시작된다. 박쥐가 미친 듯이 날아다닌다, 소리도 없이. 모습은 보이는데, 소리는 들리지 않는다. 슬픈 가락을 띤 부엉이의 울음 소리가 시작된다. 울음 소리는 들리는데 모습은 보이지 않는다.

우리에게는 이해가 가지 않는 세계이다——태양계의 동물인 우리에게는. 밤의 세계에서 활동하는 것, 우리가 알지 못하는 것, 우리의 이해(理解)에 도전하는 것에 마주치지 않을까 하고 우리는 두려워한다. 이리하여 이 황혼 속에 발길을 들여놓을 때, 사람들은 입을 다물고 오감(五感)을 긴장시켜 눈으로 살피고 귀를 기울인다.

우리가 들어선 길은 옛날의 마찻길이었다. 바퀴자국 사이에 풀이 무성했다. 말이 소리도 없이 걸어가고 이윽고 늙은 너도밤나무숲으로 들어서자 낙엽이 버스럭 소리를 냈다. 엉클 애브너는 뒤돌아보려고도 하지 않았다. 누군가가 따라오고 있다는 것은 알고 있을텐데. 아마 감시하는 거라고 생각하겠지. 나는 말을 걸지 않았다.

총의 공이치기를 일으킨 사나이가 그 뒤에 따라오고 있다. 어디로 가는 건지, 무엇을 하러 가는 건지 나는 모른다. 나무 그늘에서 얻어 맞을지도 모른다. 안장에 올라앉은 채 살해될지도 모른다. 그러나 이곳은 사소한 일로 무턱대고 행동할 수 있는 고장이 아니다. 나도 한가지는 알고 있었다——엉클 애브너가 이 일에 뛰어들려 하고 있다는 것을. 마음 약한 사람이라면 슬그머니 피해버릴 것이다.

이윽고 무슨 소리가 내 귀에 들려왔다. 그것은 몇 개의 소리가 한데 섞인 것 같은 소리였다. 몇 사람인가가 땅바닥을 파고 있는 것 같은 소리. 희미한 소리였다. 너도밤나무숲 깊숙한 데서 들려오는 소리 같았다. 말이 나아감에 따라 그 소리도 높아져서 곡괭이를 내리찍는 소리, 삽을 쓰는 소리, 흙을 낙엽 위로 내던지는 소리 등을 분간할 수 있었다.

그 소리들은 처음에는 앞쪽에서 들려오는 것처럼 생각되었는데, 조금 지나자 오른쪽에서 들려온다는 것을 알 수 있었다. 이윽고 낮은 곳의 잿빛 너도밤나무 줄기 사이로 구덩이를 파고 있는 두 사나이의 모습이 보였다. 일을 시작한 지 얼마 안되는 듯, 파낸 흙이 얼마 되지 않았다. 그러나 걷어낸 낙엽이 수북이 쌓여 있고, 곡괭이로 파헤친 단단해보이는 흙덩이들이 굴러다녔다. 구덩이는 길과 직각을 이루었으며, 사나이들은 우리에게 등을 돌리고 일을 하고 있었다. 셔츠 하나만 걸친 채 일하고 있었는데, 너도밤나무 가지가 던지고 있는 침울한 얼룩 그림자가 밤새 무리처럼 두 사나이의 등과 어깨를 날아다녔다. 흙은 다져져 있어서 단단해 보였다. 곡괭이 소리가 울리고, 그 소리에 묻혀 사나이들은 우리가 다가오는 것을 알아차리지 못한 모양이다. 엉클 애브너는 머리를 반쯤 돌려 이 기묘한 일을 바라보고 있었으나 말을 세우지는 않았다. 우리는 말을 계속 몰아갔다. 옛날의 마찻길이 꺾이어 낮은 지대로 들어갔다. 말발굽 소리가 들리며 십여 명의 사나이와 마주치게 되었다.

그 광경은 좀처럼 잊혀지지 않는다. 주위를 빙 둘러 파헤친 너도밤나무가 말라죽어 너덜너덜한 잎을 조금 남기고 무참한 모습으로 서 있고, 기분나쁜 희미한 빛이 비쳐들고 있었다. 서 있는 사람, 쓰러진 나무에 앉아 있는 사람, 말을 타고 있는 사람 등 가지각색이었는데, 이 기분나쁜 한패의 사나이들 얼굴에는 예외없이 뭔가가 끝나기를 기다리고 있는 표정이 떠올라 있었다.

더부룩한 잿빛 턱수염을 기른 노인이 파이프 담배를 피워물고 힘껏 연기를 내뿜었다. 막대기를 정성껏 깎아 뿔이 난 소를 만들고 있는 사나이도 있었다. 엄지손가락 손톱으로 안장머리에 글자를 새겨넣는 사람도 있었다.

조금 옆쪽으로 가지가 비어져나온 너도밤나무가 회색 팔뚝을 내밀고, 두 사나이가 말에 올라앉아 그 아래 있었다. 두 팔꿈치가 몸에 묶여 있고, 안장깔개로 재갈이 물려 있었다. 그 뒤에는 안장에 올라앉은 사나이가 토막 줄을 만지작거리며 굴레에 연결된 끈을 풀어서 더 긴 줄을 만들려 하고 있었다.

우선 내 눈에 들어온 것은 그러한 광경이었다. 그러나 다음 순간 엉클 애브너가 그곳에 이르자 갑자기 소란이 일어났다. 사나이들이 벌떡 일어나 엉클 애브너가 탄 말의 재갈을 잡고 그에게 무기를 들이댔다. 누군가 내 뒤에 있는 감시꾼을 부르자 그가 말을 달려갔다. 한 순간 소란이 일어났으나, 천연덕스럽게 파이프를 피우고 있던 덩치 큰 사나이가 엉클 애브너의 이름을 외쳐대자 다른 사람들이 그것을 전하여 공포는 금방 가라앉았다. 그러나 엉클 애브너의 둘레와 말 앞에는 단호하고 엄숙한 턱들이 둘러쌌으며, 한순간의 행동이 가라앉은 뒤에도 이 사나이들을 움직이고 있는 엄연한 결의는 조금도 흔들리지 않았다.

엉클 애브너는 주위를 둘러보며 소리쳤다.

"레뮤엘 아놀드, 니콜라스 번스, 그리고 하일램 워드가 아닌가!"

엉클 애브너가 이름을 부른 이 사나이들은 나도 알고 있는 사람들이었다. 모두 소를 기르는 이들이다. 워드는 파이프를 물고 있는 덩치 큰 사나이다. 같이 있는 사나이들은 그의 소작인이거나 소몰이들이었다.

그들의 토지는 모두 산과 인접해 있다. 그러한 지리적 위치가 봉건적인 관습이나 어떤 종류의 자유 행동을 도와주는 것이다. 변두리에 살고 있으므로 자기 일은 자기 스스로 처리하지 않으면 안된다는 것이 그들의 지론(持論)이었다. 그리하여 분명히 용기와 결단을 가지고 자기 일을 처리해 왔고, 때로는 버지니아 주 전체의 문제도 처리해 온 것이다. 그들의 조상은 북쪽과 서쪽으로 향해 개척을 해나가서 이곳 토지를 손에 넣었다. 혼자 힘으로, 직접 생각해 낸 방법으로 자기 손으로 만든 무기를 사용하여 목숨을 걸고 야만인들과 싸웠던 것이다. 눈에는 눈, 이에는 이로써 갚는다는 듯 인정사정없이 보복을 했던 것이다.

야만인들이 쳐들어와도 당국에 도움을 부탁하거나 하지는 않았다. 문 앞에서 싸우고 숲속까지 쫓아가서 죽였다. 그들은 야만인들보다 강인했다. 그 손은 듬직하고 피비린내가 났다. 이리하여 오하이오 강 유역에 사는 야만족의 우두머리들은 너무 희생이 많다고 해서 이 지방에 대한 습격을 중단하고 창부리를 남쪽 켄터키로 돌렸던 것이다.

이 사람들과 그 잔혹한 방법을 크게 비난하며 보다 인도적인 수단을 취해야 했다고 주장하는 역사가도 있지만, 그런 이들은 이 사람들이 쌓아올린 문명의 보호 아래에서 아무것도 모르며 떠벌리는 것으로 그 말은 잠꼬대에 지나지 않는다.

"애브너 씨" 하고 워드가 말했다. "분명히 말해 두지만, 소도둑에게는 우리들의 쌓이고 쌓인 원한이 있는 거요. 방해받고 싶지 않소. 소도둑과 살인은 뿌리를 뽑지 않으면 안되오. 이제는 지긋지긋하오."

"내가 방해할 리 있겠소?" 하고 엉클 애브너는 대답했다. "그야 누구나 다 근절하지 않으면 안된다고 생각하고 있소. 그런데 어떻게 근절하겠다는 거지요?"

"줄을 사용해서" 하고 워드가 대답했다.

"그거 참, 좋은 방법이군요" 하고 엉클 애브너가 말했다. "옳게 행해지기만 한다면 말이오."

"'옳게'라니, 그게 무슨 뜻이지요?"

"결국 여럿이 결정한 협정은 어디까지나 지켜야 한다는 거요. 소도둑과 살인을 근절시키는 일에 대해서는 나도 힘이 되어드리고 싶지만, 동시에 약속도 지키고 싶어서 말이오."

"어떤 약속을 했다는 거지요?"

"당신들이 한 약속과 같은 거요. 여기 있는 사람들은 모두 같은 약속을 한 셈이오. 우리 조상들은, 모두 멋대로 단독행위를 해서는 살인범도 도둑도 어찌할 도리가 없다는 것을 알고 모여서 서로 의논하여 이러한 일들을 처리하는 방법을 협정했던 것이오. 우리는 조상들의 협정을 지지하고, 그것에 따를 것을 약속했소. 따라서 나로서는 약속을 지키고 싶은데……."

큰 사나이의 얼굴에 잠시 당혹한 빛이 떠올랐으나, 그것도 금방 사라졌다.

"흥! 그건 법률이 아니오?"

"뭐라고 부르든 상관이 없지만, 어떤 일을 어떤 방법으로 처리하자는 여러 사람들의 결정이오."

사나이는 머리를 번쩍 들고 단호한 태도를 보이며 말했다.

"아무튼 우리는 우리 나름대로의 방법으로 일을 처리하겠소!"

엉클 애브너는 신중한 표정을 지어보였다.

"그러면 죄없는 사람까지 해치게 되오."

"저 수상한 녀석들 말이오?"

워드는 엄지손가락을 움직여 두 명의 포로를 가리켜 보였다.

엉클 애브너는 얼굴을 들고 비로소 알아차린 듯 조금 떨어진 큰 너도밤나무 아래의 두 사나이를 바라보았다.

"저자들에 대해 달리 생각하고 있었던 건 아니오" 하고 엉클 애브너는 대답했다. "내가 생각하고 있던 것은 이런 것이었소──만일 당신이나 레뮤엘 아놀드나 니콜라스 번스같이 훌륭한 사람들이 법을 어기고서 자위수단이었다고 자기 행동을 변명하게 되면, 돼먹지 못한 자들이 그 예를 본받아 복수나 약탈을 위해 그것을 이용하게 될 거요. 이리하여 법은 뒤죽박죽이 되고, 법을 의지하고 있는 약하고 죄 없는 사람이 법의 보호를 받을 수 없게 될 거요."

이 말은 지금도 잊혀지지 않는다. 린치(私刑)의 위험에 대해 생각지 못한 광명을 던져준 말이었다. 그러나 사나이들은 여전히 잔뜩 버티고 서서 움직이지 않을 태도였다. 피가 끓고 있는 그들은 그 말을 차갑게 받아넘겼다.

워드가 말했다.

"애브너 씨, 이 문제에 대해 당신과 따지는 것은 그만둡시다. 때로는 법을 손바닥에 간직해 두지 않으면 안될 경우도 있는 것이오. 우리는 이곳 산기슭에 살고 있소. 소를 도둑맞고, 그 소들이 주 경계를 넘어 메릴랜드로 흘러가고 있소. 무슨 일이 있어도 막지 않으면 안되오.

우리의 생명과 재산이 목숨을 아끼지 않는 악한들에게 위협당하고 있소. 그래서 놈들을 뒤쫓아 붙들어서 가까운 나무에 목매달려는 것이오. 당신을 부른 기억은 없소. 당신이 멋대로 끼어들어온 것이오. 법을 파괴하는 게 무서우면 못 본 체하면 될 것 아니오? 아무튼 우리는 법을 파괴해야겠소! 잔인한 두 악당을 교수형에 처하는 것이 법을 파괴하는 일이라면 말이오."

"기어이 법을 깨뜨려야겠다면, 나도 여기에 머물러 그것을 도와주지!"

나는 엉클 애브너의 결심을 듣고 깜짝 놀랐다.

"고맙군" 하고 워드가 대답했다. "그러나 엉뚱한 생각을 하면 곤란하오, 애브너 씨. 여기에 머물러 있고 싶으면 다른 사람들과 같은 입장에 서주지 않으면 안되오."

"그거야말로 바로 내가 바라던 바요"라고 엉클 애브너는 대답했다. "그러나 지금 여기 있는 사람들은 모두 나보다 한 가지 강한 것이 있소."

"그것이 뭐요?"

"다른 사람들은 모두 포로에 대해 불리한 증언을 듣고 있어서 저두 사나이의 유죄를 확신하고 있다는 거요."

워드가 말했다.

"그것뿐이라면 애브너 씨, 당신한테도 설명해 드리지요. 요즘 이근처 일대에서 소를 도둑맞는 일이 잦아 우리들 주 경계에 살고 있는 사람들이 모여 소떼가 수상한 사람에게 몰리어 산을 넘어가는 것을 막기로 했소. 오늘 오후 백 마리 가량의 소떼가 이동하고 있다는 보고를 들었기 때문에 우리가 그것을 저지했소. 소를 몰고 있던 자는 저기 저 시프레트와 토윅즈라는 두 사람이었소. 너희들소냐고 물었더니, 주인은 아니지만 소떼를 메릴랜드까지 몰고 가도록 고용되었다는 대답이었소. 얼굴을 못 본 녀석들이기도 하고, 욕과 상말을 마구 내뱉었기 때문에 이건 못된 녀석들이라고 곧 알아차렸던 거요. 그래서 누구에게 고용되었느냐, 소임자는 누구냐고 물었으나 우리가 알 일이 아니라고 내뱉으면서 그대로 가버리는 거였소. 나는 마을 사람들을 불러모았소. 우리는 두 사람을 뒤쫓아가서 소주인을 알게 될 때까지 소를 목초지에 몰아넣으려고 했소. 그도중에 바워즈를 만났던 거요."

그는 뒤돌아보며 토막 밧줄을 만지고 있는 사나이를 가리켰다.

그는 나도 알고 있는 사람이었다. 소 장사꾼으로 빚에 몰리고 있지만, 간신히 장사를 계속하며 꾸려나가고 있는 사나이였다.

"바워즈가 사실을 말해 주었소. 어제 저녁 무렵, 스톤 콜을 넘어

다니엘 쿠프먼의 소를 보러 갔었다고. 애브너 씨, 그는 당신들 마을에서 소장수가 쿠프먼의 소를 사러 간다는 말을 들었다고 하오. 그래서 선수를 치려고 어제 저녁 집을 나와 해질 무렵 쿠프먼의 집에 도착했다는 거요. 걸어서 가까운 길을 지나 산을 넘어 꼭대기에 닿았을 때, 길이 나 있는 산등성이를 한 사나이가 말타고 가는 것이 보이더랍니다. 그 사나이는 쿠프먼의 집이 있는 작은 골짜기를 굽어보고 있었던 모양이오. 바워즈가 집으로 가보았더니 쿠프먼은 없고 문이 활짝 열려 있더랍니다. 바워즈의 말에 의하면, 잠깐 나갔을 뿐으로 곧 돌아올 것 같은 느낌이었다는 거요. 주위에는 아무도 없었소. 부인은 산 너머 딸네 집에 가 있고, 쿠프먼은 혼자 살고 있었으니까.

아까 본 그 사나이에게 소를 보이러 간 거겠지, 생각하고 바워즈는 쿠프먼을 찾으러 목장으로 갔지요. 그런데 쿠프먼도 소도 없더랍니다. 그래서 집으로 돌아와 쿠프먼이 돌아오기를 기다렸소. 베란다에 앉아 있었는데, 그러다가 문득 청소를 했는지 베란다 바닥이 아직 눅눅한 것에 생각이 미쳤답니다. 그런데 자세히 보니 닦여 있는 곳은 문 앞 한 곳뿐이었으므로 일어나서 다가가보니 문 옆기둥 가운데쯤 한 곳이 패어 있음을 알게 되었답니다. 자세히 보니 총알이 박혔던 구멍이라는 걸 곧 알 수 있었지요.

그는 깜짝 놀라 뜰로 뛰어나왔다고 합니다. 그러자 마차바퀴가 큰길 쪽으로 이어져 있고, 풀숲에는 쿠프먼의 시계가 떨어져 있었답니다. 그는 그것을 집어 주머니에 넣었지요. 커다란 은시계로 쿠프먼의 이름이 새겨져 있고, 사슴가죽끈이 달려 있었소. 바퀴자국을 밟아가자 대문으로 나가 다시 큰길로 이어져 있더랍니다. 바워즈는 돌아와 마굿간에서 쿠프먼의 말을 꺼내 타고 집으로 돌아갔다가 오늘 아침 소가 지나간 자국을 더듬어보았으나 우리와 마주칠

때까지 소를 만날 수 없었다고 하오."

"그 이야기에 대해 시플레트와 토윅즈는 뭐라고 말하던가요?" 하고 엉클 애브너가 물었다.

"저 녀석들은 이 이야기를 듣지는 못했소" 하고 워드는 대답했다.

"바워즈는 저 녀석들 앞에서 이 이야기를 하지는 않았으니까 말이오. 저놈들과는 떨어져 있었소. 우리들에게만 이야기해 준 거지요."

"시플레트와 토윅즈는 바워즈를 알고 있소?" 엉클 애브너가 물었다.

"모르오, 그건" 하고 워드가 대답했다. "우리가 소떼를 못 가게 막았을 때 너무 욕을 퍼붓기에 재갈을 물려두었소."

"그뿐이오?" 엉클 애브너가 다그쳐물었다.

그러자 워드는 저주의 소리를 내뱉고 나서 말했다.

"그뿐이 아니오! 우리가 그 정도 일로 사람을 묶어 목을 매려고 할 것 같소? 바워즈의 이야기로 다니엘 쿠프먼을 죽이고 소를 훔친 것은 시플레트와 토윅즈가 틀림없다고 생각되긴 했으나 증거를 잡기 어려웠으므로 저 녀석들이 쿠프먼의 시체와 짐마차를 어떻게 처치했는지 밝혀내려고 했었소. 소가 지나온 발자국을 따라가자 강으로 나가게 되었소. 마차가 그 강을 건너간 예는 없었는데, 맞은 편 쪽으로 마차와 소떼가 길을 벗어나 강을 따라서 1마일쯤 숲으로 들어간 것을 알 수 있었소. 그곳 강이 꼬부라드는 곳에서 저 악당 녀석들이 노숙한 자취가 발견되었소.

강 기슭에 불을 땐 흔적이 있었는데, 재는 조금도 남아 있지 않았소. 지름 12피트 정도의 큰 원을 그리며 불땐 자리의 재가 말끔히 치워져 있고 삽 자국도 분명히 남아 있었소. 한가운데의 땅바닥은 흙이 깨끗이 긁어내어져 있었으나, 강 쪽으로는 탄 흔적이 남아 있고 땅바닥도 그을려 있었소. 불땐 자리 바로 맞은편 강바닥이 패어져 구덩이가 보였소. 우리는 통나무로 뗏목을 만들고 끝이 갈고리처럼 생긴 막대를 만들어 그것으로 강바닥을 훑어보았소. 그리고 막대에 함석 양동이를 달아매어 강바닥의 구덩이를 훑어보았더니 탄 흔적이며 단추며 뒷자물쇠며 뼈조각이 나왔던 거요."

워드는 잠시 말을 끊었다.

"이것으로 확실해진 셈이오. 그래서 이 악당들의 목을 매달러 이리로 끌고 온 거요."

엉클 애브너는 주의깊게 귀를 기울이고 있다가 이윽고 입을 열었다.

"토윅즈와 시플레트는 보수로써 무엇을 받았다던가요? 당신이 소떼를 못 가게 했을 때, 그들이 그것을 말하지 않았소?"

"그것도 역시 움직일 수 없는 증거요" 하고 워드는 대답했다. "그들의 소지품을 뒤져 보았더니 시플레트가 지갑을 가지고 있었소. 1백 15달러와 잔돈이 조금 들어 있었지요. 다니엘 쿠프먼의 지갑이었소. 오래된 세금 영수증이 나왔소. 가죽과 속 칸막이 사이에 들어 있었지요. 어디서 손에 넣었느냐고 시플레트에게 물었더니 15달러와 잔돈은 처음부터 자기가 가지고 있었던 것이고, 1백 달러는 소를 몰고 가도록 부탁받은 사람에게서 받았다고 하오. 그 지갑을 가지게 된 동기에 대해서 묻자, 그 사람이 거기에 돈을 넣어가지고 있었던 것인데 그들에게 돈을 줄 때 지갑째 주었다는 거였소."

"그 사람이란 누구지요?" 하고 엉클 애브너가 말했다.

"그건 말할 수 없겠지."

"어째서?"

"뻔하잖소, 애브너 씨!" 하고 워드는 목소리를 높였다. "그런 사람이 있을 리가 없기 때문이오. 모든 것이 거짓말이니까. 저 두 놈이 범인이라는 것은 틀림없소, 증거도 뚜렷이 있소."

"그렇지만 상황증거란 출발 방식에 따라 아무렇게나 해석될 수도 있지요. 진상을 밝혀내는 데는 약간 위험한 길이라고 말하지 않을 수 없군요. 표지(標識)라는 것은 이상하게도 자신이 나아가려고 하는 방향밖에 가리켜주지 않소, 발꿈치를 돌려 출발점으로 되돌아 가지 않는 한, 그 잘못을 깨달을 수 없지요. 출발점으로 되돌아가 보면 표지의 방향이 달라져 있는 것을 알고 깜짝 놀라게 됩니다. 그런데 자신이 이렇다고 생각한 방향밖에 보려고 하지 않는 사람에 게는 아무리 이야기해 봐야 소용이 없소, 귀를 기울이려고 하지 않 으니까. 그리고 이쪽이 다른 방향으로 나가려고 하면 바보 취급을 하기가 일쑤지요."

"이 경우 방향은 하나밖에 없소" 하고 워드가 끼어들었다.

"아니, 방향은 언제나 두 가지가 있소." 엉클 애브너가 대꾸했 다. "피의자가 유죄냐 무죄냐 하는 두 가지요. 당신들은 시플레트 와 토윅즈가 유죄라는 전제 위에서 출발하고 있소. 그런데 다른 전 제 위에서 출발하면 어떻게 되겠소?"

"어떻게 된다는 거요?" 하고 워드가 말했다.

"이렇게 되겠지요──당신이 다니엘 쿠프먼의 소를 몰고 가던 시 플레트와 토윅즈를 붙들었던바, 어느 사람에게 고용되어 메릴랜드 까지 몰고 가는 중이라고 대답했소. 그 말을 믿고 그 사람을 밝혀 내려고 한다면 어떻게 되겠소? 우선 바워즈가 떠오르게 되지 않겠 소!"

바워즈의 얼굴이 새파래졌다.

"무슨 소리를 하는 거요, 애브너 씨!"

그러나 엉클 애브너는 사정없이 결론을 서둘렀다.

"그러면 어떻게 되겠소?"

대답은 없었으나 엉클 애브너 주위의 사람들은 일제히 떨리는 손으로 밧줄을 만지고 있는 사나이 쪽을 돌아보았다.

　"그러면 우리가 발견한 증거들은 어떻게 되는 거요?" 하고 워드가 말했다.

　"표지의 방향이 달라지면 어떻게 되겠소?" 엉클 애브너는 말을 계속했다. "누군가가 다니엘 쿠프먼을 죽이고 소를 훔친 다음 시체와 시체를 운반한 마차를 태워버렸소……그런데 그렇게 한 사람이 누구인가? 다니엘 쿠프먼의 소를 몰고 있던 두 사람인가, 아니면 다니엘 쿠프먼의 말을 타고 그의 시계를 주머니에 넣고 있는 사람인가?"

　워드의 표정은 그야말로 정말 볼 만했다.

　"아!" 하고 엉클 애브너가 소리쳤다. "표지의 방향이 바뀌었다는 것을 잊지 말아주시오. 우리가 나가는 방향에 따라 표지를 읽어가면 어떻게 되겠소? 쿠프먼을 죽인 자는 소떼와 같이 있는 것을 들킬까 두려워했소. 그래서 소떼를 메릴랜드까지 보내기 위해 토윅즈와 시플레트를 고용하고, 자신은 다른 길을 거쳐서 가려고 했소."

　"그렇다면 그의 이야기는 어떻게 되는 거지요, 애브너 씨?" 워드가 말참견을 했다.

　"그게 어떻다는 거요? 그는 말과 시계를 어떻게 손에 넣었는지를 밝히지 않으면 안되오. 그리고 범인을 찾아내야만 하오. 되돌아가서 조사해 보면 알겠지만, 그의 이야기가 사실과 맞는다면 시플레트와 토윅즈를 당신에게 넘겨주겠소."

　그때의 레이콥 바워즈의 얼굴처럼 심한 공포에 사로잡힌 표정을 나는 아직 한 번도 본 일이 없다. 그는 정신나간 태도로 말에 올라앉아 있었다.

　"아!" 하고 그는 거듭거듭 되풀이했다.

　공포에 사로잡힌 데는 그 나름대로의 이유가 있었다. 엉클 애브너는 인정도 사정도 없었다——흔들이(振子)가 반대쪽으로 흔들리며, 그때까지 바워즈와 손을 잡고 있던 무법자들이 지금은 바워즈에게로 칼 끝을 돌린 것이다. 그것을 눈치채자 바워즈의 뼈마디는 공포로 떨었다. 물불가리지 않는 사나이들은 갑자기 소리를 지르며 의견이 달라졌음을 외쳐댔다.

"야, 진범을 잡았다!"

그리고 한 사나이가 바워즈의 손으로부터 밧줄을 낚아챘다.

그때 엉클 애브너가 다그쳐물었다.

"그것이 확실하오?"

"확실하고말고!" 그들은 앵무새처럼 대답했다. "당신이 증명해 주었잖소, 애브너 씨."

"아니——" 하고 엉클 애브너는 대답했다. "나는 그것을 증명해 주지 않았소. 나는 다만 어떤 선입관에 사로잡히게 되면 상황증거만으로는 엉뚱한 방향으로 빗나가고 만다는 것을 증명해 보였을 뿐이오. 바워즈의 증언에 따르면 다니엘 쿠프먼의 집 옆 언덕 위에 한 사나이가 있었다고 하는데, 그 사나이가 알고 있을 거요. 다니엘 쿠프먼을 죽인 사람은 바워즈가 아니라는 것, 바워즈의 이야기는 진실이라는 것을."

그들은 엉클 애브너의 눈 앞인데도 상관하지 않고 웃으며 말했다.

"당신은 그런 사람이 있었다는 것을 진심으로 믿는 거요?"

엉클 애브너의 키가 더 커진 것처럼 보였다. 그 목소리는 모두들을 위압하듯이 한층 더 커졌다.

"아, 믿고 있다마다——그 사나이가 바로 나니까 말이오!"

그들에게는 좋은 교훈이 되었을 것이다. 우리는 시플레트와 토윅즈를 데리고 정규 재판소로 향했다.

기적시대

군중들로부터 떨어져 그녀는 저택으로 이어진 넓은 포플러 가로수 길에 서 있었다. 어떻게 해야 좋을지 몰라 당황한 태도였다.

엉클 애브너와 랜돌프 치안관이 자갈길을 지나서 저택 안으로 들어 가자 그녀의 모습이 보였다.

엉클 애브너와 랜돌프는 대문 앞에서 말을 내렸으나, 그녀는 말에 올라탄 채 집 안으로 들어갔던 것이다. 그것이 습관으로 되어 있는 것처럼.

그러나 도중까지 오자 그녀는 문득 생각난 듯 말에서 내렸다. 그리 고 지금은 말의 어깨에 기대어 서 있었다. 그것은 검은 사냥말로 몸 집이 크고 늙었는데, 나이는 먹었어도 몸의 아름다운 선(線)은 그대 로 남아 있었다. 마치 아라비아의 마술 같은 것으로 땅 속에서 불러 내어져 아직 생명을 불어넣지 않은 흑단마(黑檀馬) 같았다.

처녀는 그 무렵 풍습대로 길고 검은 승마용 스커트에 빨간 웃옷을 입고 있었다. 검은 머리는 팔뚝만한 굵기의 갈래머리로 땋았다. 눈도 검고 또렷했다. 밖에서 단련이 된 듯 몸매도 단단하고 날씬했다.

"아!" 랜돌프가 무심코 큰 소리로 독특한 몸짓을 섞어가며 말했다. "프로스페로가 숲 속에서 피리를 불고 있었다. 그리고 여기에는 새벽의 여신(女神) 같은 아가씨가 있다!……우리도 나이를 먹었군 그래, 애브너. 하느님이 사랑하시는 것, 그것은 젊음인 거야!"

두 손으로 뒷짐을 지고 자갈길을 굽어보고 있던 엉클 애브너는 눈을 들어 이 황홀해질 만큼 아름다운 처녀를 바라보았다.

"가엾게도," 하고 그는 말했다. "저 아가씨를 사랑하는 것은 산의 신들이 아니라 골짜기의 신들임에 틀림없네."

"이방인들에게 둘러싸여 눈물흘리고 서 있는 루츠! 이것이 비유로서는 더 낫지 않을까, 애브너? 하지만 저 아가씨는 이런 토지보다 더 훌륭한 것을 이어받지 않았나? 젊음이라는 것을!"

"아니, 그 두 가지를 다 소유해도 마땅하네, 저 아가씨는" 하고 엉클 애브너는 대답했다. "저 여자의 상속재산을 몰수한다는 건 완전히 도둑과 같은 것이네."

"그러나 합법적인 조치일세" 하고 랜돌프 치안관은 대답했다.

"이것은 법이 그렇게 만든 걸세. 우리는 법을 무시할 수 없지 않나."

"그러나 법을 이용해서 나쁜 일을 하려는 사람은 멸시해야 되겠지. 저 사나이들은 악당일세. 강도나 해적과 다를 게 없어."

엉클 애브너는 가로수길가에 세워진 넓고 웅장한 저택 쪽으로 한쪽 팔을 내밀었다.

"법적으로 인정될지 어떨지 모르지만, 나는 저 죽은 사나이를 도둑으로 생각하네. 나 같으면 끝까지 저 사나이로부터 이 토지를 빼앗고 말았을 걸세, 만일 가능했다면 말이지만. 그런데 저 녀석에게는 자네가 말하는 이른바 법이라는 배경이 있었던 걸세, 랜돌프."

"하지만 저 사람은 아무 이익도 얻지 못했네. 저기 누워서 무덤으로 실려가기를 기다리고 있을 뿐이지. "

"하지만 저 녀석의 동생이 이익을 얻지 않았나. 그리고 저 아가씨는 그것을 빼앗기게 되는 거지. "

그 무렵 유행하는 옷을 우아하게 차려입은 랜돌프 치안관은 들고 있던 흑단 지팡이를 빙글 돌리며 농담 비슷한 투로 말했다.

"'죽은 사람을 채찍질하지 말라'——성경에는 이렇게 쓰여 있지. "

"죽은 사람 따위는 내가 알 바 아닐세" 하고 엉클 애브너는 대답했다. "죽은 사람은 하느님의 손에 맡겨져 있어. 우리와 관계있는 것은 살아 있는 사람일세. "

"그럼, " 하고 치안관은 목소리를 높여 말했다. "상속받는 동생 쪽은 용서해 줘야 마땅하다는 건가? "

"물론 용서해 주어야 하고말고, 빼앗은 것을 돌려주기만 한다면 말일세. "

"빼앗은 것을 돌려주다니! " 랜돌프는 자신도 모르게 웃음을 터뜨렸다. "여보게, 애브너, 저 벤튼 울프의 손에 들어가면 마지막일세. 아무리 악마라도 동전 한푼 빼앗지 못할걸. "

"악마 따위에게는 아무 권위도 인정하지 않네. "

"뭣하면 하느님의 기적이라고 해도 좋네. 그러나 안타깝게도 지금은 기적의 시대가 아니어서 말일세. "

"그럴지도 모르지" 하고 엉클 애브너는 대답했다. 목소리가 차츰 낮아졌다. "잘은 모르지만……. "

두 사람은 지금 검은 말의 어깨에 기대어서 있는 처녀의 옆까지 다가와 있었다. 아침 공기가 그녀의 발부리에 있는 노란 잎을 움직였다. 그녀는 두 사람의 옆으로 달려왔다. 얼굴이 빨갛게 달아올라 있었다.

"오! " 하고 랜돌프는 외쳤다. "셰익스피어는 2류 미인밖에 모르고 있었던 모양이군! 안녕, 줄리아! 예전에 아가씨는 키가 이 지팡이만했었지. 그 뒤로 거의 만나지 못했었군. 그때 아가씨는 '피트 조지라는 서커스에서 보았어요' 하면서 곡예를 보여주려고 하곤 했었지"

그녀의 얼굴에 그림자가 스쳤다.

"아, 생각나요. 분명 저 베란다에서……."

"이거 정말 놀라운데!" 하고 랜돌프가 소리쳤다. "확실히 거기였소!"

그리고 나서 랜돌프가 그녀의 손가락 끝에 입을 맞추자, 그녀의 얼굴을 스친 그림자가 싹 가시었다.

랜돌프는 이해심이 많은 사람이었고, 태도도 신사적이었기 때문이다. 그러나 궁지에 몰렸을 때 그녀가 의지로 여기는 이는 엉클 애브너 쪽이었다.

"그만 정신없이 집 안까지 말을 타고 들어갈 뻔했어요. 여기다 말을 놓아두어도 괜찮을지 모르겠군요. 고삐를 놓으면 얌전하게 기다리고 있어요."

이어서 그녀는 변명을 시작했다. 오래 전 자신이 살았던 이 옛집이 보고 싶어졌다는 것이었다. 그 기회는 오늘밖에 없다──이 지방 사람들이 모두 장례식에 참석하기 때문에 조의를 표하려는 것은 아니지만, 그녀가 와도 괜찮으리라 생각했다는 것이다.

그녀는 엉클 애브너의 팔에 손을 얹었다. 애브너는 걱정스러운 듯이 그녀의 얼굴을 바라보며 말했다.

"아가씨! 거기다 말을 놓아두고 나를 따라오시오. 나도 조의를 표하려는 건 아니니까. 그리고 당신은 나보다 더 권리가 있지 않소?"

그녀는 잠시 망설이더니 말했다.

"죽은 사람에게는 마땅히 경의를 표해야 하겠지만, 저 사람——저 사람들——에 대해서는 그럴 수가 없어요."

"나는 그럴 수 없소"라고 애브너가 말했다. "살아 있을 때 존경할 수 없었던 사람을 죽었다고 해서 존경하는 척할 수는 없지. 죽었다고 해서 경의를 표한다는 건 터무니없는 일이오."

그들은 포플러의 노란 잎이 떨어져 깔린 가로수길을 걸어갔다. 밀려난 자갈 사이로 마디풀과 회향(茴香)풀이 자라 있었다.

맑게 갠 상쾌하고 아름다운 아침이었다. 산울타리에 서리가 내려앉았다. 목초지에 무성한 풀 여기저기에 거미집이 놀랄 만큼 공들인 레이스 무늬를 펼쳐놓았다. 태양은 찬란하게 빛나고 있었지만, 한낮이 다 되었는데도 후텁지근한 더위는 전혀 느낄 수 없었다.

이 마을 사람들은 애덤 울프의 장례식을 보러 모여들었다. 거의 다 게으른 소작인들로, 호기심에 끌려 구경온 것이었다. 서류가 갖춰지지 않았다는 이유로 이 땅을 차지한 두 늙은이가 여태까지는 영내(領內)로 들어오는 것을 금하고 있었기 때문이다.

이 영내로 들어오는 곳에 게시가 붙어 있어, 물고기를 잡는 소년도 없거니와 사냥하는 학생도 없었다. 녹색을 띤 민물고기가 비옥한 낮은 땅을 흐르는 깊은 시냇물 속에서 살쪄가고 있었지만, 그들의 평온을 어지럽히는 자는 아무도 없었다. 그러나 메추라기, 꿩, 지경조(知更鳥), 노고지리——그런 것들은 늙은 애덤이 새총을 가지고 뒤쫓아 다녔다. 그는 사철 가리지 않고 총을 들고 돌아다녔다. 마치 하늘을 나는 모든 새에게 계속 해를 입고 있어서, 그 원한을 풀려고 선전포고를 한 것 같았다. 따라서 이 사나이로 하여금 뜻밖의 죽음을 당하게 한 사고는 그러한 습관에 따른 당연한 위험으로, 끊임없이 엽총을 들고 다니면서도 소홀히 다루면 당연히 일어날 수 있는 일이었다.

그들 두 형제는 단둘이서 살고 있었다. 이리하여 이 두 사나이를 둘러싸고 별의별 수수께끼 같은 소문이 다 떠돌았으며, 그 이야기가 공상력에 의해 갈고 다듬어져서 퍼져 갈수록 더 자세하고 교묘하게 만들어지며 재미있게 되어갔던 것이다. 그러므로 이 지방 사람이 이렇게 영내에 들어온다는 것은, 모험에 가까운 매력과 스릴과 흥미가 있었던 것이다.

이들 형제의 생활 모습은 아주 대조적이었다. 애덤은 성질이 과격했다. 그 호통치는 소리와 욕설과 거친 행동은, 그 근처에서 밤을 보내는 검둥이나 집으로 가던 도중 날이 어두워진 소년들에게는 공포의 불씨였다. 그러나 벤튼은 모든 면에서 차분하고 태도도 조심스러웠으며, 같이 있는 사람들의 의견에도 신경을 썼다. 그러나 어찌된 셈인지 검둥이도 소년들도 벤튼 쪽을 더 무서워하고 있었다. 벤튼은 자기가 들어갈 관을 짜서 집에 놓아두고 또 죽어서 입을 수의(壽衣)도 마련해 두었는데, 아마 그 때문이었을 것이다. 이처럼 자기의 죽음에 대비하여, 공연한 돈을 들이지 않으려고 장례에 필요한 물건들을 값을 깎아 만들게 한다는 것은 아무래도 섬뜩한 느낌이 드는 일이었다.

그런데 이처럼 기분나쁜 물건들을 깊게 간직해 두고도 이 늙은 사나이는 자신의 죽음 따위는 조금도 생각지 않는 것 같았다. 때로는 무척 즐거운 듯이 손을 마주비비며, 이 토지의 주인이 된 날을 황홀한 듯 이야기하는 일도 있었다. 자기가 형보다 나이가 아래니까 더 오래 살 거라는 말이었다.

현관 주위에는 사람들이 떼를 지어 몰려 서 있고, 현관 홀도 사람들로 들끓었다. 무서운 것을 보고 싶어 서로 밀고 당기며 모조리 다 구경하려는 욕심스러운 호기심을 만족시키려는 것이다.

그녀는 안에 들어가지 않고 행랑채 문간에 서 있고 싶다고 말했다. 어린 시절 그녀에게는 동화 속의 나라였던 구식 정원과 과수원과 작은 길과 샛길이 모조리 다 바라보이기 때문이라는 것이었으나, 애브너는 그녀에게 안으로 들어가자고 말했다.

랜돌프는 고개를 돌려버렸지만 애브너와 처녀는 잠시 관 옆에 머물러 있었다. 죽은 사람의 이마 근처와 턱은 산탄 총상 투성이였으나, 눈과 그 아랫부분——날씬한 코며 얼굴 윤곽이며 주름과 함께 얼굴의 대부분을 이루고 있는 부분——은 상하지 않았다. 그리고 그 때문에 과격한 성질을 말해 주는 특징이 생명을 앗은 사고에도 아랑곳없이 고스란히 그대로 남아 있었다.

그는 매장에 쓰이는 수의에 싸여 널 안에 누워 있었다. 그것들은 벤튼 울프가 자신을 위해 준비해 두었던 것이었다. 다만 양손에 끼고 있는 장갑만은 아니었다. 장갑에 대해서만은 벤튼도 깜박 잊고 있었던 것이다. 그리하여 공개된 장례식을 치르기 위해 죽은 형의 몸단장을 갖추려 했을 때, 다른 사람은 아무도 유해에 손을 못 대게 했으므로 그는 집안을 온통 뒤져서 낡은 실장갑을 찾아내어 터진 곳과 좀이 슨 구멍을 정성들여 얽어매지 않으면 안되었다. 될 수 있는 한 형을 훌륭하게 보이려고 애쓴 것이리라.

이 하찮은 마음씀에 처녀는 눈물을 떨어뜨렸다. 여자의 마음이란 알 수 없는 것이다.

"가엾게도!" 하고 그녀는 말했다.

그녀는 이 하찮은 일로 죽은 사나이와 그 동생에게서 받은 처사며, 그들로부터 입은 손해며, 오랜 고뇌를 잊어버린 것이다.

그녀는 엉클 애브너의 팔을 잡고 있던 손에 힘을 주며 작은 손수건으로 눈을 눌렀다.

"가엾군요, 살아남은 할아버지가 보기 딱해요."

그러면서 그녀는 아무렇게나 얽어매어 이음매가 드러나보이는 낡고 뻣뻣한 장갑을 가리켰다.

그러나 엉클 애브너는 이상하게도 차갑고 엄숙한 표정으로 그녀를 내려다보았다.

"아가씨, 이걸 보고 아마 마음이 동요된 모양이군요. 이걸 기운 사람도 아마 마음이 동요되었겠지요. 2층으로 가서 그를 만나봅시다."

이어서 그는 치안관에게 소리쳤다.

"랜돌프, 같이 가세!"

"어디로 가는 건가?" 하고 치안관은 돌아보며 물었다.

애브너는 대답했다.

"이 아가씨가 죽은 사람의 장갑을 보고 울기에, 어쩌면 벤튼 노인도 그걸 보면 울음을 터뜨리고 뉘우치며 빼앗은 것을 돌려줄지도 모른다는 생각이 들어서 말일세."

치안관은 미친사람이라도 보듯이 애브너를 살펴보았다.

"죄를 뉘우칠지도 모른고? 자기 눈을 빼서 그걸 자네한테 내밀기라도 할 거란 말인가? 여보게, 애브너, 자네의 상식이라는 건 어디로 갔나? 그런 일은 하느님의 기적이 없는 한 있을 수 없을 텐데."

"어찌되었든 같이 가세, 랜돌프. 그리고 내가 그 기적인가 하는 것을 행하는 데 도움을 빌려주게."

엉클 애브너는 그 방을 나와 현관 홀로 가서 눈물을 머금으며 그의 팔을 잡고 있는 처녀와 함께 낡고 폭넓은 층계를 올라갔다. 그러자 치안관은 할 수 없이 큰 바보가 시킨 심부름에 따라 나서는 것처럼 그 뒤를 따랐다.

그들이 2층 방으로 들어가자 덩치 큰 사나이 한 사람이 푹신한 의자에 앉아 저택 안의 가로수길을 내려다보고 있었다. 무척 만족스러운 듯이 바라보고 있었다. 세 사람이 들어가자 사나이는 고개를 돌리고 기름진 주름에 파묻힌 눈을 크게 떴다.

"여, 애브너 씨, 랜돌프 씨, 그리고 줄리아 클레이븐 양!" 하고 그는 우렁찬 목소리로 소리쳤다. "죽은 사람에게 조의를 표하러 와주셨군요!"

"아니, 그런 게 아니오, 울프 씨" 하고 애브너는 대답했다. "산 사람에게 정의의 재판을 내리기 위해 찾아온 거요."

그 방은 크기는 했으나 의자 몇 개와 영국제인 듯한 책상이 하나 놓여 있을 뿐, 텅 비어 있었다. 벽에 걸린 그림은 마치 여기 사는 사람들에게는 흥미가 없다는 듯 뒤집혀 있었다. 그러나 큰 양면괘지다발과 쇠로 만든 잉크 병과 거위 깃털 펜이 몇 개 놓여 있는 책상 위쪽에는, 자세한 지도 한 장과 여기 사는 두 사람이 소송을 일으켜 손에 넣은 토지 문서가 액자에 넣어져 걸려 있었다. 이 덩치 큰 사나이에게 만족을 주는 것은 화가의 그림이 아니었다. 그림그리기가 좋아서 숲이나 들판을 그리고 찍는 게 아니라, 자신이 소유하고 지배하는 들판과 숲이기 때문에 그리고 찍는 것이다. 그리고 편안히 앉아 있을 때에도 오로지 그것을 머릿속에 그려보는 것이었다.

뭔가 뜻을 결정하기 어려운 사나이의 눈두덩이가 한순간 꿈틀하더니 조금 뒤 대답했다.

"생각해 주어서 고맙소. 나는 지금까지 오랜 동안 계속 무시를 당해왔소. 지금 이렇게 생각해 주는 것만으로도 형을 잃은 슬픔이 얼마나 가셔지는지 모르겠소."

이 말을 듣자 랜돌프는 웃음이 터져나올 것만 같아 참느라고 턱을 눌렀다. 거대한 몸집의 사나이는 큰 파도 같은 두 어깨 사이에 머리를 파묻고, 파충류를 연상케 하는 그 작은 눈을 유리조각처럼 반짝이며 말을 이었다.

"지금까지 줄곧 푸대접을 받아왔기 때문에 감동이 한층 더한 거요. 애브너 씨, 당신은 이 집에 오신 적이 없었지요. 당신도 마찬가지요, 랜돌프 씨. 가까이 살고 있는데도 말이오. 신사답지 못한 일이 아닐까요? 먼 지방에서 이곳으로 옮겨온 나와 형 애덤에게는 손을 잡고 당신들 집으로 안내해 줄 친구도 없었지요."

사나이는 한숨을 내쉬며 두 손을 깍지꼈다. 그는 말을 계속했다.

"애브너 씨, 너무 냉정한 처사가 아니었을까요? 나도 형 애덤도 견딜 수 없는 기분이었소. 어디가든 악수를 청하고 말을 걸어오는 사람이 있는 당신들로서는 이런 기분을 모르겠지요. 그러나 고향을 등지고 찾아온 고독한 타지방 사람에게는 너무도 쓰라린 일인 거요."

그는 주위에 있는 의자를 가리켰다.

"어서 앉으십시오, 여러분. 앉아서 천천히 이야기합시다. 나는 형을 잃고 완전히 낙심해 있으니까요."

그 말을 듣고도 랜돌프는 우두커니 서 있었다. 웃음은 이미 완전히 누르고 있었다. 그러나 엉클 애브너는 처녀를 의자에 앉힌 다음 다정한 보호자라도 되는 듯 그 뒤에 섰다.

"울프 씨," 하고 그는 말했다. "마음씨가 착해진 것 같아 기쁘게 생각합니다."

"마음씨가 착해졌다고요!" 사나이는 자기도 모르게 목소리를 높였다. "농담하시면 곤란합니다, 애브너 씨. 나처럼 마음씨착한 사람도 없을 거요. 참새 한 마리 죽이지 못하거든요. 형 애덤은 나와 아주 다르지만 말이오. 형은 총을 들고 새 짐승을 쫓아다니며 죽이곤 했지만, 나는 그런 것에는 전혀 흥미가 없소."

"아무래도 하늘을 나는 새가 그에게 복수한 모양이군요?" 하고 랜돌프가 말했다. "정말 터무니없는 사고로 목숨을 잃었으니까."

사나이는 설명했다.

"랜돌프 씨, 그건 터무니없는 부주의 때문이었소. 방아쇠에 손가락을 걸고 왼쪽 손으로 총신 중간을 잡은 채 그 안을 들여다보며 총알이 있나 없나 알아보다니, 형의 어리석은 버릇이었지요. 그렇게 하고 있는 것을 보면 나는 자신도 모르게 소름이 오싹 끼쳐, 그런 것은 그만두라고 입이 아프도록 말했었지요.

그러나 형은 어떤 총이든 전혀 두려워하지 않았소. 늘 만지니까 익숙해진 때문이겠지요. 조교사(調敎師)가 맹수에게, 또는 기술사(奇術師)가 파충류의 이빨이나 독에 익숙해져 있는 것과 마찬가지로 말이오. 형은 나이를 먹어서 총알을 넣었는지 어쨌는지 잊어버리는 일이 자주 있었지요."

그는 랜돌프를 향해 이야기하고 있었으나, 줄리아 클레이븐과 그 의자 뒤에 서 있는 엉클 애브너에게도 눈길을 보냈다.

그녀는 단정하게 등을 곧바로 세우고 침착하게 조용히 앉아 있었다. 애브너는 그녀에게 몸을 지켜주는 늠름한 존재였다. 두 손을 의자등받이에 걸치고, 떡벌어진 어깨를 내밀어 그녀를 감싸듯이 하며 앙연한 표정으로 서 있었다. 악마와 싸우는 미카엘처럼 위풍당당하게.

그 모습에 눈길을 주더니 상대는 의자에 앉은 채 몸을 움직거렸다. 그리고 이번에는 처녀를 보며 말했다.

"애브너 씨와 랜돌프 씨, 이렇게 와주셔서 고맙소. 그리고 줄리아 클레이븐 양, 당신도 잘 와주었소. 어른들은 법의 정당성이라는 것을 알 수 있겠지만, 어린 사람에게는 거의 이해가 가지 않을 거요. 아직 나이어린 클레이븐 양이 그 소송일로 나와 형 애덤에게 좋지 않은 감정을 품고, 우리로부터 가혹한 꼴을 당했다고 생각하는 것도 무리는 아니오. 아버지로부터 물려받은 재산을 우리에게 빼앗겼다고 말이오. 소유권이 귀속해 있지 않았다는 것은 어린 사람에게는 이해가 안되었을 거요. 우리 재판관처럼은 말이오. 소유권과 세

습지로서의 단순부동산권과는 전혀 다른 것이라는 점을 말이오. 그건 어찌되었든 잘 와주었소. 그 마음씨에는 감격하지 않을 수 없군요."

그러자 애브너가 입을 열었다.

"울프 씨, 당신이 그런 기분이 되신 것을 대단히 기쁘게 생각합니다. 이제 랜돌프 치안관에게 증서를 써줄 수 있을 것으로 생각합니다만……."

노인의 족제비 같은 눈이 반짝반짝 빛나며 침착성을 잃었다.

"알 수가 없군요, 애브너 씨. 대체 무슨 증서지요?"

"랜돌프 치안관이 쓰러 온 증서 말이오" 하고 엉클 애브너는 대답했다.

"하지만 애브너!" 치안관이 말참견을 했다. "나는 증서를 쓰러 온 게 아닐세."

치안관은 어이가 없다는 듯이 엉클 애브너를 바라보았다.

"아니," 하고 엉클 애브너는 대답했다. "바로 그것 때문에 자네는 이리로 온 게 아니었나?"

엉클 애브너는 한쪽 손으로 열려 있는 책상을 가리켰다.

"다행히도 양도인은 모든 준비를 다 갖추어놓았네. 종이도 펜도 잉크도 다 갖춰져 있어. 그리고 또 자네에게 형편이 좋게끔 경계선이 분명하게 그려진 지도도 걸려 있군. 그리고 또——" 하며 그는 벽을 가리켰다. "마치 훌륭한 예술품처럼 재판관의 증서가 액자에 넣어져 걸려 있네. 자, 랜돌프, 앉아서 받아쓰게."

선택의 여지를 주지 않는 말투였으므로 치안관은 책상을 향해 앉아 펜을 고르기 시작했다.

그러나 곧 이 명령이 터무니없음을 깨닫고 홱 돌아보며 외쳤다.

"대체 무슨 뜻인가, 애브너?"

"지금 말한 대로일세"라고 엉클 애브너는 대답했다. "증서를 받고 싶은 거지."

"무슨 증서인가?" 치안관은 자기도 모르게 목소리를 높였다. "양도인은? 양수인은? 대상 토지는?"

"정식 양도증서를 작성하는 걸세. 눈 앞에 있는 그 증서에 명기되어 지도에 그려져 있는 가옥에 대한 권원보증(權原保證) 조항을 담아서 말일세. 양도인은 벤튼 울프 씨, 양수인은 미성년자인 줄리아 클레이븐 양. 그리고 알겠나, 랜돌프, 양도 이유는 '정애(情愛)'가 되겠지. 인지(印紙) 값은 1달러."

노인은 소스라치게 놀랐다. 큰 파도 같은 두 어깨 사이에 묻혀 있는 얼굴이 빙글 방향을 돌리더니 두루뭉실한 생김새가 꿈틀하며 표정과 태도가 달라졌다. 그 파충류 같은 눈이 무시무시하게 되어 거친 숨결을 내뿜었다.

"잠깐만!" 하고 그는 목구멍을 그르렁거리며 말했다. "그런 증서는 터무니없는 거요!"

"자, 쓰게. 어서, 랜돌프!" 노인의 이의 같은 것에는 아랑곳없이 애브너는 말했다. "얼른 해치워버리세."

"그러나 애브너," 하고 치안관은 되받았다. "이건 어리석은 일일세. 양도인이 서명해 줄 것 같은가?"

"아니, 서명해 줄 걸세. 자네가 증서를 작성하기만 하면 서명하고 승인해 주게 되어 있네――자, 어서 쓰게!"

"애브너, 자네 정말……" 하며 치안관은 너무 어이가 없어 항의했다.

"랜돌프! 써주겠나, 아니면 나에게 맡기겠나?"

선택의 여지를 주지 않는 단호한 그 말투에 치안관은 어리둥절해하며 양면괘지를 펴고 거위 깃털 펜에 잉크를 찍어 엉클 애브너가 말하는 대로 증서를 작성하기 시작했다. 랜돌프가 펜을 달리고 있는 동안 엉클 애브너는 살찐 노인 쪽으로 몸을 돌리며 말했다.

"울프 씨, 저 증서에 서명하도록 설득해야만 되겠소?"

"당신은" 하고 노인은 목소리를 높여 항의했다. "나를 바보로 알고 있소?"

노인은 엄청난 몸을 일으켜 의자에 앉은 채 도전할 자세를 취했다.

"그렇게 생각지는 않습니다" 하고 애브너는 대답했다. "그러니까 서명해 줄 것으로 생각하고 있는 거지요."

살찐 노인은 마룻바닥에 침을 탁 뱉었다. 축 늘어진 험상궂은 얼굴로 변했다.

"서명을 하라구!" 그는 침을 튀기면서 소리쳤다. "이 바보 머저리 미치광이 같으니라구! 대체 무엇 때문에 내가 땅을 남에게 주어야 한다는 거지?"

"이유는 여러 가지가 있소" 하고 애브너는 태연히 대답했다. "이 땅은 당신 것이 아니오, 법률상의 술책으로 손에 넣은 것이지요. 당신 말을 들은 재판관은 말의 마술에 걸리고 만 거요. 그러나 당신도 벌써 나이를 먹었소, 울프 씨. 최고 심판관인 하느님이 진상을 규명해 주시겠지요. 하느님은 꽤 다루기 힘든 상대요. 그분은 이런 문제에 대해 이렇게 말씀하고 계시오. '만일 과부나 고아가 나에게 호소하면 내가 반드시 그 호소를 들어주리라.' 불길한 말이 아니오, 울프? 당신 같은 문제를 안고 최후의 심판을 받는 사람에게는."

"여보시오!" 하고 노인은 외쳤다. "설교는 더 듣고 싶지 않소!"

의자등을 잡고 있던 엉클 애브너의 굵은 손가락에 힘이 주어졌다.

"울프 씨, 이렇게 말해도 끄떡없다면, 인간의 존엄성과 이 처녀의 슬픔과 우리들의 대단한 경의(敬意)를 말하기로 할까요?"

노인의 턱이 덜덜 떨리며, 손가락을 탁탁 꺾었다.

"당신이 무슨 소리를 하든 나는 땅을 내놓을 수 없소." 그는 크게 외치며 또다시 손가락을 꺾었다. "나는 어처구니없이 어리석고, 자기 멋대로 행동하는 사람이오. 그런 잠꼬대 같은 소리에는 끄떡없지."

엉클 애브너는 몸 하나 까딱하지 않았지만 목소리가 약간 굵어졌다. "여보시오, 울프 씨, 자기 멋대로 하는 변덕은 가끔 사람을 움직이는 큰 지렛대가 되는 수도 있소. 그래서 나도 그 변덕에 사로잡힌 거요. 알겠소? 나는 이렇게 생각하고 있소. 당신 형님인 애덤은 이 세상에 태어났을 때와 마찬가지로 맨손으로 이 세상을 떠나야 한다고 말이오."

노인은 파충류 같은 눈으로 애브너를 꼼짝 못하게 하려는 듯이 큰 머리를 홱 돌렸다.

"뭐라구?" 그는 목구멍을 그르렁거렸다. "그게 무슨 소리요?"

"아니, 나도 문득 변덕을 일으킨 거요." 엉클 애브너는 대답했다. "'어처구니없이 어리석은 변덕'이라고 했던가요, 울프 씨? 아니, 뭐라고 말해도 좋지만 당신 형님은 장갑을 낀 채 매장되어서는 안 된다고 나는 생각하는 거요."

엉클 애브너는 가만히 노인을 바라보았다. 조금도 움직이지 않지만, 거기에 있는 것만으로도 상대에게 위협을 주어 점점 더 그를 몰아세우는 것 같았다. 그것이 늙은 거한에게 준 효과는 마치 마술이라도 건 것 같았다. 노인의 온 몸이 떨리기 시작했으며, 그 얼굴의 주름에 엷은 기름이 확 번지는 것처럼 보였다. 의자에 그 큰 몸을 파묻었다. 기름땀이 번져 나왔다. 턱이 떨리며 멍하니 입을 벌린 채 학질에 걸린 것처럼 거대한 몸집이 경련을 일으켰다.

이윽고 물결치는 두루뭉실한 거구에서 떨리는 목소리가 가느다랗게 새어나왔다.

"애브너 씨," 하고 그 목소리는 말했다. "당신 말고도 그렇게 생각하는 사람이 또 있소?" "

"아니오" 하고 엉클 애브너는 대답했다. "그러나 당신이 결심하기에 달려 있소."

"그럼, 애브너 씨." 노인의 목소리가 점점 더 가늘어졌다. "형을 이대로 장사지내게 해주겠소?"

"서명만 해주면!"

사나이는 공포로 인해 땀범벅이 되어 있었다. 그 물결치는 거구는 두 번 다시 평온을 되찾는 일이 없을 것처럼 생각되었다.

"랜돌프 씨," 하고 그는 여전히 떨리는 목소리로 말했다. "그 증서를 이리 주시오."

방에서 나오자 그녀는 엉클 애브너의 팔에 매달려 흐느껴 울었다. 그녀는 설명을 들으려고 하지 않았다. 이 행운을 하느님의 기적으로 믿고 싶었던 것이다——언제까지나 영원히. 그러나 그녀가 나가자 랜돌프는 엉클 애브너 쪽으로 몸을 돌리고 말했다.

"애브너, 자네는 정말 참! 대체 어째서 그 노인이 장갑 이야기를 하자 그토록 떨기 시작했지?"

"사형집행 광경이 눈 앞에 떠올랐기 때문이겠지" 하고 엉클 애브너는 대답했다. "생각나나? 죽은 사람의 얼굴 가장자리는 산탄투성이가 되어 있는데, 얼굴 한복판은 아무렇지도 않았잖는가? 대체 어떻게 해서 그런 모습이 되었겠나, 랜돌프?"

"이상한 폭발 사고도 다 있군그래." 치안관은 대답했다.

"그건 사고가 아니었네" 하고 엉클 애브너는 말했다. "죽은 사람 얼굴의 그 부분이 아무렇지도 않았던 것은 가려져 있었기 때문일세. 동생이 자기를 쏘려는 것을 눈치채자 두 손으로 얼굴을 덮었던 거라네. 장갑으로 가려진 애덤의 손등은 얼굴 가장자리와 마찬가지로 탄환구멍투성이겠지."

제10계

오후의 햇살이 너무 뜨거워서 나무들로 덮인 긴 언덕을 내려오기 시작한 소떼를 숲 밖으로 내모는 것이 차마 마음내키지 않을 정도였다. 우리는 소를 이동시키고 있었던 것이다. 새벽부터 계속 길을 걸었기 때문에 소들은 지쳐 있었다. 엉클 애브너는 소떼 맨 뒤에서 오고, 나는 숲 경계를 따라 말을 몰아갔다. 내가 타고 있는 암말은 소를 모는 데는 나만큼이나 잘 알고 있었으므로 둘이 힘을 합해 간신히 소들이 숲으로 헤매어들지 않도록 몰아왔는데, 끝내 소 한 마리가 무리에서 떨어져 숲 속 깊숙이 도망치고 만 것이다. 엉클 애브너는 나에게 길 위쪽의 나무숲으로 소들을 끌어들여 그늘에서 쉬도록 해주라고 소리쳤다. 그렇게 해둔 다음 숲 속으로 도망친 소를 찾아내려는 것이었다. 나는 드문드문 서 있는 참나무 속으로 소들을 몰아넣고 말에게 감시를 맡긴 다음 걸어서 숲 속을 헤치고 들어갔다. 강 쪽으로 내려가는 긴 언덕은 덤불이 무성한 울타리 없는 수풀이었다. 그 길을 3백 야드쯤 내려간 지점에서 달아난 소를 놓친 모양이다. 나는 나무 그루터기 위에 서서 주위를 둘러보았다.

찾는 소의 모습은 보이지 않았으나, 맞은편 덤불 속에 내 눈을 끄는 것이 있었다. 잡초를 베어낸 잎이 마구 짓밟혀진 곳이 있고, 화수목(花水木)나무가 가랑이져서 땅바닥에 처박혀 있었던 것이다. 거기서 50피트쯤 앞은 급경사였으며, 그 아래쪽에 말길(馬道)이 숲을 누비고 이어져 있었다.

어딘지 기묘한 데가 있었다. 근처 일대가 뒤얽힌 깊은 덤불숲인데, 사람 눈에 띄지 않는 이 지점——말길을 굽어보는 이 지점만이 따로 열려 있고, 풀들이 마구 짓밟혀 있으며, 가랑이진 큰 화수목나무가 땅바닥에 박혀 있는 것이다. 나는 완전히 정신을 빼앗겼으므로, 말을 탄 엉클 애브너가 언덕을 내려와 내 등 뒤에 와 있는 것도 몰랐다. 돌아다보니 큰아버지는 큰 밤색 말을 탄 채 무성한 관목숲을 건너다보고 있었다.

엉클 애브너는 말에서 내리자 조심스럽게 잡초를 헤치고 관목숲으로 들어갔다. 화수목 나뭇가지 저쪽에 속이 텅 빈 통나무 하나가 쓰러져 있었다. 엉클 애브너는 그 통나무 구멍에 손을 집어넣어 총 한 자루를 꺼냈다. 번쩍번쩍 빛나는 새 단신(單身) 엽총——끝에서 총알을 넣는 총이었다. 그 무렵 이 지방에는 뒤로 총알을 넣는 총이 없었다. 엉클 애브너는 총을 이리저리 주의깊게 조사했다. 총알이 들어 있는 모양으로, 방아쇠 밑에 뇌관이 빛나는 게 보였다. 엉클 애브너가 개머리의 놋쇠판을 열어보니 새로운 삼(麻) 검불이 조금 들어 있고, 코르크 마개따기 비슷한 도구가 하나 들어 있을 뿐이었다——총을 청소할 때 꼬챙이에 붙들어매어 삼 검불을 긁어내는 도구인 것이다. 이때 덤불 속을 헤매다니는 잃어버린 소를 보고, 나는 총을 들고 서 있는 엉클 애브너를 뒤에 남겨둔 채 소가 가는 길을 앞지르려고 달려갔다.

내가 그 소를 몰아 데리고 나오자 엉클 애브너도 덤불 속에서 나왔다. 안장에 걸터앉아 불끈 쥔 한쪽 주먹을 안장머리에 올려놓고 있었다.

엉클 애브너가 이런 모습일 때는 물어보기가 어쩐지 무서웠지만, 나는 호기심에 쫓기어 자신도 모르게 질문이 튀어나왔다.

“그 총은 어떻게 했어요, 큰아버지 ? ”

“본디 있던 곳에 도로 두었다. ”

“그 총 임자가 누군지 아세요 ? ”

“누군지는 모르지만” 엉클 애브너는 나를 쳐다보지도 않은 채 대답했다. “어떤 인간인지는 알 수 있지. 겁쟁이란다 ! ”

시간은 자꾸만 흘렀다. 해가 저편 산쪽으로 기울어져 갔다. 정적이 주위를 덮어눌렀다. 들리는 것이라고는 공중을 날아다니는 조그만 벌레들의 날개 소리뿐이었다. 노랑나비가 떼를 지어 날아가고 있었다. 소들은 참나무 그늘에서 쉬며 우리를 기다리고 있었다. 엉클 애브너의 밤색 말은 동상처럼 가만히 서 있었다. 나는 안장에 걸터앉은 채 꾸벅꾸벅 졸았다.

산골짜기와 고개에 어둠이 내리기 시작했다. 바로 이때 말발굽 소리가 들려왔다. 나는 등자에 발을 걸고 벌떡 몸을 일으키며 눈을 크게 떴다.

그 말은 우리 아래쪽 숲 속으로 난 말길을 달려가고 있었다. 타고 있는 사람이 나무 사이로 보였다. 이 숲 서쪽에서 땅을 가지고 있는 방목자였다. 깊은 고요 속에 그의 안장 가죽이 뿌드득뿌드득 울렸다. 그가 말을 타고 가는데 갑자기 총소리가 울리더니 화약 연기가 가득 차 그의 모습이 보이지 않게 되었다.

그 불길한 순간, 나는 그 덤불 속에서 본 물건이 지니는 의미를 금방 알았다. 그것은 이 사나이를 죽이기 위해 누군가가 숨어 있는 장소였다 ! 땅바닥에 처박힌 가랑이진 나무──그것은 목표가 빗나가지 않도록 총신을 받쳐두기 위한 것이었다.

그리고 이것을 깨닫자, 동시에 엉클 애브너의 실수에 나는 문득 소름이 오싹 끼쳤다. 그 덤불 속에 서 있을 때 엉클 애브너는 이런 일이 일어나리라는 것을 전혀 짐작하지 못한 게 틀림없다. 만일 그것을 알았다면 어째서 그 총을 그곳에 도로 두고 왔을까? 왜 숨겨둔 곳에 그대로 두었을까? 어째서 저렇게 태연하게 돌아와 자객(刺客)이 살인을 하도록 내버려두는 것일까? 더구나 말을 타고 숲길을 지나가던 그 사람은 엉클 애브너도 알고 있는 사나이다. 오늘 밤 엉클 애브너는 그 사람 집에서 묵어갈 생각이었다. 우리는 그곳으로 가는 도중이었던 것이다!

몹시 긴 시간이 흐른 것처럼 생각되었지만, 내가 이런 것들을 이리저리 생각한 것은 겨우 한순간에 지나지 않았다. 나는 무심코 엉클 애브너 쪽을 돌아다보았는데, 그는 눈하나 깜짝하지 않았다.

다음 순간 겁에 질린 말이 무서운 기세로 좁은 길을 달리는 것이 보였다. 안장 위에는 벌써 사람의 그림자가 없지 않을까? 아니면 피투성이가 되어 매달려 있는 게 아닐까? 아니면 허공을 휘젓고 있는 참혹한 모습…… 그러나 내 눈에 비친 것은 그 어느 것도 아니었다. 말 위의 사나이는 버젓이 안장에 걸터앉아 고삐를 당겨 말을 세우고 조심스럽게 주위를 둘러보고는 다시 말을 몰았다. 다람쥐나 뭔가를 쏜 사냥꾼의 총소리로 생각한 모양이었다.

"아, 맞지 않았구나!" 하고 나는 소리쳤다.

그러나 엉클 애브너는 아무 말도 없었다. 그는 등자에 발을 걸치고 몸을 쭉 뻗듯이 하며 숲을 가만히 바라보고 있었다.

"어떻게 맞지 않았을까요? 저렇게 가까운 곳에서 쏘았는데도, 더구나 가랑이진 나무에 총신을 올려놓았을 텐데. 큰아버지도 보셨지요?"

엉클 애브너는 잠시 아무 말도 하지 않았는데, 조금 지나 입을 열더니 내가 마지막 물은 질문에만 대답했다.

"아니, 못 보았다." 여유있는 말투였다. "덤불을 누비며 몰래 도망친 것이 틀림없어."

그 뒤 입을 다물고 손 끝으로 안장머리를 툭툭 두들기며 저쪽 나무 끝을 바라보았다.

해가 산등성이에 걸쳐질 무렵, 그제야 엉클 애브너는 소떼를 이동시키기 시작했다. 우리는 나무 사이에서 소들을 끌어내어서 줄지어 긴 언덕길을 내려가기 시작했다. 언덕 기슭에서 길이 두 갈래로 나뉘어 있었다. 한쪽은 큰길로서 우리가 그날 밤 묵어가기로 되어 있는 그 방목자의 집으로 이어져 있고, 다른 한쪽은 숲 속으로 꺾여들어갔다.

엉클 애브너가 소떼를 숲으로 가는 길로 몰아갔기 때문에 나는 깜짝 놀랐다. 그러나 잠자코 있었다. 계획을 바꾼 이유를 금방 알았기 때문이다. 그 사람이 살해되는 것을 그대로 보고 있었던 게 되어버린 지금, 그가 반겨맞을 까닭이 없는 것이다.

반 마일쯤 가자 넓은 곳으로 나왔다. 높은 지대의 그 아래쪽에 밭과 목초지가 펼쳐졌다. 나는 이 갈림길은 모르지만, 이 근처는 본 기억이 있었다. 여기에 살고 있는 딜워즈라는 사나이는 일찍이 지방재판소 서기로 있었던 사람이다. 등기가 제대로 되어 있지 않은 것을 이용하여 이 땅을 손에 넣은 그는 요즈음 주위에 있는 토지를 둘러싸고 가까운 이웃의 방목자들을 상대로 형평법(衡平法) 재판소에 소송을 냈다고 한다. 이 큰 집을 새로 짓고, 머지않아 자기 소유가 될 토지 한가운데 그 집이 위치하게 될 거라면서 못내 자랑스럽게 떠들고 다닌다는 소문을 들은 일이 있다. 더욱이 만일 재판소에서 토지 양도 명령이 내려지면 그날 안으로 딜워즈를 때려죽이겠다고 방목자 한 사람이 벼르고 있다는 이야기도 들었다. 나는 엉클 애브너가 이 사람을 어떻게 평가하고 있는지 잘 알고 있었기 때문에, 어째서 이런 사람의 집에서 하룻밤 묵어가기로 했는지 궁금해서 견딜 수가 없었다.

이 집에 들어왔을 때도, 저녁식사를 하는 동안에도 엉클 애브너는 아주 말이 적었는데, 이 집 주인에게 이끌려 근처 일대가 다 내려다보이는 큰 베란다로 나오자 태도가 홱 달라졌다. 아마 테이블에 놓여 있던 지방신문을 손에 들었기 때문이리라 생각된다. 그 신문에 나와 있는 어떤 기사에 주의가 끌려, 정신없이 읽기 시작했던 것이다. 그것은 밀린 세금 때문에 팔리게 된 토지에 관한 재판소의 고시(告示)였는데, 신문이 찢어져 거기에는 그 기사가 반밖에 나와 있지 않았다. 엉클 애브너는 주인에게 주의를 불러일으켰다.

"딜워즈 씨, 이 고시에는 어떤 토지가 포함되어 있던가요?"

"거기에 씌어 있지 않습니까?"

"신문의 일부가 떨어져나갔기 때문에……젬킨즈의 토지가 있는 곳에서 찢어졌군요."

그는 그 줄에 손가락을 대고 상대방 사나이에게 신문을 보여주었다.

"그 다음에는 어디 토지가 실려 있었지요?"

"하나하나 기억하고 있지는 않지만," 딜워즈는 대답했다. "그 신문이라면 쉽게 구할 수 있습니다. 이런 토지에 흥미를 가지고 계십니까?"

"아니, 이 고시문에 흥미가 있는 거요."

엉클 애브너는 신문을 테이블 위에 놓고 의자에 앉았다. 그리고는 침묵을 깨고 이야기하기 시작했다. 엉클 애브너는 푸른 들을 건너다보면서 말했다.

"훌륭한 목초지로군요."

그러자 딜워즈가 의자 속에서 몸을 내밀었다. 더부룩한 턱수염을 길렀으며, 반짝거리는 작은 눈을 가진 덩치 큰 사나이였다.

"네, 애브너 씨, 식용소가 이처럼 좋은 풀을 먹을 수 있는 땅은 여기밖에 없지요."

"아마 다니엘 데이비슨이 조지 3세로부터 하사받은 토지의 일부일 거요." 엉클 애브너는 말을 계속했다. "국왕에 대해 어떤 공로가 있었는지는 모르지만, 엄청난 보수였소. 이 정도의 토지를 얻게 된다면 충성을 다하게도 되겠지."

"충성을 다하든가, 엉뚱한 짓을 하든가 둘 중 하나겠지요." 딜워즈는 말했다. "그런데 말입니다, 애브너 씨, 지면에서 1야드 밑까지도 비옥하답니다. 헤제카이어 데이비슨이 매장되는 걸 보았지요. 흑인이 삽으로 땅을 파올리는데, 그 땅이 흑인의 얼굴처럼 새까맣겠지요. 그리고 그 땅에 나 있는 잔디는 여자의 머리카락처럼 부드럽습니다. 당시 나는 아직 어린아이였지만, 언젠가는 이 땅을 내 것으로 만들겠다고 마음먹고 있었지요."

"남의 소유물을 탐내는 것은 위험한 일이오." 엉클 애브너는 말했다. "다윗 왕은 그것을 시험하여——뭐라고 했었지요, 딜워즈 씨?——'엉뚱한 짓'을 하지 않으면 안되었던 거요."

"상관없지 않습니까, 원하는 것을 손에 넣을 수만 있다면."

"거기에는 몇 가지 이유가 있소. 그 한 가지는——어떤 종류의 용기가 필요하기 때문이오. 엉뚱한 짓이란 힘에 겨운 일이거든요. 힘도 없으면서 그런 일을 하려면 대개 실패하게 마련이지요."

"하지만 다윗 왕은 실패를 하지 않았잖습니까?" 하고 딜워즈는 웃으며 말했다.

"틀림없이 실패하지 않았소. 하지만 에사이의 아들 다윗은 비겁한 사람이 아니었소"라고 엉클 애브너는 대답했다.

"그럼, 나도 실패하지 않겠군요. 나는 그런 싸움에는 익숙지 못하지만, 소송에는 익숙해 있으니까요."

"이 집이 서 있는 땅도 소송으로 손에 넣은 거였지요?"

"네, 그렇습니다. 해야 할 주의를 하지 않고 있으면 손해를 보게 되지요."

"이 땅에 살고 있던 가난한 농민은 가혹한 일을 당했지요. 당신한테 땅을 빼앗기고 마구간에서 목을 매고 말았으니까요."

"네, 애브너 씨" 하고 딜워즈는 목소리를 높여 대답했다. "하지만 그 이야기는 그만해 두십시오. 내가 그 사람의 목숨을 빼앗은 건 아닙니다. 나는 법에 의해 주어진 것을 얻었을 뿐이니까요. 땅을 사면서 권리증서를 알아보지 않은 것은 본인의 책임입니다."

"그 사람은 사법(司法) 수속에 의한 경매에서 산 것이었소" 하고 엉클 애브너는 말했다. "설마 재판소에서 제대로 갖추지 못한 권리를 팔아넘기지는 않겠지 하고 믿었던 거요. 자신이 정직한 사람이었기 때문에 세상 사람들도 다 정직하리라 생각하고 있었던 거지요."

"그것이 잘못된 생각입니다."

"하긴 그렇겠지요" 하고 엉클 애브너가 말했다.

"그런데도" 딜워즈는 목소리를 높였다. "내 책임일까요——바보가 하나 이 세상에서 사라져버린 것이? 재판소가 형평법에 의해 경매에 붙인 토지의 권리까지 보증할 수는 없다는 것을 모른단 말입니까? 재판소 바로 앞에서 덮어놓고 사서 속이 텅 비어 있어도 그것은 재판소의 책임이 아닙니다. 재판관도 재판소로 가지고 오는 모든 토지의 권리를 일일이 조사할 수는 없으며, 모든 토지의 권리를 그와 관련된 소송에서 법적으로 재정(裁定)할 수도 없는 일입니다. 그런 일을 하게 되면 토지를 둘러싼 소송은 권리 재정의 소송이 되어버리고, 원고는 모두 연루자(連累者)가 되고 맙니다."

"당신 말대로일지도 모르지만, 누구나 다 그런 사실을 알고 있다고 는 말할 수 없소."

"묻기만 하면 알 수 있지요." 딜워즈는 대답했다. "어째서 그 사람 은 재판관에게 가지 않았을까요?"

"위대한 심판자(하느님)에게 가버렸던 거요……." 큰아버지는 의 자에 기대며 손 끝으로 테이블을 똑똑 두들겼다. 엉클 애브너는 말을 이었다. "법이 반드시 정의일 수는 없소. 토지를 사서 그 대금을 현 금으로 치르고 토지의 소유자가 되었는데도 치안관의 실수로 권리증 서에 빠뜨려진 것이 있으면, 산 사람은 권리를 잃고 토지를 빼앗기고 만다──법이란 이런 것이 아닐까요?"

"그렇습니다, 그게 법이지요." 딜워즈는 힘을 주어 말했다. "바로 그 점입니다. 내가 이들 방목자를 상대로 소송을 제기한 것은, 랜돌 프 치안관은 증서를 작성하는 날 메이오의 편람(便覽)이 눈에 띄지 않았기 때문에 기억을 더듬어 썼던 겁니다."

엉클 애브너는 잠시 동안 말이 없다가 조금 뒤 다시 입을 열었다.

"그것을 법이라고 할 수 있을지는 모르지만, 과연 정의일 수 있을 까요, 딜워즈 씨?"

"글쎄요…… 법에 명시되어 있지 않으면 정의가 어떤 것인지 우리 가 어떻게 알겠습니까?"

"누구나 다 알고 있다고 생각하는 데요" 하고 엉클 애브너는 말했 다.

"그러니 모두들 멋대로 기준을 만들어 법에 정해져 있는 기준 같은 건 무시해도 좋다는 말인가요? 그렇게 된다면 그때야말로 정의고 뭐고 다 없어지겠지요."

"아니, 그것이 바로 정의의 시초요. 만일 모두가 하느님으로부터 받은 기준에 따라 행동한다면 말이오."

"하지만 애브너 씨, 모두가 멋대로 기준을 세우지 않더라도 정의의 심판을 하는 재판소가 있어야 할 게 아니겠습니까?"

"그렇지요, 분명 그런 재판소가 있을 것으로 생각하오."

"그런 재판소가 있다고 하더라도 버지니아에는 없습니다."

딜워즈는 웃었다. 그리고 나서 그는 큰 몸을 의자에 묻고 문제를 요약하는 변호사 같은 말투로 늘어놓기 시작했다.

"당신이 무슨 생각을 하고 있는지 알고는 있지만, 애브너 씨! 그것은 터무니없는 생각입니다. 양심이라는 것을 모든 사람에게 지워 두고, 그것이 명령하는 대로 행동하도록 한다는 거지요? 그러나 나는 그런 생활로부터 모든 사람을 해방시켜 주고 싶습니다. 뭐가 옳고 뭐가 잘못인가 하는 건 귀찮은 문제니까요. 그런 건 법에 맡겨두고 싶습니다. 뭔가 하려고 할 때마다 그 행위가 옳은지 그른지를 결정해야 한다면, 그것은 무거운 짐이 되겠지요. 나로서는 그 무거운 짐을 법에게 떠맡기고 싶은 겁니다."

"그러나 법 아래에서는" 하고 엉클 애브너가 말했다. "약한 사람과 무식한 사람은 약하고 무식하기 때문에 손해를 보고, 빈틈없는 사람과 교활한 사람은 그 빈틈없음과 교활함으로 이득을 보게 되지요. 그 점을 어떻게 하겠소?"

"글쎄요, 애브너 씨, 그것을 어떻게 하려면 세상을 다시 만들지 않으면 안되겠지요."

엉클 애브너는 잠시 대답이 없다가 조금 뒤 말했다.

"아마 그것도 가능할 거요. 모두가 다 힘을 합하여 노력하면."

"그러나 왜 그런 일을 하지 않으면 안되는 걸까요? 자연이 그런 일을 할까요? 자연은 아주 태연하게 약한 사람들을 짓밟고 있지 않습니까? 자연에게도 동정심 같은 게 있을까요? 아니면 걱정이나 다른 것들이? 그런 것을 자연은 가지고 있지 않습니다. 그런 것은 인간이 만들어낸 겁니다."

"어쩌면 하느님이 만들어낸 것인지도 모르지요"라고 엉클 애브너는 말했다.

"뭐라고 말하든 상관없지만, 어찌되었든 덧없는 이야깁니다. 법이 그것을 따른다는 것은 넌센스입니다. 애브너 씨! 나는 그런 귀찮은 일은 그만두고 싶습니다. 어떤 일이 옳은가 그른가는 법이 결정해 줄 문제이므로 그것은 법에 맡겨두고, 나는 마음편히 살아나갈 겁니다. 법이 주라고 명하는 것은 주고, 법이 가지라고 인정하는 것은 갖고, 그뿐입니다."

"간단한 기준이군요." 엉클 애브너는 대답했다. "그렇다면 당신에 대한 볼일도 간단히 끝날 것 같소."

"어떤 볼일인데요? 볼일이 있어 오신 줄은 알고 있었습니다만……."

딜워즈는 짧고 메마른 신경질적인 웃음 소리를 냈다.

나는 이런 웃음이 가끔 이야기 사이사이에 섞이는 것을 알고 있었고, 우리가 찾아온 뒤로 계속 그의 태도에 침착성이 없다는 것도 알고 있었다. 이 사람의 마음 속에는 조바심나는 일이 있어서 이런 웃음 소리를 내는 것이다.

"당신의 소송에 대해서인데," 하고 엉클 애브너가 말을 꺼냈다.

"그것이 어떻다는 겁니까?"

"그 소송은 이제 당신으로서도 어떻게 해볼 도리가 없는 단계에 이르고 말았다는 것이오."

"아니, 애브너 씨, 그게 무슨 뜻입니까?"

"이야기해 주지요. 나는 이 소송의 경과를 계속 지켜보고 있었는데, 당신이 재판에 이겼소. 따라서 당신이 신청만 하면 재판관은 언제라도 피고들에게 양도 명령을 내릴 수 있을 텐데 벌써 1년 동안이나 그 처리를 못한 채 당신은 여태까지 신청을 하지 않고 있소. 어째서지요?"

딜워즈는 대답하지 않고 또다시 그 마른 듯한 신경질적인 웃음 소리를 냈다.

엉클 애브너가 말했다.

"대신 내가 대답해 줄까요, 딜워즈 씨? 그것은 무섭기 때문이오!"

엉클 애브너는 한쪽 팔을 뻗어 짙어가는 저녁빛에 흐려진 목초지에서부터 강 쪽을, 그리고 나서 빛이 움직이며 번쩍이는 숲 쪽을 가리켰다.

"저기에는 레뮤엘 아놀드가 살고 있소. 당신 소송에서 피고로 되어 있는 단 하나의 남자로, 나머지는 모두 부녀자들뿐이오. 나는 레뮤엘 아놀드를 잘 알고 있소. 당신에 대해 생각이 나기 전까지는 오늘 밤 그의 집에서 묵을 작정이었소. 그가 어떤 피를 이어받았는지 나는 알고 있소. 해밀턴이 오하이오 강에서 두피(頭皮)를 사려고 인디언을 상대로 여자들 두피를 사모으고 있을 때, 하일램 아놀드 노인은 그를 찾아가 '내가 가지고 있는 두피를 사시오. 모두 훌륭한 것뿐이오'하며 자루에 가득 들어 있는 국왕 병사들의 두피를 테이블 위에 쏟아놓았다는 이야기가 있소. 그 사람은 레뮤엘 아놀드의 할아버지로, 아놀드에게는 그 피가 흐르고 있소. 당신에게 말하라면 난폭하고 위험한 인물이라고 할지도 모르겠군요, 딜워즈 씨? 아마 당신 말대로일 거요. 그는 분명 난폭하고 위험한 인물이오. 재판소 바로 앞에서 그가 당신에게 뭐라고 말했는지 나는 알고 있소. 당신은 그것이 무서웠겠지요, 딜워즈 씨. 그래서 여기에 들어앉아 저 기름진 땅을 바라보며 마음 속으로 도저히 참을 수 없을 정도로 욕심을 내고 있소. 그런데도 무서워서 손을 내밀지 못하는 거요."

밤의 장막이 내리기 시작했다. 나는 커다란 베란다의 어두운 층계에 앉아 있었으므로 두 사람은 나를 까맣게 잊어버린 모양이었다. 딜워즈는 꼼짝도 하지 않았다. 엉클 애브너는 말을 계속했다.

"딱한 일이오, 어쩔 도리가 없어 멍청히 바라보고만 있다는 것은. '엉뚱한 짓'을 할 수가 있는데도 도무지 손쓸 수가 없으니 말이오. 한 번 나에게 맡겨주면 어떻겠소?"

딜워즈는 헛기침을 하며 여전히 신경질적인 웃음 소리를 냈다.

"무슨 뜻이지요——당신에게 맡기다니?"

"이 소송을 나에게 팔라는 거요" 하고 엉클 애브너는 대답했다.

그러자 딜워즈는 깊숙이 의자에 기대며 손으로 턱을 괴고 잠시 말이 없었다.

"그러나 내가 바라는 것은 저 땅입니다, 애브너 씨, 토지 대금이 아니라."

"그건 알고 있소. 그러므로 이 소송에 의해 나의 것이 되는 토지의 일부를 당신에게 주겠소."

"상당한 부분을 받지 않고서는…… 재판에 이긴 거니까요."

"그것은 당신이 바라는 대로 주겠소" 하고 엉클 애브너는 말했다.

그러자 딜워즈는 일어나서 베란다를 왔다갔다했다. 두 가지 생각이 그의 마음 속을 휘젓고 있음을 알 수 있었다…애브너라면 잘 해치울 것이며 무서워하지 않고 법정에서 당당히 싸워줄 것이라는 생각과, 또 한 가지는 자기로서 어느 정도의 토지를 요구할 수 있을까 하는 것이었다. 마침내 그는 돌아와서 테이블 앞에 섰다.

"그럼, 8분의 7을 받을 수 있겠습니까?"

"좋소. 그럼, 계약서를 써주시오."

흑인이 큰 판지와 잉크와 펜과 촛불을 가지고 와서 테이블 위에 놓았다. 딜워즈는 계약서를 썼다. 다 쓰고 나서 서명을 하고 펜을 휘두르듯하며 서명에 장식 글씨를 썼다. 그리고 테이블 너머로 계약서를 엉클 애브너에게 주었다.

엉클 애브너는 거기에 씌어 있는 법률용어와 변호사적인 말투를 음미하면서 소리내어 읽었다. 딜워즈는 그 방면의 지식에 밝아서 잘되어 있었다. 엉클 애브너는 계약서를 정중하게 접어 주머니에 집어넣더니 가죽 지갑에서 1달러 은화를 꺼내 탁자 위에 던졌다. '가지고 있는 현금 1달러를 정히 영수함'이라고 서류에 기록되어 있었기 때문이다. 은화는 쟁그랑 소리를 내며 테이블 위를 빙글빙글 돌았다.

"자, 그 은화를 받아두시오. 그것은 유다에게 지불된 돈이오. 유다가 받은 최초의 보수처럼 당신 손에 들어가는 것은 그뿐일지도 모르오."

딜워즈가 벌떡 일어났다.

"그게 무슨 소리지요, 애브너 씨?"

"그건 말이오," 엉클 애브너는 설명했다. "나는 당신의 소송을 샀소. 대금을 지불했으니까 그것은 이제 내 것이오. 매도 조건이 명기되고, 서명날인까지 되어 있소. 당신은 내가 취득하는 것의 일부를 받기로 되어 있지만, 만일 내가 아무것도 취득하지 못한다면 당신도 전혀 받을 수가 없는 거요."

"전혀?" 딜워즈가 앵무새처럼 따라 말했다.

"전혀!" 엉클 애브너가 되풀이했다.

딜워즈는 테이블에 두 손을 짚고 몸을 기댔다. 고개를 축 늘어뜨리고 테이블 너머로 엉클 애브너를 노려보았다.

"그렇다면, 설마!"

"아니, 진심이오. 나는 이 소송을 그만둘 생각이오."

"애브너 씨!" 사나이는 울상을 지었다. "너무하지 않습니까──

저 토지, 저 기막힌 토지!" 그는 사랑하는 사람에게 손을 내밀 듯이 두 팔을 내밀었다. "바보 같은 짓을 하고 말았군. 서류를 돌려주시오!"

그러자 엉클 애브너는 일어나서 말했다.

"딜워즈 씨, 당신은 건망증이 심하군요. 사람들이 손해를 보는 것은 주의가 부족하기 때문이라고 방금 말했는데, 당신도 자신의 부주의로 손해를 보게 된 거요. 가엾다는 생각 같은 건 넌센스라고 말했는데, 지금 나도 그런 생각이 드는군요. 법이 주는 것은 받을 뿐이라고 말했지요? 나도 이제 그렇게 할 생각이오."

딜워즈는 어쩔 줄 몰라하며 의자 위에서 큰 몸을 보기흉하게 흔들었다.

"애브너 씨" 하고 그는 코를 울리며 소리쳤다. "왜 당신은 나를 망치려고 이리로 찾아 왔지요?"

"나는 당신을 망치려고 온 게 아니라 당신을 살리기 위해 온 거요. 내가 오지 않았다면 당신은 살인을 저지르게 되었을 거요."

사나이는 다시 목소리를 높였다.

"애브너 씨, 미치기라도 했습니까? 무엇 때문에 내가 살인 같은……"

"본질적으로 악하기 때문이 아니라, 그것이 가져오는 결과 때문에——당신 말을 빌자면 '엉뚱한' 사태를 불러오기 때문에——해서는 안된다고 금지된 계율이 있지요. 오늘 오후 당신은 레뮤엘 아놀드를 숨어서 기다리고 있다가 죽이려고 했었소."

사나이는 공포에 사로잡혔다. 몸을 흔드는 것을 그만두고 대신 앞으로 내밀어 풀죽은 얼굴로 엉클 애브너를 바라보았다.

"나를 보았습니까?"

"아니, 보지는 않았소."

그 말을 듣자 딜워즈의 몸은 뭔가 무서운 압력에서 벗어난 것처럼 보였다. 마음이 놓인 나머지 큰 소리를 질렀는데, 마치 풀무에서 나오는 바람 소리 같았다.

"말도 안되는 소리요! 근거도 없는 엉터리요!"

엉클 애브너는 똑바로 상대를 쏘아보았다.

"아니, 사실이오. 그건 당신이었소. 그러나 덤불 속에서 그 무기를 보았을 때도 나는 그걸 몰랐었소. 이리로 왔을 때도 역시 몰랐었지요. 그러나 그처럼 숨어서 기다리는 것은 겁쟁이가 하는 짓이라는 건 알았었소. 그리고 겁쟁이라면 당신밖에 생각에 떠오르지 않더군요. 아니, 오해해서는 안되오——그것만으로는 아무 증거도 될 수 없겠지요. 그러나 나에게는 육감이 있소. 그럼, 증거는? 이 집에 와서 발견했소. 곧 보여주겠소. 그 전에 우선 당신 것을 돌려주지요."

엉클 애브너는 주머니에 손을 넣어 알이 굵은 산탄을 20발쯤 꺼내 테이블에 떨어뜨렸다. 총알은 탁탁 소리를 내며 바닥으로 굴러떨어졌다.

"이렇게 해서 나는 당신을 살인죄에서 구해준 거요, 딜워즈 씨. 그 통나무 구멍에 당신 총을 도로 넣기 전에 화약은 그대로 두고 총알을 전부 빼두었지요."

엉클 애브너는 테이블로 한 걸음 다가섰다.

"딜워즈 씨, 아까 당신한테 한 가지 질문을 했는데 당신은 대답하지 못했소. 밀린 세금 때문에 경매에 붙여진 토지 고시가 지방신문에 나왔는데, 어느 곳의 토지가 포함되어 있느냐고 내가 물었었지요. 신문이 반쯤 찢어져 있어서, 그 기사의 반이 떨어져 나간 거요. 그래서 당신은 대답할 수가 없었소. 그 질문을 기억하고 있겠지요, 딜워즈 씨? 그것을 당신에게 물었을 때, 대답은 내 주머니에 들어 있었소. 그 고시기사의 없어진 부분은 산탄을 싸는 데 쓰였던 거요!"

엉클 애브너는 주머니에서 꾸깃꾸깃해진 신문지를 꺼내 딜워즈 앞의 테이블 위에 놓인 반 조각난 신문에 마주붙였다.

"자, 보시오, 찢어진 곳이 꼭 들어맞잖소!"

황금 십자가

엉클 애브너의 뒤를 따라 정원으로 들어가려던 나는 산울타리 모퉁이에 멈춰섰다. 포도덩굴 너머 한두 걸음 저쪽 밝은 빛 속에 보이는 광경이 나를 몹시 놀라게 했기 때문이다. 엉클 애브너는 정원의 좁은 길에 우두커니 서 있었는데, 젊은 여자가 그의 팔에 매달려 코트에 얼굴을 묻고 있었다. 울음 소리는 들리지 않았지만, 여자의 손이 후들후들 떨리고 어깨가 들먹들먹 움직이고 있었다.

아름다운 여자를 생각할 때마다 나는 어찌된 까닭인지 지금도 언제나 베티 랜돌프를 생각하게 된다. 그런데 그녀의 모습을 제대로 머릿속에 그려내지는 못한다. 그녀는 지금도 신비스러운 청춘 나라에 사는 여자로, 그녀의 모습을 말로 그려내는 것은 시인의 영역에 속하는 일이다. 그들의 무수한 표현은 그녀를 표현하려는 나의 시도를 방해하고 꺾고 단념시킨다.

나는 시인들처럼 여성을 한아름의 사과꽃 같다든가, 우유처럼 흰 살결이라든가, 아기 고양이처럼 나부댄다든가 라고 표현할 수가 없다. 어느 것이나 다 멋있는 표현이고 교묘한 묘사이긴 하지만, 나 자신의 말은 아니다. 나로서는 또 그녀가 속해 있지 않는 문명세계의 말——즉 독자적인 형식을 가진 여러 가지 표현을 빌릴 수도 있다. 그쪽이 보다 훌륭한 방법임에는 틀림없지만, 내게는 그다지 바람직한 일로 생각되지 않는 것이다. 세월이 얼마나 여자의 공상 버릇을 길러 주고 시적 상상력을 키워주는가 하는 실례는 세상 사람들이 생각조차 할 수 없을 만큼 많다. 이 기묘한 세계에서는 논밭을 믿는 사람은 그 은혜를 받고, 기적을 믿는 사람은 기적에 의해 보답을 받는 것이다.

나는 몹시 놀라며 산울타리 그늘에서 발길을 멈추었다. 우리는 결혼날이 가까워진 이 젊은 여자에게 축하의 말을 전하러 온 것인데, 이런 식으로 맞아들여지다니 좀 뜻밖이었다. 그녀의 결혼에는 눈물을 보일 만한 어떤 가슴아픈 일이 없었던 것이다. 왜냐하면 이 결혼은 연애결혼이라고 할 수 있었으니까.

에드워드 덩컨은 훌륭한 풍채를 지닌 젊은이였다. 그의 땅은 그녀의 집 바로 이웃에 있었으며, 랜돌프 집안에 맞먹을 정도로 좋은 집안이고 세상의 평판도 좋았다. 하지만 나는 그를 좋아하지 않았다. 베티 랜돌프에 대해 내가 어떻게 이야기하고, 또 10살 먹은 어린아이가 얼마나 질투가 심했던가를 알게 되는 대목에서는 아마 미소를 누르지 못하리라 생각된다.

두 사람은 어린아이일 때부터 마을의 소문에 올랐으며, 사실 그 예언대로 행하여지고 있었다. 그리하여 이 로맨스도 또 심한 비난의 소리를 들어야 했다. 청년은 땅을 사서 자기 집을 짓고 있었는데, 랜돌프는 그가 신부를 맞아들이기 전까지 그 지급을 끝내지 않으면 안된다고 말했던 것이다. 청년은 이 조건을 굳게 지켰다.

몇 해 동안 기다리는 날이 계속되고, 랜돌프는 귀찮게 독촉을 했다. 청년의 빚은 줄어갔으나 저당은 그대로였다. 그런데 요즈음 뜻하지 않게 저당이 해제되어 행복의 문이 열린 것이다. 에드워드 덩컨은 메릴랜드 주 변두리에 황무지를 가지고 있었는데, 그것은 그의 아버지가 경매에서 겨우 몇 푼으로 차지한 땅이었다. 바로 그 토지를 외국인에게 팔아 빚을 갚을 수 있게 되었다는 이야기였다. 그는 그 무렵 볼티모어에 있던 베티에게 편지를 보냈고, 그녀는 드레스와 주름치마를 안고 서둘러 돌아왔다. 그리고 결혼식 날짜가 정해졌으므로 그녀가 얼마나 행복해 할까 보러 왔던 것인데, 엉클 애브너의 팔에 매달려 가슴이 터질 듯이 울고 있는 것이다!

그녀가 이야기하기까지에는 상당한 시간이 걸렸다. 엉클 애브너는 어린아이를 상대하듯 그녀의 머리를 쓰다듬어주었다. 격렬하고 발작적인 눈물이 그치자 그녀는 자신의 슬픔을 털어놓았다. 나도 서서 그 이야기를 들었다. 산울타리 모퉁이는 두 사람의 바로 옆이어서 손을 뻗으면 그녀에게 닿을 정도였기 때문이다. 그녀는 머리 둘레에서 리본을 떼어 엉클 애브너에게 내밀었다. 리본을 꿴 작은 고리에는 황금으로 된 무거운 십자가가 늘어져 있었다. 다른 사람들과 마찬가지로 나도 그 십자가에 대해서 알고 있었다. 그것은 그녀의 어머니가 가지고 있던 것인데, 십자가에 박힌 세 개의 큰 에메랄드는 이 지방에서 보기드문 훌륭한 보석으로 손꼽히고 있었다. 5천 달러의 가치가 나가는 것으로 영국인 할머니로부터 물려받은 조상대대로의 재산이었다. 나는 베티 랜돌프가 입을 열기 전에 무슨 일이 생겼는가를 알아차렸다. 십자가의 에메랄드가 없어진 것이다. 십자가는 보석을 잃은 채 그녀의 손에 쥐어져 있었다.

자초지종을 이야기하는 데 그녀는 여러 말을 하지 않았다. 보석은 얼마 전부터 없어졌는데도 그녀의 아버지는 지금까지 모르고 있었다는 것이다. 그녀는 아버지가 언제까지나 모르고 있어주었으면 하고 생각했으나, 우연한 일로 그만 발각되고 말았다고 한다. 그는 사건 조사에 나설 것을 선언하고, 범인 찾아내기에 착수했다. 이리하여 베티 랜돌프에게는 참으로 슬픈 사건이 벌어지게 되었던 것이다. 에메랄드를 잃어버린 것만으로도 가슴아픈 일인데, 그녀가 생각해 낼 수 있는 한에서는 오직 한 사람 어머니와 다름없는 늙은 유모 라이자가 피의자로 수사선상에 떠오르게 되어 심문을 받게 된 것이다. 그녀가 볼 때 이건 너무한 일이었다. 지금 그녀의 아버지는 노여움을 못 이겨 심문을 계속하고 있는 중이라고 말했다. 그러므로 유모가 몹시 감정을 해치기 전에 아버지를 만나러 가줄 수 없겠느냐고 그녀는 엉클 애브너에게 부탁했다.

엉클 애브너는 십자가를 손에 들었다. 몇 마디 묻기는 했지만, 그는 별로 입을 열지 않았다. 엉클 애브너의 이러한 태도가 내게는 이상하게 생각되었다. 분명히 해두어야 할 문제가 기다리고 있었기 때문이다. 에메랄드가 없어진지 얼마나 되었는가? 그녀는 이 물음에 대답하여 볼티모어로 떠나기 전까지는 보석이 십자가에 박혀 있었고, 없어진 것은 돌아온 뒤라고 말했다. 여행 중에는 십자가를 가지고 있지 않았던 것이다. 십자가는 그녀의 방에 다른 것들과 함께 놓여 있었다. 여행에서 돌아온 뒤 언제 그것을 보았는지 그녀는 확실히 기억하고 있지 않았다.

거기서 그녀는 다시 울기 시작하여 아름다운 입 언저리가 파르르 떨리며 갈색 눈이 큰 눈물방울로 가득차버렸다.

엉클 애브너는 랜돌프와 이야기하며 유모 라이자의 혐의를 벗겨보이겠다고 약속했다. 그가 돌아올 때까지 정원을 거닐고 있으라는 명령을 받고 베티는 마음을 단단히 먹으며 그 자리를 떠났다.

그러나 엉클 애브너는 곧장 안으로 들어가려고 하지 않았다. 십자가를 손에 든 채 잠시 동안 우두커니 서 있었다. 그리고 나서 놀랍게도 빙글 몸을 돌려 아까 왔던 길로 되돌아갔던 것이다. 나는 겨우 모습을 숨길 틈밖에 없었다. 엉클 애브너가 큰 문으로 통하는 좁은 길을 지나 마구간 쪽으로 향해 걸어갔기 때문이다. 나는 그 뒤를 따랐다. 그가 어째서 약속한 대로 집 안으로 가지 않고 마구간으로 가는지 이상하게 생각되었던 것이다. 그는 마구간 앞을 지나 큰 헛간으로 들어갔다. 거기에는 삽과 농장의 도구들이 있고, 풀베는 낫과 괭이가 걸려 있었다. 헛간은 큰 통나무로 지어져 있었는데, 판자로 지붕을 이었고 양쪽으로 바람이 통하게끔 되어 있었다.

나는 마구간 주위를 돌아서 갔기 때문에 조금 시간이 걸렸다. 내가 통나무 틈새로 헛간 안을 들여다보았을 때 엉클 애브너는 큰 회전연마기(回轉硏磨機) 앞에 앉아 발로 숫돌을 돌리면서 세심하게 주의를 기울여 숫돌 가장자리에 십자가를 대고 있었다. 손을 멈추고 모양을 살펴보더니 그는 다시 일을 계속했다. 그가 무엇을 하고 있는지 나는 알 수가 없었다. 왜 이리로 와서 십자가를 숫돌에 갈고 있는 것일까? 아무튼 그는 잠시 뒤 손을 멈추고 그 근처를 뒤져 헌 가죽조각을 찾아내더니 다시 주저앉아 십자가를 문지르기 시작했는데, 아마 숫돌에 간 부분에 광택을 내고 있는 것 같았다.

어떻게 됐는지 가끔 살피면서 그는 일을 계속했다. 한참 뒤 겨우 마음에 찬 모양으로 일어나 헛간을 나서자 좁은 길을 따라 정원 쪽으로 향했다. 그가 지금부터 어디로 가는지 알고 있었기 때문에 나는 지름길로 갔다.

옛부터의 버지니아 농장 주인 저택 양식에 따라 큰채에 붙여 지은 작은 별채가 랜돌프의 사무실이었다. 출입문이 따로 붙은 단층집으로, 이 출입문 때문에 주인은 집안 사람들에게 방해를 받는 일 없이 공식 방문객을 맞기도 하고 사무를 보기도 할 수 있는 것이다.

그 무렵의 나는 우수한 인디언 못지않는 능력을 가지고 있었으므로 가린 물건을 이용하여 목표물에 다가가는 수법에 익숙했다. 나는 10살의 소년으로, 사소한 데까지 정확을 기하려고 무척 애를 쓰며 모호

크 족의 생활을 본받고 있었던 것이다. 지금은 나에게 보다 중대한 관심사가 있어 그런 생활을 그만두긴 했지만, 그러한 경험의 남다른 면은 아직도 남아 있었다. 살벌한 것을 좋아하는 5살이라는 나이 때, 나무가 많은 목초지에서 나무로 만든 칼을 쥐고 배를 땅바닥에 붙인 채, 칠면조 수놈을 향해 소리도 없이 몰래 다가가며 오후 한나절을 꼬박 보낸 적이 있는 사람은 그리 흔하지 않을 것이다. 10살에 엉커스(쿠퍼의 《모히칸 족의 최후》에 나오는 주인공)의 경지에 도달한 사람도 아마 없을 것이다.

조금 뒤 나는 랜돌프가 심문하는 모습이 잘 보이는 조팝나무 덤불로 가서, 만일 베티가 좀 더 기다렸다가 이 광경을 보고 갔더라면 그토록 슬픔에 젖을 필요가 없었을 텐데 하고 생각했다. 랜돌프는 테이블 저쪽에 왕처럼 위엄을 갖추고 엄숙한 태도로 앉아 있었다. 그러나 그런 태도에도 불구하고 그는 한결같이 유모 라이자를 능가할 입장에 서지는 못했던 것이다.

늙은 유모는 그의 맞은쪽에 홍두깨처럼 몸을 똑바로 세우고 앉아 있었다. 검은 비단 드레스는 반듯하게 주름을 세워 매만져져 있고, 위엄을 갖춘 흰 모자에는 얼룩 한 점 없었으며, 모난 안경을 쓰고 단정하게 무릎에 손을 올려놓고 있었다. 만일 콩고에 왕가(王家)가 있었다면 그녀의 핏줄에도 그 피가 흐르고 있을 게 틀림없다. 그녀에게는 진짜 위엄이 있었기 때문이다. 랜돌프가 아무리 확실한 고발을 하더라도 그녀는 그것을 되받아 넘기고 말 거라는 느낌이 들었다. 그는 우선 당연한 것처럼 그럴싸한 억지와 논증을 펴며, 이러이러하기 때문에 범인은 그녀라고 결론을 내렸다. 그러나 유리한 입장에 있고 마음에 켕기는 곳이 없는 그녀는 그렇게 생각하는 줄은 모르고 있었고, 그도 알게 할 수가 없었다. 그녀는 이 회담을 협의회(協議會) —— 즉 랜돌프 집안이 모여 집안 재산과 체면에 관계되는 문제를 토의하는 회의의 중요인물 두 사람이 상의하고 있는 것으로 생각했던 것이다. 그리하여 아무리 애를 써도 그로서는 상대방의 침착한 태도를 허물어뜨릴 수가 없는 것이었다.

"유모 방은 베티의 방 옆이지요?" 하고 그는 말했다.

"네, 주인님" 하고 그녀는 대답했다. "저는 언제나 아가씨 옆방에서 잡니다. 아가씨가 태어나셨을 때, 침대 위에서 마님이 제 손에 건네주신 뒤로 줄곧 말입니다."

"그리고 유모 외에는 아무도 그애 방에 들어가지 않지요?"

"네, 주인님. 제가 같이 가서 감독할 때는 다르지만."

"그럼, 하인이 유모 몰래 베티의 방에서 뭔가를 가지고 나갈 수는 없겠군요?"

"그렇습니다, 주인님. 그렇다면 틀림없이 제가 알았을 겁니다."

"그렇다면 말이오……" 하고 랜돌프는 전제가 될 방침을 한층 다지고 나서 말을 이었다. "만일 방에 들어가는 것이 유모뿐이고, 유모의 허가없이, 또는 유모 몰래 방으로 들어가는 것이 불가능하다면, 하인들 중 누가 보석을 가지고 나갈 수 있다는 거요?"

"아무도 가지고 나갈 수 없습니다!" 늙은 유모는 말했다. "저는 모든 흑인들에게 그런 짓을 못하도록 단단히 일러두었기 때문에 그 점은 제가 보증합니다."

처참했던 경위를 생각해 내고 그녀는 입 언저리에 힘을 주었다.

"흑인들에 대해서는 제가 잘 알고 있습니다! 어느 녀석이 불평꾼이고, 누가 말을 잘하며, 재치있는 소리를 하는 것이 누구고, 게으름부리는 것이 누구인지 모두 알고 있습니다. 누가 비위를 잘 맞추고 누가 숨어서 정직하지 못한 일을 하며 어떤 비열한 계획을 꾸미고 있는지 다 알고 있습니다. 그리고 그 녀석들은 내가 그것을 알고 있다는 걸 눈치채고 있습니다."

그녀는 말을 끊고 길다란 검은 손가락을 들었다.

"그들은 베티 아가씨를 속이고 주인님도 속이고 있지만, 이 유모 라이자를 속일 수는 없습니다."

그녀는 다시 비단 드레스의 무릎에 단정하게 손을 놓고 비밀 이야 기를 털어놓는 듯한 표정을 지었다.

"물론 흑인들이 도둑질한다는 건 알고 있지만, 훔치는 것은 식료품 이어서 아무도 그런 것에는 마음을 두지 않습니다. 주인님의 할아 버님께서도 그러하셨고, 아버님께서도 그러하셨습니다. 흑인들에 게는 너무 엄하게 해도 안되고 너무 너그러워도 안됩니다. 너무 엄 하면 기가 죽고, 너무 너그러우면 우쭐해지기 때문이지요. 풀이 죽 은 흑인은 대개 쓸모가 없고, 우쭐대는 흑인은 콧대가 세어 다루기 가 곤란하답니다!"

그녀는 잠시 숨을 돌렸다. 그러나 설교 비슷한 이야기를 시작한 참 이라 곧 다시 말을 계속하였다.

"일일이 이름을 들지는 않겠습니다만, 이 집 안에는 감시하지 않으 면 안될 사람이 몇 명 있어서 저는 그들로부터 한눈을 팔지 않습니 다. 하지만 그런 인간들은 생각이 모자란 말이나 마찬가지여서 부 엌에서 맛있는 음식을 몰래 가지고 간다든가, 훈제실(燻製室)에서 돼지 겹살 베이컨을 굽거나 하는 일은 있지만, 큰 도둑질은 하지 않습니다. 네, 이건 확실합니다! 주인님 보석은 이 집안 사람이 훔친 게 아닙니다."

그녀는 말을 끊고 생각에 잠겼다. 그 얼굴에는 한바탕 싸움이라도 사양치 않을 듯한 활기가 넘쳐흘렀다.

"아가씨의 댕기 하나라도 훔친 흑인이 있다면 만나보고 싶군요. 그 놈의 가죽을 벗겨주고 말 테니까요! 훔치다니, 어림도 없는 말입 니다. 저를 화나게 하는 짓을 할 흑인은 이 집에 없습니다."

그녀는 내친 김에 다시 랜돌프를 향해 거짓없는 사실을 털어놓았다.

"주인님, 흑인들은 주인님을 무서워하고 있지 않습니다. 아무렇게나 꾸며대면 주인님을 속일 수가 있다고 생각하기 때문입니다. 가엾은 얼굴을 하면 생각대로 된다고 여기고 있기 때문에 베티 아가씨도 무서워하지 않습니다. 하지만 저에게는 그렇게 못합니다. 저는 쇠채찍으로 그 녀석들을 길들이고 있는 겁니다. 저를 거짓말로 속여넘길 흑인은 없을 겁니다. 흑인의 마음 깊숙이 들어 있는 양심의 고민을 저는 잘 알고 있으니까요."

그녀는 거친 몸짓으로 불끈 쥔 주먹을 내밀었다.

"저는 그들 모두에게 말해 줍니다——주인님께서는 버드나무 채찍을 쓰지만, 나는 전갈 채찍으로 버릇을 고쳐주겠다고 말입니다!"

그때 엉클 애브너가 들어왔다.

유모 라이자는 금방 아무렇지도 않은 태도를 지으며 일어나 허리를 조금 굽혔다.

"안녕하십니까, 애브너 씨" 하고 그녀는 말했다. "여러분께서도 다 안녕하신가요?"

엉클 애브너가 그 말에 대답하고, 랜돌프는 그를 맞으려고 앞으로 나아갔다. 그는 엉클 애브너에게 의자를 권하며 지금 다루고 있는 문제를 설명하기 시작했다. 큰아버지는 그 이야기라면 이미 베티에게서 들었다고 말했다. 랜돌프는 조금 전까지 앉아 있었던 자리로 돌아가 다시 재판관 같은 태도로 말했다.

"이 도난에 관한 직접적인 증거는 하나도 없소. 따라서 수사를 제대로 하려면 법률 기초자들이 규정한 정식 조항에 바탕을 두고 일을 촉진해야만 되는 거요. 일시, 장소, 동기, 수단, 기회, 실행의 경과 등을 모두 면밀히 조사하지 않으면 안되오. 그리고 심리하는 동안 판사는 지목된 모든 사람을 결백한 자로 가정하지 않으면 안되며, 수사하는 동안 조사관은 모든 사람을 죄가 있는 것으로 가정하지 않으면 안되오."

그는 입 언저리에 힘을 주며 말투가 한층 더 무거워졌다.

"가장 고참이고 가장 신뢰할 수 있는 하인이라고 하여 피의자에서 제외될 수는 없소. 방침이 얼마나 현명한가는 윌리엄 러셀 경 사건에 여실히 나타나 있소. 그 사건의 진상은 자살로 추측되고 있었으나, 이 방침을 엄격하게 적용해 본 결과 러셀 경은 심복 하인에게 살해된 것임이 밝혀졌던 것이오."

엉클 애브너는 말참견을 하지 않고 있었으며, 유모 라이자는 감격을 억누르지 못했다. 그녀는 랜돌프를 대단히 자랑스럽게 생각하고 있었다. 그녀도 역시 대개의 경우 수선떠는 말에 감격을 느끼는 흑인들 중의 한 사람이었던 것이다. 그의 과장된 말투와 거만한 태도가 그녀를 아주 기쁘게 해주었다. 그녀의 눈은 감탄으로 빛나고 있었다.

"더 계속해 주십시오, 주인님" 하고 그녀는 말했다. "정말 주인님은 훌륭한 웅변가이십니다!"

랜돌프는 탕 하고 테이블을 내리쳤다.

"입 다물어요! 이 집 안에서는 방해받지 않고 말을 한 예가 없소."

그러나 유모 라이자는 명랑하게 미소를 지을 뿐이었다. 주인의 감정이 폭발하는 것에는 익숙해 있었기 때문에 전혀 아무렇지도 않았다. 그녀는 사도 요한과 같이 빛나는 얼굴로 단정하게 의자에 앉아 있었다.

우쭐대는 것의 좋은 점 가운데 하나는, 우연히 한 번 얻어맞은 것으로는 나가떨어지지 않는다는 것이다. 아무리 호되게 얻어맞아도 언제나 비틀거리며 링으로 되돌아온다. 다른 사람 같으면 체념하고 링

밑에 쓰러지고 말았을 텐데도 랜돌프는 그렇지 않았다. 그는 더할나위없는 태도로 말을 계속했다.

"이 점을 염두에 두고서 밝혀진 사실의 줄거리를 더듬어봅시다. 물론 범죄가 계획대로 아무 지장 없이 교묘하게 행해져서, 범인이 태연히 비밀을 간직하여 수사가 완전히 헛수고로 끝날 수도 있소. 그러나 애슈비 쿠퍼 경 사건에서 분명히 입증된 것처럼, 보통의 경우 그런 일은 생각할 수 없소."

그는 이야기를 중단하고 손을 내밀어 두 손가락 끝을 맞붙였다.

"우리에게는 범인을 지적할 수 있는 어떤 단서가 있는가? 아무도 범인이 한 짓을 본 사람이 없고 증언해 줄 사람도 없소. 그러나 그렇다고 해서 조사를 단념할 수는 없소. 범죄가 비밀리에 행해졌을 경우 유죄의 결론을 끌어낼 수 있는 가장 좋은 방법은, 상황증거에 바탕을 두고 조사하는 일이라고 법률 지도자들은 말하고 있소. 인간이란 천박한 동기에서 위증을 하는 일이 있을지도 모르지만, 바론 레그 씨가 잘 말해 주고 있듯이 이른바 진상은 사람을 속일 수가 없기 때문이오."

그는 거드름을 피우며 책장을 가리켰다.

"분명히 나는 도넬린 사건 때 버틀러 판사가 한 것처럼 극단적인 방법을 쓸 생각은 없소. 직접증거보다 상황증거 쪽이 낫다고 생각지는 않으며, 인간의 능력으로는 평범하고 경험이 적은 치안관을 속여넘길 수 있는 어떤 사실을 꾸며대는 것이 도저히 불가능하다고 생각지도 않소. 불룸 사건과 매슈 헤일 경이 범한 뼈아픈 실수를 생각해 보오. 그는 같은 패를 죽였다는 혐의로 몇 사람의 선원을 교수형에 처했었는데, 사실 피해자는 죽지 않았던 거요. 그러나 이 실수마저도——"

그는 웅변다운 연설 도중에 엉클 애브너를 향해 말을 이었다.

"법률 세계에서 시인의 말을 빌려도 괜찮다면, 그 속에 보석을 감추고 있었던 걸세. 그것이 헤일의 법칙이지."

그가 효과를 노리고 한숨돌리자 엉클 애브너가 입을 열었다.

"그건 어떤 법칙인가?"

"기억으로 진술을 해서는 안된다는 법칙이라네." 랜돌프는 대답했다. "기억으로 일을 진행시키는 것은 재판의 좋지 못한 관례이거든. 논리적인 문제에 실수를 저지르게 되지. 이 법칙을 매슈 경은 '사실을 있는 그대로 판단해야 한다'는 격조높은 말로 설명했네."

"매슈 경의 격조높은 말은 그만두기로 하고, 그 법칙의 목적은 대체 뭔가?" 엉클 애브너가 물었다.

"사실 이렇게 말한 건 아니지만 말일세," 하고 랜돌프는 말을 계속했다. "이 법칙은 누군가를 벌하기 전에 먼저 범죄가 과연 행해졌나 확인하도록 치안관에게 지시하고 있다네."

엉클 애브너는 말했다.

"바로 그걸세! 지금까지 들은 것 가운데 가장 분별있는 법칙이로군."

그는 황금 십자가를 쥔 큰 손을 내밀었다.

"이 사건만 해도 그렇지. 도둑맞지 않은 것이 확실한데, 누가 에메랄드를 훔쳤나 하고 이것저것 생각해 봐야 무슨 소용이 있겠나!"

"도둑맞지 않았다고!" 랜돌프가 소리쳤다. "그러나 보석이 없어졌지 않나!"

"그렇지." 엉클 애브너가 대답했다. "그러나 도둑맞은 게 아닐세…… 다음과 같은 점을 잘 생각해 주기 바라네. 만일 이 십자가에서 보석을 도둑맞았다면, 보석을 물고 있던 쇠붙이가 부러지든가 벌려지든가 해서 쇠붙이에 남은 새로운 금이나 벌려진 흔적이 눈에 띌 걸세 ……그런데 쇠붙이 끝은 어느 것이나 다 완전히 반듯하네. 이것이 무엇을 뜻한다고 보나?"

랜돌프는 십자가를 집어들고 유심히 살펴보았다.

"자네 말이 맞네, 애브너. 바닥이 완전히 닳아 없어지고 말았군. 하기야 놀랄 것도 없지만 말이야. 이 십자가는 정말 아주 옛날 것이거든."

"바닥이 닳아서 없어졌다면," 하고 엉클 애브너는 말을 이었다.

"보석은 대체 어떻게 된 걸까?"

랜돌프는 주먹으로 테이블을 탕 내리쳤다.

"빠져 떨어진 거로군! 없어진 거야!"

엉클 애브너는 의자에 기대어 새삼스럽게 들을 필요도 없다는 듯한 태도였다. 랜돌프는 연설을 했다. 유모 라이자를 대상으로 하여 집안 모든 사람들의 의심을 풀게 된 이 경사스러운 사건을 축하한다는 뜻의 말을 했던 것이다. 그는 한층 더 웅변적으로 자기가 맛본 고뇌를 이야기하고, 어떻게 해서 엄정공평한 자기의 정의감이 그 고뇌를 견뎌냈는가를 설명했다. 그리고 이 집 주인으로서 이렇게 지금 진상이 밝혀진 것보다 더한 기쁨은 없다고 말을 맺었다.

늙은 유모는 무척 기뻐하며 귀담아듣고 있었다. 그녀는 똑똑히 알아들을 수 있는 작은 한숨을 내쉬며 칭찬의 말을 했다. 팔을 들어 랜돌프의 미사여구 가락에 맞추어 율동적으로 몸을 흔들었다. 그녀는 랜돌프의 웅변에 완전히 반해 있었지만, 연설 취지는 전혀 이해되지 않았다. 자신이 고발당하고 있었다는 사실을 모르고 있었으니 무죄 방면되었다는 이야기가 전혀 이해되지 않았던 것이다.

랜돌프의 이야기가 끝났는데도 그녀는 여전히 기쁜 듯이 고개를 끄덕이고 있었다.

"네, 네, 그렇고말고요. 그 보석은 흑인들이 훔친 게 아니라는 말이지요."

그러나 나는 너무도 놀라 어안이 벙벙했다. 엉클 애브너는 자기가 일부러 회전연마기로 세공(細工)한 증거를 바탕으로 해서 랜돌프를 이해시킨 것이다.

그가 헛간에서 하고 있었던 것은 이것이었다. 보석을 고정시킨 쇠붙이를 갈고서 가죽 조각으로 바닥을 문질러 닳은 것처럼 보이게 했던 것이다. 조팝나무 덤불 속에서 나는 흥미진진하게 엉클 애브너의 모습을 지켜보았다. 그는 랜돌프의 무의미한 이야기는 염두에도 두지 않고, 열린 창 너머로 저 멀리 푸른 들판을 내다보고 있었다. 그는 대단히 수고를 하여 유모 라이자의 혐의를 풀어주었다. 그러나 그렇다면 누군가 죄를 저지른 사람이 있을 것이다! 대체 누구일까? 5분도 지나지 않아 나는 그 힌트를 잡고 가슴이 철렁 내려앉았다.

랜돌프가 실질적인 문제 쪽으로 이야기를 옮겨 물었다.

"유모, 베티의 방은 누가 청소하오?"

흑인 할머니는 대답했다.

"네, 주인님, 물론 아가씨의 일은 무엇이든 제가 하고 있습니다. 흑인들은 이상한 짓을 하지 않아요, 제가 감시하고 있는 동안은. 그 녀석들이 창문을 닦고 청소를 하고 침대를 정돈하는 동안 저는 내내 감시를 하고 있는 겁니다. 베티 아가씨가 나가 계시는 동안도 계속 제가 감시하고 있었답니다. 물론 에드워드 씨가 오셨을 때는 그렇지 않습니다만."

그녀는 말을 끊고 빙그레 웃었다.

"정말이지, 젊은 분들이 하는 모습이란! 에드워드 씨는 매일 말을 타고 와서 말하는 거예요, '유모, 베티를 만날 수 없다면 나는 2층으로 뛰어올라가 그녀의 어머님이라도 뵙고 가야 되겠소'라고요, 그리고 말에서 내려 '유모, 열쇠를 꺼내 거룩한 문을 열어주시오'라고 하는 겁니다. 주머니에서 열쇠를 꺼내 문을 열면 그분은 방 안으로 뛰어들어가 장롱 위에 걸려 있는 베티 아가씨 어머님의 작은 초상화 앞으로 가지요."

늙은 유모는 한숨을 돌리고, 정성들여 접은 새하얀 손수건으로 흐려진 안경을 닦았다.

"물론 베티 아가씨는 참으로 어머님을 꼭 닮아서 사진으로 찍었다고 해도 좋을 정도지요……저는 방을 나와 층계에 앉아서 에드워드 씨가 사진을 다 보고 나오기를 기다립니다. 에드워드 씨가 밖에 나와서 '고맙소, 유모, 이것으로 내일까지는 기다릴 수 있을 것 같군' 하고 말하면 저는 방으로 돌아가 문에 자물쇠를 거는 겁니다. 아주 조심해서 문에 자물쇠를 채우는 거예요. 곰파기 좋아하는 흑인들이 그 근처를 서성대거나 하면 귀찮으니까요."

여기서 엉클 애브너는 그녀의 말을 가로막고, 랜돌프의 심문이 무죄 방면으로 결정된 것을 증명하기 위해 베티에게 가라고 일렀다. 그리고 두 사람은 다른 이야기를 시작했다. 그러나 나는 벌써 귀를 기울이고 있지 않았다. 나는 덤불 속에 웅크리고 앉아 감정을 표정에 나타내지 않는 엉클 애브너의 얼굴을 바라보며 이 모순된 사건을 이해하려고 애썼다. 서서히 나에게도 일의 자초지종이 짐작되기 시작했다! 그러나 나는 그것을 피하기 어려운 결론에까지 밀고나갈 수는 없었다. 추리가 가닿을 데가 너무도 무서운 곳임을 내다본 나는 그대로 두기로 결정한 것이다.

누군가가 십자가에서 에메랄드를 빼갔다──누군가 그 방에 들어갈 수 있는 사람이. 그러나 유모 라이자는 아니다! 엉클 애브너는 그것을 알고 있었다……그래서 일부러 증거에 손질을 한 것이다. 유모 라이자를 무죄방면시키기 위해서였을까? 그 때문만은 아니었으리라고 나는 생각했다. 그녀는 위험에 놓여 있었던 것은 아니다. 랜돌프도 재판관 같은 태도를 취하고 있었지만 자신도 그런 생각을 했을 리 없다. 그렇다면 이 일에서도 엉클 애브너가 일부러 진범을 덮어준 것으로 된다. 그러나 어째서일까? 엉클 애브너는 사정을 보아주거나 할 사람이 아니다. 정의의 편——완전무결, 차별이나 정상참작이 없는 엄격한 법 쪽에 선 사람인 것이다. 그렇다면 정말 어떻게 된 일일까?

그때 어떤 생각이 떠올랐다. 엉클 애브너는 죄를 물을 수 없는 인간에 대해서 이 진상이 그에게 알려지면 어떤 결과가 될 것인가를 생각한 것이 틀림없다. 그가 한 일은 그녀 때문이었던 것이다! 그리고 지금은 나도 그녀의 일을 생각했다. 엉클 애브너의 빈틈없고 신중한 행동이 없었다면, 그녀의 신용과 인망(人望)과 소중한 인생의 꿈이 위험 앞에 놓여 형편없이 되어버릴 참이었던 것이다.

또 한 가지 무서운 기세로 떠오른 의문이 있었다. 과연 엉클 애브너는 그녀에게 이 진상을 알리지 않고 그대로 둘 수 있을까? 결국은 자신이 쥐고 있는 진상을 그녀에게 털어놓지 않을 수 없지 않을까? 그 시련을 생각하자 나는 입 안이 바싹 말라왔다. 그러나 다시 또 다른 의문이 떠올랐다. 궁극적인 동기는 그녀에 대한 애정이었던 것이다. 그녀가 이 일을 알 필요는 조금도 없다. 어떤 사람의 생활에나 간직하고 넘어가게 되는 비밀이 될지도 모른다. 또한 엉클 애브너는 큰 인간적 시야에서 정의를 추구하는 사람으로, 글자의 뜻보다도 진실된 정신에 입각해서 길을 걸어가는 사람이었다.

그렇기는 하지만, 이해력에 한계가 있는 어린 나에게까지도 엉클 애브너는 그녀에게 말하지 않으면 안될 거라는 느낌이 들었다. 그래서 엉클 애브너가 마침내 랜돌프의 방을 나와 정원으로 향하자, 나는 놀랄 정도로 교묘하게 그 뒤를 밟았다. 나는 그가 어떻게 하는지 알고 싶어 견딜 수가 없었던 것이다. 그는 털어놓을 것인가? 아니면 언제까지나 침묵을 지킬 것인가? 나는 이 연극의 제2막을 눈 앞에 보면서, 어떤 결과로 막이 내려질 것인지 아무래도 보고 싶었다. 그리하여 나는 높은 나무 뒤에 숨어서 마지막 한 막을 이 눈으로 직접 보았다.

그는 정원 끝 쪽에서 베티를 발견했다. 그녀는 유모 라이자가 풀려난 기쁨에 젖어 엉클 애브너에 대한 따뜻한 정을 노골적으로 보이면서 그 쪽으로 달려갔다. 그러나 엉클 애브너는 아무 말 없이 그녀의 손을 잡아 벤치 쪽으로 이끌어갔다.

그녀가 벤치에 앉자 엉클 애브너는 그 옆에 앉았다. 나 있는 데서는 그녀의 얼굴이 보이지 않았지만, 엉클 애브너의 목소리는 잘 들렸다. 그 목소리는 놀랄 정도로 상냥했다.

"베티, 훌륭한 사람은 어째서 악마의 도구를 써서 일을 해서는 안 되는 것일까? 어떤 경우이든 적어도 한 가지 이유는 있기 마련이지. 그 이유란 즉 어떤 사람이든 그것을 아주 서툴게 다루기 때문이야."

그는 이야기를 그치고 주머니에서 황금 십자가를 꺼냈다.

"자, 이것 좀 봐. 나는 악마의 도구를 쓴 아주 거칠고 서투른 사람을 도와주지 않으면 안되었지. 이런 도구를 쓰는 데는 나도 그다지 자신이 없지만, 이 사람처럼 서툴지는 않아!……글쎄, 이걸 봐……십자가에서 에메랄드를 빼낸 사람은 보석을 고정시킨 쇠붙이를 비틀기도 하고 꺾어버리기도 해서 계획적인 범행임을 보여주고 있어. 그래서 나는 사고인 것처럼 보이기 위해 연마기로 이것을 갈아 내지 않으면 안되었던 거야…… 이로써 모든 사람의 혐의는 풀렸지. 보석을 훔칠 동기가 없는 유모 라이자와 동기가 있는 에드워드 덩컨의 혐의가."

베티는 깜짝 놀라 벌떡 일어났다.

"어머나, 그 사람이 했다고 생각할 이는 아무도 없어요!" 그녀는 떨리는 목소리로 속삭였다.

"어째서지?" 엉클 애브너는 말을 가로막고 물었다. "그에게는 기회도 동기도 있었어. 베티가 없을 때 그 방에 들어가 있었고, 그에게는 토지 대금을 갚기 위해 그 에메랄드 가치만큼의 돈이 필요했거든."

그녀는 불끈 쥔 주먹을 가슴 위에 대었다. 그리고 떨리는 목소리로 말했다.

"하지만 당신은 그 사람이 보석을 훔쳤다고 생각하고 계신 건 아니겠지요?"

나는 조바심을 하면서 그 자리에 버티고 있었다. 엉클 애브너는 대답했다.

"아, 에드워드 덩컨이 에메랄드를 훔쳤다고 생각지는 않아. 왜냐하면 나는 그것이 도둑맞지 않았다는 것을 알고 있으니까."

그는 손을 뻗어 베티를 옆에 앉게 했다.

"베티, 지성(知性)의 반짝임을 보이는 귀여운 도둑은 언제나 믿어주지 않으면 안돼. 애써 에메랄드를 빼내 가진 다음, 범죄의 증거인 십자가를 남겨두고 갈 도둑은 없거든. 알겠어? 이 십자가가 남겨진 데는 그만한 이유가 있는 거야. 도둑이 생각하는 그런 이유가 아니라, 실은 다른 이유가 두 가지 있지. 그 사람은 십자가를 자기가 보존하고 싶어했으며, 그렇게 하는 데 아무 어려움도 느끼지 않았던 거지. 안 그래, 베티?"

엉클 애브너는 베티의 어깨에 상냥하게 손을 얹었다.

"십자가를 소중히 여기며 가까이 간직해 두기를 두려워하지 않을 사람이 베티 말고 달리 또 있을까?"

다음 순간 그녀는 엉클 애브너에게 매달려 흐느껴 울었다. 나는 그녀의 자백을 들었다.

에드워드 덩컨은 그녀를 위해 온갖 희생을 치렀다. 그리고 그녀는 그를 위해 한 가지 희생을 치렀던 것이다. 볼티모어에서 그녀는 에메랄드를 판 다음 대리인을 통해 그가 가지고 있는 땅을 산 것이다. 그러나 이 세상에 살아 있는 한 절대로 그에게 이 사실을 말해서는 안 되며, 엉클 애브너도 명예를 걸고 아무에게도 이야기하지 않겠다고 그녀에게 약속했다.

그리고 나는 빽빽이 들어찬 조팝나무 사이에 웅크리고 앉아 엉클 애브너가 약속하는 말을 듣고 있었다.

마녀와 그 부하

우리는 더들레 베츠네 집 옆까지 작은 목초지에 멈춰섰다. 4월의 오후였다. 소나기가 지나간 다음 비로드 같은 풀과 흰 머리털의 클로 버 꽃에 햇빛이 내리쬐고 있었다. 하늘은 푸르고 땅은 녹색이었으며, 하늘과 땅 사이의 공기가 말할 수 없이 향기로왔다. 양지바른 이 풀 밭에는 남쪽을 향해 판자로 벽을 두르고 풀로 지붕을 덮은 꿀벌집이 있었는데, 그것이 폭군인 인간이 꿀이라는 공물(貢物)을 거둬들이는 장치인 것이다. 소나기가 그친 뒤에 나온 꿀벌들이 방적기 같은 소리 를 내며 일에 열중해 있었다.

랜돌프는 발길을 멈추고 윙윙 소리를 내는 벌집을 굽어보았다. 그 리고 손가락을 하나 들어 작은 동그라미를 그렸다.

"'석공들은 노래를 부르며 황금의 지붕을 만든다'인가? 여보게, 애 브너, 셰익스피어는 분명 위대한 시인이었어."

그러자 엉클 애브너는 몸을 휙 돌려 먼저 랜돌프를 보고 그리고 나 서 꿀벌의 집을 들여다보았다. 한 처녀가 물이 담긴 양동이를 들고 아래쪽 냇가에서 올라왔다. 수수한 호도색 일옷차림의 그녀는 이 세상에서 맨 처음 실을 뽑고 베를 짠 처녀처럼 팔다리가 날씬하고 몸매가 좋았다. 그녀가 벌집 앞에서 발을 멈추자 큰 클로버 꽃에 모여들듯 꿀벌들이 그녀 주위로 모여들었으나, 그녀는 노랑나비와 뛰노는 어린아이처럼 태연하니 조금도 두려워하지 않았다. 그녀는 손가락 끝으로 꿀벌들에게 키스를 던지면서 물방울이 떨어지는 양동이를 들고 젖짜는 헛간 쪽으로 걸어갔다. 우리도 그 뒤를 따랐는데, 엉클 애브너는 벌집 앞에서 발길을 멈추고 아까 랜돌프가 인용한 글귀를 되풀이했다.

"'석공들은 노래를 부르며 황금의 지붕을 만든다…… 그리고 황금의 마룻바닥을, 황금의 기둥을.' 다시 덧붙인다면 수수께끼의 명인(名人)이었어, 셰익스피어라는 사람은. 하지만 삼손만큼 명인은 못되지, 내가 도와주지 않으면 말이야."

이런 동화 같은 환상을 나는 어린아이처럼 기뻐하며 받아들였다. 노래부르며 노란 마루를 깔고, 노란 벽을 쌓고, 노란 지붕을 덮는 작은 사람들! 노래를 부르면서 말이다! 이 말에서 햇빛이 비치는 이야기 나라의 광경이 펼쳐져나오는 듯한 느낌이 들었다

이토록 엉클 애브너의 마음을 움직인 것이 랜돌프로서는 만족스러운 모양이었다.

"위대한 시인이야, 애브너. 아니, 그뿐이 아니지. 그는 자연에서 갖가지 귀중한 교훈을 끌어내기도 했네. '사람은 찬미의 노래를 부르며 일하고, 들판을 노랫소리로 가득차게 하여 저주로부터 해악(害惡)을 빨아내지 않으면 안된다.' 위대한 철학자이기도 했던 걸세, 애브너——셰익스피어라는 사람은 말일세."

"하지만 사도 바울만큼 위대한 철학자는 아니었지."

엉클 애브너는 꿀벌로부터 바깥문 앞에 있는 밭을 파뒤집고 있는 더들레 베츠에게로 시선을 옮겼다. 엉클 애브너는 두 손을 뒷짐지고

엄숙한 구릿빛 얼굴을 쳐들었다.

"덮어놓고 돈을 탐내는 사람은 '온갖 슬픔'으로 자신을 괴롭히게 된다네. 참으로 진리가 아닌가? 저기 있는 것은 더들레 베츠로군. 그는 고뇌로 몸을 비틀고 있지. 아들을 잃고, 힘을 잃고, 넋을 잃어가고 있어. 모두 돈 때문이지. 사도 바울의 말처럼 '온갖 슬픔'으로 자신을 괴롭히는 걸세. 그리고 마침내는 악착같이 벌어서 모아둔 재산마저 잃고 만 셈이지."

더들레 베츠는 이곳 구릉지에서 웃음거리가 되어 있었다. 고집스럽고 인색하며 믿어지지 않을 정도의 구두쇠였던 것이다. 주위의 모든 것을 단 한 가지 목적을 위해 이용했으며, 이득 이외의 일은 염두에도 없었다. 문간지붕 밑까지 땅을 파일구고, 길로 비어져나올 듯이 울타리를 두르고, 주위 사람들을 뼈가 휘도록 부려먹었다. 결국 아들은 견디다 못해 집을 나가서 영영 자취를 감추고 말았다. 딸은 당장 집안일 꾸려나가는 데에 쫓기고 있었다. 비누 대신 잿물을 쓰고, 삼을 심어 삼베를 짜고, 몸에 걸치는 일옷까지도 짜야만 했다.

그리고 한 가지 열정에 쫓기고 있는 사람들이 거의 다 그렇듯 이 사나이도 의심이 많아서 조마조마하며 살아가고 있었다. 돈을 떼이지나 않을까 겁이 나서 빚놀이도 하지 못했다. 돈에 대한 집착이 대단해서 위험이 따르는 일은 아무것도 할 수 없었다. 그리하여 재산을 금화로 만들어 집에 놓아두는 것이었다.

그러나 걱정이나 불안은 붙들어맬 수 있는 것이 아니다. 어디로인가 달아나버리는 것이다. 베츠는 그 갈고리 손톱에 잡혀 끌려가 이러한 피호송자(被護送者)가 들어갈 수 있는 땅으로 가닿았던 것이다.

땅(大地)을 너무 눌러서는 안된다고 옛 사람들은 믿었다. 땅은 악한 사람을 못살게 만들고, 복수를 하고, 우리를 알몸뚱이로 만들어버리기 때문이라고 했다. 불에 싸인 약한 노파가 그에게 경고했다——

땅은 거두어들이는 것을 우리에게 허락하지만 이삭을 줍는 것은 허락지 않는다, 그런 짓을 하면 땅과 땅에 숨어 있는 생물들의 분노를 불러올 것이라고. 먼 옛날에는 이렇게 믿어지고 있었다. 옛 사람들은 술을 마실 때도 땅에 조금 부어주었고, 가축과 처음 난 과일을 땅에 바쳤다. 이런 일들은 성경에 기록되어 있다. 그는 읽고 쓰고 할 수 있었다.

옛 사람들은 무엇 때문에 이런 일을 했을까? 당시 생활은 참혹했다. 사람들은 될 수 있는 한 저축을 했다. 이러한 관습 뒤에는 뭔가 무서운 체험이 있었던 것이다——사람들을 오싹 소름끼치게 하며 그 마음에 교훈을 심어주는 체험이!

처음에 베츠는 이러한 경고를 웃어넘겼지만, 이윽고 저주하게끔 되었다. 이러한 태도의 변화는 마음이 움직여가는 과정을 이야기해 주는 것이었다. 그 웃음은 불신(不信)을 뜻했고, 저주는 공포를 뜻했다.

그런데 세상에서도 이상한 일이 일어난 것이다. 이 노인이 애써 모은 보물이 말끔히 사라져버린 것이다. 이 사실은 아무도 몰랐다. 조심성 많고 비밀주의인 베츠 같은 인간은 재난을 당하면 넋이 나가 입을 다물고 만다. 그리고 깊은 상처를 숨긴다. 자기 자신에게도 숨기려 하는 것이다.

그는 밤중에 랜돌프와 엉클 애브너를 찾아와서 사건의 자초지종을 이야기했다. 그래서 두 사람이 그의 집을 조사하러 온 것이다.

우리가 가까이 가자 베츠는 괭이를 놓고 우리를 맞아들였다. 그 집은 마치 옛날 사람들의 집처럼 안에 있는 물건은 모두 손으로 만든 것이었다. 마룻바닥에는 헝겊조각을 섞어 손으로 짠 융단이 깔려 있고 침대에는 손으로 짠 시트, 테이블도 선반도 긴의자도 아무렇게나 손으로 만든 것이었다. 이 물건들은 이 사나이의 검약한 모습을 말해

주었다. 그리고 그의 불안을 말해 주는 것이기도 했다. 집 자체가 원시적인 성채(城砦) 같았다. 문에는 각재(角材)가 붙어 있고, 창문에는 덧문이 꼭 붙어 있었다. 노인의 침대 옆에는 도끼가 세워져 있었으며, 구식 결투용 권총이 못에 걸려 있었다.

나는 안으로 들어가지 않았다. 어린 사람의 교활함 때문인 것이다. 문 앞의 층계에 앉아 토대 아래에서 열심히 일하는 어떤 종류의 벌을 가만히 관찰하고 있었으므로, 그냥 예사롭지 않게 보여질 수 있었던 것이다. 그러나 내 귀는 더없이 예민해서 한 마디도 놓치지 않고 들었다.

노인은 얇은 판자로 만든, 앉을자리가 붙어 있는 의자를 두 개 가져다 테이블 옆에 놓고 손님들에게 권한 다음, 파란 옹기 항아리를 가지고 와서 그 앞에 놓았다. 그것은 장사꾼들이 팔러 다니는 번쩍번쩍하는 구식 항아리의 일종으로, 여느 항아리보다는 작지만 가장자리가 두껍고 속이 깊으며 커다란 손잡이가 두 개 달려 있다. 그 속에 노인은 금화를 넣어두었는데, 어느 날 밤 그것이 홀연히 사라져버린 것이다.

사건의 내용을 이야기하는 노인의 쉰 목소리는 어떤 때는 높아졌다가 어떤 때는 낮아졌다. 금화가 없어진 게 어느 날 밤이었는지 날짜는 알지 못했다. 그는 매일 잠자리에 들기 전과 그리고 일어나자마자 곧 항아리를 들여다보는 습관이 있었는데, 그것은 악마의 밤이었다──솟아오르는 구름이 쇠빛 하늘을 가로지르고, 가느다란 달이 떠오르며 강풍이 대지를 내리쳤다.

누구든지 달력을 펴보면 그날 밤의 일을 기억할 것이다. 여러 가지 소리가 났으나, 무슨 소리인지는 알 수 없었다고 베츠는 말했다. 그런 밤에는 갖가지 소리로 가득차기 마련이니까. 바람이 굴뚝 속에서 속삭이고, 집의 뼈대가 삐걱거렸다. 바람은 해질 무렵에 먼지와 소용

돌이치는 나뭇잎을 가득 안은 돌풍이 되어 습격해 오더니 마침내 열풍(熱風)으로 바뀌어졌다. 불이 꺼지고 집 안이 캄캄해졌다. 집 안팎에서 무슨 일이 일어났는지는 알 수 없었으나, 아침이 되자 금화가 없어졌다. 그러나 그 사이에 집 안에 들어온 사람은 아무도 없었다고 한다. 대문에는 빗장이 걸려 있었고, 덧문에는 고리가 걸려 있었다. 숨어 들어온 것이 무엇이든, 열쇠구멍으로 들어왔거나 또는 고양이도 걸리고 마는 굴뚝을 타고 들어왔다고밖에 생각할 수 없다고 한다.

엉클 애브너는 아무 말도 하지 않았다. 랜돌프는 사무적인 질문으로 들어갔다.

"도둑맞은 거요, 베츠, 누군가가 그날 밤 이 집에 들어왔소."

"아무도 들어오지 않았습니다." 노인은 속삭이듯 쉰 목소리로 대답했다. "그날 밤에도 다른 날 밤에도, 문은 굳게 닫혀 있었거든요."

"그러나 도둑이 닫고 갔는지도 모르오."

베츠는 고개를 옆으로 저었다.

"밖에 나간 다음 빗장을 걸 수는 없습니다. 그리고 내가 빗장을 거는 방법은 언제나 똑같지요. 내가 빗장을 걸어놓은 뒤에 움직였던 흔적이 없었지요. 그리고 창문은 말입니다, 나는 고리쇠를 찌르고 나서 일정한 각도로 돌려두지요. 그런데 손이 닿은 흔적이 전혀 없었습니다."

이 사나이가 잘못 생각하고 있다고는 믿어지지 않았다. 얼마나 세심하게 함정을 만들어두었는가도 잘 알 수 있었다. 빗장을 거는 방법은 언제나 일정하고, 창의 덧문 고리쇠도 그 자신만 아는 각도로 돌려져 있었다. 이 조심성많은 노인이 생각해 내지 못한 점을 랜돌프가 지적한다는 것은 우선 생각할 수 없었다.

"그럼, 도둑이 낮에 이 집에 숨어들어왔다가 이튿날 낮에 나갔거나 ……"

그러나 베츠는 여전히 고개를 저었다. 그의 눈길이 집 안을 고루 둘러보며, 난로 선반의 촛대 근처를 헤매었다.

"나는 매일 밤 자리에 들기 전에 집 안을 살펴보지요."

이 염려많은 노인이 타는 촛불을 손에 들고 온 집 안을 두루 살피며 구석구석까지 들여다보는 모습이 눈에 보이는 것 같았다. 이 노인이 샅샅이 알고 있는 이 집 안에 도둑이 몸을 숨길 수 있었을까? 도저히 믿어지지 않는다. 이 노인은 위험을 무릅쓰거나 할 사람이 아니다. 수많은 위험 중에서도 이러한 위험에는 특히 더 생각이 미쳤을 것이다. 매일 밤 살피고 돌아다녔다지 않는가! 그렇다면 벽의 갈라진 틈도 눈에 띄었을 것이다. 쥐새끼 한 마리 지나쳐볼 리 없다.

이어서 랜돌프는 이 수수께끼에서 빠져나가는 단 하나의 길로 비집고 들어간 듯이 보였다.

"아드님은 그 돈에 대해 알고 있었겠지요?"

"네." 베츠는 대답했다. "알고 있었지요. 필랜더 녀석은 그 돈의 일부는 자기 것이다, 자기도 아버지 못지않게 일했으니까, 라고 곧잘 말했었지요. 그러나 나는 그 녀석에게 말해 주었답니다." 노인의 목소리가 웃음섞인 소리로 바뀌었다. "'너도 내 것이다'라고 말입니다."

"돈이 없어졌을 때, 아드님은 어디에 있었지요?"

"산을 몇 개나 넘은 먼 곳에 있지요." 베츠는 말했다. "한 달쯤 전에 집을 나가버렸답니다." 그는 잠시 말을 끊고 랜돌프를 바라보고 나서 다시 말을 이었다. "필랜더의 짓은 아닙니다. 그날 녀석은 제퍼슨 씨가 새로 세운 학교에 있었으니까요. 선생에게서 돈을 청구하는 편지가 와서 말이오……그 편지도 간수해 두었지요."

노인은 일어나 가지러 가려고 했다.

그러나 랜돌프는 손을 들어 상대를 제지시키고 생각에 잠긴 철학자 같은 태도로 깊숙이 의자에 몸을 묻었다.

이때 엉클 애브너가 입을 열었다.

"그 돈이 어떻게 해서 없어졌다고 생각하시오?"

그러자 노인의 목소리가 다시 전처럼 귀에 거슬리는 높은 소리로 변했다.

"모르지요, 애브너 씨."

그러나 엉클 애브너는 물고늘어졌다.

"어떻게 생각하느냐고 묻고 있는 거요."

베츠는 테이블로 약간 다가붙으며 말했다.

"애브너 씨, 우리 주변에는 이해할 수 없는 일이 많이 일어나고 있지 않습니까? 말을 목초지에 놓아두면 갈기에 손잡이가 달려 돌아오는 것을 보신 일이 있었지요?"

"그렇소"라고 엉클 애브너는 말했다.

나도 그것을 몇 번이나 본 일이 있다. 봄에 말을 목초지에서 끌고 오면 갈기가 서로 엮어져서 고리가 되어 있는 것이다——마치 타는 사람에게 손잡이라도 만들어주려는 것처럼.

"그런데 애브너 씨" 하고 노인은 귀에 거슬리는 쉰 목소리로 말을 이었다. "그 말을 타는 것은 과연 누구일까요? 그런 고리는 결코 풀수가 없습니다. 큰 가위로 잘라버리지 않으면 안되지요, 안 그렇습니까?"

"맞소." 엉클 애브너가 대답했다.

"그건 왜 그렇지요? 옛날 사람들이 뭐라고 했는지 아십니까?"

"물론 알고 있소. 당신은 그걸 믿고 있는 거요, 베츠?"

"뭐라고요, 애브너 씨!" 하고 노인은 목구멍에 얽힌 목쉰 소리로 외쳤다. "만일 마녀(魔女)가 없다면 어째서 우리 조상들이 마녀를 쫓는 데 말 징을 달아매곤 했겠습니까? 우리 할머니는 본국에서 마녀가 불에 타는 것을 보았답니다. 왕의 말을 타고, 갈기를 잡은 손가락이 미끄러지지 않도록 하기 위해 구두장이가 꿰매는 실에 칠하는 밀초를 두 손에 바르고 있었다더군요——구두장이가 쓰는 밀초를 말입니다, 애브너 씨!"

"자, 베츠!" 랜돌프가 소리쳤다. "바보 같은 소리는 그만두시오, 마녀 같은 건 없으니까!"

"엔도르의 마녀는 있었네." 엉클 애브너가 말했다. "계속해 주시오, 베츠."

"터무니없는 소리로군!" 랜돌프가 크게 외쳤다. "마녀 재판을 하려면 제임즈 1세의 저술을 조사해 두지 않으면 안되네. 스코틀랜드 왕 제임즈 1세는 악마 연구에 관한 학술서를 썼지. 그 안에 보면 마녀의 몸을 조사하여 악마의 표적을 찾아내도록 재판관에게 충고하고 있네. 아픈 것을 느끼지 않는 부분이 있으면 그것이 악마의 표적이라는 거지. '바늘로 찔러서 찾으라'고 제임즈 1세는 말하고 있네."

그러나 엉클 애브너는 진지했다.

"계속해 주시오, 베츠, 나는 믿고 있소——마녀가 이 집에 들어와서 훔쳐갔다는 것을. 그런데 당신은 어째서 마녀가 한 짓이라고 생각하는 거지요?"

"글쎄요, 애브너 씨——" 노인은 대답했다. "그런 자라도 없다면 누가 들어왔다는 겁니까? 도둑놈은 열쇠구멍으로 숨어들어오지 않지만, 숨어들어올 수 있는 놈도 있지요. 할머니한테서 들은 이야기인데, 옛날 본국에서 어느 날 밤 어떤 사나이가 잠이 깨어보니 회색 늑대가 난로 앞에 앉아 있더랍니다. 그 사람은 나처럼 도끼를 가지고 있었으므로 그것을 휘두르며 늑대와 싸워 발을 하나 잘라냈답니다. 그러자 늑대란 놈은 비명을 지르며 열쇠구멍으로 달아났다는 겁니다. 그리고 방바닥에 굴러 있는 늑대의 발을 보자, 그것은 사람 여자의 손이었답니다!"

"그럼——" 랜돌프가 외쳤다. "다행이었군, 도끼를 휘두르지 않아서! 정말 그런 것이 방바닥에 굴러 있기라도 했다면!"

랜돌프는 비꼬아서 한 말인데, 그 말을 듣자 엉클 애브너의 얼굴에 소름이 끼친 듯한 표정이 떠올랐다.

"으음, 정말 그렇군!"

베츠는 의자에 앉은 채 몸을 앞으로 내밀며 물었다.

"만일 도끼를 썼다면 나는 어떻게 되었을 것으로 생각합니까, 애브너 씨? 도끼를 손에 든 채 그 자리에서 죽고 말았을까요?"

소름이 끼친 듯한 표정이 엉클 애브너의 얼굴에 남아 있었다.

"죽고 싶지도 않았겠지요, 사실을 알았다면. 죽으면 지옥을 벗어날 수 없을 테니까."

"그럼, 내가 지옥에 떨어질지도 모른다는 말인가요?"

"그렇고말고요." 엉클 애브너가 대답했다. "그것도 당장 그 자리에서!"

노인은 의자의 받침다리에 손을 올려놓고 쉰 목소리로 말했다.

"이 세상에 숨어사는 사람은 불행하군요."

그러자 랜돌프가 일어났다.

"뭐라구! 지금이 로저 윌리엄즈 시대라도 된단 말이오? 여기가 매사추세츠라도 된단 말이오? 마녀가 마구 돌아다니고, 사람들이 마술에 걸려 돈을 도둑맞고, 지옥의 업화(業火)에 떨고 있기라도 하단 말이오? 여보게, 애브너, 대체 어떻게 된 건가, 그 잠꼬대는?"

"잠꼬대가 아닐세, 랜돌프!" 엉클 애브너는 대답했다. "뚜렷한 사실일세."

"사실이라고!" 랜돌프는 소리를 질렀다. "정말 사실이라는 건가? 사람이 아닌 동물이——열쇠구멍으로 달아날 수 있는 동물이 노인의 금화를 가져가고, 만일 베츠가 도끼로 그놈과 싸웠다면 지옥에서 고통을 당하게 되었을 거라는 말이 사실인가? 여보게, 애브너! 상식이라는 이름을 걸고 그것이 사실이라고 말하는 건가?"

"아, 랜돌프!" 엉클 애브너는 대답했다. 태연하고 굵은 목소리였다. "한 마디 빼지 않고 사실이라네."

랜돌프는 눈 앞의 의자를 끌어당겨 앉았다. 그리고 이상한 듯이 엉클 애브너를 바라보았다.

"애브너, 자네는 상식의 덩어리 같은 사람이었네. 바보 같은 생각은 단칼에 잘라버렸었네. 그런데 지금 자네는 마녀 재판의 증언대에 서려는 건가?"

"비록 그렇다 하더라도 사도 바울이라는 배경이 있잖은가?"

"교부(敎父)도 때로는 잘못을 저지를 수 있지"라고 랜돌프가 말했다.

"그럼, 법의 아버지는 어떤가?" 하고 엉클 애브너가 물었다.

그러자 랜돌프는 턱을 문지르며 말했다.

"하긴 매슈 헤일 경은 마녀가 정말 있다는 확실한 증거로서 세 가지 큰 이유를 들고 있지. 과연 영국의 명재판관답게 그는 그 이유를 논리정연하게 말하고 있네. 첫째, 성경에 분명히 기록되어 있고 둘째, 어떤 나라든 마녀의 행위를 규제하는 법률이 정해져 있으며 세째로, 마녀 행위를 입증하는 증언이 압도적으로 많기 때문이라는 걸세. 분명 매슈 경은 6천 건에 달하는 사례를 알고 있다고 했지……하지만 그 뒤 제퍼슨 씨가 나타났고, 그리고 여기는 버지니아가 아닌가, 애브너."

"분명 제퍼슨 씨가 나타났고, 그리고 이곳은 버지니아일세. 그런데도 이런 이상한 일이 일어났네" 하고 엉클 애브너는 대답했다.

그러자 랜돌프는 자신도 모르게 말투가 거칠어졌다.

"그렇다면 마을의 늙은 여자를 불에 태워죽이기라도 하려는 건가
——열쇠구멍으로 훔쳐간 보물을 가지고 간 부하 마귀가 그것을
돌려줄 때까지?"

그러자 베츠가 입을 열었다.

"실은 조금 돌려주었답니다!"

엉클 애브너는 의자에 앉은 채 몸을 휙 돌렸다.

"그게 무슨 뜻이지요, 베츠?"

"이런 겁니다, 애브너 씨." 동굴에서 울려오는 듯한 공허하고 쉰
목소리였다. "지금까지 세 번 있었는데, 아침이 되면 금화가 몇 개
항아리에 들어 있었습니다. 없어졌을 때와 마찬가지로 어느틈에 나타
난 겁니다, 애브너 씨. 어느 창문이나 굳게 닫혀 있고, 문간에도 빗
장이 걸려 있는데 말입니다. 그리고 돌아온 금화는 모두 내 것이었
습니다——하나도 빠짐 없이 표가 나니까요. 그런데 금화들을 보면
좀 이상합니다. 틀림없이 목초지에서 말을 타고 돌아다니는 자의 손
에 쥐어져 있었던 게 분명합니다. 마녀의 손에!" 주위를 흘끗 엿보
듯하며 노인은 중얼거렸다. "어떻게 그걸 알았느냐고요? 잠깐만 기
다리십시오, 보여드릴 테니!"

그는 침대 있는 곳으로 가서 옥수수껍질이 가득 들어 있는 자루 밑
에서 작은 상자를 꺼냈다——잡아당겨 열도록 된 뚜껑이 붙은 낡고
그을린 작은 상자였다. 그는 엄지손가락으로 뚜껑을 잡아당겨 열고
안에 든 것을 테이블 위에 쏟았다.

"보십시오, 어느 금화에도 밀초가 묻어 있지요! 구둣방에서 쓰는
밀초랍니다. 아시겠습니까? 어때요, 애브너 씨! 어머니가 말했지
요——놈들은 밤중에 안장 없는 말을 타고 돌아다닐 때 손가락이
미끄러지지 않도록 양손에 밀초를 발라둔다고. 놈들은 이 금화를

손으로 가지고 갔습니다. 그래서 밀초가 금화에 눌어붙은 겁니다!"

엉클 애브너와 랜돌프는 테이블 위로 몸을 내밀어 금화를 살폈다.

"으음……" 랜돌프가 외쳤다. "밀초다, 틀림없어! 그런데 없어지기 전에는 묻어 있지 않았소?"

"네, 묻어 있지 않았습니다." 노인은 대답했다. "놈들 손에 묻어 있던 것이 옮겨붙은 겁니다. 우리 어머니가 말한 대로."

엉클 애브너는 깊숙이 의자에 기대앉았다. 노인이 무심코 몸을 내밀어 조심스럽게 물었다.

"어떻게 생각하십니까, 애브너 씨, 금화가 전부 되돌아올까요?"

엉클 애브너는 그 자리에서 곧 대답하지 않고 잠시 묵묵히 앉은 채 열려진 문으로 해가 비쳐드는 목초지와 멀리 저쪽에 있는 산맥을 바라보았다. 이윽고 그는 겨우 입을 열어 문제를 다 해명한 것 같은 투로 말했다.

"다 돌아오지는 않겠지요."

"그럼, 어느 정도?" 베츠가 중얼거렸다.

"품삯을 제한 나머지는 돌아올 거요" 하고 엉클 애브너는 대답했다.

"금화가 어디에 있는지 알고 계십니까?"

"그렇소."

"그런데 금화를 가지고 간 자는 사람이 아니겠지요, 애브너 씨?"

"물론이지요!"

엉클 애브너는 일어나 방 안을 돌아보기 시작했다. 그러나 이 이해할 수 없는 사건의 단서를 파악하기 위한 것은 아니었다. 자기 마음속에 있는 무엇인가를——눈에 보이지 않는 무엇인가를——더듬는 것처럼 거닐고 다녔다. 베츠가 긴장된 태도로 뒤를 따랐다. 랜돌프는 팔짱을 끼고 목도리에 턱을 묻고서 의자에 앉아 있었다——증거를 제시당한 회의론자가 유령의 목소리가 들리는 집 안에 앉아 있는 듯한 모습이었다. 아주 난감한 표정이었다. 아무리 생각해 봐도 금화가 없어진 것은 물론 그 일부가 돌아왔다는 것도 이치에 맞지 않았으며, 엉클 애브너가 한 말도 이성(理性)을 가지고서는 이해할 수 없는 것이었다. 베츠의 금화를 가지고 간 자는 열쇠구멍으로 숨어들어올 수 있었다! 만일 도끼를 휘둘렀더라면 베츠는 지옥으로 떨어졌을 것이다! 보물의 일부는 몰수당할 것이나, 품삯을 제한 나머지는 돌아올 것이다! 그리고 이들 금화에는 사람이 아닌 어떤 것의 손이 닿은 증거가 있다! 아무리 보아도 이 세상 사건으로 생각되지 않는다. 이 세상의 도둑이 그런 초능력을 가지고 있을 리 없었다. 심부름하는 부하 마귀의 짓으로밖에 생각되지 않는다. 그리고 보통 도둑이라면 훔친 돈의 일부를 되돌려주거나 하는 일이 없다!

그런데 방 안을 돌아다니던 엉클 애브너가 발길을 멈추고 욕심많은 늙은이를 굽어보았다.

"베츠, 이 세상은 알 수가 없는 곳이오, 수수께끼로 가득 차 있지. 알겠소? 우리 조상들은 번식된 가축의 일부를 하느님께 바치도록 명령받았소. 그건 어째서였지요? 하느님이 양이나 소를 필요로 했기 때문이겠소? 물론 그런 건 아니오, 땅도 번식된 가축도 하느님의 것이니까. 이유는 다른 데 있는 거요, 어떤 이유인지 나는 알 수 없지만, 어떤 사람이든 땅과 번식한 가축을 혼자 독차지하면 안된다는 것은 잘 알고 있소. 우리 조상들은 그런 짓을 하려고는 하지 않았지요. 그러나 당신은 그렇게 하려고 했었던 거요!"

그는 말을 끊고 숨을 깊이 들이마셨다.

"그래서 재난이 닥친 거요……앞으로 어떻게 할 작정이오?"

"어떻게 해야 할까요, 애브너 씨?" 노인은 중얼거렸다. "하느님께 물건을 바쳐야 되는 걸까요, 조상처럼?"

"물론 물건을 바쳐야겠지만," 엉클 애브너는 대답했다. "단 조상들과는 다른 방법으로 해야 하오. 땅에서 얻은 것은 세 몫으로 똑같이 나누지 않으면 안되오. 그중 하나가 당신 몫이오."

"그럼, 나머지 두 몫은 누구에게 주어야 하는 겁니까, 애브너씨?"

"누구에게 주고 싶소, 베츠? 만일 당신 자신이 고른다면?"

그러자 노인은 입 언저리를 쓰다듬으면서 대답했다.

"먼저 가족에게 주게 되겠지요——만일 꼭 주어야 한다면."

"그럼, 앞으로 불어난 것의 3분의 1은 당신 몫으로 두고, 나머지 3분의 2는 아드님과 따님에게 주도록 하시오."

"금화는 어떻게 됩니까, 애브너 씨? 돌아올까요?"

"3분의 1은 돌아올 거요. 그것으로 만족할 수 있겠지요?"

"그리고 금화를 가져간 놈의 일인데, 그자가 나에게 나쁜 짓을 할까요?"

"당신 금화를 가져간 자는 지금 몸을 숨기고 있지만, 어떤 노예에게도 지지 않을 정도로 당신을 위해 일해 줄 거요. 야단치지 않아도, 채찍질하지 않아도. 약속해 주겠소?"

노인은 약속했다. 이윽고 우리는 양지 쪽으로 나왔다.

날씬하고 키가 후리후리한 처녀가 젖짜는 헛간 앞에 서서 우묵한 접시에 담은 노란 버터를 이겨대면서 티티 새처럼 노래부르고 있었다. 엉클 애브너는 성큼성큼 그녀에게로 다가갔다. 엉클 애브너의 말은 우리 귀에 들리지 않았으나 그가 말을 시작하자 노랫소리가 그치고, 말이 끝나자 갑자기 노랫소리가 다시 높게 시작되었다. 목초지에 넘쳐흐를 것만 같은 아주 즐거운 노랫소리가.

우리는 꿀벌집 앞에서 엉클 애브너를 기다리고 있었다. 큰아버지가 가까이 오자 랜돌프가 그 쪽으로 몸을 돌리고 물었다.

"애브너, 이 이상야릇한 수수께끼의 해답은 무엇인가?"

"자네가 대답하지 않았나, 랜돌프. '석공들은 노래를 부르며 황금의 지붕을 만든다'고 말일세" 하며 엉클 애브너는 꿀벌을 가리켰다.

"저 고무나무에 달려 있는 뚜껑 하나가 움직여진 흔적이 있는 걸 알아차렸을 때, 베츠의 금화는 거기에 있다고 나는 짐작했지. 그리고 금화에 밀초가 묻어 있는 것을 보고 확신할 수 있었네."

"그렇지만" 하고 랜돌프는 목소리를 높였다. "자네는 분명 인간이 아닌 동물——열쇠구멍으로 숨어들어가는 동물——이라고 말하지 않았나?……"

"그건 꿀벌을 말한 것이었네" 하고 엉클 애브너가 대답했다.

"그리고 자네는 이런 말도 했지. 만일 도끼를 휘둘렀더라면 베츠는 지옥에 떨어졌을 거라고."

"자기 딸을 죽였을지도 모르기 때문이라네. 이보다 더 무서운 지옥을 생각할 수 있겠나? 그녀는 금화를 가지고 가서 꿀벌 뚜껑 속에 숨겨두었네. 그러나 아버지에 대해서 성실했지. 오빠에게 돈을 보내줄 때마다 그와 똑같은 정도의 금화를 베츠의 항아리에 도로 넣어두었거든."

"그럼……" 랜돌프의 말투가 자신도 모르게 거칠어졌다. "여기는 마녀도 부하 마귀도 없었던 거로군그래?"

"그건 해석하기 나름이지. 여기에는 지혜로운 아가씨와 한떼의 꿀벌이 있지 않나!" 하고 엉클 애브너는 대답했다.

금화

2월 17일 밤에는 눈이 내렸다. 그것도 일찍이 본 적이 없는 엄청난 눈이었다. 그 날은 추위도 누그러지고, 공기는 흐려 있었다. 하늘은 금방이라도 위에서 내려와 땅을 내리덮을 듯한 모습이었다. 마치 오랫동안 뒤쫓아온 사냥물을 간신히 구석으로 몰아붙인 것처럼. 온종일 하늘은 그런 모습으로 꼼짝도 않고 땅을 굽어보고 있었다. 흙은 공포로 얼어붙은 듯이 가만히 웅크리고 있었다. 동물들은 우왕좌왕하며 가만히 있지 못하고, 사람들은 웅성거리며 하늘을 쳐다보았다.

그날 우리는 군청이 있는 읍내에 갔다. 대배심(大陪審)이 있어서 엉클 애브너가 호출을 받았던 것이다. 크리스천 랜스 노인 살해사건의 대배심이었다. 노인은 어느 날 아침 자기 집에서 의자에 묶인 채 발견되었다. 숨이 끊어진 몸이 앞으로 숙여져 있었으며, 그를 발견한 것은 이미 낮 무렵이었다. 이로 인해 대배심이 소집되고, 언덕의 마을들은 그 소문으로 떠들썩했다. 사건이 수수께끼에 싸여 있었기 때문이다.

크리스천 노인의 죽음과 함께 수수께끼로 나타난 것은, 그의 생전에 아무도 눈치챌 수 없었던 일——즉 노인이 돈을 어디에 간직해 두고 있었던가 하는 문제였다. 노인은 얼마쯤의 소를 길러 상당한 수입을 올리고 있었으나, 자신은 거의 돈을 쓰는 일이 없었다. 누구에게 돈을 주지도 않았고, 이자를 늘리기 위해 돈을 맡기는 일도 없었다. 소값을 치르는 데도 금화밖에 받지 않는다는 것은 이미 누구나다 아는 사실이며, 그 자신도 그런 일을 숨기려 하지 않았다. 당연히 나올 수 있는 추측으로 금화를 정원 어딘가에 묻어두었으리라는 이야기가 있었지만, 그러나 언젠가 일없는 녀석들이 노인이 소를 판 뒤 며칠 밤이나 뜬눈으로 집을 감시하고 있었으나 삽을 들고 나타나는 노인의 모습은 끝내 보이지 않았다고 한다. 그리고 또 도둑 못지않게 꼼꼼한 젊은이들이 노인이 집을 비운 틈을 타 안으로 숨어들어가서 뒤진 일도 여러 번 있었다. 사방을 샅샅이 다 뒤지고, 마루판자도 모조리 다 들어보았으며, 난로의 돌도 움직일 수 있는 것은 다 들어내고 보았으나 아무것도 발견할 수가 없었다.

언젠가 모여서 이 수수께끼를 이야기하고 있을 때, 누군가가 옛날 이야기든가 무엇인가에서 힌트를 얻어 장작 올려놓는 대(臺)의 손잡이나 헌 장롱 손잡이가 금으로 되어 있지 않을까 하고 말했었다. 그뒤 얼마 지나 노인이 저녁 때 제분소에서 돌아와보니, 장작 올려놓은 대 손잡이 하나가 빠져나가고 없었다. 그러나 그 뒤 도둑이 다시 들지 않은 것으로 보아 이 약간 환상적인 착상은 크리스천 노인의 비밀을 푸는 열쇠가 되지 못했던 것 같다.

이런 장난이 있은 이튿날, 노인은 집을 나갈 때 델포이의 신탁(神託) 비슷한 말을 남겨두었다. 그것은 '일기장을 뜯어낸 것에 연필로 휘갈겨쓴 것으로, 난로 선반에 핀으로 꽂아놓았다.

"소 안을 찾아보려무나!"

이 말을 둘러싸고 사람들은 여러 모로 고개를 갸우뚱했다. 대체 무슨 뜻일까? 비웃고 있는 것일까? 집 안을 샅샅이 뒤진 녀석들에게 이번에는 소의 빨간 입 속을 들여다보라는 말인가? 아니면 돈은 소에게 투자해 두었으니 그곳을 찾으라는 말인가? 아니면 또 그 수수께끼 같은 글에는 먼 옛날의 신탁처럼 돈을 놓아둔 장소를 푸는 암호가 숨어 있는 것일까?

아무튼 크리스천 노인은 문에 자물쇠도 걸지 않고 나가서, 태연히 비밀을 찾도록 맡겨두고 있는 것이다. 그리고 풀 수 없다는 것이 증명되었다. 장난꾸러기들은 그 이상 캐고드는 것을 단념하였으며, 이 수수께끼는 일종의 전설이 되었다.

이런 까닭으로 그 일에 호기심을 느끼는 사람들은 노인을 잊지 않았으며, 그 수수께끼를 배경으로 노인의 죽음은 이 근처 일대를 들끓게 만들었다.

의자 위에서 긴장된 자세로 숨이 끊어진 노인의 얼굴에는 공포의 표정이 있었다고 나는 말했다. 당연한 일일 것이다. 그것만으로는 아무 단서도 되지 않는다. 그러나 죽은 몸의 눈이며 턱의 근육 및 뼈에 붙은 살 전체가 마치 노인의 굽힐 줄 모르는 정신이 죽은 뒤에도 여전히 의지력을 가지고 육체에 명령을 내리고 있는 것처럼, 뭔가 처참한 결의를 보여주고 있었다. 그리고 이상하게도 노인은 돈이 숨겨져 있다고 생각되는 집 쪽이 아니라, 밖으로 나간 누군가의 뒤를 쫓듯이 문 쪽으로 몸을 내민 채 죽어 있는 것이었다.

근처 사람들은 노인의 시체를 의자에서 풀어내고 팔다리를 뻗게 하여 땅에 묻어주었다. 그러나 그 처절한 결심으로 굳어진 노인의 표정은 본디 모습으로 돌아가지 않았다. 장례를 지내준 사람의 손도 노인의 굳어진 몸의 근육을 풀고 눈을 감게 할 수는 없었다. 노인은 그 무서운 결심을 얼굴에 드러낸 채 관 속에 누워 그대로 흙에 묻혔다.

시체가 발견되었을 때 랜돌프는 곧 엉클 애브너에게 연락하여 둘이

서 집 안을 조사했다. 집 안은 조금도 어질러 있지 않았다. 천장에 매달린 갈고리에는 주전자가 걸려 있고, 난로 옆에는 항아리가 놓여 있었다. 서까래에는 씨로 쓸 옥수수가 매달려 있었다. 꼬투리콩도 한 덩어리가 되어 매달려 있고, 난로 위 선반에는 쇠기름덩어리가 놓여 있었다. 말린 사과에 약초도 다발로 엮어 만들어 굴뚝 벽에 걸려 있었다. 침대와 그밖의 집안 살림살이는 여느 때 그대로였다.

조사가 대충 끝났으나 두 사람에겐 누가 크리스천 노인을 죽였는지 짐작도 가지 않았다. 엉클 애브너는 아무 말도 하지 않고 오직 그렇게만 이야기했다. 치안관은 자기가 알고 있는 사실을 전부, 마침 만나러 온 이웃 사람들에게 들려주었다. 물론 그것은 누구나 다 알고 있는 일뿐이었지만, 엉클 애브너는 못마땅한 얼굴을 지었다.

"랜돌프 치안관은 물이 새는 물항아리 같은 사람이야" 하고 큰아버지는 말했다.

이 말로 사람들은 엉클 애브너가 뭔가 치안관에게 숨기고 있다고 생각한 모양이었다.

아무튼 그 2월 어느 날, 엉클 애브너는 오랫 동안 대배심 앞에 앉게 되었다. 배심원들은 문을 닫은 방에 앉아 있었다. 모두 엄숙한 표정의 말수가 적은 사람들로, 우선 열쇠구멍으로 비밀이 새는 일은 없었다. 그러나 증인의 이야기를 다 듣고 난 다음 대배심에서도 누가 크리스천 노인을 죽였는지 모른다는 인상이 밖으로 전해졌고, 그것은 배심원들이 재판관 앞에 나왔을 때 곧 증명되었다. 그들은 고발할 만한 문제를 아무것도 파악하고 있지 못했다. 주의 치안관을 위해 검찰관에게 조사시킬 필요가 있는 정보를 가지고 있느냐는 재판관의 질문에 대해서도 배심장(陪審長)은 그저 고개를 저을 뿐이었다.

군청이 있는 읍내는 완전히 밤에 싸여 있었다. 엉클 애브너는 말없이——그리고 잠자코 있을 때는 언제나 그렇지만——엄숙한 얼굴로 동상처럼 안장에 걸터앉아 있었다. 알지 못하는 분에게도 엉클 애브너를 한 번 보여주고 싶다. 크롬웰을 연상시키는 엄숙하고 종교심깊은 사람으로, 무쇠처럼 단단한 뼈대와 반백의 수염과 대장간에서 단련시켜 만든 듯한 얼굴 모습. 엉클 애브너가 믿는 신은, 따르는 사람의 수를 칼을 뽑아들고서 각 부대마다 일일이 센다는 티슈바이트 신이었다. 이 고장에는 이러한 사람이 필요하다. 버지니아 주청(州廳)은 멀리 앨레게니 산맥 너머에 있어, 마치 세계의 벽처럼 우뚝 솟은 산으로 둘러싸인 이 광대하고 비옥한 지방은 자신의 손으로 치안을 지켜나가지 않으면 안되는 것이다. 그리고 이 치안을 지키는 것은 이러한 무쇠같은 사나이였다. 이 땅을 영국 국왕에게 하사받은 이래 조상들은 이를 야만인들로부터 지켜왔고, 그리고 뒤에는 국왕의 손으로부터도 지켜왔던 것이다. 그리고 그들 자손도 그들을 닮아 있었다.

말은 안절부절못하고 머리를 흔들어대며 고삐를 절렁거리는 등, 닥쳐올 위험을 미리 알고 있는 것처럼 서로 바싹 다가붙어서 나아갔다. 낮 동안의 그 죽음 같은 고요함이 아직도 계속되고 있었다. 그리고 눈이 내리기 시작했다. 그 눈은 내가 일찍이 본 적이 없는 모습으로 떨어져내렸다. 점점이 바람에 날려 흩어지며 난무(亂舞)하는 것도 아니고, 부슬부슬 내리는 가루눈도 아니었다. 이따금 흐릿한 잿빛을 띤 하늘에서 엄지손톱만한 큰 눈조각이 순식간에 떨어져와서는 산 짐승처럼 흙 위에 멈췄다. 그것은 귀찮은 녀석을 없애려고 공중에서 노리고 있던 것처럼 언제까지나 꼼짝 않고 그곳에 달라붙어 있었다. 그러는 동안 또 하나 똑같은 흰 것이 언뜻 내려와 바로 옆에 멈췄다. 그리고 또 하나 또 하나 더해지면서 잎이 떨어져 앙상해진 마디풀 줄기와 박달나무에 대롱대롱 매달린 갈색 잎은 마침내 이것들의 무게를 견디지 못해 탁 소리를 내며 꺾였다.

눈은 금방 땅 위를 가득 덮었는데, 그 빠르고 조용한 솜씨에 놀라지 않을 수 없었다. 나무와 담벽들은 눈이 쌓여 그로테스크한 모습으로 변했다. 경치도 완전히 달라졌으며, 또는 사라져버렸다. 주위는 완전히 어둠에 뒤덮였으며, 내리퍼붓는 눈조각은 그 수를 더해가며 흐린 공중에 떼지어 모여드는 것처럼 보였다.

얼마 뒤 엉클 애브너는 말을 멈추고 하늘을 올려다보더니 아무 말도 않고 그대로 계속 나아갔다. 그러나 길은 이제 눈 속에서 완전히 묻히고, 굵은 나뭇가지들이 눈의 무게로 꺾어지기 시작했다. 말은 눈 속에서 발버둥을 쳤다. 엉클 애브너도 결국은 더 나아가는 것을 그만 두었다. 그곳은 숲 속 네거리처럼 보였으나, 나는 어딘지 짐작이 가지 않았다. 본 기억이 있을 표지판은 모두 눈에 묻히고 말았다. 그럭저럭 한 시간이나 되는 동안 타타르의 대초원 같은 듣도 보도 못한 곳을 헤매고 있는 듯한 느낌이 들었다.

엉클 애브너는 큰길을 나와 숲 속으로 들어갔다. 내 말도 그 뒤를 따랐다. 곧 훤히 트인 곳으로 나오자 그곳에 어렴풋이 나타난 집 앞에 말을 세웠다. 통나무로 지은 큰 축사였는데, 지금은 쓰지 않아 텅 비어 있었다. 문짝은 경첩이 부서져 활짝 열린 채였다. 우리는 내려와 말을 축사에 넣고 안장을 벗긴 다음 건초 두는 곳에서 묵은 건초를 가져다 먹이통에 담았다. 어디에 와 있는지 전혀 알 수가 없었다. 그러나 이 이상 더 나가는 것은 무리이므로 여기서 밤을 지내는 도리밖에 없겠다고 나는 생각했다. 그러나 엉클 애브너는 그렇게 생각지 않는 모양이었다.

"집을 찾아보자, 마틴" 하고 큰아버지는 말했다. "그리고 불을 때자."

우리는 축사에서 나왔다. 엉클 애브너가 앞장서서 길을 만들고 내가 뒤를 따랐다. 그로서는 대강 방향이 짐작되는 모양이었다. 눈 앞은 전혀 보이지 않았다. 한 시간이나 눈속을 헤맨 느낌이었는데, 사실은 몇 분밖에 지나지 않았던 모양이다. 이윽고 폭이 넓은 층계에 와닿아 정면 입구의 큰 기둥 아래로 나왔다. 그제야 나는 겨우 그것이 숲 끝쪽에 수직으로 깎아지른 둑에서 열 두 길쯤 아래로 강물이 파고든 근처의 메마른 밭 귀퉁이에 있는 옛날 영주의 폐옥(廢屋)이라는 것을 알았다. 농지에는 온통 잡초가 무성했으며, 집은 썩어서 다 쓰러져가고 있었다. 그런데 지금 정면 현관으로 들어가려고 하자 문 위에 있는 부채꼴 모양의 유리창에서 희미한 빛이 새어나오는 것을 알았다. 빛은 엉클 애브너의 마음을 불안하게 했다. 그는 발길을 멈추고 마음을 정하지 못한 듯이 기둥 뒤에 서 있었다.

"누구일까, 이런 곳에……?" 나에게 하는 것이 아니라 혼잣말처럼 그는 중얼거렸다.

잠시 그곳에 선 채 등불 그림자를 바라보며 가만히 귀를 기울였다. 그러나 아무 소리도 들리지 않았다. 이 집은 폐옥일 것이다. 창문에는 못질이 되어 있었다. 이윽고 큰아버지는 낡아빠진 문으로 다가가 노크를 했다. 대답 대신 무거운 총소리가 울리며 흰 나뭇조각이 그의 머리 위 벽에 붙어 있는 널빤지에서 튀어나왔다. 그는 얼른 몸을 피했다. 또 한 번 총소리가 울리며 나뭇조각이 떨어졌다. 그때 나는 지금까지 미처 몰랐던 것——문에도 창문 위의 판자에도 권총 총알 구멍이 수없이 뚫려 있는 것을 알았다. 엉클 애브너는 자기 이름을 대고 안에 있는 사람에게 쏘지 말고 문을 열라고 소리쳤다.

잠시 쥐죽은 듯 조용하더니 이윽고 문이 열리면서 촛불을 든 사나이가 나타났다. 키가 작은 노인으로 더부룩하게 수염을 길렀다. 머리는 흰색이 섞인 붉은빛이었으며, 눈이 유리조각처럼 날카로웠다. 누르스름한 몸은 얼어맞은 참나무처럼 뻣뻣했다. 폭넓은 털가죽 깃을 큰 놋쇠 고리로 올려붙인 색다른 모자를 쓰고 있었다. 나도 그 사람을 알고 있었다. 어디서 왔는지는 모르지만, 이 산골로 찾아온 스톰이라는 늙은 시골 의사였다. 그리 멀지 않은 곳에 살고 있었으나, 어린 나에게는 무서운 사람으로 생각되었다. 바람부는 날 케이프를 펄럭이며 산등성이 같은 데를 걸어다니는 모습은 무서운 느낌을 주었다. 아주 먼 곳이 아니면 말을 타는 일이 없어 왕진도 언제나 걸어서 다녔다. 그 사람의 과거에 대해 아는 사람은 아무도 없었다. 흑인들은 터무니없는 이야기를 만들어내어 소문을 퍼뜨리고 다녔다. 그러나 엉터리 소문도 한 가지 떠돌고 있었다. 스톰은 악마의 적수(敵手)로서, 사람과 동물의 목숨을 건지기 위해 악마와 싸우고 있다는 것이다. 그는 상대가 말일지라도 사람을 대하는 것과 마찬가지로 이를 부드득거리고 까닭모를 저주의 말을 나지막하게 중얼거리며 오랜 시간에 걸쳐 끈기있게 진찰하고 치료했다. 사실 옆에 서서 그를 보고 있으면, 환자를 위해 스톰이 무엇인가와 싸우고 있는 듯한 생각이 들지 않을 수 없을 것이다. 지금 내 눈에는 문 앞에서 촛불을 높이 들고 어둠 속을 바라보고 있는 그의 모습이 똑똑히 보였다.

엉클 애브너를 보자 그는 외쳤다.

"당신이었구료! 자, 들어오시오!"

"이래저래 마찬가지 처지가 되었는가 봅니다." 엉클 애브너는 대답했다. "걸어서 오다 눈을 만나 갇히고 말았는데, 당신도 말을 타고 오다 역시 갇힌 모양이지요?"

그는 비틀어진 누런 이를 드러내고 웃으며 문에서 집 안으로 몸을 돌렸다. 우리는 뒤따라 안으로 들어갔다. 난로에는 불이 타오르고, 한 자루의 초가 테이블 위에서 촛물을 떨구고 있었다. 문 바로 안은 옛날 남부의 큰 영주 저택에서 흔히 볼 수 있는 넓은 대기실이었다. 양쪽에는 흰 테두리가 붙은 큰 마호가니 문이 닫혀 있고, 넓은 무도장으로 통하는 흰 층계와 놋쇠로 만든 장작 놓는 대가 달린 큰 난로가 있었다. 방은 따뜻했으나, 곰팡내가 났다. 벌써 여러 해 동안 빈

채로 버려져 있는 것이다. 바닥에는 옛날부터 들고 다닌 듯한 검은 가죽에 늘어진 작은 뚜껑과 거는 고리가 달린 큰 여행가방이 놓여 있었으며, 그 옆에는 푸른 도자기 물병과 때묻은 컵이 하나 있었다.

그는 촛불을 놓더니 물병과 난로를 이상한 익살스러운 몸짓으로 가리켰다.

"술과 난로가 있소. 어떻소, 애브너 씨?"

엉클 애브너가 대답했다.

"난로 쪽으로 하겠소. 괜찮겠지요?"

우리는 난로 옆으로 가서 코트를 벗고 축축한 눈을 털어낸 다음 장작 놓는 대 옆의 낡은 마호가니 의자에 앉았다.

"각기 자기 좋을 대로, 자기 법칙대로 하면 되지" 하고 스톰은 말했다.

그는 물병을 집어들고 안에 든 것을 모조리 컵에 따랐다. 술은 조금밖에 남아 있지 않았다. 사과로 만든 거르지 않은 술로, 몹시 독한 것이어서 온 방 안에 냄새가 진동했다. 그는 컵을 들고 난로불빛이 푸르스름한 액체를 통해서 반짝반짝하는 것을 바라보고 있었다.

"이것은 사람의 마음을 환상에 젖게 하거든." 그는 신기한 약이라도 다루듯 컵을 돌렸다. "이걸 마시면 있지도 않은 것이 보여. 무덤 속의 죽은 사람도 보이지."

그는 컵을 가지고 놀다가 테이블 위에 놓고 앉았다.

"애브너 씨." 그는 말했다. "나는 사람의 몸뚱이라면 뼛속까지도 다 알고 있소. 그러나 마음은 수수께끼 세계라오. 마음을 알고 있다고 생각하면 큰 잘못이오." 그는 말을 끊고 딱딱한 손가락으로 테이블을 두들겼다. "남을 대하면 안심이 될지도 모르지. 그러나 자기 자신에 대해서 자신감을 가질 수 있는 사람이 있을까요? 사람은 자기 하느님, 헤브라이의 하느님을 두려워하지 않고 살 수 있을지도 모르오, 아시리아의 악령(惡靈)을 무서워하지 않고 살 수 있을지도 모르오. 그러나 자기 마음이 자신을 배반하고, 자신을 공포에 사로잡히게 하는 거요. 남몰래 사람을 죽여 시체를 감추고 태연한 얼굴로 집에 돌아와보니 그곳에 죽이고 온 상대가 피에 흠뻑 젖어 자기 의자에 앉아 있다면……아무리 이성을 작용시켜도 그 환상을 쫓아버릴 수가 없을 것이오. 이 녀석은 이미 이 세상에 없다고 아무리 자신에게 타일러도 실제로 그놈이 거기에 있는데 그런 말이 무슨 소용있겠소?"

그는 일어나 비꼬인 손가락을 앞으로 내밀고서 테이블에 기대었다.

나는 무서워서 엉클 애브너 옆으로 몸을 붙였다. 테이블에 팔꿈치를 얹고 어두운 그림자를 가만히 바라보고 있는 이 이상한 노인은 내 마음을 꽉 잡고 놓지 않았다. 빛이 바랜 뻣뻣한 붉은 머리털은 머리에서 곤두서보였다. 나는 뭔가 무서운 것이 죽은 사람의 옷을 입고 그의 앞에 나타나지나 않을까 하고 눈을 크게 떴다.

엉클 애브너는 엄숙한 얼굴을 그에게로 돌리고 조금 있다가 말했다.

"스톰 씨, 대체 무엇을 두려워하고 있지요?"

"두려워한다고?" 노인은 외쳤으나, 그 소리는 날카로운 단속음(斷續音)이 되어 울렸다. 그는 손을 밖으로 펴는 듯한 몸짓을 했다.

"애브너 씨, 당신은 당신의 하느님이 두렵겠지요? 나는 나 자신이 두려운 거요!"

그러나 엉클 애브너의 목소리에 무엇인가가 있어 아까의 그 물음은 그에게 마술을 건 것 같은 변화를 일으켰다. 그는 자리에 앉아 술이 담긴 컵을 만지작거리며 엉클 애브너를 바라보았다. 그리고 그대로 잠시 말없이 있었다. 뭔가 마음 속에 있는 것을 차분히 뒤적이고 있는 것 같았다. 이상한 일은 얼마든지 있었다. 우리는 우연히 여기서 이 사람과 마주치게 된 것이지만, 우리를 맞는 그의 태도는 몹시 이상했다. 오늘 밤 우리가 오기 전에 이 집으로 찾아왔다는 설명도 이상하다. 그 사이에 방 안이 이토록 따뜻해졌을 리가 없다. 대체 무슨일이 있는 것일까? 그는 어떻게 여기에 와 있을까? 누가 이 사나이를 위협하고 있는 것일까? 그것을 털어놓기 두려워하고 있었으나, 그는 눈 속에 자신이 무서워하고 있는 누군가가 아니라 우리가 있었다는 것을 알자 마음이 탁 놓인 것이리라. 그러나 역시 우리는 그의 마음을 불안하게 했고, 그는 어떻게 해야 좋을지 몰라 당황하고 있다. 노인은 테이블 맞은쪽에 앉아 우리에게서 시선을 피하며 안정되지 않은 눈길로 방 안을 둘러보고 검은 가방을 바라보았다.

마음을 정하기 어려운지 가방에다 가만히 눈을 못박고 있는 그에게 엉클 애브너가 소리쳤다.

"스톰 씨, 대체 어떻게 되었다는 거요?"

노인은 엉클 애브너에게로 가만히──나는 그렇게 느꼈다──그러나 재빨리 시선을 던지며 거의 들리지 않을 정도의 낮은 목소리로이야기를 시작했다.

"그럼, 설명하지요, 애브너 씨. 지금 당신들이 찾아온 것처럼 누군가가 이리로 왔소. 그리고 당신들이 받은 것과 똑같은 대접을 그사람도 받았소. 그런데 어떻게 되었는줄 아오?……찾아온 사람이이상하다고 생각하기 시작한 거요. 이것은 맞아들이는 쪽에서 보면위험한 일이오. 그러므로 그는 둘 중 하나를 택하지 않으면 안되었소. 이해가 가게끔 설명하거나 아니면 쏘아죽이거나…… 그래, 먼저 설명을 해보지요. 그것이 잘되지 않는다면 또 다른 방법이 있소!

그래서 사나이는 이렇게 말했소──'들어와주어서 고맙소. 와주어서 기쁘오.' 상대방은 '무엇을 무서워하고 있소?' 하고 물었지요. 사나이는 그 말에 이렇게 대답합니다──'도둑놈.' 상대방은

'그러나 이 집에는 도둑맞을 만한 것이 없을 텐데?'라고 말했지요. 그러자 사나이는 이런 이야기를 들려줍니다.

　이 집 주인은 마이클 데일이라는 사람으로 부자였소. 죽음이 임박했을 때 이 난로 옆에 앉아 지팡이로 벽돌을 두들기면서 못난 아들을 바라보고 있었소. ——당신도 그 아들을 알고 있을 거요, 애브너 씨. 악마에게 붙들리기 전까지는 엘리스의 주피터 같은 녀석이었지요. '웰링턴, 너를 위해 여기 보물을 남겨두고 간다'고 아버지는 말했소. 재산을 뜻한 거였는데, 사람들은 땅을 말한 것으로 알고 별로 주의를 기울이지 않았지요. 그러나 뒤에 그 말을 생각해내고 생각을 달리해보았소. 마이클 데일이 어느 쪽에 앉아 있었으며 지팡이로 어디를 두들겼던가? 물에 빠진 자에게는 지푸라기 하나도 중요한 것이다. 그래서 이리로 와서 찾아보았다고 사나이는 말하는 거였소."

의사는 난로의 벽돌을 몸짓으로 가리켜보였다.

"그렇지, 지금은 이미 그곳에 없소. 금화는 이 가방 속에 있지."

　그는 일어나서 가방을 열고 속을 더듬었다. 그리고 몇 닢의 금화를 집어내어 우리 옆으로 왔다.

　엉클 애브너는 금화를 손에 들고 난로불빛에 자세히 비춰보았다. 그것은 옛날 금화였다. 엉클 애브너는 엄지손톱으로 겉에 묻어 있는 것을 긁어 떨어뜨렸다. 그런 다음 금화를 돌려주었다. 스톰은 그것을 여행가방 속에 도로 넣은 다음 뚜껑을 닫았다. 노인은 다시 의자에 앉아 도자기 물병을 앞으로 잡아당겼다.

　"그런데 말이오, 애브너 씨, 보물에는 재난이 따르기 마련이오. 그것을 가진 자는 늘 염려를 하지 않으면 안되거든요. 24시간 내내 도둑맞지 않도록 지키고 있지 않으면 안되는 거요. 정말 지겨운 일이오. 굴뚝에서 바람 소리가 나도 사람 소리로 들리지요——사람의 발자국 소리로 처음에는 총을 가지고 다닐 뿐이지만, 그러나 점점 조바심이 더해가면 바스락 소리만 나도 무조건 쏘아대지 않고는 견딜 수가 없소."

엉클 애브너는 가만히 움직이지 않았으며, 나도 바그다드의 도둑 이야기라도 듣는 것처럼 그의 이야기에 솔깃해 있었다. 지금은 모든 것이 분명해졌다——이 집에 그가 있었던 이유도, 그가 두려워하는 것도, 탄환자국도, 그리고 그가 우리를 보고 마음을 놓은 것도, 그러나 그래도 여전히 이리로 온 것이 불안했다. 나는 그가 마음 속으로 생각하고 있는 것——이 사실을 알아버린 우리를 신뢰하느냐, 아니면 없애버리느냐——을 짐작해 보았다. 그리고 마음 속으로 지금 이야기를 세밀한 부분까지 되새기며 믿을 수 있을까도 확인해 보았다. 만일 그런 경우에 있었다면 나일지라도 그와 완전히 똑같은 행동을 했을 게 틀림없다. 그리고 그의 두려움도 잘 이해할 수 있었다. 그리고 귀신에 홀린 것처럼 되어 그림자를 향해 총을 쏘게 되는 것도 이해할 수 있었다. 나는 이상한 것을 보듯 그를 바라보고 있었다.

엉클 애브너는 커다랗고 투박한 손으로 구릿빛 얼굴을 문지르고 있더니 이윽고 입을 열었다.

"스톰 씨, 풀어야 하는 것은 마이클 데일의 수수께끼만이 아니오."

그는 크리스천 랜스의 죽음과, 어쩌면 그 죽음의 원인이 되었을지도 모르는 델포이의 신탁 같은 말에 대해서 이야기했다.

"당신은 크리스천 영감을 알고 있지요? 영감의 색다른 생활태도도?"

"아암, 장작대의 손잡이를 가지고 간 녀석도 알고 있소." 스톰은 대답했다. "그러나 애브너 씨——수수께끼를 푼다고 했는데, 어떻게 그것이 수수께끼라는 것을 알지요? 나는 상대방을 무시하고 놀리는 말일 뿐이라고 생각하는데."

"랜돌프도 그렇게 생각했지요." 엉클 애브너는 말했다. "그러나 그건 잘못이오. 그 갈겨쓴 글 속에 비밀이 숨겨져 있었소. 그리고 누군가가 그것을 풀어낸 거요."

"당신은 어떻게 그런 걸 알지요, 애브너 씨?"

엉클 애브너는 그 말에는 직접 대답하지 않았다.

"크리스천 영감은 돈만이 사는 보람이었소. 어디에 숨겨두었는지 다른 사람에게 말할 정도라면 죽는 편이 낫다고 생각했겠지요. 죽은 뒤에도 나가는 사람의 뒤를 쫓아가듯 문 쪽으로 몸을 굽히고 있었소. 이것은 영감의 비밀이 알려졌으며, 그것으로 금화가 도둑맞았다는 증거인 거요."

"그건 너무 깊이 파고든 견해가 아닐까요, 애브너 씨?" 스톰은 말했다. "그것만 가지고 결론을 내릴 수는 없지요."

"그렇소. 그러나 나에게는 또 한 가지 생각이 있소" 하고 엉클 애브너는 말했다.

"그게 뭐지요?" 스톰이 물었다.

"그것은 즉 이렇소. 크리스천 영감이 '소 안을 찾아보려무나!'라고 쓴 데는 까닭이 있었소. 내가 생각하고 있는 것은 이렇소. 해마다 소를 팔아 금화가 들어올 때마다 영감은 그것을 쇠기름덩어리 속에 넣고 그 쇠기름을 항아리에서 꺼내 선반 위에 늘어놓았소. 영감의 보물은 거기 늘어놓은 쇠기름덩어리 속에 있었던 거요!"

"하지만 크리스천 영감이 죽었을 때 선반 위에는 쇠기름덩어리가 놓여 있었겠지요?"

"놓여 있었소." 엉클 애브너는 대답했다.

"하나도 빠짐 없이?"

"그렇소, 하나도 빠짐 없이."

"전혀 끊거나 자르거나 하지 않고?"

"그런 일은 전혀 없었소. 모두 멀쩡했소."

"그렇다면 당신의 결론은 성립될 수 없지 않소! 크리스천 영감의 금화를 그 집에서 가지고 나간 녀석은 없소. 금화는 선반 위에 있는 거요."

"아니오." 엉클 애브너는 말했다. "크리스천 랜스 노인을 죽인 사람이 그 쇠기름덩어리 속에서 금화를 꺼냈소."

"아니, 어떻게 된 거요, 애브너 씨?" 사나이는 외쳤다. "당신 추리는 엉터리가 아니오! 쇠기름덩어리에 손대지 않고 어떻게 속에 있는 금화를 꺼낼 수 있단 말이오?"

"가르쳐주지요." 엉클 애브너가 대답했다. "천장 갈고리에는 주전자가 걸려 있었소. 난로 옆에는 독이 있었고, 선반 위에 놓아둔 쇠기름덩어리는 모두 흰빛이었소…… 새로 녹여서 만든 거지요! 랜돌프는 그것을 눈치채지 못했지만, 나는 눈치챘소."

스톰은 일어났다.

"그럼, 당신은 내 설명을 믿지 않는 거로군, 애브너 씨? 금화가 난로 안에서 나왔다는……."

"믿지 않소." 그 목소리는 무겁고 차가왔다. "이 금화에는 쇠기름이 묻어 있소!"

엉클 애브너는 쇠부지깽이로 흘끗 시선을 보내고 스톰의 손을 지켜보았다.

그러나 노인은 무기를 끌어당기지는 않았다. 소리없이 웃으며 입술을 일그러뜨렸다.

"당신 말이 맞소, 애브너 씨. 이건 크리스천 영감의 금화요. 따라서 지금 내가 한 이야기는 엉터리지요. 그러나 당신 이야기에도 틀린 데가 있소. 그 영감을 죽인 자는 나같이 몸이 작은 사람이 아니오. 당신처럼 몸이 큰 사람이 한 짓이었소!"

그는 입을 다물고 손을 테이블 위에 올려놓으며 몸을 앞으로 내밀었다.

"그 녀석을 죽인 자는 수수께끼의 뜻을 몰랐던 거요, 애브너 씨. 상황을 종합하여 생각해 보시오. 크리스천 노인은 살해되기 전에 의자에 묶였소. 어째서였을까? 범인은 금화 있는 곳을 말하지 않으면 죽이겠다고 위협했던 거요. 그러나 영감은 말하지 않았소. 그런데 범인은 우연히 발견했소. 높은 쇠부지깽이를 뜨겁게 하려고 불 속에 집어넣었소. 그걸로 크리스천 영감을 괴롭혀주기 위해서였지요. 쇠기름덩어리는 회칠한 굴뚝 벽의 달아맨 선반에 놓여 있었소. 범인은 일어나다가 어깨를 선반에 부딪쳤는데, 그 바람에 기름덩어리가 떨어져내려 난로 안에서 녹아버렸소. 그 뒤 범인은 크리스천 영감을 달군 쇠부지깽이로 때려서 죽였소. 상처 주위의 머리털이 타 있었지요?

당신은 상당히 집안을 자세히 둘러본 모양인데, 애브너 씨, 선반이 굴뚝에 부딪치며 생긴 깨진 틈을 눈치챘소? 회칠한 벽에 남은 어깨자국을 알아보았소? 그 어깨는 애브너 씨, 당신과 같은 키였소."

그는 손을 머리보다 높게 쳐들었다.

잠시 침묵이 계속되었다.

두 사람이 가만히 마주 바라보고 있는 동안 집 밖에서 후드득 소리가 들렸다. 처음에는 무슨 소리인지 몰랐지만, 이윽고 그것은 바람이 지나가며 나무에서 눈덩어리를 떨어뜨리는 소리라는 것을 알았다. 그러나 집 안에 있는 또 한 명의 사나이는 그것을 느낄 수 없었던 모양이다.

이때 어떤 일이 벌어졌다. 방으로 통하는 마호가니 문이 홱 열리더니 권총을 든 사나이가 거기에 서 있었다. 나는 태어난 뒤 지금까지 그런 인간을 본 적이 없다! 아름답고 고귀한 얼굴——그러나 그것은 형체뿐이었다. 얄밉고 무서운 폐허가 거기에 있었다. 신을 재우기 위해 만든 그릇이 악마가 사는 집으로 변한 것이다. 그것도 괴팍스럽고 사기(邪氣)에 투철한 악마가 아니라 비열한 짐승 같은 악마, 죄에 발버둥치고 죄에 더럽혀진 악마였다. 그리고 거기에는 누구의 눈에나 뚜렷한 단 한 가지 표정이 있었다. 그것은 '공포'였다. 대상이 없고 이성이 없는 공포, 뭔가를 향해 가는 동안 공포에 휩싸인 인간의 얼굴이 그곳에 있었다. 그러나 그는 용기를 불러일으켰다. 이 장면의 광경을 보고 위험을 인정할 만큼의 정신은 가지고 있었던 것이다. 그러나 도망쳐 버리기에는 아까운 기회도 또한 거기에 있었다.

엉클 애브너의 목소리가 울렸다.

"데일." 마치 있을 수 없는 사람의 이름을 부르는 듯한 목소리였다.

이번에는 스톰이 말했다.

"어찌된 거야. 찻숟갈 하나 가득 아편을 마시고도 아직 걷고 있다니!"

그러나 사나이는 우리 쪽을 보지 않았다. 바깥 소리에 귀를 기울이더니 문 밖으로 걸어나갔다.

"이 자식!" 그는 소리쳤다. "또 찾아왔군! 개새끼! 좋아, 이번에야말로 해치우고 말 테다…… 지옥 밑바닥으로 밀어뜨리고 말 테다!"

혀가 잘 돌아가지 않는 그의 말은 무슨 소리인지 잘 알아들을 수가 없어지며 줄거리없는 욕설로 바뀌었다. 그는 문을 열고 밖으로 나갔다. 총소리가 울렸다. 우리는 총소리와 술취한 호통 소리로 그가 있는 곳을 알 수 있었다. 뭔가에 홀린 듯이 북쪽을 향해 가는 모양이었다. 우리는 서서 귀를 기울였다.

"강 쪽으로 가는군." 엉클 애브너가 말했다. "하느님의 뜻이야."

그때 멀리서 마지막 총소리가 울리고 울부짖듯 외치는 커다란 소리가 숲 속을 뒤흔들었다.

그날 밤 난로 옆에서 스톰은 우리에게, 자신이 눈을 피해 이리로 와서 데일이 술에 취해 크리스천 랜스의 망령(亡靈)과 싸우고 있는 것을 본 경위를 이야기해 주었다. 그가 데일의 이야기를 듣고 마약을 컵에 타서 먹이고 비밀을 지켜주겠다는 약속을 한 뒤 그를 집 안에 숨겨주었는데, 바로 그때 우리가 찾아왔다는 것이었다. 그러나 엉클 애브너가 의심하고 있는 것을 알자 그는 우리를 따돌리려고 연막을 쳤던 것이다.

그러나 그의 마음에 걸린 것은 마약이 듣지 않았다는 사실이었다.

"그건 말과 기사를 모두 다 잠들게 할 수 있을 정도의 양이었소——그 정도 마시면 말이오. 내일 밤 열 방울만 마시고 시험해 볼까?"

지푸라기 인형

6월 첫무렵 어느 날, 버지니아에서 있었던 일이다. 오후의 햇살이 큰 회칠한 기둥이 늘어선 재판소와 2층 건물인 술집 위를 따뜻하게 내리비치고 있었다. 저쪽으로 파란 들판이 펼쳐지고, 나무로 뒤덮인 낮은 언덕 저편에는 병풍을 둘러친 듯 산과 산이 높이 솟아 있었다.

순회재판 첫날이어서, 재판소에는 마을 사람들이 몰려와 있었다. 그리고 이날 오후 두 명의 사나이가 군청 소재지의 번화가를 가로질러 폭넓은 돌층계를 올라가 재판소 안으로 사라졌다.

무척 대조적인 두 사람이었다. 한 사람은 키가 작고 차츰 살이 쪄가는 중년으로 접어들기 시작한 나이였는데, 옷차림에 신경을 쓰는 모양으로 폭이 넓고 검은 넥타이를 매고 셔츠며 웃옷 등 조금도 빈틈이 없었다. 조각한 반지를 끼고, 몸시계의 작은 줄에는 도장끈이 매달려 있었다. 또 다른 한 사나이는 몸집이 크고 어깨폭이 넓으며 가슴이 두꺼운 색슨 사람으로, 비바람에 단련된 민족의 특징을 빠짐없이 갖추고 있었다. 군살 같은 건 조금도 없는 떡벌어진 체격이었다. 변두리에서 대제국의 건설에 힘쓰고 있는 사나이의 체구였다. 어딘가 크롬웰을 생각하게 하는 그런 얼굴로, 가만히 움직이지 않는 네모진 얼굴은 쇠로 만든 것처럼 보였으나, 맑은 회색 눈동자에는 툭 터진 한여름의 하늘을 연상케 하는 맑고 조용한 표정이 있었다. 옷차림은 수수하고 검소했으며, 상대를 위압하는 듯한 데가 있었다.

두 사람이 회칠한 기둥 사이를 지나 재판소 안으로 들어가자, 키가 큰 노인이 군주사의 방에서 나왔다. 이 사람도 버지니아에서 얼마든지 볼 수 있는 영국인의 한 사람이리라. 여위기는 했으나 몸의 균형이 잡혀서, 그 몸매에나 머리의 윤곽에 이렇다할 특징이 없는 사람이었다.

그러나 그 얼굴은 상대방의 마음에 새겨져 떠나지 않았다. 삶에 지쳐빠진 듯한 바닥을 알 수 없는 절망의 빛과 잔인한 용기가 뒤섞여 있었다. 굳세어보이는 굵은 턱이 내밀어졌으며 얼굴에는 깊은 주름이 새겨져 있고, 붉게 선을 두른 눈이 무표정하게 열려 있다. 마치 자연의 여신이 터무니없는 실수로 거기에 뚜껑을 만드는 것을 깜박 잊은 것처럼. 이 사나이는 소경이다. 두 사람은 노인에게로 다가갔다. 옷차림을 제대로 갖춘 사나이가 그 노인에게 말을 걸었다.

"안녕하십니까, 노스코트 무어 씨. 애브너 씨를 아시지요?"

노인은 곧 발길을 멈추고 가만히 그 자리에 섰다. 들고 있던 지팡이를 약간 움직이더니 높게 울리는 화난 목소리로 떠벌리기 시작했다.

"애브너 씨라고! 흥! 그자가 대체 무엇 때문에 이런 곳에 왔지?"

거드름을 피우는 작은 사나이는 노란 장갑을 낀 손으로 주먹을 불끈 쥐었으나, 목소리는 평정을 유지하고 있었다.

"이스트우드의 집을 조사해 달라고 내가 부탁한 거요."

"치안관 따위는 꺼져버려!" 하고 노인은 목소리를 높였다. "당신도 포함해서 말이오, 랜돌프 씨! 언제까지고 끝장을 보려들거든."

노인은 엉클 애브너에게는 눈도 돌리지 않았지만, 엉클 애브너는 태연하고 신기한 사나운 짐승이라도 관찰하듯 무례한 노인을 바라보고 있었다.

"적당히 하고 그만두는 게 어떻소, 랜돌프 씨?"

노인은 초조한 듯한 표정이었다.

"그 사건에 대해서는 벌써 잊어버렸소. 대체 누가 그런 데 신경을 쓴다는 거요? 손발을 못쓰는 늙은이가 죽었을 뿐이잖소! 벌써 옛날에 저세상으로 갔어야 하는데! 제 땅도 제대로 관리하지 못하는 주제에 나를 가까이 오지 못하게 했거든. 내가 한데서 거의 죽어가게 되었을 때, 그 녀석은 테이블과 벽에 몸을 의지하고 혼자 트럼프로 점을 치고 있었소. 아마도 검둥이가 돈이 탐나 그를 때려죽인 걸 거요. 그 검둥이를 잡아다 목을 매라고? 천만의 말씀! 나는 그 녀석들에게 관유지(官有地)의 매각증서라도 주고 싶을 정도요!"

그때 그 노인의 얼굴은 정말 볼 만했다.

"하지만 이 사건에는 아무래도 이상한 데가 있소. 말할 수 없이 이상한 데가……."

다시 노인은 가만히 서 있었다. 이윽고 입을 열자 지금까지보다 낮은 목소리로 말했다.

"그래, 당신은 새로운 단서라도 잡아서 애브너 씨를 설득시켰다는 말이오? 그럼, 다시 심리를 하겠다는 거로군?"

노인은 지팡이를 흔들흔들하면서 생각에 잠겨 있었다. 조금 지나서 초조한 빛이 어린 설득하는 말투로 이야기를 계속했다.

"어째서 잠들어 있는 아이를 깨우는 것 같은 짓들을 하는 거지요? 사람들은 벌써 이 사건을 잊어가고 있소. 그런데 또다시 법석을 떨려고 하니…… 언제까지 나를 귀찮게 할 작정이오?"

노인은 지팡이 끝으로 재판소의 마룻바닥을 쾅 두들겼다.

"버지니아에는 달리 사건이 없소? 언제까지고 이스트우드에만 매달려 있으니. 그런 건 아무래도 좋잖소, 누가 범인이든 말이오. 그런 일은 경찰에 맡겨두면 되는 거요. 버지니아가 필요로 하는 것은 용기있는 사람이오. 그런 늙은이는 얼마든지 있소. 젊었을 때 덩컨 무어는 바보였지. 나이먹은 뒤부터는 죽은 거나 마찬가지였소. 그만 적당히 해두시오, 랜돌프 씨."

노인은 몸을 홱 돌리더니 군주사의 방으로 되돌아갔다.

랜돌프는 버지니아 치안관이었다. 그는 돌아가는 노인의 뒷모습을 잠시 바라보고 있더니 이윽고 같이 온 사나이에게 말을 걸었다.

"저 사람은 덩컨 무어의 땅을 자기 이름으로 등기 이전하러 와 있는 거라네. 버지니아주의 생애권법(生涯權法)에 의해 그는 부동산권을 상속한 거지. 이 생애권법이란 제퍼슨 씨가 만든 상속법의 엄격한 규정을 완화하기 위해 제정되었다네. 이 법률에 의해 덩컨 무어가 조상들로부터 큰 저택을 포함한 재산 모두를 유증(遺贈)받았네. 덩컨 무어가 죽은 뒤에는 노스코트 무어가, 노스코트 무어가 죽은 뒤에는 에즈데일 무어가 상속받게 되어 있지. 공증인이 이 법률을 알고 있다면 21년 동안은 유효하네. 제퍼슨 씨는 한사(限嗣) 상속법을 완전히 무효로 한 것은 아니니까."

치안관은 잠시 말을 끊었다. 이윽고 그는 손가락 하나를 위로 향하며 덧붙였다.

"이상한 집안이야. 버지니아가 넓다고 하지만 저토록 이상한 집안은 없을 걸세. 모두 어딘가 결함이 있어. 죽은 덩컨 무어에게는 자식이 없었지. 그의 두 형제는 간질병으로 죽었고, 아까 그 노인은 죽은 형제 중 형의 아들인데, 날 때부터 장님이라네. 죽은 형제 중 동생의 아들인 에즈데일 무어는 변호사로——"

치안관의 이야기는 여기서 중단되었다. 집안이 좋은 영국인 식민자 (植民者) 특유의 엄숙하고 멋있는 차림을 한 햇볕에 그을린 작은 사나이가 많은 사람들 사이를 비집고 나와 치안관의 어깨를 툭 쳤기 때문이다.

"여, 랜돌프 씨 아닙니까?" 하고 사나이는 소리쳤다. "애브너 씨는 벌써 범인을 뒤쫓고 있겠지요?" 사나이는 엉클 애브너를 향해 정답게 머리를 숙여보였다. "술집에 가지 않겠습니까? 호메로스 식으로 말한다면, '당신의 멋진 이야기를 꼭 듣고 싶어서'말입니다."

그는 같은 변호사 친구에게 소리치기도 하고, 아는 사람에게 인사를 하는가 하면 농담을 던지기도 하며 앞장서서 나아갔다. 이처럼 상냥하게 행동하는 것이 성공한 사람이 취할 태도라고 생각하는 모양이다. 그는 지금 40살의 한창 나이였다.

그는 빠른 말투로 떠들어댔다.

"이렇게 심심해서야 견딜 수가 없군요, 랜돌프 씨. 오늘 아침부터 재미있는 일이라곤 아무것도 없답니다. 형평법 재판소의 듣기 지겨운 소송뿐이었거든요. 비가 오나 날이 개나 가만히 앉아 있지 않으면 안되다니…… 하긴 이것도 팔자로 타고난 일이지만."

그는 군인처럼 성큼성큼 위세있게 걸음을 옮겨놓았다.

"변호사란 직업은 아무 멋도 없답니다. 그만두고 싶어요, 랜돌프 씨. 사냥과 송어낚시를 하며 지낼 수 있었으면 합니다. 그런데 늘 이 모양이거든요!"

그는 커다랗게 두 팔을 벌려보였다.

이것은 그의 진정에서 나오는 말 같았다. 일에는 진심으로 흥미를 가지고 있지만, 변호사라는 직업은 그에게 게임 같은 것이었다. 현실성이 있는 게 아니었다. 이기기 위해서 하는 게임. 가축을 기르는 사람이 경주용 말을 만들어내기 위해 망아지를 고르듯이, 또는 영국의 명문(名門)들이 후계자로 만들기 위해 옥스퍼드에서 정예부대를 고르듯이, 깊이 생각한 끝에 그는 이 직업을 선택한 것이다. 법률 내용에도 버지니아 주의 시책에도 전혀 관심이 없었다. 태어난 뒤로 지금까지 내내 그의 마음을 사로잡고 있었던 것은 꿩사냥과 송어낚시였다. 거기에는 소송 같은 데서는 맛볼 수 없는 인생의 현실이 있는 것이다.

"이 세상에서 행운을 손에 넣으려면 어떻게 하면 좋지요, 애브너 씨?" 하고 그는 어깨 너머로 소리쳐 말했다. "그것을 손에 넣고 싶으니 말입니다. 결혼을 하든가, 범죄를 저지르든가 둘 중의 하나겠지요? 범죄를 저지르려면 상당한 용기가 필요한데, 변호사는 퇴폐적이라는 평판들이니…… 그리고 당신과 랜돌프 치안관이 눈을 번뜩이고 있어 좀처럼 범죄에는 손을 내밀 수가 없군요."

그는 지나가던 큰 사나이의 어깨를 탁 치며 "해리슨!" 하고 불렀다.

그리고 나서 다시 엉클 애브너를 향해 이야기를 계속했다.

"그렇다면 결혼은 누구와 할 것인가? 황금알을 낳는 거위를 가지고 있는 고아라도 알고 계십니까? 즐거움과 얼마쯤의 돈——목가적이잖습니까? 어떤 바보라도 그 정도는 알고 있을 겁니다. 파리의 문사(文士)들이 이런 말을 했지요——프랑스 농민들은 첫날밤에 한 손으로 신부를 끌어안고 다른 한 손으로는 지참금이 들어 있는 주머니를 뒤진다고요."

이윽고 그들은 술집 2층 베란다에 도착했다. 에즈데일 무어는 영국식으로 흑인 심부름꾼을 향해 차를 가지고 오라고 말했다.

그리고 그는 베란다 구석의 테이블을 지정하고, 세 사나이는 자리에 앉았다.

"그런데 랜돌프 씨" 하고 그는 말했다. "이스트우드에서는 뭔가 발견했습니까?"

"안타깝게도 새로운 사실을 거의 발견하지 못했소"라고 치안관은 대답했다. "증거 사실도 조금 불었을 뿐, 전과 거의 다름이 없소. 그러나 애브너는 이 증거 사실에서 어떤 재미있는 의견을 끌어낸 모양이오."

"애브너 씨라면 진범을 알아낼 수 있겠지요" 하고 변호사는 말했다. "그러니 나에게 화를 풀게 해주십시오. 성 아우구스티누스의 입버릇은 아니지만, 내가 한쪽 다리로 서 있는 동안 누가 우리 아저씨 덩컨 무어를 죽였는지 말해주십시오."

이때 은으로 만든 커다란 병과 무릎꿇은 모양의 이상한 자주색 소그림이 그려진 홍차잔을 얹은 쟁반을 들고 흑인 종업원이 다가왔다.

엉클 애브너는 찻잔을 내밀었다.

"그런 질문에 대답하려면 상당한 확신이 있어야겠지요."

엉클 애브너의 목소리는 아주 침착했다.

내민 찻잔에 차가 가득 따라지자 그는 그것을 테이블 위에 놓았다.

이윽고 엉클 애브너는 천천히 말을 계속했다.

"그런데 나는 아직 그다지 확신을 가질 수가 없습니다."

그는 각설탕을 한 개 가만히 찻잔에 넣었다.

"사실을 알고 있는 것은 만물을 창조하신 하느님뿐이오. 우리로서는 추리밖에 할 수가 없소. 눈 앞에 진실이 있어도 하느님이 아닌 우리에게는 그것이 보이지 않는 거요. 이것저것 모색한 끝에 겨우 진실에 도달하는 거지요."

"그러나 애브너 씨." 변호사는 말참견을 하며 의자에 앉은 채 몸을 꿈틀꿈틀 움직였다. "우리에게는 이성이라는 것이 있잖소. 하느님이 이성보다 더 훌륭한 것을 가지고 있다고는 생각되지 않는데요!"

"나는 그렇게 생각지 않소" 하고 엉클 애브너는 대답했다. "하느님이 이성과 같은 시시한 것에 의지한다고 생각할 수는 없소. 조금만 생각하면 알아낼 수 있으리라 생각되오만, 이성이란 인간 특유의 것이오. 하느님이 이성을 필요로 한다고는 만의 하나도 생각할 수 없소. 이성이란 진실을 모르는 인간이 한 걸음 한 걸음 진실로 다가가는 방법이오. 그것에 의해 우리는 진실을 찾아내게 되지요."

엉클 애브너는 잠시 말을 끊고 저쪽 멀리 산맥을 바라보았다.

"그렇소, 누가 이스트우드의 집에서 살인을 저질렀는가를 하느님은 알고 계십니다. 증거를 모아 이것저것 검토할 것도 없이. 그런데 랜돌프나 나로 말하면 어려운 문제를 받은 어린아이나 마찬가지요. 먼저 조각을 모조리 주워모은 다음 차분히 앉아서 하나하나 맞춰나가지 않으면 안되지요."

엉클 애브너는 찻잔으로 시선을 떨구었다. 그 얼굴은 꼼짝도 않고 생각에 잠겨 있는 것 같았다. 그는 말을 계속했다.

"알겠소? 언제나 조각이 하나도 빠짐 없이 갖춰졌다는 확신만 가질 수 있다면, 인간의 수수께끼 같은 건 이 세상에 있을 수 없지요. 모든 사건이 그보다 앞서 있었던 사건이나 또는 그 뒤에 일어날 사건들과 꼭 들어맞거든요. 조각만 완전히 갖춰져 있으면 우리가 진실을 모를 리 없소. 그런데 슬프게도 인간의 지혜는 믿을 것이 못되어 잘못 생각하기 쉬우며, 사건의 상관관계는 복잡하기 이를 데 없소."

"그럼, 당신은" 하고 에즈데일 무어가 말참견을 했다. "모든 점에서 진실과 부합되는 일련의 거짓증거를 범인이 만들어내지는 못한다고 생각하시는 모양이군요?"

"사람으로서는 불가능한 일이오" 하고 엉클 애브너는 대답했다.

"그렇게 하기 위해서는 거짓증거를 만들어내려는 사실에 앞선 모든 사태와 그것에 이어지는 모든 사건을 다 알고 있지 않으면 안되지요. 그러나 이것은 전지전능하신 하느님만이 아시는 일이오. 극히 한정된 정도라면 모르지만, 처음부터 끝까지 위증을 만들어낸다는 건 인간의 지혜로서는 도저히 불가능한 일이오."

"그럼, 변명할 수 없겠군요——사건이 지금까지 수수께끼에 싸여 있는 점에 대해?" 하고 변호사는 목소리를 높였다.

"아니, 변명은 할 수 있지요——거짓없는 변명은 결국 무능하다는 것이오"라고 엉클 애브너는 대답했다.

에즈데일 무어는 호탕하게 웃었다.

"명성이 높으신 애브너 씨와 랜돌프 치안관이 아무리 그렇게 말해도 도무지 믿어지지 않는데요."

"아니, 우리도 보통 사람과 다를 게 없소. 약간의 경험과, 범인의 습성에 대한 얼마쯤의 지식과, 대단찮은 관찰력——우리가 나은 점은 이것뿐이오. 만일 두 사람 몫의 능력을 가진 자가 태어났다면, 어떤 범죄자도 그의 눈을 피할 수 없겠지요."

"그런 사람이 있다면 우리의 무능함을 비웃겠지, 애브너?" 하고 치안관이 말했다.

"언제까지나 줄곧 비웃겠지."

엉클 애브너는 같은 말을 되받았다. 그는 이야기를 계속했다.

"그러나 그 사람에게 무엇보다 우스운 것은 너무나 서투른 범죄자들이오. 아무리 교묘하게 꾸며진 범죄라도 그 사람의 눈으로 보면 구멍투성이일 테니까요. 애써 만들어내봐야 주워붙인 것 투성이겠지. 그는 금방 범인의 정체를 꿰뚫어보게 될 거요."

엉클 애브너는 잠시 말을 끊었다.

"우리 인간 사회에서 다행한 것은, 그런 위장(僞裝)공작의 모순이 아주 눈에 두드러지게 보이기 때문에 누구라도 그것을 꿰뚫어볼 수 있다는 거요."

"윌리엄 러셀 경의 사건이 그 좋은 예겠구먼" 하고 치안관이 말참견을 했다. "하인이 주인을 살해하고, 그것을 자살로 보이도록 꾸몄던 것인데, 피해자가 목을 찌른 것으로 해두었던 칼을 깜박 잊고 가져갔기 때문에 범행이 드러나고 말았었지."

엉클 애브너가 대답했다.

"맞았네. 어떤 경우에도 그와 마찬가지로 모순되는 점이 발견된다고 생각하네. 면밀히 검토하기만 하면."

그는 에즈데일 무어 쪽을 보며 다시 말했다.

"약간의 관찰력을 활용해서 증거를 찾아내고, 약간의 상식을 응용해서 동기를 밝혀냄으로써 랜돌프와 나는 일들을 해결해 가고 있지."

그러자 변호사는 유도심문을 펴왔다.

"이스트우드에서 발견한 큰 모순점이라면?"

엉클 애브너는 이야기를 계속해도 좋을지 어떨지 허가를 얻으려는 듯 랜돌프의 얼굴을 살폈다. 치안관은 고개를 끄덕였다.

"그건 열쇠가 채워져 있지 않은 서류 책상이 부서지고 뚜껑이 열려 있었다는 점이오."

"하지만 애브너 씨" 하고 변호사는 말했다. "그 책상에 열쇠가 채워져 있지 않다는 것을 알고 있었던 사람이 나 말고 또 있을까요? 그 책상에는 언제나 열쇠를 채워두게 되어 있지요. 아저씨의 트럼프 따위가 들어 있을 뿐이었지만 말이오. 랜돌프 씨에게도 말했지만, 아저씨가 피살된 날 나는 그 책상을 열고 열쇠를 서랍에 들어 있는 잡동사니 서류 속에 넣었지요. 그런데 그 뒤 열쇠가 보이지 않아서 그대로 서랍을 채우지 않고 닫아두었던 겁니다. 그러나 이 사실을 알고 있었던 것은 나밖에 없습니다. 다른 사람들은 누구나 그 책상에 언제나처럼 열쇠가 채워져 있으리라 생각했겠지요."

엉클 애브너는 설명을 계속했다.

"그런데 그렇지 않았던 거요. 좀 생각해 보시오. 그날 밤 그 책상에 열쇠가 채워져 있다고 믿은 사람은, 매일 밤 그 책상에 열쇠가 채워져 있었다는 걸 알고 있었겠지요. 그날 밤 서랍이 닫혀 있으니까 열쇠가 채워져 있다고 생각한 사람은, 뚜껑이 닫혀 있을 때도 언제나 열쇠가 채워져 있었다는 것을 알고 있었겠지요. 뿐만아니라 범인은 이러한 습관을 잘 알고 있었기 때문에——그렇다고 확신하고 있었기 때문에——일부러 뚜껑을 열어 열쇠가 채워져 있나 확인해 보지도 않고 느닷없이 서랍을 부수어 연 거요.

그렇다면 도둑질을 하려고 집에 들어온 강도에게 덩컨 무어 씨가 피살되었다는 가정은 성립될 수가 없지요. 보통 도둑이라면 그런 습관 같은 걸 알 리가 없으니까요. 아마 열쇠가 채워져 있겠지 하는 생각은 했겠지만, 확실한 것은 몰랐을 거요. 그런데 열쇠가 채워져 있는지 어떤지는 서랍이 열리나 안 열리나 시험해 보기만 하면 되는 일이오. 아무리 둔한 범인이라도 그 정도의 지혜는 가지고 있겠지요."

"으음, 그렇군요!" 변호사는 자기도 모르게 테이블을 내리쳤다.

"어쩐지 그런 느낌이 들었습니다. 아저씨를 죽인 것은 도둑이 아닐지도 모른다고! 당국에서 조사하는 방법이 미흡하지 않은가 생각되어 랜돌프 치안관에게 부탁해서 당신보고 이스트우드의 집까지 조사하러 와달라고 했던 겁니다."

"대단히 황송하군요"라고 엉클 애브너는 대답했다. "아무튼 당신의 느낌은 옳았소. 이 사건에 대한 당신의 열성은 틀림없이 그 보답을 받을 겁니다. 그건 그렇고, 이건 좀 본 문제에서 벗어날지도 모르지만, 실은 당신 의견에 대단히 흥미를 갖게 되어서 말인데, 당신이 지금까지의 수사에 만족하지 못하고 보다 자세한 조사를 요구할 생각이 든 것은 어떤 이유에서지요?"

"애브너 씨, 그건 어려운 질문인데요." 에즈데일 무어는 대답했다. "육감이라고나 할까요, 어딘지 모르게 그런 기분이 든 겁니다. 그렇게밖에는 설명할 방법이 없군요."

엉클 애브너는 말을 계속했다.

"나는 언젠가 예감에 관한 이론을 조사해 본 일이 있는데 두 가지 결론 중 하나에 귀착될 수밖에 없다고 생각하오. 예감이란 즉 우리로서는 아무 확증을 가지지 못한 개인의 외부에서 생기는 것이거나, 아니면 그 상호관계가 그때로서는 잘 알 수 없는 어떤 지식에 바탕을 둔 것이거나 둘 중의 하나라는 거요. 육감이니 예감이니 영감이니 하는 것은 아직 형체를 이루지 못한 결론에 의해 던져진 그림자와 같은 것이라고 말할 수 있지요.

무의식이나 잠재의식의 심리작용에 의해 인상(印象)이 나타납니다. 우리는 이러한 인상이 하늘에서 내려왔다고 생각하고 있지만──실은 눈 앞의 수수께끼를 해결하기 위해 의식적으로, 그리고 열심히 노력하면 도달할 수 있을 합리적인 결론이 잠깐 나타난 데 지나지 않는 거요."

엉클 애브너는 차를 한 모금 마시고 나서 조용히 찻잔을 테이블에 놓았다.

"그 예감을 낳게 한 심리작용을 좀더 밀고나갔다면 아마 당신은 이 사건의 수수께끼를 풀었을지도 모르오. 그런데 어째서 당신의 추론(推論)은 의식 아래에 멈춰버렸을까요?"

"그건 심리학적인 문제겠지요"라고 변호사는 대답했다.

"모든 것이 심리학적인 문제가 아닐까요?" 하고 엉클 애브너는 말을 계속했다. "사람은 사실을 고스란히 심리학자에게 가져가 판단을 부탁하겠지요, 잠깐만 생각해 보지 않겠습니까? 인간의 소박한 감정——예를 들어 공포심이나 그런 것을——은 그 초기 단계에서는 항상 잠재의식적인 것, 말하자면 직관적인 것이 아닐까요? 따라서 우리는 하루에도 몇 번이나 자신은 전혀 의식하지 못하는 위험으로부터 몸을 피하고 있는 게 아닐까요? 그러나 우리는 그러한 위험으로 뛰어드는 일도 없고, 그것이 있다는 사실도 모르고 지나갑니다. 또한 사람의 마음이란 어떤 심리작용에 의해 직관적으로 위험을 느끼게 되면 더 이상 앞으로 나가지 않는 것이 아닐까요?"

변호사는 어이가 없는 듯이 엉클 애브너를 바라보았다.

"애브너 씨, 당신은 이 사건에 대한 나의 활동을 잊고 계시군요, 랜돌프 씨에게 이 사건의 조사를 계속해 주도록 부탁한 것은 바로 나입니다. 그런 내가 대체 어떤 직관적인 공포에 사로잡혔다는 말입니까?"

"랜돌프와 내가 직관적으로 느낀 것과 같은 공포지요."

에즈데일 무어는 엉클 애브너의 얼굴을 뚫어지게 바라보았다.

"어떤 공포인데요?"

"이러한 추론에 의해 유도되는 결과에 대한 공포."

엉클 애브너는 의자를 약간 테이블 쪽으로 끌어붙였다. 그는 목소리를 낮추어 설명을 계속했다.

"만일 도둑질을 목적으로 몰래 들어온 도둑이 이 범죄를 저질렀다는 가설(假說)이 받아들여지지 않는다면, 다음은 어떤 것을 생각할 수 있겠소? 그 서류 책상을 부수어서 연 자는 늘 열쇠가 채워져 있다는 것을 알고 있었던 사람일 수밖에 없소. 그렇다면 그 사실을 훤히 알고 있었던 것은 누구인가? 덩컨 무어 노인의 집안 사람으로밖에는 생각되지 않소."

변호사는 심상치 않은 표정으로 몸을 앞으로 내밀더니 테이블에 오른쪽 팔꿈치를 짚고 턱을 괴었다. 그리고 다른 쪽 손으로 주머니에서 담뱃갑을 꺼내 봉한 것을 뜯기 시작했다. 그 무렵의 고급 담배였다.

"이스트우드 집의 하인일까요?"

엉클 애브너가 잠시 말을 그치자 랜돌프 치안관이 끼어들었다.

"그 참극이 벌어진 날 밤 그 집의 흑인들은 모두 이웃집에서 열린 하인들의 무도회에 참석했네. 갈 때도 돌아올 때도 모두 함께였다고 하더군. 그들이 떠날 때만 해도 덩컨 무어 노인은 기운차게 살아 있었는데, 돌아와보니 죽어 있었다는 거야."

엉클 애브너가 랜돌프의 말을 가로막았다.

"그런데 말일세, 랜돌프, 그런 우연한 일은 그만두고라도──그것만으로도 무죄를 위한 결정적인 증거가 되지만, 별로 흔치 않은 우연으로 생각되니까──우리의 추리에 따르면 이스트우드 집의 하인들 가운데 범인이 있다고 생각할 수는 없네.

제정신을 가진 사람이라면 아무 동기도 없이 폭력범죄를 저지를 까닭이 없거든. 이익 말고는 사용인에게 동기가 있을 리 없는데, 덩컨 무어 노인이 죽는다 해도 그들에게는 아무 이익이 돌아가지 않네. 서류 책상 속을 노렸다고 생각할 수도 있겠지만, 그 책상에 열쇠가 채워져 있다는 것을 알 정도라면 그 속에 돈이 될 만한 물건이 하나도 없다는 것도 잘 알고 있었을 걸세."

엉클 애브너는 잠시 말을 끊고 찻잔 손잡이를 쥐었다.

"그럼, 남는 것은 두 사람인데……."

변호사는 만지작거리고 있던 담뱃갑 뚜껑을 들어, 애브너와 랜돌프 쪽으로 내밀었다. 그리고 자기도 한 개비 뽑아 불을 붙인 다음 테이블 너머로 엉클 애브너의 얼굴을 물끄러미 바라보았다.

"그 두 사람이란 즉 노스코트 무어와 나를 말하는 거겠지요?" 하고 변호사는 가라앉은 목소리로 말했다. "그래, 어느 쪽이란 말씀입니까?"

엉클 애브너는 조금도 움직이지 않았다.

"아무래도 도둑의 범행인 것처럼 꾸며보인 듯한 흔적이 있소. 우선 북쪽채의 꼬불꼬불한 긴 복도 끝의 창문이 하나 열려 있었소. 그 복도는 덩컨 무어 노인이 피살된 남쪽채의 방으로 통해 있는데, 누군가가 그 복도를 지나간 흔적이 있소. 처음으로 현장 검증이 행해졌을 때 당신이 랜돌프에게 지적했듯이, 복도의 꼬부라지는 모서리와 귀퉁이 벽에 손가락 자국이 묻어 있었으니까요. 그런 손가락 자국이 복도 동쪽의 먼지낀 벽에도 역시 뚜렷이 나 있었는데, 서쪽 벽에 나 있는 손가락 자국에는 피가 묻어 있었소. 덩컨 무어 노인의 방에 가까운 곳에는 뚜렷하게——멀어질수록 엷어지기는 했었지만.

벽에 남아 있는 이 흔적들은 범인이 긴 복도를 왔다갔다했다는 것을 보여주고 있소. 그러나 범인은 열려 있던 창문으로 숨어들어온 게 아니오. 그 창문은 들창문으로, 창틀이 딱딱한 시멘트인데다 먼지로 덮여 있었소. 먼지가 떨어져 있는 것은 안쪽뿐이었소. 게다가 억지로 비틀어 연 듯한 흔적이 창틀 안쪽에 뚜렷이 남아 있었소."

엉클 애브너는 말을 끊고 잠시 동안 잠자코 있었다.

"이 건너다니는 복도는 평소 쓰이고 있는, 이스트우드 집의 북쪽채와 남쪽채를 연결하는 유일한 통로요. 덩컨 무어 노인은 남쪽채를 혼자 차지하고 있었소. 그리고 사건이 일어난 날 밤, 북쪽채에 있었던 이는 노스코트 무어 씨와 당신뿐이오. 두 사람 다 그 복도에 대해서는 잘 알고 있었을 거요——그 집에 살고 있고 늘 그 복도를 쓰고 있었을 테니까요!"

엉클 애브너는 말을 끊고 에즈데일 무어를 바라보았다.

"이야기를 계속해도 좋겠소?"

"네, 부디!" 하고 변호사는 대답했다.

엉클 애브너는 굵고 가라앉은 목소리로 이야기를 계속했다.

"그러면 어째서 랜돌프와 내가 이 추론의 결과에 직관적인 공포감을 품게 되었는지, 그것을 설명해 주겠소. 그리고 어째서 당신의 잠재의식적인 결론이 언제까지나 예감의 테두리를 벗어나지 못하는가 하는 것도."

"버지니아 법률은 사람을 차별하지 않소." 이때 랜돌프 치안관이 말참견을 했다. "비록 주지사라 할지라도 살인을 저질렀다면 교수형을 면할 수 없지."

"그야 물론이지요." 변호사는 말했다. "계속해 주시오, 애브너 씨."

엉클 애브너는 의자에 앉은 채 몸을 조금 움직였다.

"덩컨 무어 노인이 살해된 다음 대저택과 넓은 땅을 상속받는 것은 노스코트 무어요. 에즈데일 무어 씨가 유산을 차지하려면 덩컨 무어 노인과 현소유자를 죽은 사람으로 만들지 않으면 안되지요. 그런데 살해된 것은 덩컨 무어 노인뿐이오. 이 범죄행위에 의해 이익을 얻는 것은 누구일까요? 에즈데일 무어 씨일까요, 아니면 노스코트 무어 씨일까요?

중요한 점이 또 한 가지 있소. 에즈데일 무어 씨는 그날 밤 서류책상에 열쇠가 채워져 있지 않다는 사실을 알고 있었소. 그런데 노스코트 무어 씨는 몰랐소. 그렇다면 도둑의 범행으로 보이기 위해 책상을 부순 것은 어느 쪽일까요?

그리고 마지막 문제인데, 손으로 더듬어서 복도를 왔다갔다하며 벽 모서리에 손자국을 남긴 것은 누구일까요? 눈뜬 사람일까요, 아니면 장님일까요?"

엉클 애브너는 이야기를 끝내고 깊숙이 의자에 기대었다.

변호사는 몸을 앞으로 내밀고 두 팔을 테이블 위에 내던지며 랜돌프와 엉클 애브너 두 사람을 향해 말했다.

"이거 놀랐는데요! 당신들은 버지니아의 일류 명사를 고발하겠다는 거요?"

"법 아래에 서면 모든 사람은 평등하오"라고 랜돌프 치안관이 말했다.

변호사는 보다 생각이 깊은 사람에게 호소하려는 듯이 애브너 쪽으로 얼굴을 돌렸다.

"당신이 추론을 진행하고 있는 한 나로서는 끝까지 듣지 않고는 마음이 가라앉지 않았소. 나 자신도 혐의의 대상에 포함되어 있었으니까 말이오. 조마조마했지만 끝까지 듣지 않을 수 없었소. 제발 생각을 달리해주시오. 노스코트 무어 씨는 대대로 내려오는 명문 출신입니다. 나이를 먹은데다 장님입니다. 어떻게 구제해 줄 수 없겠습니까?"

"절대로 안되오" 하고 랜돌프 치안관은 명확하게 잘라 말했다.

엉클 애브너가 가면 같은 무표정한 얼굴을 들고 말했다.

"구해줄 수 있을지도 모르지."

테이블을 사이에 두고 애브너와 마주보고 있던 두 사람은 깜짝 놀란 듯이 몸을 움직였다.

"뭐라고!" 치안관이 외쳤다.

"여기는 버지니아일세. 절대로 안되네!"

그러나 치안관보다 더 놀란 것은 변호사 쪽이었다. 몸 하나 까딱하지 않았지만, 그 얼굴은 마술에라도 걸린 것처럼 갑자기 경련을 일으켰다.

술집에는 이미 사람 그림자가 없었다. 모두 재판소로 돌아간 것이다. 남아 있는 것은 세 사람뿐이었다. 주위는 이상하게 고요해져서, 이따금 마을에서 나는 소리와 먼 곳을 마구 날아다니는 벌레의 날개소리가 들려올 뿐이었다. 에즈데일 무어는 베란다 옆으로 북쪽을 향해 앉아 있었다. 애브너는 그 맞은쪽, 랜돌프는 재판소가 있는 동쪽을 바라보고 앉아 있었다. 엉클 애브너는 당장 이야기를 계속하려고 하지 않고 테이블 위에 놓여 있는 담배로 손을 내밀었다. 변호사는 자신도 모르게 치안관 쪽으로 가까운 손을 내밀어 담뱃갑을 집어들고 뚜껑을 열었다. 엉클 애브너는 한 개비를 뽑아들었으나 불을 붙이려고 하지는 않았다. 이윽고 그는 말을 꺼냈다.

"처음에 법률을 만든 사람들은 지능범을 취급할 경우에 빠지기 쉬운 추리의 맹점을 지적하여 우리에게 경고해 주고 있소. 즉 보통 범인은 자신의 정체를 숨기려고 할 뿐이지만, 그보다 뛰어난 범인은 다른 사람에게 혐의가 돌아가게 꾸미는 거요. 그런데 일급범죄자일 경우 흔히 교묘한 속임수를 시도해 보지요——이중의 의도를 가지고.

보통 범인은 증거를 일체 남기지 않으려고 합니다. 이보다 조금 뛰어난 범인은 자기 집 문 앞에 지푸라기 인형을 세워두어 당국의 눈을 속이려고 합니다. 그런데 일급범죄자는 남의 집 문 앞에 지푸라기 인형을 세워놓지요. 그러면 그 집에 있는 사람이 당국에 붙잡히겠지 생각하고 말이오. 그런데——"

엉클 애브너는 잠깐 말을 끊었다.

"이러한 방향에서 다시 생각을 해보면, 지금까지 우리가 전개해 온 추리는 마지막 부분의 설명이 조금 불충분하지 않았을까 싶소. 만일 노스코트 무어 씨가 살인죄로 교수형을 당하면 에즈데일 무어 씨가 대저택과 넓은 땅을 물려받게 됩니다. 따라서 그로서는 노스코트 무어 씨의 사형을 바랄 충분한 동기가 있는 셈이지요. 노스코트 무어 씨에게 덩컨 무어 노인을 죽일 충분한 동기가 있었던 것과 마찬가지로.

그리고 다른 사람에게 혐의가 돌려지도록 지푸라기 인형을 세워 둔 것이라면, 분명히 열쇠가 채워져 있지 않은 서류 책상을 부수고 열었다 해도 전혀 모순점은 없을 것이오. 좀 지나치게 눈에 뜨이는 무언가가 있긴 하지만 말이오. 그건 그렇고, 이번에는 세 번째 추리인데——"

엉클 애브너는 회색 눈을 가늘게 떴다.

"여기에 날 때부터 장님인 사람과 그렇지 않은 사람이 있소. 두 사람 모두 매일 복도를 지나다녔다면, 밤의 어둠 속에서 한 발자국 한 발자국 벽을 따라 손을 더듬으면서 나아갈 사람은 어느 쪽이겠소? 눈이 밝은 사람이겠소, 아니면 장님 쪽이겠소?"

치안관은 깜짝 놀라며 주먹으로 테이블을 내리쳤다.

"으음, 그렇군! 장님 쪽은 아니지! 장님에게 복도는 언제나 깜깜하니까!"

변호사는 몸 하나 까딱하지 않았으나, 보기흉하게 일그러진 그 얼굴에서 땀이 번져나와 있었다. 치안관이 그 쪽으로 빙글 몸을 돌리자, 애브너가 손을 들어 그를 제지했다.

"잠깐만, 랜돌프. 인간의 육체란 이상한 구조를 가지고 있다네. 즉 두 가지 면이 있지. 비슷한 구조를 가지고 있는 두 가지가 몸 한가운데에 붙어 있다네——아침해를 바라보았을 때 남쪽으로 향하는 쪽이 오른쪽, 북쪽을 향하는 쪽이 왼쪽이 되는 셈이지. 그러나 이 두 가지가 똑같지는 않아. 어느 쪽이든 한쪽이 주도권을 쥐고 그 사람을 지배하고 있네. 그리고 어려운 문제에 맞닥뜨렸을 경우, 그것을 상대하는 것은 주도권을 잡고 있는 쪽일세.

따라서 죽일 생각을 굳히고, 소리를 내지 않으리라, 넘어지지 않으리라, 돌아가는 모서리에 부딪치지 않으리라 마음먹은 사람은 본능적으로 잘쓰는 손으로 더듬으면서 벽을 따라나갔을 걸세. 그 복도는 남북으로 통해 있는데, 피가 묻은 손가락자국은 모두 복도 서쪽 벽에 나 있었지. 그리고 먼지에 박힌 손가락 자국은 동쪽 벽에 나 있었네. 따라서 범인은 동쪽 벽을 따라 범행 현장으로 갔다가 피투성이가 되어 서쪽 벽을 따라 돌아온 걸세. 그렇다면——"

엉클 애브너는 갑자기 목소리를 높였다.

"범인은 언제나 왼쪽 벽을 따라 걷고 있었던 셈이네. 어째서였을까?"

애브너는 자리에서 일어났다. 그 목소리는 우렁차고, 그 손가락은 궁지에 몰려 땀을 흘리고 있는 사나이 쪽을 가리키고 있었다.

"그것은 즉 주도권을 쥐고 있는 것이 왼쪽——범인은 왼손잡이기 때문이라네! 그리고 당신은——나는 아까부터 줄곧 당신을 관찰하고 있었는데——"

눌려 있던 에너지가 폭발한 것처럼 에즈데일 무어가 분노를 터뜨렸다.

"거짓말이다!"

그는 부르짖으며 주먹을 불끈 쥔 왼손으로 엉클 애브너를 향해 덤벼들었다.

하느님의 섭리

　지옥의 밑바닥 같은 캄캄한 밤이었다. 비가 쉴새없이 쏟아졌다. 이따금 돌풍이 덧문을 뒤흔들고, 조지 3세의 초상화가 그려져 있는 선술집 간판——머스 총탄에 맞아 초상화의 눈은 다 타버렸지만——이 삐걱삐걱 소리를 내고 있었다.

　그 선술집은 오하이오 강 기슭에 있었다. 눈 아래로는 강이 흐르고, 그 가운데 길고 평평한 섬이 가로놓여 있었다——저 불운한 블레너하세트가 봉토(封土)로 받은 섬이다. 홍수가 섬을 뒤덮어 온 지역을 휩쓸어버렸다——사나운 황토색 물줄기가 목초지를 에워싸고 숲 가장자리를 할퀴고 있었다.

　선술집 안의 광경은 이것과 퍽 대조적이었다. 웃음 소리와 잡담과 노랫소리로 터질 듯한 대소동이었다. 뉴올리언스의 엘도라도 호(號) 선원들이 이 선술집 객실에서 술자리를 벌이고 있는 것이다. 이 객실은 일반에게 개방된 방이었다. 이 방 맞은쪽에 있는 강을 면한 방은 상류인사들이 드나드는 객실로서, 바닥은 모래로 매끈하게 손질되어 있고 마호가니로 겉을 붙인 장롱과 반들반들한 장작 놓는 대 등 고급 여인숙처럼 보여지는 물건들이 놓여 있었다.

이 방의 테이블 앞에 한 사나이가 앉아 맞은편의 법석 같은 것은 마음에도 두지 않는 듯 조그마한 책을 읽고 있었다. 놋쇠로 만든 두 개의 목이 긴 촛대 사이에 팔꿈치를 짚고 테이블을 덮어누르듯이 하여 페이지를 넘기고 있었다. 옷차림이며 태도가 신사다워 보였다——고급 천으로 만든 웃옷, 멋있는 넥타이, 수입품인 와이셔츠, 탁자 위에는 그즈음 유행하는 실크해트가 놓여 있고, 방 한쪽 구석 떨어진 나무 장작 옆에는 은으로 만든 자물쇠가 달린 여행가방이 가죽끈으로 묶여 있었다. 여행을 떠나는 모양이다. 40살 가까이 된 남자로, 이목구비가 뚜렷한 잘생긴 얼굴이었다——올리브 빛깔의 살결, 보기 드물게 크고 푸른 눈, 그 위의 짙은 눈썹.

이따금 사나이는 일어나 창가로 가서 밖을 내다보았으나, 아무것도 보이지 않았다. 줄곧 비가 내리고 바람이 불어닥치고 있었기 때문이다. 사나이는 뭔가 마음이 놓이지 않는 듯한 태도였다. 창문 아래턱을 손가락으로 톡톡 두들기고 나서 여행가방을 흘끗 바라보더니 쇠기름으로 만든 초가 타고 있는 큰 촛대 사이의 의자로 돌아갔다.

마침 이 집 주인이 지시를 받으려는 듯이 문에서 들여다보았다. 이런 방해를 받자 사나이는 몸이 달아 소리쳤다.

"줄곧 거기에 서 있는 거요?"

"여러분에게 럼 술을 낼까요?" 하고 주인이 물었다.

"그만두시오" 하고 사나이는 대답했다. "외국산 술값 같은 건 치르고 싶지 않으니."

"하지만 모두들 원하고 있는데……."

"모두들 원한다고?" 사나이는 작은 책에서 눈을 들고 의미있는 말투로 물었다.

"하지만 나는 원하지 않소, 캐스트 씨."

조용한 목소리였지만 '캐스트 씨'라는 부분을 익살스럽게 힘주어 발음했다. 비단결 같은 입수염 아래 느긋한 표정의 윗입술이 기분나쁘게 들려져 있어 이가 내다보였다.

사나이가 작은 책자로 눈길을 돌리는 순간 다시 문이 열렸다. 그는 표범처럼 재빨리 몸을 돌렸다. 문 앞에 선 남자의 모습을 보더니 공손하게 일어났다.

"하루 일찍 오시지 않았습니까, 애브너 씨? 버지니아의 짐마차가 소금과 쇠를 가지러 온 건가요?"

"내일 올 겁니다" 하고 엉클 애브너는 대답했다. "비로 길이 패어져서 말이오."

사나이는 엉클 애브너의 얼굴을 바라보고 진흙이 튄 모자와 외투를 살펴보았다.

"어떻게 오셨습니까?" 하고 사나이는 물었다.

"강을 따라왔지요. 당신이 엘도라도 호 안에 계시지 않을까 싶어서 말이오."

"엘도라도 호 안에?" 사나이는 자기도 모르게 목소리를 높였다. "이런 밤에 말입니까? 조지 3세 선술집에서는 불이 벌겋게 타오르고, 그 지하실에서는 술통이 마구 구르고 있는데요!"

엉클 애브너는 방으로 들어와 문을 닫고, 외투와 모자를 벗은 다음 난로 옆에 앉았다.

"배 안에는 아무도 없는 모양이더군요" 하고 그는 말했다.

"검둥이까지 한 사람 남기지 않고 데리고 왔지요" 하고 사나이는 말했다. "승무원에게 술집의 즐거움을 금할 수는 없는 일이어서 말입니다."

엉클 애브너는 타닥타닥 소리내며 타오르는 장작불에 손을 쬐며 몸을 녹였다.

"이해심이 많은 건 훌륭한 일이지만, 버드 씨" 하고 그는 천천히 말했다. "짐을 맡긴 사람이나 당신 배의 보험을 맡고 있는 회사는 어떻게 되지요?"

"배의 짐은 벤튼 씨의 창고에 넣어두었답니다, 애브너 씨. 당신들의 짐마차에 실을 수 있도록 말입니다. 그리고 배는 항구에 대어 있으니까, 유목(流木)에 부딪칠 염려가 없습니다."

사나이는 말을 끊고 잘생긴 턱을 문질렀다. 이윽고 사나이는 다시 입을 열었다.

"포트 피트에서 여기까지의 배여행은 정말 힘들었지요, 몇 마일이나 탁류가 소용돌이쳐서 말입니다. 즐거운 여행이 못되었답니다, 애브너 씨. 통나무가 마구 떠내려오고, 강기슭으로 가까이 다가가면 개척자들이 우리를 향해 총을 쏘아대는 겁니다. 앞뒤가리지 않는 무법자들이더군요, 당신네 개척자들이란!"

"배를 내팽개쳐두어 선실(船室)로 물이 들게 하는 선장보다 더 앞뒤가리지 않는다고 생각하시오, 버드 씨?"

"강은 증기선의 공도(公道)입니다" 하고 사나이는 대꾸했다.

"오두막집은 개척자들의 고향집입니다." 엉클 애브너가 대답했다.

"이 집은 궁전이고, 이 습지는 헤스페리스의 정원, 그리고 당신들 개척자는 황금산의 임금님이 아닐까요? 우리 배의 굴뚝은 탄환자국투성이입니다."

엉클 애브너는 난로 옆에서 깊은 생각에 잠겼다.

"이건 강을 둘러싼 전쟁이 되겠지요, 폭행과 살인이 행해질지도 모르오."

"전쟁이라고요?"

사나이는 같은 말을 되받았다.

"그런 건 생각해 본 적도 없는 일이었는데, 조금 전에 최후통첩을 받았습니다. 오늘 밤 우리가 이리로 찾아들자 덩치 큰 개척자가 카누를 타고 나타나서 한바탕 연설을 늘어놓았지요. 그 내용은 잊어버렸지만, 강을 내려가 개척지 하류로 가지 않으면 나를 산 채로 화장시키고 배를 악마에게 보내버리겠다나요?

그는 다시 말을 끊고 또 이상한 몸짓으로 턱을 문질렀다.

"그자가 그런 소리만 하지 않았다면 우리는 돌아갔을 겁니다. 그러나 마구 위협을 했기 때문에 나는 그대로 밀고나갔습니다. 그 녀석은 물 속으로 내던져졌습니다. 카누가 뒤집혔던 겁니다. 참나무로 만든 사람이 아닌 한, 그런 말을 한 장본인이 악마에게 쫓겨나고 말았겠지요."

"그자가 당신들에게 어떤 손상을 주었던가요?" 하고 엉클 애브너가 물었다.

"이쪽은 아무 손상도 입지 않았습니다. 선실이 몇 개 흔들거렸지만, 부서진 건 하나도 없습니다. 다른 지원부대가 없을까 하고 살펴보았더니, 애브너 씨, 창문으로 라이플총이 내밀어져 있는 곳이 여러 군데 있었지요. 강을 내려가려면 6파운드 대포를 싣지 않으면 안되겠더군요."

"그렇다면 강을 항해하는 것은 그만두게 되겠군요?" 하고 엉클 애브너가 말했다.

"비참한 일입니다" 하고 사나이는 말했다. "요즈음 북부 미국인을 상대로 장사해서 한밑천 잡으려면 자기 배로 움직이지 않으면 안됩니다. 고용된 선장은 뇌물에 넘어가기 쉽기 때문이지요. 그렇다고 뭐 금화를 쥐어주는 게 아니라 가게 주인의 융숭한 대접을 받는 일이지만 말입니다. 당신들 북부 사람들은 사람 보는 눈이 없더군요. 애브너씨. 단돈 몇 푼 쥐어주면 눈이 어두워지고 말거든요. 선장이 북부 미국인 집에서 대접을 받게 되면 뱃짐은 공짜로 팔리고 맙니다. 뉴올리언스에서 편안히 앉아 오하이오 강에서 장사할 수는 없는 겁니다."

"그럼, 뉴올리언스에서는 편안히 살 수가 있다는 말이오?" 하고 엉클 애브너가 물었다.

"천만에요!" 하고 사나이는 대답했다. "그러나 뉴올리언스만이 세계는 아니거든요. 세계라면 피커딜리요. 그곳에서는 신사끼리 서로 교제할 수 있고 세상일에 대해서도 상당히 알게 되지요. 베니스의 댄서나 귀부인이나 여느 장사꾼같이 잔돈푼이 아니라 큰돈을 버는 사람들을 말이오."

버드는 일어나 또 창가로 갔다. 비도 돌풍도 계속되고 있었다. 그의 불안은 한층 더 커진 것 같았다. 엉클 애브너는 일어서서 유목나무가 타는 난로불에 등을 돌리고 불에 손을 쬐었다. 그리고 흘끗 버드를 보고 나서 테이블 위의 작은 책자를 바라보았다. 입 언저리의 근육이 당겨붙으며 익살스러운 미소가 떠올랐다.

"버드 씨, 무얼 읽고 계신가요?"

사나이는 테이블로 돌아와 앉더니 보기좋게 다리를 꼬았다.

"밀이라는 영국 사람이 쓴 수필입니다" 하고 사나이는 대답했다. "벤저민 프랭클린이 필라델피아에서 시작한 인쇄소에서 번각(飜刻)된 거지요. 벤저민 프랭클린에 관한 한 나는 페어팩스 경의 의견에 동의합니다——'코를 들 수 없는 격언(格言) 버릇! 뉴잉글랜드의 구린내가 물씬 풍긴다'고 했지요. 그러나 그의 인쇄소에서는 가치있는 영국 책을 내는 일이 있지요."

"이 영국 책이 어째서 가치가 있다는 겁니까?" 하고 엉클 애브너는 물었다.

"결론적으로 말해서 신사의 가장 흥미있는 악덕을 정당화하고 있기 때문입니다, 애브너 씨. 밀은 이렇게 말하고 있지요——'우연이란 우리의 모든 지식의 끝에만 있는 것이 아니라, 모든 선결조건의 처음에도 있는 것이다'라고 말입니다. 우리는 우연으로 시작해서 우연으로 끝나는 겁니다, 애브너 씨. 따라서 모든 철학의 토대는 우연이며, 그 서까래도 지붕도 우연으로 성립되어 있는 겁니다."

"그럼, 하느님의 섭리라든가 하는 것은 그 명수필에 나오지 않는 게로군요?" 엉클 애브너가 말했다.

이블링 버드는 웃으며 대답했다.

"네, 그렇습니다. 이 세상의 사건들은 우연히 일어나지요. 이 우연이 당신이 말하는 하느님의 보좌역은 아닙니다. 그것은 모든 사람에게 차별없이 적용되는 겁니다. 파멸시키려는 악당도 없거니와 구제하려고 기도하는 착한 목사도 없습니다. 사람이 자기의 지력(知力)이 미치는 범위 안에서 계획을 세우면, 이 우연한 것이 찾아와서 사람을 돕기도 하고 해를 끼치기도 합니다. 그 사람의 품행과는 상관이 없고 하느님의 섭리라는 것도 없습니다."

"그러면 하느님의 존재 같은 건 아예 생각지도 않는 모양이지요?"

"물론입니다, 애브너 씨. 이 세상 자연의 구조에 하느님이 개입할 여지가 있을까요? 성경에서는 가볍게 여겨지고 있는 인간의 지력으로도 하느님의 상벌에 대한 생각 같은 것은 쉽게 뒤집을 수가 있습니다. 이 세상을 지배하고 있는 것은 선(善)이 아니라 지혜입니다, 애브너 씨. 자신의 계획을 올바르게 판단하고 신중하게 일을 처리하는 사람이 계획을 성공적으로 이끌지요. 하루하루 인간의 선견지명이 하느님을 앞지르고 있는 겁니다."

엉클 애브너는 젖은 넥타이 위의 턱을 쳐들었다. 그리고 창 밖의 어둠을 바라보고 서서, 테이블 옆 의자에 앉아 있는 세련되고 단정한 신사를 내려다보았다. 이어서 한쪽 구석에 놓여 있는 가죽끈으로 묶은 여행가방을 바라보았다. 그러더니 굳어진 아래턱이 앞으로 내밀어졌다. 뭔가 중대한 문제를 꺼내려 하고 있다는 것이 그 얼굴과 태도에 엿보였다. 이때 갑자기 맞은편 방에서 누군가를 꾸짖는 높은 목소리와 무엇이 서로 맞부딪치는 소리와 상스러운 욕설이 들려왔다.

엉클 애브너는 그 방 쪽으로 한쪽 팔을 뻗으며 말했다.

"신사의 악덕이라는 건가요, 버드 씨?"

사나이는 보석반지 낀 손을 내밀어 촛불의 심지를 끊었다.

버드는 한 치의 틈도 없는 소맷부리에 살짝 묻은 그을음을 손으로 퉁겨 털었다. 이어서 흐트러진 몸짓을 하며 말했다.

"저 녀석들은 뉴올리언스의 쓰레기들입니다. 저 녀석들 손에 오르면 무엇이든 평판이 나빠집니다. 저런 녀석들은 이론의 뒷받침이 될 수 없지요. 도박은 신사의 기분전환이랍니다, 애브너 씨. 우연에 의해서 결정되는 것이니까요. 모든 장사와 마찬가지로. 런던의 주교(主敎) 역시 도박이 어떤 점에서 부도덕한 것인지 지적할 수 없었답니다."

"그렇다면 런던 주교의 머리가 어느 정도인지 뻔하군요." 엉클 애브너가 말했다.

"뉴올리언스의 카페에서 그것이 문제가 된 적이 있었지만, 이해될 만한 반론은 나오지 못했지요"라고 버드는 대답했다.

"나는 반론할 수 있을 것 같은데요"라고 엉클 애브너가 말했다.

"어떤 것인지요, 애브너 씨?"

"적어도 이러한 반론을 더할 수는 있을 겁니다. 도박이란 수고하지 않고 보수를 받으려는 욕망을 조장한다, 악한 자들을 감옥으로 보내고 강한 자들을 위험한 투기로 달리게 하는 것은 그러한 욕망이다——라고 말입니다."

엉클 애브너는 눈 앞에 있는 사나이를 굽어보았다. 그리고는 무쇠 같은 그 턱이 다시 움직였다.

"버드 씨, 하느님의 예지 아래에서 이 세상을 건질 수 있는 것은 노동뿐입니다. 이 세상에서 혜택을 받으려면 먼저 이마에 땀을 흘리며 일하지 않으면 안됩니다. 곡식을 먹고 싶으면 사람은 누구나 우선 땅을 갈지 않으면 안됩니다. 곡식을 익게 하려면 숲의 나무를 잘라 넘어뜨리고 햇빛이 들게 하지 않으면 안됩니다. 사람은 실을 뽑고 베를 짜지 않으면 안됩니다. 그리고 장사에 종사하는 사람은 남은 물자를 다른 나라 사람들에게 싣고 가서 자기가 필요로 하는 것을 가지고 오도록 힘쓰지 않으면 안됩니다. 노동이야말로 보수의 가장 절대적인 조건인 거요. 그런데 당신이 말하는 신사의 악덕이라는 건 이것을 보람없이 만들고, 이 세상을 뒤집어엎는 것이로군요."

그러나 상대는 엉클 애브너의 말에 귀를 기울이고 있지 않았다. 일어나 다시 창가에 가 서 있었다. 그는 한쪽 손으로 턱을 잡고 가만히 욕설을 퍼부었다.

"뭐가 걱정됩니까, 버드 씨?"라고 엉클 애브너가 물었다.

엉클 애브너는 가만히 난로 앞에 서서 두 손을 불에 쬐고 있었다.

상대는 얼른 몸을 돌리더니 말했다.

"이런 밤이 걱정됩니다, 애브너 씨. 이 비바람이 말입니다. 빌어먹을!"

"당신 철학에 따르면 날씨는 우연이니까 어떻게 되든 견디고 참아야겠지요. 당신 말대로라면 이런 우연은 누구의 계획에 의한 것이 아니니까요. 착한 사람이건 어리석은 사람이건."

"옳은 사람이건 옳지 못한 사람이건 말입니다, 애브너 씨!"

엉클 애브너는 마룻바닥을 내려다보았다. 떡벌어진 등 뒤에 구릿빛 큰 손가락을 마주 끼고 있었다.

"그렇게 믿고 계시는군요, 버드 씨" 하고 그는 말했다. "그러나 나는 이의가 있습니다. 나는 이렇게 생각합니다. 당신이 말하는 '우연'

이란 하느님의 섭리로서 옳은 사람의 편을 드는 거라고 말이오."

"애브너 씨" 하고 사나이는 목소리를 높이며 돌아섰다. "그렇게 믿는 것은 좋지만, 아무 증거도 없잖습니까?"

"그런데 나는 오늘 밤 그 증거를 잡았습니다."

엉클 애브너는 잠시 말을 끊었다.

"나는 버지니아의 짐마차와 같이 이리로 오고 있었습니다. 천천히 여행을 계속하며 내일 여기에 도착할 생각이었지요. 그런데 이렇게 비가 오면 구릉지의 이쪽 길은 몹시 질척거리게 됩니다. 그래서 짐마차를 뒤에 남겨두고 오늘 밤 혼자서 말을 타고 먼저 올 생각을 했던 겁니다.

이 예측하지 못했던 도로 사정과 이 계획의 변경은 뭐라고 말해도 괜찮습니다. '우연'이라고 해도 상관없습니다, 버드 씨!"

그는 다시 말을 끊었다. 큰 턱이 긴장되었다.

"그러나 버지니아의 매디슨과 메릴랜드의 사이몬 캐롤과 내 동생 루퍼스──이 사람들이 정직한 사람이고, 훌륭한 장사꾼이며, 어디에 내놓아도 부끄럽지 않은 사람이라는 것은 우연도 우발적인 일도 아닙니다.

그런데 내일 이 우연──내가 버지니아의 짐마차보다 먼저 오늘 밤 이리로 오게 된──이, 이 우발적인 사건이 마치 직접 분명한 의도를 가지고 있었던 것처럼, 마치 어떤 사실을 분명히 내다보고 있었던 것처럼 매디슨과 사이몬 캐롤과 동생 루퍼스에게 다행한 일이 되었다고 한다면, 훌륭한 사람이며 정직한 장사꾼인 그들이 이런 예측할 수 없는 사건으로 조금이나마 혜택을 받게 된 증거가 되지 않을까요? 적어도 한 조각의 증거가 확실히 나타난 겁니다. 당신도 그렇게 인정하시겠지요, 버드 씨?"

상대방 사나이는 이제 가만히 귀를 기울이고 있었다. 창가에서 돌아와 테이블 옆에 서서 불끈 쥔 주먹을 테이블 위에 올려놓고서.

"대체 무슨 생각으로 하시는 말입니까, 애브너 씨?"

엉클 애브너는 젖은 큰 넥타이 위의 턱을 쳐들었다.

"나의 주장을 증명해 보이려는 겁니다, 버드 씨."

"이야기의 자초지종을 설명해 주십시오. 무슨 일이 있었지요, 애브너 씨?"

엉클 애브너는 상대를 내려다보며 말했다.

"조금도 서두를 필요는 없겠지요, 버드 씨. 아직 밤도 깊지 않았고, 당신도 지금 당장 여행을 떠나지는 않을 테니까요."

"내가 여행을 떠나다니!" 하고 사나이는 같은 말을 되풀이 했다. "무슨 뜻이지요?"

"피커딜리로 떠나시려는 게 아니었던가요? 춤추는 아가씨들과 우연에 맞춰 살고 있는 신사들이 있는 곳으로? 그러나 지금 당장 떠나시지는 않을 테니까 이야기를 할 시간은 충분히 있겠지요."

"여보시오, 애브너 씨" 하고 버드는 목소리를 높였다. "수수께끼 같은 소리를 하는데, 어찌된 일입니까?"

엉클 애브너는 난로 앞에서 조금 몸을 움직였다.

"내가 버지니아의 짐마차를 뒤에 남겨두고 떠나온 것은 한낮 무렵이었소. 그리하여 평지에서 밤을 맞고 말았지요. 더 이상은 조금도 나갈 수가 없었소. 길이 진창인데다가 이렇게 비바람이 불어치니 말이오. 근처 일대가 지옥의 밑바닥 같았지요.

사람들은 어떤 어두운 밤에도 말의 눈이 보인다고 믿고 있지만, 그것은 잘못된 생각입니다. 말에게는 초자연적인 지각이 갖춰져 있다는 생각과 마찬가지로, 내 말은 나무와 울타리에 부딪쳤지요. 이따금 창문에 촛불빛이 보였지만, 주위가 밝아지기는커녕 오히려 어둠을 두드러지게 해줄 뿐이었습니다. 물에 잠긴 낯선 길을 간다는 것은 도저히 불가능한 일처럼 생각되었습니다. 어딘가 개척자들의 오두막집에라도 들어갈까 하고 몇 번이나 생각했지요. 그러나 어떻게 겨우 여기까지 와닿게 되었습니다, 버드 씨. 어째서냐고요? 그건 나도 모릅니다. '우연'이라고 생각해 주셔도 좋습니다. 나는 그렇게 생각지 않지만 말이오. 뭐, 그런 건 아무래도 상관없겠지요."

그는 잠시 말을 끊었다.

"나는 강을 따라 찾아왔습니다. 악마의 나라처럼 깜깜했는데, 갑자기 빛이 보였던 겁니다. 그리고 당신의 배가 붙들어매어져 있는 것이 보였지요. 그 빛은 배 안 어디에선가 새나오고 있는 것 같았는데, 나는 문득 이상한 생각이 들었습니다. 나는 말에서 내려 배 안으로 들어가보았습니다. 아무도 없었습니다. 그리고 그 빛의 정체를 알아냈습니다. 그것은 방금 타오르기 시작한 불이었습니다. 목수가 일을 한 뒤 대팻밥을 그대로 둔 채 촛불 끄는 것을 깜박 잊어 잡동사니에 불이 옮겨붙은 모양이었습니다."

사나이는 두 개의 쇠기름 촛불 옆의 의자에 앉았다.

"불이라구요! 분명 오늘 선장실에서 목수가 일을 했습니다. 대팻밥을 치우지 않은 채 촛불 끄는 걸 잊었다는 건 충분히 있을 수 있지요. 선장실에서 일어난 겁니까?"

"그곳 마룻바닥이 타기 시작했지요." 하고 엉클 애브너는 대답했다.

"마룻바닥?" 하고 버드는 같은 말을 되풀이했다. "그럼, 내 선실에 있는 물건은 아무 것도 타지 않았겠군요? 긴 마호가니 서랍이 달린 벽 쪽의 책상——그것도 타지 않았겠지요, 애브너 씨?" 버드는 힘을 주어 물었다.

"타지 않았습니다" 하고 엉클 애브너는 대답했다. "소중한 거라도 넣어두신 모양이지요?"

"네, 아주 소중한 것이…… ."

"그런 중요한 것을 무방비상태로 놓아두다니! 문이 열려 있었습니다."

"그러나 책상에는 자물쇠가 단단히 채워져 있습니다. 세필드에서 가져온 자물쇠로 내가 가지고 있는 열쇠가 아니면 열리지 않을 겁니다."

버드는 잠시 가만히 앉아 있었다.

고운 손으로 턱을 문지르며 입을 약간 벌린 모습이었다. 조금 있다가 그는 애써 상냥한 태도를 지으며 말했다.

"고맙습니다, 애브너 씨, 덕택에 무사했군요. 그런데 마침 그때 그곳을 지나게 되었다니, 정말 묘한 우연의 일치로군요."

그는 웃음 소리를 내며 큰 의자에 깊숙이 기댔다.

"그런데 당신의 지론(持論)은 어떻게 되는 거지요, 애브너 씨? 이 우연한 사건은 당신의 지론을 뒷받침하지 못할 텐데요. 이 우연의 일치로 혜택을 받는 것은 착한 사람도 아니거니와 그리스도 교인도 아니오. 착한 사람도 그리스도 교인도 아닌 나니까 말입니다, 애브너 씨."

엉클 애브너는 대답하지 않았다. 그의 얼굴 표정은 여전히 엄숙하고 뭔가 생각에 잠긴 듯했다.

비가 유리창을 두들기고, 맞은편 방에서는 술잔치가 계속되었다.

"그런데 버드 씨, 어떻게 해서 불이 붙었다고 생각합니까? 부주의로 던져버린 담배꽁초였을까요, 아니면 적의 짓이었을까요?"

"물론 적의 짓이지요, 애브너 씨!" 하고 사나이는 대답했다. "틀림없이 그 지긋지긋한 개척자들의 짓일 겁니다. 만일 내가 찾아오면 그들의 오두막집이 위험하게 된다면서 그들이 보낸 사자가 위협했으니까요. 그때 나는 마음에도 두지 않았었는데, 대단한 실수였군요.

그들의 독이빨을 경계했어야 했는데…… 그러나 그들의 위협은 어설
프게 보였기 때문에 그만 무시하고 말았던 겁니다."

버드는 말을 끊고 눈 앞에 우뚝 서 있는 큰 사나이를 쳐다보았다.

"당신은 어떻게 생각하십니까, 애브너 씨? 그들이 불을 지른 걸까
요?"

"타고 있던 잡동사니로 보아서는 판단할 수가 없지요."

"그러나 당신 의견은? 당신 의견은 어떻습니까, 애브너 씨?"

"일부러 불을 지른 거라고 생각합니다"라고 엉클 애브너는 대답했
다.

그 말을 듣자 버드는 일어나 주먹을 불끈 쥐고 책상을 쾅 내리쳤
다.

"개새끼들! 내일 배를 낼 때에 개척자들의 오두막집을 모조리 뒤
엎어놓고 말 테다!"

엉클 애브너는 상대의 격렬한 말투 같은 것은 마음에도 두지 않았
다.

"그런 짓을 하면 죄없는 사람들에게 이유없는 피해를 주게 됩니다.
당신 배에 불을 지른 사람은 개척자가 아니었습니다."

"그걸 어떻게 아십니까, 애브너 씨?"

엉클 애브너의 태도가 금방 달라졌다. 활력과 에너지와 무쇠 같은
의지가 몸과 얼굴에 넘쳐흘렀다.

"여보시오, 버드 씨, 우리는 방금 토론을 했었지요. 그것을 다시
생각해 보시오. '우연'은 똑같이 모든 사람에게 작용된다고 당신은 말
했고, 나는 이렇게 말했지요. 하느님의 섭리가 그것을 좌우한다고.
만일 내가 오늘 밤 이리로 오지 않았더라면 그 배는 다 타버리고 말
았을 거요. 그리고 개척자들이 한 짓으로 되고 말았을 겁니다. 그 결
과 버지니아의 매디슨과 메릴랜드의 사이먼 캐롤, 그리고 당신 배의

보험을 맡은 볼티모어의 회사 경영자인 내 동생 루퍼스는 큰 손해를 입었을 겁니다." 판유리같이 단단하고 평탄한 목소리였다. "이런 손해를 물어야 할 궁지에서 도움을 받게 된 사람은 당신 말을 빌자면 착한 사람도 그리스도 교인도 아닌 당신이 아니라, 착한 사람이며 그리스도 교인인 앞의 세 사람입니다. 안 그렇습니까, 버드 씨?"

올리브 색 얼굴에 커다란 푸른 눈이 크게 뜨여졌다.

"배가 탔다면 물론 보험금을 청구했겠지요, 당연한 권리니까요" 하고 사나이는 차갑게 말했다. 불안에 쫓기고 있지 않았기 때문이다.

"그러나 애브너 씨——"

"옳은 말씀입니다!" 하고 엉클 애브너가 대답했다. "그런데 버드 씨, 다음 이야기를 계속합시다. 우리는 다시 토론을 전개했었지요. 인간은 지력에서 하느님을 능가한다고 당신은 말했소. 그리고 당신은 그렇게 하려고 시험했던 거요! 승무원은 여기에서 취해 늘어지고 배 안에는 아무도 없었소. 따라서 개척자들에게로 혐의가 돌아가게 되겠지요. 그리고 당신은 육로로 볼티모어를 향해 길을 떠나려고 짐을 챙겨두었소. 그렇기 때문에 당신은 그 창문으로 지켜보고 있었던 거요. 불꽃이 타오르는 것을 보려고."

사나이의 푸른 눈——올리브 색 얼굴에서 이상하게 생긴 푸른 눈이 이제야 유리처럼 굳어져 무표정하게 되었다. 그 입술이 움직이며 한쪽 손이 공단 조끼의 불룩한 호주머니로 가만히 뻗어갔다.

엉클 애브너는 조금도 움직이지 않고 엄격하게 말을 계속했다.

"그런데 당신은 실패한 거요, 버드 씨. 하느님이 당신보다 한 수 위였지요! 내가 그 잡동사니에 붙은 불을 끄자 선실 안은 깜깜해졌소. 그 어둠 속에서——아시겠소, 버드 씨——벽 쪽에 있는 당신 책상의 열쇠구멍에서 한 가닥 불꽃이 새나오는 것이 보였던 거요. 당신이 아니면 열 수 없는 책상, 당신이 단단히 자물쇠를 채워

둔 책상 열쇠구멍에서 말이오! 그 텅 빈 서랍 속에서 초가 세 개 타고 있었던 거지요."

핏기를 잃은 사나이의 손이 불룩한 주머니로 다가갔다.

그러나 엉클 애브너의 목소리는 강철판 위를 구르는 것처럼 울렸다.

"하느님을 앞선다고! 여보시오, 버드 씨, 당신은 초등학교 학생들도 알고 있는 것을 잊고 있었던 거요. 서랍 속의 초는 공기가 모자라기 때문에 밖에 내놓은 초보다 타는 속도가 더디다는 것을 말이오. 잡동사니에 불을 붙인 초는 다 타고 말았지만, 만일을 위해 자물쇠가 채워진 서랍 속에 붙여둔 초——어떤 기회로 다른 촛불이 소용없게 되었을 경우에 대비해서 하느님을 앞지르려고 붙여둔 초——는 내가 뚜껑을 부수었을 때 아직도 타고 있었소."

뱀처럼 부드러운 사나이의 손이 불룩한 주머니에서 델린저 식 권총을 불쑥 꺼냈다.

그러나 그 움직임보다 재빠르게, 빛보다도 눈깜짝임보다도 더 재빠르게 엉클 애브너는 상대방 사나이를 덮쳤다. 권총은 마룻바닥에 떨어졌다. 사나이의 가느다란 손가락 뼈가 무쇠 같은 엉클 애브너의 손바닥 안에서 뚝 하는 소리를 냈다. 그리고 트럼펫처럼 울려 퍼지는 엉클 애브너의 큰 목소리가 폭풍우 소리와 술취한 사람들의 소리를 누르고 한층 더 높게 울렸다.

"하느님을 앞선다고! 버드 씨, 당신은 나보다도 앞설 수가 없지 않소! 하느님이 만드신 것 가운데 가장 약한 나보다도!"

콘도르의 눈

　첫눈이 날리는 10월 어느 날 밤, 엉클 애브너는 그 집 현관 앞에서 말을 내렸다. 높은 지대에 세워져 있는 큰 석조 건물이었다. 등 뒤는 숲이고, 눈 아래로는 구릉지의 목초지가 펼쳐져 있었다.

　찰즈 에드워드 스튜어트 왕자(잉글랜드, 아일랜드 왕 제임즈 2세의 손자)가 스코틀랜드 왕국 건설에 무참하게 실패한 뒤, 스코틀랜드 고지의 명문 집안들이 모조리 바다 건너 버지니아로 도망와서 백 년에 걸친 지금까지 그 격식을 지켜온 것이다. 엉클 애브너가 말을 내린 곳은 그러한 집안의 저택이었다.

　엉클 애브너에게도 그 말에게도 힘든 긴 여행을 한 흔적이 역력했다. 노인이 현관에 나타나 들어오라고 말했다.

　"누가 계시오?" 하고 엉클 애브너는 물었다.

　하인은 '붉은 독수리'를 뜻하는 게르 말로 그 물음에 대답했다.

　그리고 현관 홀에서 식당으로 엉클 애브너를 안내했다. 그의 눈에 비친 것은 백 년 전 스카이 섬(스코틀랜드 북서쪽에 있는 섬)에서 본 것과 같은 정경이었다. 쇠기름 촛불에 비친 대들보가 있는 길다란 방에서 몸집이 큰 중년여자가 혼자 식사를 하고 있었다. 늙은 하인이 한 사람 여자의 의자 뒤에 서 있었다.

그 여자의 용모에는 눈에 띄는 점이 두 가지 있었다. 활처럼 굽은 코와 뻣뻣한 붉은 머리털.

여자는 엉클 애브너를 보자 자리에서 일어났다.

"어서 오세요, 애브너 씨. 잘 와주셨습니다! 자, 어서 들어오세요!"

엉클 애브너가 안으로 들어가자 여자는 맞은쪽 자리를 권했다.

"어서 앉으세요, 애브너 씨. 먼 길을 오셨군요."

"네, 먼 길이었습니다"라고 엉클 애브너는 말했다.

"그렇지만 엘리야의 까마귀가 당신을 내게로 보냈는지도 몰라요. 마침 좋은 때에 와 주셨어요."

"마침 좋은 때라고요? 그건 무슨 뜻이지요?" 엉클 애브너는 소갈비와 구운 감자를 먹으면서 물었다.

식사는 정식으로 차린 것이었으나, 내용은 검소했다.

"애브너 씨, 용건은 세상에 이름이 알려진 입회인이 필요해서 입니다."

"입회인이라고요?" 엉클 애브너는 같은 말을 되풀이했다.

"네, 입회인이에요." 여자는 말을 계속했다. "세상 사람들은 나를 고집센 여자라고 생각하고 있지요. 실은 오늘 밤 우리 집에서 혼례가 있는데, 당신이 입회를 해주었으면 하는 거예요. 그렇다고 해서 무리하게 말씀드리지는 않겠지만, 조카딸 마거리트 맥도널드가 겨우 얌전해졌답니다."

그러자 엉클 애브너는 테이블보로 시선을 떨구며 말했다.

"상대는 누구지요?"

"캠벨 씨예요." 여자는 대답했다. "못난 여자로서는 훌륭한 상대지요."

엉클 애브너는 잠시 꼼짝도 하지 않았다. 두 손과 몸, 그리고 눈썹 근육까지 석고처럼 전혀 움직이지 않았다. 조금 뒤 감자와 소갈비로 다시 손을 내밀며 말했다.

"그럼, 캠벨 씨가 지금 여기에 와 있겠군요?"

"오늘 밤에 왔어요. 이번만은 아주 단단히 결심한 모양이에요. 오늘 밤 그애를 차지하느냐, 아니면 영영 단념하느냐 결정한다는 거지요. 그 사람은 지금 내 남편 앨런 엘리어트와 함께 목초지에서 소를 몰고 볼티모어로 가는 중이랍니다. 앨런은 소를 데리고 캠벌랜드 가도에 있고, 캠벨 씨는 말을 타고 이리로 온 거예요. 그애를 데리고 가든가, 아니면 영영 작별을 고하기 위해서. 그애가 따라가든 여기에 머물러 있든, 그 사람은 이제 다시 돌아오지 않겠다는 거예요. 볼티모어에서 소를 다 팔면 체서피크에서 배를 타고 글래스고로 간다는군요."

여자는 잠시 말을 끊고 비웃는 듯한 몸짓을 했다.

"악마가 씌웠는지 아니면 마녀의 짓인지, 캠벨은 버젓한 사나이가 되었답니다, 애브너 씨. 우유부단하고 무뚝뚝하던 그 사람이 오늘 밤에는 저지대의 소도둑처럼 벼르고 있는 거예요. 오늘 밤만은 글렌 라이온의 캠벨처럼. 애브너 씨, 건들건들하던 그 사람이 지금은 참나무처럼 투박하고 악마 같은 용기에 넘쳐 있는 거예요. 대체 어찌된 걸까요? 사람이 그렇게 달라지다니……."

"어디로 갈까 망설이고 있는 동안은 기운이 없지만, 일단 어디로든 결정이 내려지면 주인으로부터 용기를 받게 되지요. 이쪽으로 가면 하느님의 용기를, 저쪽으로 가면 악마의 용기를."

"그래요?" 여자는 소리높이 웃었다. "어느 쪽에서 용기를 받았든 캠벨은 훌륭하게 일을 해치웠어요. 오늘 밤 그는 글렌 라이온의 소도둑도 못 당할 정도예요!"

"글렌코우의 맥도널드 집안 사람이 글렌 라이온의 캠벨 집안 사람과 결혼을 해야 한다고 생각하십니까?" 하고 엉클 애브너가 말했다.

여자의 얼굴이 굳어졌다.

"스테어 경과 캠렌 라이온의 큐벨 집안 사람이 글렌코우의 맥도널드 집안 사람을 학살한 것이 어제 있었던 일이라도 된다는 말씀인가요? 2백 년이나 옛날의 일이잖아요. 마거리트——그 바보 계집애——도 그런 말을 했어요. 잘 타일러두었지만 말에요."

"이런 격언이 있지 않습니까." 엉클 애브너가 말했다. "'스코틀랜드 고지의 사람은 변하지 않는다'라는 격언."

"하지만 세상은 변하는 거예요, 애브너 씨." 여자는 대답했다. "캠벨 씨는 벌써 '찰리 아기'가 아니에요. 완고하고 무뚝뚝한 중년 남자예요. 소를 판 돈의 반인 목돈이 들어오게 되고, 그애를 먹여살릴 만한 일은 할 수 있어요." 그리고 나서 여자는 다시 목소리를 높였다.

"그리고 그애로 보아서도, 이 산 속에 뭐가 있다는 거지요? 모두 가난해질 뿐이잖아요! 늙은이도 먹여살리지 않으면 안돼요. 앨런은 소를 반이나 팔아도 다 갚지 못할 정도의 빚을 안고 있어요. 맥퍼슨까지도" 하며 그녀는 의자 뒤에 서 있는 늙은 남자를 가리켰다. "그애를 잘 타이를 정도였어요——'당신처럼 무서운 위험에 놓여 있는 아가씨는 없습니다. 튼튼한 사람이 당신을 도와주겠다고 말하고 있는 겁니다'라고 말예요. 무슨 짐작으로 그러는 건 아니에요, 애브너 씨, 양식(良識)에 바탕을 둔 직관(直觀)인 거지요. 흉년만 계속되니, 이대로 가다가는 그애의 고운 티도 사라지고 말 거예요. 그리고 확실히 캠벨 씨는 튼튼해서 믿음직스러워요. 그런데 애브너 씨, 여기 계셨다가 입회인이 되어주시겠지요?"

"입회인의 한 사람이 되어드리지요." 엉클 애브너는 천천히 대답했다. "내 동생 루퍼스를 불러다 다른 한 사람의 입회인이 되게 해주신다면 말이오."

여자는 어이가 없는 듯이 상대를 바라보았다.

"여기서 20마일이나 떨어져 있잖아요? 그리고 이처럼 구릉지인데 …… 내일 아침이 되어도 불러올 수 없을 거예요."

"그렇지 않습니다." 엉클 애브너는 말했다. "맥스웰 여인숙까지는 3마일 정도밖에 안될 겁니다. 루퍼스는 오늘 저녁 거기에 와 있습니다."

코가 큰 붉은 머리의 여자는 손가락 끝으로 테이블보를 톡톡 두들겼다. 그녀가 무슨 생각을 하는지 알 수 있었다. 그녀의 고집이 세다는 건 세상이 다 아는 사실이다. 일단 하겠다고 생각한 것은 기어코 해치우는 여자였다. 그러나 마거리트는 캠벨을 무서워하고 있었다. 무서운 사나이 같은 느낌이 든 것이다. 그것이 행동에 나타나 있지는 않지만, 그녀는 직관적으로 느꼈다. 때가 올 때까지 독이빨을 감추고 있는 짐승 같은 느낌이 들었던 것이다. 이러한 떨쳐버리기 어려운 공포가 이 중년 여인의 의지에 반항할 용기를 그녀에게 주었다.

전부터 캠벨이 그녀에게 청혼해 오고 있다는 것은 누구나 다 알고 있었다. 이 중년 여인이 여기에 찬성하고 있다는 것도, 마거리트가 거역하고 있다는 것도, 여자는 이곳 구릉지 사람들이 뭐라고 말할 것인지를 미리 계산하고 권위있는 사람을 입회인으로 내세움으로써 그러한 비판이 일어나지 않도록 선수를 치려고 생각했던 것이다. 만일 엉클 애브너와 그 동생 루퍼스가 입회를 해주게 되면, 억지로 조카딸을 결혼시켰다는 소문이 퍼질 리는 없다. 지기 싫어하는 성격인데다가 어떤 소문이 퍼지고 있는지 그녀 자신도 잘 알고 있었다. 모든 일을 처리하는 것은 남편이 아니라 그녀였다. 시대에 뒤떨어졌다고 비웃음을 받고 계속되는 흉작으로 가난이 점점 더해가는 속에서도 그녀는 강철 같은 의지로서 스코틀랜드 고지의 온갖 습관과 생활방식과 봉건적인 격식을 끝까지 지켜오고 있었던 것이다. 글자 그대로 엄청난 노력이었다. 남편인 앨런 엘리어트는 실권을 갖지 못한 사나이였다. 그는 언제나 한패인 덩치 큰 캠벨과 함께 산에 둘러싸인 방목지에 나가 있거나, 지금처럼 볼티모어로 소떼를 몰고 가는 것이었다. 이리하여 세상을 상대하는 것은 언제나 아내인 그녀였다.

그녀는 말했다.

"그렇다면 기다릴 수 있겠지요. 캠벨 씨는 서두르고 있고, 신부는 여자들이 지금 준비를 도와주고 있어요. 그리고 목사님도 와 계실 거예요, 맥스웰 여인숙에요!"

그리고 나서 그녀는 일어났다.

"그럼, 이렇게 하지요. 내가 루퍼스를 부르러 사람을 보낼 테니, 당신은 캠벨 씨를 설득해 주세요. 잠시만 기다리고 있으라고. 잘 설득시켜 주세요, 애브너 씨. 조카딸 때문에 입회인을 부르러 갔다거나 하는 말을 그에게 할 수는 없을 테니까요. 그를 기다리게 할 수만 있다면 당신 동생이 올 때까지 식을 늦추겠어요. 아무것도 손대지 않겠어요."

"캠벨 씨는 이 집에 있습니까?" 하고 엉클 애브너가 말했다.

"네, 목사님이 오시면 곧 나올 수 있도록."

"혼자 있습니까?"

"네, 혼자." 그녀는 익살스러운 웃음을 띠고 말했다. "신랑은 마지막 명상에 잠겨야 하니까요."

"그럼, 그렇게 하겠습니다" 하고 엉클 애브너는 대답했다.

그녀는 남자 같은 굵은 목소리로 웃었다.

"기다리라고 말해 주세요. 꽤 힘드시겠지만, 애브너 씨. 잘 해주세요, 눈치채지 않도록 말입니다. 성경에 나오는 억센 사나이처럼 신랑을 묶어놓으라고 하고 싶지는 않아요." 의미있는 웃음 소리가 한층 더 굵어졌다. "그렇게 하려고 해도 간단히 되지는 않겠지만. 몸집도 크거든요, 당신처럼."

그녀는 나가려고 일어섰으나 나가기 전에 다시 한 마디 덧붙였다.

"애브너 씨, 나를 나무라지 말아주세요." 조용한 목소리였다. "이런 어리석은 자들은 누군가가 생각해 주지 않으면 안되니까요. 그런 인간은 들백합처럼 지혜가 모자라거든요. 언제나 꽃다운 시절――겨울 같은 건 없어요! 아무튼 머리가 좀 비어 있답니다! 그들의 그 보잘것없는 애정이 이 세상의 현실과 부딪치면 어떻게 될까요? 눈물이 한여름 소낙비처럼 내리는 겁니다. 그리고 그들의 머리에는 번쩍이는 싸구려 물건들이 가득 들어 있지요. 왕자님이 나타나게 될 거라고. 그래서 그 꿈에 방해를 받아 결혼 상대가 눈에 보이지 않는 거예요!" 그녀는 잠시 말을 끊었다가 덧붙였다. "나는 당신 동생을 부르러 보내겠어요. 그리고 식사가 끝나거든 맥퍼슨에게 캠벨 씨가 있는 곳으로 안내해 달라고 하세요."

여자가 나가자 바로 맥퍼슨 노인이 소리도 없이 엉클 애브너의 의자 옆으로 다가와서 속삭였다.

"애브너 씨, 한잔하지 않겠습니까?"

"술은 필요없네, 맥퍼슨" 하고 엉클 애브너가 말했다.

노인의 흐린 눈이 반장님인 올빼미의 눈처럼 껌벅였다.

"멋있는 일입니다, 오늘 밤 한잔하는 것은!"

"결혼을 축하해서 말인가?"

"아니, 그런 게 아니지요!"

노인은 얼른 주위를 둘러보았다.

"독수리에게는 날카로운 부리도 있고 발톱도 있지만, 비둘기에게는 뭐가 있지요?"

"그게 무슨 뜻인가, 맥퍼슨?" 하고 엉클 애브너가 말했다.

"훌륭한 체격을 가지고 계시는군요, 당신은."

엉클 애브너는 포크를 놓고 말했다.

"무슨 말을 하고 싶은 거지, 맥퍼슨?"

"나는 승정(僧正) 모자를 쓰고 태어났기 때문에 보이는 겁니다."

"뭐가 보인다는 거지?" 하고 엉클 애브너가 물었다.

"콘도르가 날고 있는 것이오." 노인은 대답했다. "그러나 그 밑은 캄캄하답니다."

다시 엉클 애브너의 몸과 얼굴에서 모든 움직임과 표정이 사라졌다.

한순간 나무 조각상처럼 가만히 있더니 "콘도르가!" 하고 같은 말을 되풀이했다.

"그렇지요! 콘도르에게서 달아나려고 해봐야 비둘기에게는 아무 힘도 없답니다."

"콘도르라! 하긴……."

"붉은 독수리, 흉포한 콘도르란 말이오!" 노인은 큰 목소리로 말했다. "아니, 그건 죽음의 새입니다!"

"죽음의 새라고? 단순히 사나운 새가 아니고?" 엉클 애브너는 자리에서 일어나 "자네에게는 마귀가 붙어 있는지도 모르겠군, 맥퍼슨" 하고 차갑게 말했다. "마귀는 엔도르의 마녀 이후에도 계속 살아 있는 모양일세. 알 수 없는 세상이니까 말이야. 그러나 나는 새뮤엘의 영혼을 일깨우려고 여기에 온 건 아니네. 왜 하느님이 자네가 하고 있는 것 같은 일을 처없앴는지 이제 알겠네. 사람들을 현혹시키기 때문일세. 이 일에 콘도르가 개입해 있다 하더라도 신랑의 상징일 수는 없네, 맥퍼슨. 그건 그렇고, 캠벨 씨가 있는 곳으로 안내해 주지 않겠나?"

노인이 문을 활짝 열자 엉클 애브너는 홀로 나갔다. 그가 문턱을 넘어서자 문에서 귀를 기울이고 있던 처녀가 후다닥 달아났다. 그녀는 문 앞에 웅크리고 있었던 것이다.

그녀는 온통 흰 옷을 입고 있었지만, 아직 옷차림을 끝낸 것은 아니었다. 다만 귀찮은 여자들의 손에서 잠시 도망쳐 나온 것으로 보였다. 그러나 그녀의 얼굴은 유령처럼 창백하고, 눈은 공포로 크게 뜨여져 있었다.

엉클 애브너는 아무것도 눈치채지 못한 것처럼 발길을 옮겼다. 앞장서가는 스코틀랜드 노인은 머리를 내저으며 이렇게 중얼거릴 뿐이었다.

"멋있겠지요, 오늘 밤 한잔하는 것은."

그들이 들어간 곳은 큰 방이었다. 테이블 위에는 초가 나란히 세워져 있고, 난로에는 밤새 장작이 타오르고 있었다. 서성거리던 한 사나이가 난로 옆에 발길을 멈추었다. 덩치가 큰 중년 남자였다. 엉클 애브너를 보자 사나이의 얼굴에는 흉포한 빛이 넘쳐흘렀다.

"애브너 씨!" 사나이는 외쳤다. "어떤 악마의 부추김을 받아 여기에 찾아왔지요?"

"악마가 당신을 적으로 삼았다니 이상한 일이로군요, 캠벨 씨." 엉클 애브너는 대답했다. "악마도 상당히 시세가 떨어진 모양이지요. 성경에서 보면 악마는 왕중 왕인 하느님과 거의 동등한데 말이오. 사람들을 현혹시키거나 부하들을 속이거나 하는 바보는 아니오. 내가 보기에 악마는 끊임없이 자기들을 위해 힘쓰고, 창의력과 연구심이 풍부하며, 열심히 솜씨를 가다듬고 있소. 그렇다고 악마를 예찬하는 건 아니지만, 자기와 한패인 자에게 흥미를 갖지 않는다고 생각할 수는 없소, 캠벨 씨."

"그렇다면" 하고 캠벨은 목소리를 높였다. "내가 악마가 아니라는

것은 명백하군. 만일 악마가 내 편이라면 오늘 밤 여기서 당신을 쫓
아내줄 테니까."

"아니지요" 하고 엉클 애브너는 생각깊게 말했다. "그렇게 될 수
는 없소. 나는 악마에게 최고의 지배력이 있다고는 생각지 않소. 악
마보다 하느님이 더 위니까. 악마가 부하들의 소원대로 일을 처리해
줄 수 없다 하더라도 악마를 탓할 수는 없을 거요."

상대방 사나이는 단호한 태도로 몸을 돌렸다.

"한 가지 묻고 싶은 것이 있소, 애브너 씨. 시시한 뜬소문을 듣고
내 결혼을 방해하기 위해 이리로 온 거요, 아니면 우연히 들른 거
요?"

"그 어느 쪽도 아니오." 엉클 애브너는 대답했다. "나는 당신과 엘
리어트 씨가 방목하고 있는 소를 사려고 산에 들어갔는데, 당신들이
소떼를 이끌고 메릴랜드로 떠난 뒤였소. 그래서 나는 되돌아섰는데,
도중에 잠시 쉬며 말에게 먹이를 주려고 이 집에 들른 거요."

"엘리어트는 소떼와 같이 있소" 하고 캠벨은 말했다.

"아니, 그는 소떼와 같이 있지 않소. 나는 치트 강에서 소떼를 뒤
쫓아갔었소. 소몰이는 오늘 아침 당신에게 고용되었다고 말하더군
요. 당신은 말을 타고 어디론가 갔다면서 말이오."

캠벨은 다리의 위치를 바꾸고 엉클 애브너를 지켜보았다.

"벌써 날이 저물어서 누군가가 한 발 앞서 가서 목초지와 말먹이로
벤 풀다발을 정돈해 두지 않으면 안되기 때문에 엘리어트가 먼저
간 거요."

"아니, 먼저 가지 않았소." 엉클 애브너가 대꾸했다. "아놀드와 그
의 소몰이들이 메릴랜드에서 큰길을 따라왔는데, 그를 만나지 못했다
고 했소."

"엘리어트는 큰길로 가지 않았소. 산 속의 좁은 길로 갔지" 하고

캠벨이 말했다.

엉클 애브너는 잠시 말없이 있다가 곧 입을 열었다.

"캠벨 씨, 성경에 의하면 콘도르의 눈에도 보이지 않는 작은 길이 있다고 하는데, 엘리어트 씨는 그 작은 길을 지나간 모양이지요?"

그러자 사나이는 태도를 바꾸었다.

"그런 바보 같은 질문에는 대답할 수 없소!"

"그럼, 내가 대신 대답해 주지요. 엘리어트 씨는 그 작은 길을 지나가지 않았소."

사나이는 큰 은시계를 꺼내 엄지손가락 손톱으로 뚜껑을 열었다.

"신부의 준비가 다 되었겠군."

엉클 애브너는 사나이를 쳐다보며 말했다.

"결혼식은 잠깐만 기다려주시오."

사나이는 빙글 몸을 돌리며 물었다.

"왜 기다리지 않으면 안되는 거지요?"

"한 가지 이유는 좋지 못한 전조(前兆)가 있었기 때문이오."

"나는 전조 따위는 믿지 않소!" 하고 상대방은 말했다.

"성경에는 전조에 대한 이야기가 많이 실려 있소." 엉클 애브너가 대꾸했다. "여호수아의 전조도 있고, 아하즈의 전조도 있지요. 당신에게도 전조가 있는 거요."

사나이는 욕을 하며 돌아섰다.

"대체 무슨 소리를 하고 싶은 거요, 어떤 기분나쁜 일이 생겼다는 거요?"

"제대로 맞추었군, 그 말——'기분나쁜'이라는 그 말 말이오, 캠벨 씨."

"분명히 말해 주시오! 어떤 전조, 어떤 징조가 있었단 말이오?"

"승정 모자를 쓰고 태어났다는 맥퍼슨이 콘도르가 날고 있는 것을 보았다고 하오."

"바보 같은 소리!" 캠벨은 외쳤다. "그런 바보 같은 소리에 얽매어 있는 거요! 맥퍼슨이란 자는 술잔 속에서 허깨비를 보는 녀석이오! 옥수수술을 생으로 들이켜는 녀석이니까 파트모스 섬의 짐승이 날고 있는 것처럼 보이는 거겠지. 맥퍼슨의 눈에 보였다는 것을 당신도 진심으로 믿고 있소, 애브너 씨?"

"나는 내 눈에 보이는 것을 믿고 있소" 하고 엉클 애브너가 말했다.

"허, 뭘 보았다는 거요?"

"나도 그 콘도르를 보았소!" 엉클 애브너는 대답했다. "말해 두지만, 나는 올바르게 태어났고, 술도 좋아하지 않는 사람이오."

"알 수 없는 말만 하는군. 당신을 상대하고 있을 시간이 없소. 신부의 준비가 끝나 갈 시간이오."

"당신은 준비가 다 되었소?"

"아니, 여보시오!" 캠벨이 외쳤다. "언제까지 알아듣지 못할 소리만 늘어놓을 작정이오? 악마에게라도 가보는 게 어때! 나는 준비가 되어 있소. 저기 여자들이 오는군!"

그러나 신부가 온 것이 아니었다. 맥퍼슨이 나타나 신부를 데리고 와도 좋으냐고 물었다. 그러자 엉클 애브너가 일어나서 타고난 굵고 조용한 목소리로 말했다.

"캠벨 씨, 신부의 준비가 다 되었다 해도 당신은 아직 준비가 되어 있지 않소."

사나이는 더 이상 참을 수 없다는 듯이 고함을 질렀다.

"악마에게 잡아먹혀버려! 하고 싶은 말이 있거든 빨리빨리 해치우시지!"

엉클 애브너는 엄격하게 말했다.

"그전에 먼저 결혼을 미뤄야 할 이유가 혹시 있는지 어떤지 묻는 것이 관습이오. 식을 기다리게 하고 내가 여러 사람 앞에서 그 이유를 말해도 되겠소, 아니면 식을 기다리게 하는 동안 여기서 당신에게만 그 이유를 들려줄까요. 어느 쪽이 좋겠소?"

그러자 사나이는 엉클 애브너의 협박 비슷한 말 속에 뭔가 뜻이 있음을 알아챈 듯했다.

"기다리고 있도록 말해 주게" 하고 그는 맥퍼슨을 향해 말했다.

그는 문을 닫은 다음 엉클 애브너 쪽으로 몸을 돌렸다. 어깨를 치켜올리고 주먹을 불끈 쥐며 인사 대신 욕설을 퍼붓고 나더니 물었다.

"그래, 대체 뭐가 어쨌다는 거요?" 하며 그는 다시 욕설을 내뱉었다.

엉클 애브너는 일어나 주머니에서 무엇을 꺼내 테이블 위에 놓았다. 그것은 솜뭉치로 두 손바닥 사이에 넣고 비빈 것처럼 한데 뭉쳐져 있었다.

"캠벨 씨, 나는 오늘 아침 산 속에 있는 당신들 방목 구역의 작은 길로 말을 타고 가다가 하얗고 작은 물건을 발견했소. 나는 얼른 말에서 내려 단단한 땅바닥에 떨어져 있던 이 솜뭉치를 집어들었소. 까닭은 알 수 없었지만, 어떻게 이런 모양으로 뭉쳐져 있는지 의아스러웠던 거요. 나는 천천히 말을 몰면서 그 근처를 살피기 시작하다가 서서히 조사 범위를 넓혀갔지요. 그러나 얼마 안 있어 두 번째 솜뭉치가 발견되고, 이어서 세 번째 솜뭉치가 발견되었소. 어느 것이나 맨 처음 주운 것과 마찬가지로 똘똘 뭉쳐져 있었소. 이윽고 나는 중대한 사실을 알게 되었소. 즉 이 솜뭉치들은 한 줄을 이루며 방목 구역의 비탈진 작은 길에서 숲 가장자리로 이어져 있다는 것이었소. 작은 길로 되돌아와보니 그 단단한 땅 위에 이들 솜뭉치와 물이 일직선으로 뿌려져 있는 흔적이 보였소."

캠벨은 우두커니 서서 솜뭉치를 바라보고 있더니 어깨를 치켜올린 채 눈을 들고 말했다.

"계속해 보시오."

"그때 문득——" 엉클 애브너는 말을 이었다. "이런 솜뭉치가 작은 길 위쪽에서도 보일지 모른다는 생각이 들었소. 그래서 말을 타고 곧장 언덕을 올라가 옆담이 있는 곳까지 가보았지요. 솜뭉치는 보이지 않았지만, 다른 것이 눈에 띄었소, 캠벨 씨. 옆담의 맞은쪽 잡초가 짓밟혀 있었던 거요. 나는 말에서 내려 자세히 살펴보았지요. 그러자 짓밟힌 잡초 바로 앞의 반듯한 가로나무 위쪽에 네모진 철봉 같은 것이 놓였던 흔적이 있었소."

엉클 애브너는 문득 말을 끊었다.

"계속하시오." 캠벨이 말했다.

엉클 애브너는 사나이를 노려보며 잠시 잠자코 있더니 곧 말을 이었다.

"그 철봉 같은 것이 놓였던 흔적은 작은 길에 물이 뿌려져 있는 지점과 일직선 위에 있었소. 하지만 그 이유를 알 수 없었소. 나는 말을 타고 작은 길을 되돌아와 솜뭉치가 떨어져 있던 자리를 따라서 가보았소. 그러자 숲 끝쪽에 장작더미를 불사른 흔적이 있었소. 나는 다시 말에서 내려 솜뭉치가 떨어져 있던 자리를 따라갔소. 자세히 살펴보니 마른풀 부스러기와, 곳에 따라서는 마디풀이 짓밟혀 있는 것이 눈에 띄었소. 작은 길에서 장작더미를 불사른 자리로 뭔가가 끌려간 것이오. 자, 캠벨 씨, 그 언덕 중턱에서 과연 무슨 일이 일어났던 걸까요?"

캠벨은 일어나 엉클 애브너의 얼굴을 똑바로 바라보았다.

"당신은 어떻게 생각하시오?"

"나는 이렇게 생각하오." 엉클 애브너는 대답했다. "누군가가 옆담 저쪽 잡초덤불에 앉아 총신이 네모진 라이플 총을 반듯한 가로나무에 걸쳐두고 숨어 있다가 작은 길을 지나가던 무엇인가를 쏘아죽인 다음, 그것을 장작더미 있는 곳까지 끌고 간 것이라고, 또 그 물은 그것이 쓰러진 지점에 흘린 피를 씻어내기 위해 뿌려진 것이리라 생각하고 있소, 솜뭉치는 어떻게 해서 있는지 알 수 없지만, 무거운 몸무게로 뭉쳐진 것이 아닌가 싶소, 어떻소, 내 추리가 맞지 않소, 캠벨 씨?"

"물론 맞고말고!" 하고 사나이는 말했다.

엉클 애브너는 깜짝 놀랐다. 캠벨이 어떤 위험을 무릅쓰고라도 협박의 전모를 밝혀내지 않고는 내버려두지 않겠다는 듯이 기분나쁜 결연한 표정으로 맞서왔기 때문이다.

"애브너 씨, 그런 식으로 추리를 한 이면에는 뭔가 생각이 있을 텐데, 분명히 말해서 뭐가 어떻다는 거요?"

엉클 애브너는 더욱 놀랐다.

"분명히 말해 주기를 바란다면 털어놓고 말하겠소, 두 사람이 상당한 수에 이르는 소를 공동으로 가지고 있는데, 그 소떼를 산너머 볼티모어까지 몰고 가서 팔기로 되어 있었소, 그런데 만일 공동소유자인 한 사람이 말을 타고 가다 총에 맞아죽고 그 범행이 발각되지 않는다면, 다른 한 사람의 공동소유자는 소를 전부 자기 것으로 팔아 그 대금을 모두 자기 주머니에 넣을 수 있지 않겠소?

그리고 만일 이 살아남은 쪽의 공동소유자가 악마의 결심에 사로잡힌 사람이라면 큰 도박을 하리라고 생각하오, 동료가 먼저 가고 있다고 속이고 사람을 사서 소모는 일을 부탁한 다음, 일찍부터 차지하고 싶었던 여자를 신부로 맞아들이기 위해 되돌아와서 그녀를 데리고 볼티모어로 가서 여자를 배에 태우고 소를 다 팔아 여자와 돈을 자기 것으로 만든 다음 체서피크에서 배를 빌어 조상이 살던

스코틀랜드 고지로 향할 게 아닐까 생각하오! 행방불명된 동료가 어떻게 되었는지는 아무도 모를 것이니, 소 판 돈의 반을 받아들고 오다가 강도를 만나 살해되지 않았을까 추측될 수도 있을 테니까요."

엉클 애브너는 말을 끊었다. 캠벨이 갑자기 익살스러운 웃음을 터뜨렸다.

"이걸 좋은 교훈으로 삼아야겠소, 애브너 씨. 당신의 추론은 옳지만, 결론은 엉터리요. 사실은 말을 듣지 않는 거친 소가 있어서, 그놈을 죽인 거요. 그놈을 쏘아죽이는 데 몹시 힘이 들었지만, 간신히 옆담 뒤에서 해치웠지요."

"그럼, 그 솜뭉치라든가 물로 씻은 자국은 어찌된 거지요?"

"애브너 씨, 한평생 소를 다루고 있으면서도 소가 피를 보면 흥분한다는 것을 모르오? 소들을 흥분시키고 싶지 않았기 때문에 날뛰는 소가 쓰러진 곳에 물을 뿌려두었던 거요. 그리고 그 솜뭉치 말인데, 그 수수께끼를 풀어보여줄까요? 피가 뚝뚝 떨어지지 않도록 하기 위해 우리는 헌 이불에 날뛰던 소의 시체를 담아 끌고 갔지요. 솜뭉치는 그 헌 이불에서 나온 것으로, 소의 무게로 말미암아 그렇게 뭉쳐진 거요."

그는 말을 끊고 조금 쉬었다.

"그것은 몇 주일이나 전의 일이었는데, 최근 한 달 가량 비가 오지 않았기 때문에 그런 흔적이 그대로 남아 있는 거요!"

"그리고 그 장작더미 말인데," 모두 다 묻지 않고는 가만 있지 못하겠다는 듯이 엉클 애브너는 말했다. "어째서 불살라져 있지요?"

"애브너 씨, 날카로운 추리의 명석함을 보여주면서 새삼스럽게 그런 걸 묻는 거요? 소의 시체를 처분하기 위해서였소. 피를 씻어내고 나서 시체를 그대로 버려두었다가 소들을 미쳐날뛰게하라는 법은 없겠지요."

그는 소리내어 웃었다. 그 웃음소리에 승리를 자랑하는 듯한 울림이 섞여 있었다.

"그런데 애브너 씨, 여기 있다가 내 결혼식에 입회하시겠소? 내가 교수형에 처해지는 것을 보고 싶어서 온 모양이지만."

엉클 애브너는 어느틈에 창가로 가 있었다. 캠벨이 이야기하는 동안에도 그 이야기보다는 바깥 소리에 더 귀를 기울이고 있는 것 같았다. 저쪽 멀리 눈이 내려쌓인 나무다리 근처에서 어렴풋한 말발굽 소리가 들려왔다. 그러자 엉클 애브너는 기분나쁜 미소를 띠고 돌아서며 말했다.

"그럼, 여기에 머물러 있다가 어떻게 되는지 보기로 할까?"

정말 기묘한 결혼식이었다. 운명의 여신같이 결연한 태도의 몸집이 큰 여자, 촛불을 손에 든 헌옷차림의 하인들, 목사, 베일을 쓴 나무로 만든 조각상 같은 신부.

식이 시작되었다. 조용한 분위기였다. 엉클 애브너는 창가로 갔다. 길에 내려쌓인 눈이 다가오는 말발굽 소리를 삼켜버렸으나, 이윽고 현관 앞 돌층계에서 말발굽 소리가 울려퍼졌다. 그러자 갑자기 그 소리를 기다리고 있었던 것처럼 엉클 애브너가 큰 목소리로 이 결혼식에 이의를 외쳤다. 코가 큰 붉은 머리의 여자가 엉클 애브너에게 덤벼들었다.

"어째서 반대하는 거지요? 아무 관계도 없는 당신이!"

"캠벨 씨가 엘리어트 씨를 잘못된 길로 몰아넣었기 때문이오!" 하고 엉클 애브너는 말했다.

"잘못된 길이라고요!" 몸집 큰 여자가 외쳤다.

"그렇소, 잘못된 길로 몰아넣었소." 엉클 애브너는 말했다. "욥기에 보면 '콘도르의 눈에 보이지 않는 작은 길'이 있다고 했소. 그러나 캠벨 씨가 당신 남편을 몰아넣은 길은 콘도르가 분명히 보았소."

엉클 애브너는 성큼 방 한가운데로 나섰다.

"알겠소, 캠벨 씨?" 엉클 애브너는 한층 목소리를 높였다. "나는 당신의 그 지긋지긋한 목초지를 나오기 전에, 한 마리의 콘도르가 그 장작더미 저쪽 숲으로 내려앉은 것을 보았소. 숲 속으로 들어가보았더니 심장에 총을 맞은 앨런 엘리어트 씨의 벌거벗은 시체가 있었소. 그 장작더미는 당신이 말한 것처럼 이불과 죽은 사람의 옷을 태우기 위해서였소. 그 다음은 콘도르에게 맡겼던 것인데, 오히려 그 콘도르에게 당하게 된 거요, 캠벨 씨!" 엉클 애브너의 목소리는 더욱 높아지고 굵어졌다. "나는 내 동생 루퍼스에게 경호단을 조직하여 맥스웰 여인숙으로 데리고 오라고 일렀소. 그리고 잠시 쉬어 말에게 여물을 주려고 여기에 들렀던 거요. 그랬더니 당신은 악마의 제2단계 계획을 시작하고 있었소! 나는 루퍼스를 부르러 사람을 보내달라고 엘리어트 부인에게 부탁했소. 나와 함께 이 추악한 결혼식의 입회인이 되어 주도록 말이오. 그리고 그가 올 때까지 이 결혼식을 늦추려고 했던 것이오."

엉클 애브너는 큰 팔을 번쩍 쳐들었다. 짐마차의 연결핀 같은 큰 구릿빛 손가락이 불끈 쥐어져 있었다.

"이 손으로 하려고 생각하기도 했었으나, 이 근처 사람들의 손으로 당신을 교수형에 처하도록 하고 싶었던 거요……이제 다들 온 모양이군."

현관 홀에서 커다란 발소리가 났다.

엄격한 표정의 떡벌어진 사나이들이 들어오자 엉클 애브너는 큰 소리로 그 이름을 차례차례 불렀다.

"아놀드, 랜돌프, 스튜어트, 엘너선 스톤, 그리고 내 동생 루퍼스!"

피의 희생

　지방 풍토에 따라 좀 색다른 용기를 보게 되기도 하지만, 이곳 구릉지대에서 사일러스 맨스필드만한 사나이를 만나본 적은 없다. 그 무서운 사건이 일어났을 때, 이 사나이는 늙어서 거의 죽어가고 있었지만, 목숨이 끊어지는 마지막 단계에서 죽음의 공포에 휩싸이면서도 대중의 복리에 대해 이단(異端)의 생각을 가지고 사태에 대처했던 것이다. 따라서 그를 심판하는 것은 그가 믿는 이교의 신(神)들뿐일 것이다.

　그것은 어느 가을날 지루한 오후의 일이었다. 죽은 사나이는 회칠한 오두막집 속에서 거미줄이 쳐져 있는 천장을 바라보고 쓰러져 있었다. 그의 왼쪽 볼 눈 아래에는 권총의 탄환 흔적이 타붙어 있었다. 총탄자국이 눈썹을 따라 지나가서 귀 위 두개골에 박혀 있었다. 반백의 머리털은 솔처럼 곤두섰으며, 그 광신자다운 모습은 부자연스러운 죽음에 의해 한결 두드러져보였다.

　키가 크고 여윈 여자가 문간 양지 쪽에 앉아 있었다. 가시나무 가지를 무릎 위에 가득 올려놓고 서로 이어 화관(花冠)을 만들고 있었다. 그 가지는 가시투성이여서, 여자의 손은 손가락 밑부분의 불룩한 곳과 손바닥 한가운데가 찢어져 상처가 났는데도 아랑곳없이 열심히 가시관을 만들고 있었다.

엉클 애브너와 랜돌프 치안관이 들어가도 여자는 일어나려고 하지 않고 태연히 일을 계속하고 있었다.

이들 부부는 다른 지방에서 옮겨온 사람들로, 맨스필드의 오두막집에 살고 있었다. 그들의 사명은 수수께끼여서 세상 사람들의 추측의 대상이 되어 있었다. 그러나 이번 남편의 죽음은 추측도 할 수 없는 수수께끼였다.

어떻게 해서 죽었느냐고 랜돌프가 묻자, 여자는 아무 말도 하지 않고 일어서더니 벽장으로 가서 결투용 권총을 꺼내 랜돌프에게 건네주었다. 그리고 귀찮은 듯이 말했다.

"그이는 미쳐 있었던 거예요, '큰 뜻은 피의 희생을 치르지 않으면 달성할 수 없다'느니 하면서……."

여자는 죽은 사람을 물끄러미 바라보았다.

"그래요, 미쳐 있었어요!"

그녀는 빙글 몸을 돌려 바깥문 앞의 양지 쪽에 내놓은 의자로 돌아갔다.

랜돌프와 엉클 애브너는 권총을 조사했다. 모양이 좋은 결투용 권총으로 총대에 은이 박혀 있고, 긴 팔각형 총신은 모서리가 날카로운 단단한 강철로 되어 있었다. 최근에 총을 쏜 흔적이 있었으며, 폭발한 뇌관이 아직도 불문(火門) 자리에 달라붙어 있었다.

"서투른 녀석이 쏘았군" 하고 랜돌프가 말했다. "자칫하면 빗나갈 뻔했어."

엉클 애브너는 죽은 사나이의 상처와 그 아래 바싹 타버린 볼을 가만히 바라보았다. 그가 권총을 손에 들고 이리저리 살피고 있자 랜돌프는 몸이 달아서 물었다.

"애브너, 이 권총으로 살해되었을까, 아니면 하느님이 하신 일일까?"

"이 권총으로 살해된 모양이네" 하고 엉클 애브너가 대답했다.

"그럼, 저 여자의 말을 믿어도 좋은 건가, 애브너?"

"믿는 데 인색할 필요는 없지."

두 사람은 집 안을 두루 살폈다. 방바닥에는 피가 흘러 벽에도 튀었으며 권총 총신에도 핏자국이 묻어 있다. 총알을 맞고 의식을 잃은 뒤 비틀거리며 한 바퀴 돌고 나서 숨이 끊어진 것 같았다. 상처 모양으로 보아도 그렇게 생각되었다——즉사할 상처가 아니라 잠시 지난 뒤에 숨이 끊어질 그런 상처였다.

랜돌프가 메모를 끝내자 두 사람은 큰길로 나왔다.

하늘나라와 같은 오후였다. 그 길은 오하이오 강 쪽을 향해서 서쪽으로 일직선이 되게 뻗어 있었다. 넓은 저지대에서는 흑인들이 한창 옥수수를 거둬들이는 중이어서, 포도덩굴로 단을 묶어 큰 원뿔 모양의 노적가리를 쌓고 있었다. 그 저쪽 나무가 울창한 조금 높고 둥그스름한 언덕 위에 흰 기둥이 보이는 저택이 서 있었다.

엉클 애브너는 주머니에서 결투용 권총을 꺼내 치안관에게 건네주며 말했다.

"랜돌프, 이런 권총은 한 쌍으로 만들어진 거네. 그러니까 또 하자루가 어디 있을 걸세. 그리고 손잡이 있는 곳의 플레이트에 문장(紋章)이 찍혀 있지."

"버지니아에는 이런 값싼 물건들이 얼마든지 있어서 매매되기도 하고, 저당잡히기도 하고, 교환되기도 하고 있네. 죽은 사람의 신원을 확인하는 데는 아무 소용 없어. 그리고 애브너, 그런 건 아무래도 좋지 않나? 그는 자살한 것이고, 그의 권리나 손해는 아무에게도 관계가 없는 일이니까. 비밀과 함께 모두 묻어두면 되는 걸세."

랜돌프는 둘째손가락을 위로 향해 작은 동그라미를 그렸다.

"'덩컨은 지금 무덤 속에 있다. 산다는 불안의 발작에서 벗어나 조용히 잠들어 있다(《맥베스》 제3막 제2장).' 돌아가기 전에 맨스필드에게 경의라도 표하고 올까?"

그는 높은 절벽 위의 눈차양처럼 하얀 집을 가리켰다.

이때 두 사람은 오두막집 문간으로 등을 돌리고 서 있었는데, 마침 그 여자가 두 사람의 옆을 지나갔다. 여자는 캐라코의 해가림모자를 쓰고, 무명손수건에 싼 작은 꾸러미를 들고 있었다. 오하이오 강 쪽으로 이어진 길을 서쪽으로 향해 걸어가고 있었다. 언제 끝날지도 모르는 긴 여행을 떠나는 사람처럼 천천히.

문득 호기심에 쫓기어 두 사람은 오두막집 문간에서 안을 들여다보았다. 죽은 사람은 아까와 마찬가지로 누워 있었다. 얼굴을 천장 쪽으로 돌리고, 손을 이상하게 마주잡고, 몸을 뻣뻣이 굳힌 채. 그러나 지금은 여자가 만든 가시나무 가시관이 더부룩한 반백의 머리에 씌워져 있었다. 햇빛이 방바닥에 비쳐들고, 주위는 쥐죽은 듯 조용했다.

두 사람은 아무 말도 하지 않고 집을 나와 언덕 위 저택으로 향해 작고 길다란 길을 올라갔다.

맨스필드는 주랑(柱廊) 현관의 팔걸이의자에 앉아 있었다. 그곳은 넓고 시원했으며, 잉글랜드에서 범선으로 날라온 색(色) 타일이 가득 깔려 있었다.

이처럼 이상한 사나이를 본 적은 없다. 그때 그는 벌써 늙어서 거의 죽을 나이가 되어 있었는데, 어떤 사태에도 굴하지 않는 기백이 넘쳐흘렀다. 회색 케이프를 두르고 핀으로 찔러두었다. 오후의 햇빛과 그림자가 괭이날 같은 턱과 뼈가 불거진 큰 매부리코와 험상궂은 잿빛 눈에 와닿아 그런 생김새를 깊은 잔주름과 굵은 주름에서 더욱

돈보이게 해 주고 있다.

"여, 맨스필드 씨, 안녕하십니까?" 하고 랜돌프가 소리쳤다.

"보다시피 아직 살아 있기는 한데, 언제 쓰러질지 모르겠소" 하고 노인이 대답했다.

"우리는 모두 하느님이 정해주신 만큼 사는 거요, 맨스필드 씨" 하고 엉클 애브너가 말했다.

"여보시오, 애브너 씨" 하고 노인은 목소리를 높여 말했다. "여전히 교회의 잠꼬대 같은 소리만 하고 있군. 인간의 의지——이것이 우주에서의 유일한 힘이오. 내가 알고 있는 한에서는 말이오. 이 세상의 움직임을 좌우할 수 있는 것은 인간의 의지뿐이오. 그밖의 다른 것은 어떤 사소한 일이라도 생겨나게 하거나 중지시키거나 할 수가 없지요. 동서고금의 인류 역사에 나타난 어떤 신이나 악마도 연약하고 보잘것없는 인간만큼 이 세상의 일들을 좌우한 예가 없소. 자, 앉으시오, 애브너 씨. 이 세상과 작별하기 전에 진실을 들려주지요. 죽기 직전의 야수처럼 말이오."

노인은 주위에 놓여 있는 조각이 새겨진 커다란 참나무로 만든 큰 의자를 가리켰다. 두 방문객은 앉았다.

의논의 겉치레를 좋아하는 랜돌프가 옆에서 말참견을 했다.

"가엾게도 맨스필드 씨, 당신은 하늘나라의 즐거움을 맛볼 수 없을 것 같군요."

노인은 얕보는 듯한 몸짓을 하며 말했다.

"즐거움이니 하는 것은 소인(小人)들의 행복에 불과한 거요, 랜돌프씨. 대인(大人)은 보다 큰 것을 찾고 있지요. 이 세상 일을 좌우하는 만족감을 말이오. 참다운 행복은 그것밖에 없소. 다른 권위를 모조리 두들겨부수고 스스로 유일 절대의 권위자가 되어 이 세상 일을 자기 생각대로 이끌어가는 것이야말로 우주의 신의 행복인 거요, 만일 우주의 신이라는 것이 존재한다면."

노인은 의자에 앉은 채 몸을 움직였다. 그리고 두 팔을 내밀어 손가락을 펴더니 뼈대가 불거진 얼굴을 들었다.

"여보시오, 애브너 씨" 하고 노인은 목소리를 높였다. "당신이 이 세상을 참고 견디며 그것을 하느님의 뜻이라고 말하는 것은 상관없지만, 나는 굴복할 수 없소. 다른 사람들이 기계의 우렁찬 소리에 놀라 떤다고 해서 나까지 이 세상의 커다란 엔진 레버를 놓치지는 않을 거요."

"맨스필드 씨" 하고 엉클 애브너는 타고난 굵고 담담한 목소리로 말했다. "신을 두려워하는 일——이것이 지혜의 첫출발입니다."

노인은 큰 날개로 허공을 치는 콘도르처럼 두 팔을 쭉 뻗어 힘차게 움직이며 외쳤다.

"두려워한다고! 애브너 씨, 두려움이라는 것은 짐승의 본능을 벗어난 동물이 인간의 지력(知力)에 매달리는 마지막 몸부림이오. 최초의 인간은 주위에 있는 괴상한 짐승들을 신이라고 생각했소. 우리 조상들은 자연의 힘을 신이라고 생각했으며, 우리는 이 세상의 기구(機構)를 움직이는 힘을 신의 뜻이라고 생각했소. 그러므로 언제나 이 우주에서 이런 것들에 앞서는 유일한 것이 존재를 주장할까봐 두려워했던 거요. 사태를 바꿀 수 있는 인간의 의지, 하고 싶은 대로 행동하는 인간의 의지가 아무것도 아닌 환영(幻影)에 떨고 있는 거요."

노인은 주먹을 불끈 쥐고 두 팔을 오므려 급히 아래로 내리며 비웃는 듯한 몸짓을 해보였다.

"나는 알 수 없지만, 무서워하지는 않소. 조상 때부터 내려온 막연한 공포에 휩싸이지는 않소. 나보다 힘이 없는 것에 굴종해서 되겠소? 죽은 거나 다름없는 자연의 힘, 또는 뭐가 뭔지 알 수 없는 법칙, 아니면 무력한 감응력에게 이 세상일을 마음대로 하도록 해서 되겠소?

사람들의 숭배를 받아온 신들 가운데는 내일 있을 일마저 마음대로 못한 신이 있지만, 나는 그것을 좌우할 수 있었소. 따라서 나는 그들 신보다 나은 신이오. 그 신들보다 위대한 신이 어떻게 이 세상의 지배권을 그들에게 맡길 수 있겠소?"

"그런 이유에서 맨스필드 씨, 방금 그러한 신념에 근거해서 행동하신 겁니까?" 하고 엉클 애브너가 말했다.

그러자 노인은 뼈대가 불거진 얼굴을 엉클 애브너 쪽으로 홱 돌렸다.

"여보시오, 애브너 씨, 그 델포이의 신탁 같은 소리는 대체 무슨 뜻이오?"

엉클 애브너는 대답 대신 회칠한 작은 오두막집 쪽으로 두 팔을 뻗었다.

"저기 죽어 있는 사나이는 뭣하는 사람이지요?"

"랜돌프 치안관에게 물으면 알 수 있을 텐데요" 하고 맨스필드가 대다했다.

"지금까지 본 적이 없는 사람이오" 하고 랜돌프 치안관이 대답했다.

"랜돌프 씨" 하고 노인은 목소리를 높였다. "법을 집행하는 사람이 그 정도 기억력밖에 없단 말이오? 한여름에 군청 소재지에서 재판이 열렸지요. 잊어버렸소, 그 재판을?"

"잊어버리지는 않았소." 치안관이 대답했다. "엉터리 재판이었소. 닉슨의 집에 있는 한 흑인 여자가 노예들이 우물에 독을 넣기도 하고 이상한 무기로 사람을 습격하려 한다고 증언했소. 그 무기란 어떤 전도사의 설교를 그대로 본뜬 것으로 던지는 창의 일종이었지요. 만일 그 여자가 현대 전쟁에서 쓰이는 무기 이름을 말했더라면 우리도 그 여자의 이야기를 믿었을지 모르오."

"랜돌프 씨" 하고 노인이 말했다. "재판관이 뭐라고 했든지 그 여자가 말한 것은 진실이오. 그 여자가 본 것은 화살촉으로, 이스라엘의 기사들이 쓰는 던지는 창은 아니었소. 그 재판이 행해지고 있는 법정 한구석에 앉아 있던 타지 사람을 눈치채지 못했소? 그 사나이는 재판이 끝나자 자취를 감추었소. 당신은 그 사나이를 보았소, 랜돌프 씨? 내가 소유하고 있는 저 흑인 오두막집에 죽어 있는 건 그 사나이요."

치안관의 얼굴이 밝게 빛났다.

"노예폐지론자다, 틀림없어!"

랜돌프는 크게 외치며 몸시계의 작은 줄 끝에 달린 금으로 된 도장을 탁 퉁겼다. 그리고 그는 손가락 끝으로 작은 동그라미를 그리는 손짓을 해보였다.

"어찌되었든 그 사람은 자기 손으로 목숨을 끊은 거요."

"그는 죽었소" 하고 맨스필드가 괭이날 같은 턱을 내밀며 말했다. "그처럼 해독을 퍼뜨리는 자들은 모두 죽어야 하오. 우리 남부 사람들은 그런 독사 같은 인간들에 대해 너무 무관심한 것 같소. 그런 자들은 보는 즉시 짓밟아 숨통을 끊어버려야 하오. 그들은 이 지방의 평화를 위협하기 때문이지. 노예들을 부추겨 불을 지르거나 살인을 하도록 만든단 말이오. 표범이나 늑대와 마찬가지로 법이 미치지 못하는 존재요. 우리는 그런 자들을 없앨 용기를 가지고 있지 않으면 안되오. 이 나라의 운명은 우리들 손에 달려 있는 것이오."

그러자 엉클 애브너가 말했다.

"아니, 그것은 하느님의 손에 달려 있는 것입니다!"

"하느님이라고! 그 따위 하느님은 꼴도 보기 싫소! 조금만 방심하고 있으면 북부 녀석들이 언제나 우리를 앞지르고 말지 않소! 이런 일이 계속된다면 마침내 소송을 당하게 될 거요. 우리는 재판소의 영장에 의해 재산을 몰수당하고 말겠지. 그리고 국가를 우리 마음대로 움직이기는커녕, 돼먹지 못한 뉴잉글랜드의 변호사에게 항변하거나 반증(反證)을 제출하여 응수하는 궁지에 몰리게 될 거요."

"무력으로 대항하는 쪽이 낫지 않겠소?" 하고 엉클 애브너가 말했다.

"여보시오, 애브너 씨." 맨스필드가 말했다. "사람 웃기지 마시오. 무력이란 북부 녀석들의 성질에 맞지 않소. 그들은 장사꾼이오, 애브너 씨. 그들이 다루는 것은 증권이나 저울대인 거요."

엉클 애브너는 노인을 가만히 노려보았다.

"영국 군대가 상륙했을 때, 버지니아는 뉴잉글랜드를 그런 식으로 생각하고 있었소. 그것이 공통된 생각이었지요. 식민지 군대를 지휘하기 위해 북쪽으로 갔던 워싱턴까지도 벙커 힐 전투에 대해 보고를 받았을 때 어느 쪽이 이겼느냐고 묻지 않았소. 다만 '매사추세츠 국민군은 싸웠던가?'라고 물었을 뿐이었지요. 조금도 꺾이지 않고 용감하게 싸웠는데도 말이오."

엉클 애브너는 얼굴을 들고 곡식이 풍성하게 익어 있는 광대한 분지를 내다보았다. 그의 어조는 생각에 잠긴 듯한 말투로 바뀌어졌다.

"우리나라의 정세는 위기를 안고 있어 나는 대단히 걱정이 되오. 하느님의 손에 맡겨두면 이윽고 가라앉게 되겠지요. 하느님이 신중하게 일을 처리하면 마침내는 원만하게 가라앉게 될 거요. 그런데 맨스필드 씨, 당신이나 노예폐지론자는 일을 하느님께 맡기려 하지 않고 느닷없이 달려들어 힘으로 해결하려고 합니다. 하느님의 신중한 방법을 무시하고 당장 쉬운 수단을 쓰려는 거지요, 그리하여 유혈소동에 말려들게 됩니다. 나는 그것이 걱정스럽소."

엉클 애브너는 다시 입을 다물었다. 그 구릿빛 큰 얼굴은 무엇인가를 믿고 있는 것처럼 평온했다.

"우리나라 어디서나 일을 공정하게 처리하지 않고 있소, 나라 안 어디서도 법률이 시행되고, 폭력을 쓰지 못하게 하고, 무법자를 법정에서 공정하게 재판하여 만일 죄가 있으면 법률조문에 의해 공평하게 처벌하고, 한결같이 바른 도리를 행해 공평감을 넓히는 것— —이것이야말로 이 위기를 당한 우리가 평화에 이르는 유일한 바람인 것이오!"

엉클 애브너는 굵은 목소리로 담담하게 이야기했는데, 그 말은 마치 부피와 무게를 지닌 물체 같았다.

"노예를 선동해서 살인으로 내모는 광신자까지도 신사와 마찬가지로 배심원 앞에서 심리(審理)하라는 말이오?" 하고 맨스필드가 말했다.

"물론이지요, 맨스필드 씨" 하고 엉클 애브너가 대답했다. "신사와 마찬가지로 배심원 앞에서 말이오! 만일 광신자가 일반 시민을 죽였다면, 나는 그를 교수형에 처할 것이오, 만일 일반 시민이 광신자를 죽였다면 그 경우에도 역시 그를 교수형에 처하겠소, 재판 수속에서부터 조그마한 차별도 없이. 버지니아의 재판이 공정하다는 것을 뉴잉글랜드 사람들에게 보여주는 거요, 그러면 그들도 우리를 본받게 되고, 그리하여 우리나라 전체에 퍼져나가고 있는 무법행위도 법에 의해 제지할 수 있을 것이오."

"여보시오, 애브너 씨" 하고 맨스필드가 소리쳤다. "당신이란 사람은 정말 느긋하군. 나 같으면 그 자리에서 척 해치우고 말겠는데."

"그렇겠지요" 하고 엉클 애브너가 말했다. "저 미치광이 같은 노예폐지론자를 죽인 것은 누구일까요?"

"누구든 무슨 상관이 있겠소, 그런 짐승 같은 녀석이었는데."

"나는 알고 싶소." 엉클 애브너가 말했다.

"그렇다면 어서 밝혀내보는 게 어떻겠소?" 하고 말하고 노인은 입을 꽉 다물었다.

"벌써 밝혀내었소, 정말 기묘한 사건에 다시 기묘한 일이 얽혀들었소, 버지니아 명예를 손상시킨 일이오."

"아주 간단한 사건일세, 애브너" 라고 랜돌프가 말했다. "그는 자살한 거야."

있을 수 없는 일은 아니었다. 나라가 온통 극도의 긴장상태에 있었다. 이 중대한 시기를 만나, 사람들은 생명과 재산을 경시하기 시작하고 있었다. 당장에라도 전쟁의 불을 지르기 위해서라면 한 사람의 목숨쯤 아무것도 아닐 것이다. 그 일을 위해 목숨을 내던지겠다는 미치광이는 얼마든지 있었다. 노예 소유자에게 살인죄를 덮어씌우고, 그것을 계기로 전쟁을 일으키려던 버지니아의 한 광신자가 권총 자살했다는 것도 당시의 긴박한 정세로 볼 때 있을 수 없는 일은 아니었다. 광신자에게는 거룩한 싸움에 썩지 않을 이름을 남기기 위해서라면 자신을 제물로 내던지는 일쯤 대단한 것이 아니었으리라.

엉클 애브너는 기묘한 미소를 띠고 치안관을 바라보았다.

"맨스필드 씨는 그렇게 믿지 않을 것으로 생각하는데."

노인이 웃으며 말했다.

"멋있는 설명이오, 랜돌프 씨, 사람들에게 선전하고 싶을 정도이지만 나로서는 믿을 수가 없구료."

"믿을 수가 없다고요!" 치안관은 자기도 모르게 목소리를 높이며 엉클 애브너를 보고 이어서 노인을 쳐다보았다. "하지만 애브너, 그 여자가 한 말은 진실이라고 자네가 말하지 않았나!"

"물론이지" 하고 엉클 애브너가 말했다.

"뭐라고! 그럼, 왜 여러 말 하는 건가? 그 여자의 말을 믿고 있다면 그 여자의 말을 근거로 한 내 결론은 어째서 믿지 않는단 말인가?"

"확실한 이유가 있기 때문이네, 랜돌프, 누가 그를 죽였는지 알았기 때문이지."

"나에게도 확고한 이유가 있소, 랜돌프 씨. 이처럼 확실한 이유는 없으리라고 생각하는데 말이오." 웃음을 머금은 커다란 목소리가 복도의 기둥과 서까래에 메아리쳤다. "그놈을 죽인 것은 바로 나니까!"

엉클 애브너는 꼼짝도 하지 않았다. 랜돌프는 믿어지지 않는다는 표정으로 앉아 있었다. 치안관은 호주머니를 더듬어 권총을 꺼내 앉아 있는 의자의 반듯한 팔걸이에 올려놓았으나, 아무 말도 하지 않았다. 노인의 자백에 기가 질려버린 것이다.

노인이 일어났다. 몸은 늙어 약했지만 목소리는 낭랑했다.

"내가 무서워서, 공포에 휩싸인 못난 사나이처럼 이러쿵저러쿵 빠져나가려 할 것이라고 생각하는 모양이군."

노인은 연극조로 몸을 웅크리며 케이프를 당겨 몸을 감쌌다.

"공포라고!"

노인의 웃음 소리는 다시 단속적으로 높게 울려퍼졌다.

"애브너 씨가 믿고 있는 그리스도 교의 지옥에 있는 악마조차 두려워하는 것을 모르지 않소! 내가 그놈을 쏘아죽였소, 랜돌프 씨! 이 무서운 소리가 들리오? 나를 걱정해주는 거요? 교수형을 받고 애브너 씨가 믿는 지옥인가 하는 곳으로 갈까봐?"

노인의 목소리와 태도에 나타난 일부러 꾸며보이기 위한 공포는 거의 정말인 듯했다. 그는 의자팔걸이 위에 있는 권총을 가리키며 말했다.

"그래, 내 것이오. 애브너 씨는 알았을 거요. 맨스필드 집안의 문 장이 있으니까."

"물론 알았소" 하고 엉클 애브너는 말했다.

노인은 기묘하고 우스꽝스러운 미소를 지으며 치안관을 바라본 다음 집 안으로 들어갔다.

"기다려주시오, 랜돌프 씨. 증거를 들어 입증해 보일 수 있을 테니까."

그 말을 듣자 랜돌프는 못마땅한 듯이 중얼거렸다.

"무서워하지는 않지만, 까닭을 모르겠군. 저 사나이 말을 들으니!"

랜돌프의 말은 사실이었다. 그는 버지니아의 치안관이었는데, 그무렵 치안관은 신사만이 될 수 있었다. 개척자인 조상들이 가지고 있었던 평형감각이나 능력에는 미치지 못했고, 겉치레적인 말과 지나친 행동으로 달리고 있는 경향은 있었지만, 공포에 쫓기거나 공포를 겉으로 드러내보이는 것은 그와 전혀 관계 없는 일이었다.

노인이 붉은 박달나무 상자를 들고 나오자 랜돌프는 몸을 돌려 조용히 그를 바라보았다.

"아시겠소, 맨스필드 씨, 나는 법을 대표하는 사람이오. 따라서 당신이 살인을 저지른 이상 교수형에 처하지 않으면 안되는 거요."

노인은 발길을 멈추고 비위에 거슬리는 듯한 익살스러운 미소를 띠며 랜돌프를 쳐다보았다.

"또 공포요, 랜돌프 씨? 공포로 나를 견제하겠다는 거요? 위협을 하면 내가 꽁무니라도 빼리라 생각하는 모양이지? 위협을 당해도 나는 꿈쩍하지 않소——옛날부터. 좀 더 나은 이유를 들어보시오."

맨스필드는 상자를 열고 랜돌프가 앉아 있는 의자팔걸이에 놓인 것과 똑같은 권총을 꺼냈다. 노인은 그것을 가볍게 잡으며 말했다.

"그놈은 이리로 찾아와서 나를 보고 장황하게 늘어놓았소. 그래서 구리병 속의 요귀(妖鬼)처럼 나는 그에게 죽는 방법을 택해주었던 거요."

노인은 웃음지었다. 그 생각이 자기로서도 흡족한 모양이었다.

"녀석이 한참 장광설을 늘어놓고 있을 때 나는 권총을 갖다주었지요. 그 녀석이 서 있는 주랑 현관 층계에다 말이오. 그리고 나는 이 권총과 아버지가 기념으로 준 몸시계를 들고 여기에 앉았소. '앞으로 3분이 지나도 그치지 않으면 쏘아죽이겠다. 연설을 들어준 대가로. 시간이 다 되기 전에 쏘아! 1분이 지난 때마다 알려주지.'

나는 그렇게 말하고 여기에 앉아 있었소, 애브너 씨. 아버지가 기념으로 준 몸시계를 손에 들고. 그 녀석은 건네준 권총을 들고 계속 떠들어댔지요.

내가 큰 소리로 시간을 알려주어도 녀석은 여전히 떠들었소. '흑인의 검은 살은 피로 씻어 희게 하지 않으면 안됩니다!' 하고. 그래서 나는 말해 주었소——'1분!'

'하느님은 버지니아를 상카노고이의 점령지로 만들 것이오!'———이것이 그의 연설의 두 번째 클라이맥스였소. 그래서 '2분!' 하고 말해 주었지.

'남부는 큰 사창굴이오!'——녀석이 이렇게 외쳤을 때 '3분!' 하고 외치고 나는 약속대로 녀석을 쏜 것이오. 녀석은 총을 쏘지 않고 권총을 움켜쥔 채 어둠 속을 달려 그 오두막집으로 도망쳐 들어갔소."

잠시 침묵이 찾아들었다.

엉클 애브너는 한쪽 팔을 들어 광대한 목초지 저쪽에 나그네길을 떠나는 기분나쁜 사람의 그림자를 가리켰다.

"보시오, 맨스필드 씨, 당신은 화약의 도화선에 불을 붙인 거요. 하느님이라면 물에 적셔두었을 텐데…… 세상 사람들은 우리의 성실함을 신뢰하고 있었는데, 당신은 그것을 쳐부수고 말았소. 버지니아는 그 사람의 죽음으로 인해 면목을 나타내게 될 것이오. 그 사람이 죽었다고 해서 당신을 교수형에 처할 수는 없소!"

"그건 어째선가?"

랜돌프가 크게 외치며 벌떡 일어섰다. 분노를 견딜 수가 없었던 것이다.

"버지니아는 사략면허장(私掠免許狀) 같은 것을 인정해서는 안되네. 무법행위를 용납해서는 안돼! 맨스필드 씨든 누구든 살인을 범할 권리 같은 건 없어! 교수형에 처하지 않으면 안돼!"

엉클 애브너는 고개를 내저었다.

"아닐세, 랜돌프, 이 사람을 교수형에 처할 수는 없네!"

"어째서?" 치안관은 몸이 달아 덤벼들 듯이 말했다. "맨스필드 씨에게는 법의 힘이 미치지 않는다는 건가? 그가 저 광신자를 죽여도 특별사면 영장이 주어진다는 말인가?"

"아니, 그가 죽인 게 아닐세!" 하고 엉클 애브너는 대답했다.

랜돌프는 어이가 없었다. 맨스필드는 천천히 고개를 내저었다. 여전히 우스꽝스러운 미소를 머금고 있었다.

"아니오, 애브너 씨. 랜돌프 치안관에게 맡겨두는 게 어떻겠소. 내가 그를 죽인 거요."

노인은 경의를 표하듯 엉클 애브너에게 손을 내밀었다.

"마음놓으시오. 내가 공포에 쫓기기로 말하면 랜돌프 치안관의 교수대보다 더 큰 공포가 가까이에 있소. 그의 대배심이 심리를 시작하기도 전에 나는 죽어서 땅에 묻혀 있을 거요."

"맨스필드 씨" 하고 엉클 애브너가 말했다. "당신이야말로 마음놓으십시오. 당신은 그 사람을 죽이지 않았으니까요."

"녀석을 죽이지 않았다고!" 노인은 버럭 소리쳤다. "이런 식으로 그 녀석을 쏘았소!"

그는 의자에 앉아 붉은 박달나무 상자에서 권총을 꺼내 주랑 현관 맞은쪽의 가상인물을 목표로 정했다. 그 손이 떨리지 않았으며, 강철제 총신이 햇빛을 받아 번쩍 빛났다.

"그런 식으로 쏘았으니까 그 녀석을 죽이지 못한 거요." 엉클 애브너가 말했다. "아시겠습니까, 맨스필드 씨? 그 노예폐지론자의 목숨을 앗은 권총은 거꾸로 잡고 아주 가까운 거리에서 쏜 것이었소. 죽은 사람의 얼굴에 난 불탄 자국은 총알구멍 아래에 나 있었지요. 만일 보통 방법으로 쏘았다면 탄 자리는 총알구멍 위에 나 있을 거요. 이것은 권총에 의한 상처의 법칙이오. 무기를 거꾸로 쥐게 되면 탄 자리도 거꾸로 나게 마련이오. 아래위를 거꾸로 잡고 쏘았기 때문에 탄 자리가 상처 아래로 나 있는 거요."

익살스러운 미소를 머금고 있던 노인의 얼굴에 놀란 빛이 짙어갔다.

"그럼, 내가 잘못 쏜 거라면 녀석은 어떻게 죽은 거지요?"

엉클 애브너는 랜돌프가 앉아 있는 의자팔걸이에 놓인 권총을 들어올렸다.

"맨스필드 씨가 건 터무니없는 결투에서 그는 총을 쏘지 않았네. 그런데도 이 권총에는 발사된 흔적이 있어. 알겠나, 잘 보게, 총신의 날카로운 모서리에 핏자국이 묻어 있잖나. 이것으로 짐작할 수 있었네. 어떤 일이 있었던가를.

권총을 손에 든 그 미치광이는 극도로 흥분해서 저 오두막집으로 들어가자 자신을 '피의 희생'으로 바침으로써 전쟁을 일으키려고 했던 걸세. 이때 누군가가 그의 미친 짓을 방해했지——총신을 잡고 서로 옥신각신하는 동안 말리던 사람의 손에도 상처를 입었네. 그 오두막집에서 손에 상처를 입었던 사람은 누구인가, 랜돌프?"

"으음!" 하고 치안관은 외쳤다. "가시나무를 엮고 있던 그 여자로군! 손의 상처를 숨기기 위해 그걸 만들고 있었던 거야!"

엉클 애브너는 광대한 목초지 저쪽에 있는 자그마한 사람의 그림자를 바라보았다. 사람의 그림자는 오하이오 강으로 통하는 저쪽 큰길 위의 황혼으로 녹아들려 하고 있었다.

"그래, 손의 상처를 숨기기 위해서였던 걸세" 하고 엉클 애브너가 말을 받았다. "어쩌면 죽은 사람의 사명을 알아차리고 그것을 상징하기 위해서였는지도 모르지. 하느님의 온갖 수수께끼 가운데 여자의 마음처럼 바닥을 알 수 없는 것도 없을 걸세."

양녀

"어때요, 미인이지요, 랜돌프 씨?"

베스페이션 플로노이는 프랑스 브랜디가 든 손잡이 달린 술잔을 들고 있었다. 그것을 한 모금 마시고 나서 테이블 위에 놓았다.

그것은 버지니아에서 가장 색다른 집이었다. 이국풍의 건축이었던 것이다. 2층 전체가 동쪽으로 내달아 있고, 두 개의 넓은 방으로 나뉘어져 있으며, 천장까지 닿아 앞으로도 옆으로도 열 수 있는 창문으로부터 햇빛이 비쳐들어왔다. 맑게 갠 아침이었다. 집 밖은 누렇게 말라, 햇살에 타서 시들어버렸다.

엉클 애브너와 랜돌프 치안관, 이 고장 출신의 늙은 의사 스톰, 그리고 이 집 주인 베스페이션 플로노이가 그 엄청나게 큰 방 중 하나에 모여 있었다. 그들은 테이블을 둘러싸고 앉아 있었다. 마호가니로 된 영국제의 길다란 테이블로, 범선에 실려 멀리까지 온 물건이었다. 키가 낮은 프랑스 산 브랜디 병과 술잔들이 몇 개 놓여 있었다. 플로노이는 한 모금 마시자 자유분방한 기분을 되찾았다.

그리고 그는 곁눈으로 랜돌프를 흘겨보고 나서 방금 들어온 소녀에게 시선을 옮겼다.

그는 반할 것만 같은 사나이였다. 어제나 그저께까지는. 아테네에서 금방 온 듯한 몸매, 지금은 벌써 잊어버렸지만 아르노 강변의 주조장(鑄造場)에서 빚어낸 듯한 얼굴, 부드럽게 굽이치는 마호가니 빛깔의 머리카락. 벨벳같이 부드러운 이탈리아의 알밤꺼풀을 연상시키는 눈. 하늘로부터 받은 이 여러 가지 아름다움도 지금은 지옥의 마술에 의해서인지 얄미운 것으로 바뀌고 말았다.

악마 같은 매력——이 사나이의 얼굴을 들여다보면 문득 그런 말이 생각난다. 독한 술에 취해 악마의 소리를 내뱉고 있기 때문일까——어제 아니면 그저께? 아니, 실은 그렇지도 않다. 시간의 경과와 고모라의 죄업을 쌓았기 때문일 것이다. 넥타이도 주름장식이 달린 멋진 셔츠도 때가 묻어 있었으며, 비단 조끼에는 술 얼룩이 묻어 있었다.

"프랑스 후작의 딸이지요, 어떻습니까?" 플로노이가 말했다. "그런데 하느님의 장난으로 노예로 팔려왔답니다. 수녀원 뜰에서 납치되었다면, 어떻습니까! 뉴올리언스의 혼혈아를 둘러싼 전설이지요!"

전설인지 아닌지는 그만두고, 지금 그가 말한 표현에 어울리는 소녀였다. 얼굴 윤곽은 턱 있는 곳에서 한 점으로 마무리되어 있고, 살결은 동양인같이 약간 올리브 색이었다. 정말 전형적인 미인이었다. 몸의 선 한 가닥, 얼굴 생김새 하나 고칠 데가 없었다. 그녀는 지금 아침 햇빛을 받으며 문 앞에 서 있었다. 그 무렵 어린 소녀들이 입던 고전적이며 매혹적인 옷을 입고서 정말 수녀원 뜰에서 납치된 신분이 높은 소녀 같았다! 그녀가 술취한 플로노이에게 불려들어온 것이었다. 그녀의 얼굴에는 공포의 빛이 떠올라 있었다.

플로노이는 듣기 싫은 탁한 목소리로 말을 계속했다.

"우리 형 세퍼드가 공유지(共有地)를 둘러보러 왔다가 이 아이를 양딸이라면서 내게 소개해 주었지요. 그런데 그 형이 지난밤 이 방에서 갑자기 세상을 떠났기 때문에 사망진단을 받을 생각으로 시체를 보살피던 중——글쎄, 여러분, 10년 전의 이 진품(珍品), 매도증서가 나오지 않았겠습니까?"

어쩌면 정말 수녀원 뜰에서 납치되어 온 프랑스 귀족의 딸인지도 모릅니다! 하지만 우리 형 세퍼드가 납치한 건 아니오. 형은 이 아이를 양딸로 삼았지요. 감상적인 동기에서일지도 모르지만. 뭐 그런 거겠지요! 아무튼 법률적으로 볼 때 이것도 하나의 재산이니까 상속인의 손으로 넘어간다고 생각되는데, 어떻습니까, 랜돌프 씨?

플로노이는 접혀 있는 누런 종이를 테이블 너머로 내밀었다.

치안관은 거의 입을 대지 않은 유리잔을 내려놓고 매도증서를 살펴보았다.

"서식이 제대로 갖추어져 있군요. 그리고 법률조문에 대한 해석도 당신 말이 맞소. 그러나 조문대로 강행하겠다는 건 아니겠지요?"

"어째서요, 랜돌프 씨?" 하고 플로노이는 외쳤다.

치안관은 상대방 사나이의 얼굴을 똑바로 바라보며 말했다.

"뜻하지 않은 일로 고스란히 굴러들어온 게 아니오? 아버님이 돌아가시자 당신과 형 세퍼드 씨가 재산을 공유하게 되었다가 이번에 형이 죽었기 때문에 당신 혼자 상속인이 된 거요. 하지만 형님의 양딸까지 떠맡고 싶지는 않겠지요?"

치안관은 잠시 말을 끊었다.

"이 매도증서는 범행 의사를 동반하지 않은 것으로, 법정에 제출했을 경우 미계약 목적에 대해서는 무효가 되오. 그리고 또한 이 증서는 이 소녀의 신분을 증명하여, 출생을 둘러싼 허위나 전설을 부정하는 역할도 해줄 것이오. 세퍼드 씨가 그런 이야기를 진실로 믿고 이 아이를 사서 도와주고, 아직 어렸을 때 비공식이지만 양딸로 삼았다는 말은 재판관들도 믿어줄지 모르오. 그러나 이 증서가 결정적인 것으로 인정되어 얼토당토않은 추측 따위를 받아들여주지는 않을 것이오."

"아니, 이건 유효하오!" 하고 플로노이는 외쳤다. "나는 상속하겠소! 남의 것이라고 해서 쉽게 권리를 부인당할 수는 없지요."

그 얼굴에는 참으로 호색한다운 표정이 떠올라 있었다.

"이 아이를 단념하라고! 어른이 될 때까지! 랜돌프 씨, 나는 이 귀여운 미인을 위해서라면 세퍼드에게 10달러짜리 금화 5백 개를 주어도 아깝지 않을 정도요. 10달러 짜리 금화 5백 개, 그것도 현금으로 말이오! 이 아이를 좀 보시오, 랜돌프 씨. 당신도 여자를 잊을 정도의 나이는 아니겠지요? 매끈한 복숭아뼈, 날씬한 몸매, 더러 부렛(純種의 말)처럼 차분한 모습. 프랑스 후작의 피를 이어받았고말고요. 틀림없소! 흑인의 피가 조금 섞였다고 해서 더러워지지는 않지요!"

자기 스스로 생각해도 멋있는 말을 했다고 여겨졌는지 무심코 손가락을 탁 통기며 그는 웃었다.

"덕분에 귀부인이 상품(商品)이 된 셈이군! 아니, 경우에 따라서는 당신 말대로 흑인의 피 같은 건 한 방울도 섞이지 않았는지 모르오. 보십시오, 세퍼드가 만일 이 아이를 경매에 내놓았다면 나는 1만 달러라도 불렀을 거요. 1만 달러 말이오! 그것이 지금 거저 손에 들어오게 되었소. 형이 이 집에서 갑자기 죽었기 때문에 이 아이는 상속인인 내 재산이 된 거요!"

그것은 틀림없는 사실이었다. 베스페이션 플로노이와 그 형 세퍼드는 아버지가 세상을 떠나자 그 유산을 공유했다. 둘 다 독신이었다. 그런데 이번에 세퍼드가 죽었기 때문에 동생이 법이 정한 바에 따라 죽은 사람의 유산에 대한 유일한 상속인이 된 것이다. 집이며 땅이며 노예며.

한 치 앞이 어둠이라는 말이 있지만, 주사위눈이 바뀌듯이 일은 한 순간에 갑자기 일어났던 것이다.

그날 새벽, 베스페이션 플로노이는 그 지방 의사 스톰과 랜돌프 치안관과 엉클 애브너를 급히 불러오도록 흑인 노예에게 시켰다. 지금 그들이 앉아 있는 이 방에서 한밤중에 세퍼드는 촛불을 들고 일어나려다가 쓰러졌다고 한다. 플로노이의 말에 따르면, 그가 달려왔을 때 형은 이미 숨이 끊어져 있었다는 것이다. 시체는 지금 매장하기 위해 얼굴에 화장을 시킨 다음, 수의에 싸여 옆의 큰 방에 누워 있었다.

늙은 의사 스톰이 시체를 벌거벗기고 조사했으나 아무 상처도 없었다고 한다. 시체에는 긁힌 상처도 맞은 상처도 없었다는 것이다.

그로서는 목숨을 유지하는 데 절대적으로 필요한 어떤 기관이 갑자기 정지해 버렸는지 알 수가 없었다. 아마 심장 근육이 툭 끊어진 것이라고 그는 말했다. 어찌되었든, 어떤 종류의 것이 되었든 폭력을 당해 죽은 것도 아니고, 독으로 죽은 것도 아니었다. 스톰 의사의 말에 따르면 독약이나 독초에 의해 죽으면 피부에 그 반응이 나타나서, 아는 사람이면 칼에 의한 상처나 죽인 사람의 손톱자국처럼 곧 알아볼 수 있다고 한다.

'하느님의 섭리에 의한' 자연사라는 것이 랜돌프가 내린 판정이었다. 랜돌프 치안관과 늙은 스톰 의사는 사실을 요약해서 검시와 법적인 수속을 행했던 것이다.

엉클 애브너는 이 판정에 한 마디도 다른 의견을 말하지 않았다. 그는 찾아와 잠자코 바라보고 있었다. 그러나 랜돌프의 판정서에 씌어진 '하느님의 섭리'라는 말에는 큰 몸짓을 섞어가며 이의를 외쳤다. 인간의 비참한 일에 이런 말을 쓰다니 참을 수 없었던 것이다. '하느님에게 버림받아'라고 써야 옳지 않겠느냐고 그는 말했다. 하지만 그

다지 못마땅한 기색은 보이지 않았다. 어쩐지 몹시 당황하고 있는 것 같았다.

베스페이션 플로노이에게 불려들어온 소녀가 값이 매겨지고 있는 동안에도 엉클 애브너는 잠자코 있었다. 플로노이의 말을 듣고 그의 의도를 명백히 알아차리자, 엉클 애브너의 표정과 그 커다란 턱이 굳어졌다. 햇빛에 그을린 얼굴 피부 밑에 쇠붙이를 끼워넣은 것 같았다.

엉클 애브너는 테이블에서 좀 떨어진 의자에 앉아 있었다. 일요일에 설교단 앞 의자에 앉아 있을 때처럼 꼼짝도 하지 않고 생각에 잠겨.

랜돌프와 베스페이션 플로노이가 이야기를 주고받고 있었다. 스톰 노인은 팔짱낀 채 고개를 떨구고 있었다. 시체의 조사를 끝마친 순간 관심이 없어졌는지, 아니면 시체가 안치되어 있는 옆방에만 관심이 있는 것인지 산 사람의 세계에 대해서는 영원히 눈을 감고 있었다. 마치 수수께끼 집의 창 덧문처럼 굳게 닫혀 있었다. 그는 값싼 물건이라도 보는 것처럼 흥미없는 듯이 소녀를 흘끗 바라보았을 뿐이었다.

대화가 진행되고 스톰이 고개를 떨구고 있는 동안 잠자코 공포에 떨고 있던 소녀가 재빨리 엉클 애브너의 쪽을 보고 호소하기 시작했다. 공포에 찬 눈길이 그림자처럼 스쳐지나갔다. 그들이 둘러앉은 큰 테이블은 폭이 넓은 판자로 되어 있는데, 조각한 다리가 줄지어 있고 방바닥 조금 위로 선반 같은 것이 달려 있었다. 공포에 찬 재빠른 눈길로 소녀는 엉클 애브너의 주의를 이 판자에 돌려지게 했던 것이다.

마호가니를 붙인 긴 테이블로, 그 길이 전체에 걸쳐 선반이 만들어져 있었다. 엉클 애브너가 선반으로 시선을 옮기자 거기에는 희고 검은 바둑판무늬의 큰 천이 접혀 있고, 엄청나게 큰 상아로 만든 체스 말이 놓여 있었다. 그 천은 테이블 위에 펴놓게 되어 있었다. 체스 말이 판의 눈금에 비해 이상할 정도로 컸다. 말머리에 붙어 있는 둥근 손잡이는 구슬만한 크기였다. 이런 것들 옆에 그 무렵 유행하던 결투용 권총을 넣은 박달나무 상자가 놓여 있었다.

엉클 애브너는 몸을 구부려서 그런 물건들을 꺼내 테이블 위에 놓았다.

"플로노이 씨, 당신은 형님과 체스를 했군요."

플로노이는 얼른 뒤돌아보고 잠시 망설이더니 유리잔을 입으로 가지고 갔다.

"될 수 있는 한 형을 즐겁게 해주려고 했지요. 이 버지니아 산골에는 카페도 없고, 눈요기할 댄서도 없으니까요.."

"무슨 내기를 했지요?" 하고 엉클 애브너가 물었다.

"깜박 잊었는데요, 애브너 씨." 하고 플로노이는 대답했다. "아무튼 시시한 것이었지요."

"그래, 누가 이겼지요?"

"내가 이겼습니다." 상대방 사나이는 곧바로 대답했다.

"허, 이긴 것은 기억하고 있으면서 내기를 해서 차지하게 된 것은 잊었단 말입니까! 좀 생각해 보는 게 어떻겠소, 플로노이 씨."

플로노이는 얼굴이 빨개져서 대들었다.

"그런 건 아무래도 좋지 않소, 애브너 씨. 오늘부터는 모두 다 내 거니까요!"

"하지만 어제 저녁까지는 그렇지 않았잖소" 하고 엉클 애브너가 말했다.

"내가 내기해서 이겼으니까 모두 내 것이오!"

"그 점에 대해 조금 설명해 보았으면 하는데 내기에 이겨도 상대가 건 것을 차지하지 못하는 경우가 있소. 달라고 우겨도 진 쪽에서 버티는 일이 있지요. 내기한 물건이 클수록 진 쪽이 약속을 지키지 않으려고 하는 경우가 있단 말이오. 그러면 이긴 쪽은 어떤 수단을 쓰게 될까요?"

사나이는 유리잔을 내려놓고 몸을 앞으로 내밀며 엉클 애브너를 가만히 바라보았다.

엉클 애브너는 천천히 손을 내밀어 박달나무 상자에 붙어 있는 은 손잡이를 가만히 돌렸다.

"그런데 어떤 종류의 사람은 내기에 이겼는데 약속을 안 지키면 법정이나 법률에 호소하지 않고 손에 익은 수단에 의해 요구를 관철시키려고 하지요."

그는 상자를 열고 그 무렵 흔히 볼 수 있는 권총 두 자루를 꺼냈다. 그의 얼굴이 곧 당혹으로 어두워졌다. 두 자루 모두 때묻은 데가 없고 장전되어 있었기 때문이다.

플로노이는 단정한 얼굴에 턱을 괴고 웃었다. 악마와 함께 추방되었다가 천사장(天使長) 미카엘이 이끄는 군대에 이기고 잠시 지옥을 잊은 천사 같은 얼굴이며 웃음이었다. 그는 외치듯 말했다.

"애브너 씨, 당신은 습관이라는 것에 사로잡혀 터무니없는 망상에 빠져 있군요!"

그는 목청을 울려가며 웃어댔다.

"당신이 생각하고 있는 것을 정리해 볼까요? 대단히 훌륭한 생각입니다. 좀 결함이 있기는 하지만 여간 훌륭한 것이 아닙니다. 극적인 긴장감도 풍부하게 담겨져 있고 말입니다. 당신이 머릿속에 그리고 있는 생각을 대충 이야기해 볼까요? 걱정할 필요 없습니다. 교활한 악한에게 마음을 쓰거나, 그 사악한 성질을 누르거나 하여 모처럼의 상상력을 해치는 일은 하지 않을 테니까요. 비열한 녀석의 못된 짓을 폭로해 보이겠소!"

플로노이는 잠시 말을 끊고 연극조로 과장되게 비웃음지었다.

"초목도 잠드는 한밤중——이 집에서 베스페이션 플로노이는 그의 형 세퍼드와 테이블을 사이에 두고 마주앉아 있었다. 그는 에사이의 아들 다윗 왕 못지않은 탐욕을 가슴에 품고 있었다. 그는 프랑스 귀족의 딸을 차지하려 하는 것이다. 운명의 장난에 의해 어려서 노예로 팔렸으나, 조심을 게을리하지 않는 하느님의 섭리에 의해 형 세퍼드의 손에 넘어와 양딸로 맞아들여지게 된 그 소녀를!

여보시오, 애브너 씨, 비극시인의 방식에 꼭 들어맞지 않습니까?

악한 베스페이션 플로노이는 온갖 수단을 다 써서 소녀를 사려고 했으나, 그 꿈은 모조리 좌절되었다. 마침내 악마에게 부추김을 받아 눈 앞의 하느님도 두려워하지 않고 형 세퍼드와 체스를 하여, 집도 땅도 다 자기 것으로 만든 그는 금화까지 하나 남기지 않고 다 앗아버렸다. 결국 형을 비웃어 마지막 내기에 응하도록 만들었으며, 이피게니아 같은 이 소녀에게 모든 것을 다 걸었다. 그러자 눈에 보이지 않는 악마가 나타나 열광적으로 플로노이에게 가세한다. 그리하여 그가 이긴다. 그러자 형 세퍼드는 자신의 어리석음을 깨닫고 공포에 사로잡혀서 약속을 깨뜨리려 한다. 두 사람은 테이블을 사이에 두고 결투를 벌인다. 그리하여 사격의 명수인 플로노이가 형 세퍼드를 쏘아죽인다!

여보시오, 애브너 씨, 이것은 《시학(詩學)》의 줄거리요. 정말 완벽하지요. 하나도 모자라는 점이 없소. 이것은 연결시키면 에우리피데스의 시법에 꼭 들어맞을 거요!"

열변을 토하는 그 더럽혀진 단정한 얼굴, 소담스러운 곱슬머리의 아름다운 청년은 술기운과 말의 힘에 의해 생기있고 늠름해 보였다. 스톰 노인은 여전히 다른 곳만 보았다. 랜돌프는 유창한 연설이라도 듣고 있는 것처럼 귀를 기울이고 있었다. 엉클 애브너는 테이블 위의 물건들을 앞에 놓고 당혹한 빛을 뚜렷이 보이며 가만히 앉아 있었다. 이야기 하는 사람의 시선이 엉클 애브너에게 쏠리면 소녀는 이따금 힘을 북돋으려는 듯 줄곧 체스 말에 주의를 기울이게 했다.

엉클 애브너는 맥없이 책상 위를 만지는 듯이 하며, 체스 말을 손에 들고 만지작거리기 시작했다. 이윽고 그는 손을 멈춰 말 하나를 손으로 덮었다. 그것은 보(步)의 하나였다. 다른 말과 같은 크기였는데, 그 위에 달린 둥근 상아 손잡이가 떨어져나가 있었다. 톱으로 잘라낸 것이었다!

플로노이는 자신의 생각에 정신이 팔려 이런 것은 눈치채지 못한 채 자기 변론에 취해 연설을 계속했다.

"이거야말로 그리스 비극의 시법, 5세기 아테네의 시법, 소포클레스와 아이스퀼로스의 극작술(劇作術)이오, 그리스적 숙명론에 꼭 들어맞는 셈이지요, 운명——그것도 이교적인 좋지 못한 운명——이 사람의 일을 지배한다고 하는 사고방식에 말이오, 하늘을 우러러 부끄러움이 없는 사람은 교활한 악인에게 이길 수 없다. 착한 사람 세퍼드는 죽고 악한 사람 베스페이션은 소녀며 재산이며 토지를 모두 차지하여 길이길이 행복하고 화려한 일생을 보내게 될 것이다!"

엉클 애브너의 얼굴은 생각에 잠겨 있었다. 베스페이션은 자신의 재치에 당황하고 있는 것이리라고 생각하는 듯했다.

"그런데 그 결말이 당신 마음에 들지 않겠지요, 애브너 씨? 아리스토텔레스가 《시학》에서 이 방식을 집대성했는데, 뒤에 루테르와 칼빈과 웨슬레이가 나타나 악한 일은 벌을 받는다는 말을 외쳤지요——즉 악한 사람 베스페이션의 심장에는 단검이 꽂히고, 소녀 노예는 하느님의 뜻에 의해 처녀를 지킨다——당신이 바로 그 하느님의 섭리에 의해 뒤처리를 하기 위해 나타난 것이다!"

엉클 애브너는 손잡이가 떨어져나간 체스 말을 쥔 채 생각에 잠긴 조용한 얼굴을 사나이에게로 돌렸다.

"꽤 많은 비극시인을 인용하는군요. 그렇다면 나도 인용해 볼까요. '가끔 암흑의 수단이 진실을 말해 주는 법!' 지금 한 이야기에는 어느 정도의 진실이 포함되어 있는 거요?"

"애브너 씨, 당신이 찾고 있는 것이 망상이 아니라 진실이라면, 어느 정도고 뭐고 따질 것도 없소. 만일 현실이라는 굳은 벽이 없다면, 무지개빛 공상의 비누방울을 불어 별을 향해 날아가는 것을 지켜보는 것도 좋겠지요. 그러나 슬프게도 현실이라는 굳은 벽에 부딪쳐 깨지고 맙니다.

우선 첫째, 권총이 발사되어 있지 않거든요!"

"탄환을 다시 넣는 정도쯤은 문제없었겠지요!" 하고 엉클 애브너가 대답했다.

"그러나 쏘았다면 상대방의 몸에 총알 흔적이 남았을 게 아니오, 애브너 씨?"

플로노이는 잠시 말을 끊고 늙은 의사에게로 시선을 돌렸다.

"랜돌프 씨를 부르러 사람을 보냈을 때, 사람을 시켜서 스톰 씨도 불러왔지요. 사실이 아닌 소문이 퍼진다면 참을 수 없을 것 같아서 말이오. 그에게 물어보아주시오. 형의 몸에 폭력을 가한 흔적이 있었는지 어떤지."

늙은 의사는 주름투성이인 얼굴을 들어 말했다.

"전혀 없었소!"

베스페이션 플로노이는 테이블에 몸을 내밀 듯이 하며 말했다.

"확실하지요? 잘못 생각한 것은 아니지요?"

노인은 힘차게 손을 내저으며 대답했다.

"물론 확실하오! 나는 몇 천이나 되는 시체를 다루어 왔소! 잘못 보았을 리가 없소!"

베스페이션 플로노이는 구제할 길 없다는 듯이 두 손을 들었다.

"안됐지만 애브너 씨, 그 명론탁설(名論卓説)은 버리지 않으면 안 되겠는데요. 당신의 창작력은 대단하지만 말입니다. 이런 일만 아니라면 사람들에게 들려주고 다녀도 좋을 만합니다그려! 하지만 애브너 씨, 스톰 의사도 세상 사람도 총에 맞으면 총알 흔적이 남는다고 하거든요. 경험에 바탕을 둔 확신을 뒤집어엎는다는 것은 아마 무리일 거요. 안됐지만 애브너 씨, 당신도 이곳 버지니아에서 평판을 떨어뜨릴 수는 없겠지요. 어찌 되었든 생각을 고치지 않으면 안되겠는데요."

플로노이는 말을 마치자 손바닥을 펴서 이마에 대고 깊이 생각하는 시늉을 했다.

한순간 사나이의 얼굴이 가려지자 문 앞에 서 있는 소녀가 엉클 애브너를 향해 손가락으로 가리키듯 묘한 몸짓을 했다.

베스페이션 플로노이는 손을 떼다가 소녀의 표정을 흘끗 보고 소리 높여 웃으며 주먹을 불끈 쥐어 테이블을 쾅 내리쳤다.

"저런! 이거 놀랐는데! 수줍은 아가씨가 애브너 씨에게 윙크를 하다니!"

그가 본 것은 소녀의 남은 표정뿐이었다. 호소하는 듯한 힘찬 몸짓은 보지 못했던 것이다. 그는 질투로 미친 듯이 목소리를 거칠게 하여 외쳤다.

"이 집에서 내 여자가 다른 남자에게 추파를 보내거나 하는 것을 잠자코 보고 있을 수 없소. 결투로 결말을 짓고 말겠소, 애브너 씨! 경고해 두지만, 이곳 버지니아 산 속에서 나만큼 정확한 눈과 정확한 솜씨를 가지고 있는 사람은 없을 거요!"

그건 사실이었다. 이 사나이는 이 지방의 으뜸가는 명사수였던 것이다. 열 걸음 떨어진 곳에서 권총을 쏘아 노끈을 끊을 수 있고, 방맞은쪽 끝 융단에 꽂아둔 핀을 맞힐 수도 있었다. 그 무렵의 권총을 가지고서도 그의 솜씨에는 조금도 실수가 없었다.

"이 귀여운 소녀를 빼앗기고는 참을 수가 없지. 자아, 어떻게 되든 무기를 골라잡으시오, 애브너 씨, 결투에 의해 이 유혹의 결말을 짓지 않겠소?"

농담하는 듯한 가벼운 말투였다. 그러나 엉클 애브너는 뭔가 뜻하는 것이 있는지 활짝 얼굴을 빛냈다. 조금 전까지 온갖 생각을 다 해보았는데도 뭐가 뭔지 갈피를 잡을 수 없었던 사태의 윤곽이 풀리기 시작한 모양이었다.

엉클 애브너는 놀랍게도 플로노이에게 손을 내밀어 권총을 받아들더니 별안간 테이블 맞은편 난로 선반의 나무로 된 부분을 향해 쏘았다. 그리고 일어나 총알이 맞은 흔적을 살펴보았다. 총알은 겉에 붙인 나무판자에 완전히 박혀 있지 않았다.

"으음, 가볍게 장전해 두었군요, 플로노이 씨" 하고 엉클 애브너가 말했다.

사나이는 당황해 하면서 곧 대답했다.

"애브너 씨, 그것이 비결이오. 권총을 어떻게 잡느냐 하는 데 달려 있지요. 총을 쏘는데 피하지 않으면 안될 일이 두 가지 있는데——방아쇠를 당길 때의 흔들림과 쟁인 탄약의 반동에 의해 일어나는 총구의 퉁겨짐이 바로 그것이오. 총알 뒤에 화약을 가득 채워 두어서는 무기를 마음대로 조종할 수가 없지요. 한 치 안 틀리게 쏘아맞히려면 가볍게 장전하지 않으면 안됩니다."

그것은 무시할 수 없는 설명처럼 생각되었다. 정말 총의 흔들림을 막기 위해 그렇게 해둔 것인지, 아니면 보다 기묘한 사정이 있어서인지 아무도 알 수 없었다.

"그렇지만 플로노이 씨" 하고 엉클 애브너가 말했다. "결투의 목적이 상대를 죽이는 데 있다면, 이 정도의 화약으로는 목적을 달성할 수 없을지도 모르지 않소?"

"그렇지 않습니다, 애브너 씨" 하고 사나이는 대답했다. "사람의 몸뚱이는 약하거든요. 뼈 부분만 피한다면 쟁인 화약의 양이 얼마 안되어도 급소에 총을 쏘아넣을 수 있지요. 실을 꿰는 것도 아니고, 상대의 몸뚱이를 꿰뚫어보아야 무슨 소용 있습니까? 급소에 총알을 쏘아넣을 정도의 화약으로 충분합니다."

"상대를 쏘아 꿰뚫지 않는 데 뜻이 있는지도 모르겠군" 하고 엉클 애브너가 말했다.

플로노이는 태연히 그를 바라보고 나서, 그 자리에 어울리지 않는 몸짓을 해보이며 말했다.

"뜻 같은 건 없소, 애브너 씨. 다만 쏘아 꿰뚫어보아야 아무 소용이 없다는 거지요.

아무튼 목적은 한 치 틀리지 않게 쏘아넣는 것과, 목표로 정한 곳에 정확히 총알을 쏘아넣기만 하면 되는 거니까 말이오. 두고 보시오, 가벼운 장약(裝藥)의 효과를."

그는 다른 한 자루의 권총을 집어들자 한순간 과녁을 겨냥하고 방금 엉클 애브너가 뚫은 총탄구멍을 향해 쏘았다. 난로 선반의 나무판자에는 아무 흔적도 나타나지 않았다. 장전되어 있었다면, 그 총알이 완전히 사라져 없어져버린 것처럼 생각되었다. 그러나 자세히 보니, 아까 엉클 애브너가 쏘아넣은 총탄에 명중해서 그것을 좀 더 깊이 파고들어가게 했음을 알 수 있었다. 놀라우리만큼 정확한 솜씨였다. 이 사나이의 솜씨가 이 지방의 이야깃거리로 되어 있는 것도 무리가 아니다.

엉클 애브너가 혼잣말처럼 중얼거렸다.

"흐음, 대단한 솜씨로군!"

그는 테이블로 돌아가더니 우뚝 선 채 플로노이를 굽어보았다. 그의 왼손에는 손잡이가 떨어져나간 상아로 만든 체스 말이 꼭 쥐어져 있었다. 소녀는 값이 매겨지고 있는 물건답게 문 앞에 서 있었다. 스톰과 랜돌프는 까닭을 알 수 없다는 듯 바라보고 있었다.

"플로노이 씨" 하고 엉클 애브너가 말했다. "당신은 우리에게 믿게 하려고 한 그 이상의 진실을 말해 주었소. 세퍼드 씨는 어떻게 해서 죽었지요?"

플로노이의 얼굴표정이 달라졌다. 그의 손가락은 권총을 꽉 잡고 있고, 눈에는 결심과 경계의 빛이 넘쳤다.

"이거 지긋지긋하군. 또 그 이야기를 되풀이하라는 거요? 세퍼드는 넘어져서 죽은 거요. 당신이 서 있는 근처──이 방 그 테이블 옆에서. 나는 의사가 아니므로 왜 죽었는지 짐작도 가지 않소. 그것을 알아내달라고 하기 위해 스톰 씨를 부른 거요."

그러자 엉클 애브너는 색다른 모습의 늙은 의사를 바라보았다.

"스톰 씨, 세퍼드 플로노이는 어떻게 해서 죽었습니까?"

노인은 어깨를 움츠리고 위엄있는 두 손을 내밀며 대답했다.

"글쎄…… 아마 심장이겠지요, 아무 흔적도 없으니까요."

갑자기 랜돌프가 말참견을 했다.

"애브너, 그런 걸 물어보아야 아무도 대답할 수가 없네. 내장이 터지거나 하면 우리는 죽는 거야. 세퍼드 씨의 사인(死因)은 짐작도 할 수 없는 걸세."

"아니," 엉클 애브너가 말했다. "짐작이 간다고 생각되네."

"그게 무슨 말인가?" 하고 랜돌프가 말했다.

"웅변가인 베스페이션 플로노이 씨가 방금 들려준 이야기에서 짐작이 갔는데, 사무엘서(書)를 생각하며 말한 게 아닌가 여겨지네."

엉클 애브너는 말을 끊고 사나이를 보았다.

베스페이션 플로노이는 일어섰다. 얼굴표정과 태도가 달라졌다. 그의 목소리에는 단호함과 위협적인 울림이 담겨 있었다.

"애브너 씨, 이제 그 이야기는 그만두시오, 나는 당신의 불유쾌하기 짝이 없는 억측을 가볍게 받아넘기고, 반박할 여지가 없는 사실로써 제대로 대답해 주었소. 이제 그 이야기는 더하고 싶지 않소, 신사답게 내 몸의 결백을 증명해 주지 않겠소?"

엉클 애브너는 상대방 사나이의 얼굴을 가만히 바라보았다.

"플로노이 씨, 만일 중세적인 방법으로 몸의 결백을 증명하고 싶다면 보다 간단하고 손쉬운 방법이 있는데, 어떻겠소? 버지니아에서는 결투 재판이 금지되어 있지요, 법정에 의해 금지되고 있으므로 그 방법을 쓸 수는 없소, 그런데 내가 제안하는 방법도 역시 중세적인 것이오, 하느님이 섭리에 의해 유죄냐 무죄냐 심판하는 것, 이것 역시 옛날부터 내려온 확고한 신념에 바탕을 둔 방법인데, 이것은 법에 위반되지 않소."

그는 잠시 말을 끊었다.

"결투 재판과, 배설물 검사와, 새빨갛게 달군 괭이날에 의해서 유죄냐 무죄냐를 알 수 있다고 믿었던 시대의 사람들은, 살인범이 그 피해자에게 손을 대면 죽은 몸에서 피가 흘러나온다고 믿고 있었지요!

그런데 플로노이 씨, 만일 이들 중세적인 방법을 쓴다면 마지막으로 말한 방법이 좋겠지요…… 나와 같이 가서 형 세퍼드 씨의 시체를 만져보아주시오, 그러면 그 결과를 인정하기로 하겠소."

엉클 애브너가 농담을 하고 있다고 믿어지지는 않았지만, 그 참뜻을 알 수 없었다.

스톰과 랜돌프, 그리고 문 앞에 서 있는 소녀까지도 어이없는 듯이 엉클 애브너를 바라 보았다.

베스페이션 플로노이는 깜짝 놀라 소리쳤다.

"당치도 않은 소리! 미신에 빠져 정신이 돈 모양이군. 당신은 그런 걸 믿고 있단 말이오?"

엉클 애브너는 대답했다.

"차라리 그렇게 믿고 싶은 거요. 결투에 의해서 하느님이 범인을 쏘아죽이게 한다고 믿기보다는."

그의 말투는 단호하고 엄숙했다.

"만일 나의 의심을 벗어나고 싶으면, 떳떳하게 토지와 재산을 상속하고 싶으면 우리 증인들 앞에서 형 세퍼드의 시체에 손을 대보시오. 겉으로 드러난 상처는 없다고 했소. 스톰 씨가 조사한 바로는 피가 나는 상처구멍도 없다고 했소. 그리고 당신 자신도 형님의 죽음에는 전혀 이상한 점이 없다고 말하지 않았소? 따라서 당신으로서는 아무 위험도 없는 셈이오. 그렇게 해주면, 랜돌프가 말한 것처럼 세퍼드 플로노이는 '하느님의 섭리'에 의해 죽었다고 말을 타고 다니며 선전해 주겠소."

그는 옆방 쪽으로 팔을 뻗치며 테이블 너머로 플로노이의 얼굴을 들여다보았다.

"자, 먼저 들어가서 시체에 손을 대주시오."

"당치도 않소!" 하고 사나이는 외쳤다. "하지만 그런 터무니없는 생각에 굳이 얽매어 있다면 그렇게 해주지요. 당신 머리에는 미신의 저주가 달라붙어 있는 모양이오, 애브너 씨!"

플로노이는 몸을 홱 돌려 문을 열고 옆방으로 들어갔다. 모두들 그 뒤를 따랐다. 바로 뒤에 스톰과 랜돌프가, 이어서 공포에 떨고 있는 소녀와 엉클 애브너가.

세퍼드 플로노이의 시체는 매장할 수 있도록 하여 방 한복판에 안치되어 있었다. 긴 창문으로 비쳐드는 아침 햇살이 시체를 골고루 비춰주었다. 윤곽이 뚜렷한 죽은 얼굴. 눈꺼풀은 감겨져 있었다. 모두들은 아침해를 받으며 편안히 잠들어 있는 시체 둘레에 섰다. 플로노이가 시체에 손을 대려고 하자 엉클 애브너가 손을 내밀면서 말했다.

　"플로노이 씨, 누가 만지러 왔는지 죽은 사람에게 보여주어야 하오, 눈을 뜨게 해봅시다."

　그러자 갑자기 플로노이는 외마디 소리를 지르며 엉클 애브너에게 덤벼들었다. 모여서 있던 다른 두 사람은 뭐가 뭔지 잘 알 수 없었다.

　덩치가 큰 플로노이는 공포로 미쳐 있었다. 그러나 그 젊음과 격노를 가지고서도 엉클 애브너를 당해내지는 못했다. 지나친 술로 상해 버린 몸은 비바람에 단련된 몸 앞에 어이없이 무너졌다. 엉클 애브너가 주먹을 휘두르자 사나이는 쇠망치를 얻어맞은 황소처럼 쓰러졌다.

　큰 소리를 지른 것은 랜돌프였다. 모두들 바닥에 누워 있는 시체와 의식을 잃고 쓰러진 그 아우의 둘레로 모여들었다.

　"여보게, 애브너!" 하고 랜돌프가 말했다. "대체 이게 어찌된 일인가?"

　그러자 엉클 애브너는 시체의 눈꺼풀을 올렸다. 랜돌프와 스톰 노인이 등을 굽히고 들여다보니 세퍼드 플로노이는 총에 눈을 맞고, 감겨진 눈꺼풀 아래의 얻어맞아 깨진 눈동자를 둥글게 보이게 하기 위해 상아로 된 체스 말 손잡이 부분이 대신 그 구멍에 박혀 있었다.

　소녀는 엉클 애브너의 팔에 매달려 흐느껴울었다. 랜돌프는 매도증서를 갈기갈기 찢었다. 늙은 의사는 두 손을 뻗어 꼬부리고 과장된 몸짓으로 어이없다는 듯이 외쳤다.

　"이거 참! 나의 아버지는 나폴레옹을 섬긴 군의(軍醫)였고, 나는 죽은 사자들과 같이 살아온 사람인데, 버지니아 산 속에서 주정뱅이 살인범에게 속아넘어가다니 ! ”

나보테의 포도원

우리나라의 주권이 인민에게 있다는 것은 흔히 듣는 말이지만, 그런 건 그림의 떡이라고 생각하는 사람도 많다. 그런 것이 대체 어디에 있다는 건가, 그것을 지키는 사람은 누구인가, 만일 법률이라는 것의 형태와 집행자가 말살되어 버렸다면 어떻게 해서 주권을 행사한다는 건가 하고. 그러나 나는 그런 사람들의 의견에 가담하지는 않는다. 왜냐하면 지극히 높은 그 궁극적인 권위가 행사되는 것을 내 눈으로 직접 본 적이 있기 때문이다. 따라서 나는 그것이 얼마나 강력하고 얼마나 무서운 것인가를 알고 있다. 그리고 또 그것이 어디에 있고, 그것을 지키는 사람이 누구이며 필요할 경우 그것이 어떻게 행사되느냐 하는 것도 나는 알고 있다.

법정에는 사람들이 가득 들어차 있었다. 그 지방 사람들이 모두 구경왔기 때문이었다. 소문난 재판이었던 것이다.

엘리휴 매슈가 자기 집에서 총을 맞고 죽어 있었다. 엄지손가락이 들어갈 정도의 구멍이 뚫린 채 방에 쓰러져 있는 것이 발견되었다. 그는 괴팍스러운 영감으로, 가족도 없이 혼자 살고 있었다. 기름진 땅을 가지고 있었지만 그 노인의 대(代)로써 끝나는 재산으로 죽은 뒤에는 남의 손에 넘어가게 되어 있었다. 가끔 근처 농가에서 젊은 여자가 찾아와 빵을 굽기도 하고 집 안을 치우기도 했다. 그리고 하인을 한 사람 고용하여 집에 같이 살고 있었다.

근처 사람들이 매슈의 시체를 발견했을 때, 집 안은 어지럽혀져 있지 않았다. 강도의 짓은 아니었다. 몸에 지니고 있던 현금, 그것도 상당히 큰돈이 그대로 남아 있었던 것이다.

이 사건에 그다지 수수께끼 같은 점은 없었다. 하인이 자취를 감추었기 때문이다. 그는 구릉지 사람이 아니라 타지에서 온 사나이였다. 몇 달 전에 산 저쪽에서 찾아와 매슈의 집에서 일하기 시작했던 것이다. 금발에 몸집이 큰 사나이로 젊고 얼굴생김도 좋았다. 여느 일꾼들보다 좋은 집안 태생인 것 같았다. 테일러라는 이름이었으나, 말수가 적기 때문에 그밖의 것은 거의 몰랐다.

산 속을 뒤진 끝에 하인은 산 기슭 언덕에서 붙잡혔다. 옷가지를 보따리 하나에 싸고, 총대가 긴 엽총을 메고 있었다. 그날 아침 매슈와 작별하고 정오쯤 집을 나왔는데, 엽총을 잊어버렸기 때문에 가지러 되돌아왔다는 것이었다. 4시쯤 집에 도착해서 부엌으로 들어가 난로 위의 너도밤나무 가지에 걸려 있는 총을 내려 곧 다시 집을 나왔다고 한다. 매슈와는 만나지도 않았으며, 어디에 있는지도 몰랐다고 한다.

그 총에 큰 납 탄환이 한 발 들어 있었다는 것은 인정했다. 가끔 집 가까이 찾아오는 개를 죽이기 위해서 넣어두었던 것인데, 총탄이 닿을 만큼 가까이 오지 않았다고 한다. 총탄이 발사되어 있는 것을 지적당하자 그는 깜짝 놀란 얼굴을 했다. 자기로서는 총을 쏜 기억이 없으며, 총이 비어 있다는 것을 지금까지도 몰랐다는 것이다. 왜 이렇게 갑자기 이곳을 떠날 생각이 들었느냐고 다그치자 그는 입을 다물고 말았다.

이 사나이는 끌려와서 군 구치소에 감금되었다. 그리하여 지금 9월의 순회재판에 붙여져 있는 것이다.

법정은 아침 일찍 개정되었다. 판사인 사이먼 킬레일은 지주로 구릉지에서 몇 마일 떨어진 자기 땅에 살고 있었는데, 아침에 안장주머니에 서류를 넣어 말을 타고 재판소로 왔다가 밤에 다시 집으로 돌아가곤 했다. 그가 법률일에 매달리는 것은 재판이 열릴 때뿐이었다. 그밖의 다른 때는 목초를 베어들이고 소를 기르며, 이 구릉지에 사는 다른 사람들과 마찬가지로 어떻게든 자기의 토지를 불려나가려고 애쓰는 것이었다. 일에서는 남보다 갑절이나 열심이었고, 1에이커의 땅이라도 기막히게 욕심을 내었다.

버지니아 주에서는 땅을 얼마나 가지고 있느냐 하는 것이 신분의 정도를 나타내는 표시였다. 조지 3세가 인정한 작위를 제퍼슨 대통령이 폐기한 뒤부터 고귀한 신분의 표시로 인정되는 것은 토지뿐이었다. 이 판사도 그러한 대지주 계급에 속한다는 것을 뜻하여 상당한 위치에까지 올라 있었다. 그러나 법정이 열릴 때면 법률가가 되어, 영국 재판관과 마찬가지로 사심을 버리고 냉정한 변설을 휘두르려고 판사석에 앉는 것이었다.

이 재판에는 구릉지의 모든 사람들이 와 있는 듯했다. 엉클 애브너와 색다른 노의사 스톰 선생은 법정의 가운데 통로 가까운 의자에 앉았으며, 나는 그 뒤에 앉아 있었다. 이제 어린아이가 아닌 나는 법의 무서움과 엄숙함을 직접 보는 것이 허락되어 있었던 것이다.

피고가 흥미의 중심이었다. 그는 자기 목숨 따위야 어찌되든 상관없다는 듯 멍청한 얼굴로 앉아 있었다. 그러나 누구나 다 이 사람에게만 정신이 팔려 있었던 것은 아니다. 엉클 애브너와 스톰 의사는 매슈를 위해 빵을 굽기도 하고 집 안을 치우기도 한 젊은 여자를 가만히 지켜보고 있었다.

그녀는 예쁘장한 처녀였다. 집시처럼 머리도 검고 눈도 검었으며, 비바람이 친 뒤 햇빛이 밝게 비치는 4월을 생각나게 하는 무언가가 있었다. 그녀는 두 손으로 조그만 손수건을 꼭 잡고 증인들 사이에 앉아 있었다. 히스테리를 일으킬 것같이 신경이 흥분되어 있었다. 그 때문에 노의사가 그녀를 지켜보고 있는 거라고 나는 생각했다. 그녀는 눈물이 왈칵 쏟아지는가 하면, 다음에는 대들 듯이 번쩍 머리를 쳐들곤 했다. 손수건을 만지작거리다가 묶었다 비틀었다 하고 있었다. 긴장된 공기가 떠돌며 증인들은 거의 조바심을 하고 있었다. 스톰 의사와 엉클 애브너가 소곤소곤 말을 주고받지 않았으면 나도 새삼 그녀에게 주의를 돌리지는 않았을 것이다.

재판이 진행되었다. 피고가 교수형에 처해지는 것은 우선 확실해졌다. 갑자기 그 집을 떠난 까닭을 도무지 말하려 하지 않는 이유는 단한 가지밖에 생각할 수가 없으며, 상황증거는 거의 결정적이었다. 아직 확실치 않은 것은 동기뿐이었다. 판사는 수없이 적당한 예를 들어 여지없이 공격했다. 판사의 공격은 너무도 차갑고 날카로워 동정적인 점이라고는 조금도 없었다. 왜냐하면 비열한 살인으로——희생자는 노인이었다——흥분에 못 이겨 저지른 짓이라 하더라도 용서받을 수 없는 행위였기 때문이다.

세상의 주목을 받는 재판에서는 범죄의 증거가 자꾸 쌓이게 되고 피고에게 압도적으로 불리한 사실이 드러나면, 법정에 있는 모든 사람들이 서로 보여준 것도 아닌데 같은 판단에 이르는 순간이 찾아온다. 거기에 확실한 증거가 있는 것은 아니지만, 누구나 그것을 느끼게 된다. 정말 최고도로 긴장된 한순간이다.

테일러의 재판은 그러한 시점에 이르러 있었다. 깊은 침묵의 한순간이 찾아온 바로 그때, 증인석에 앉아 있던 여자가 갑자기 히스테리

컬하게 울음을 터뜨렸다. 그녀는 흐느낌으로 몸을 떨며 일어섰다. 목소리가 목구멍에 걸리고, 얼굴을 덮어누르고 있는 손가락 사이로 눈물이 뚝뚝 떨어졌다.

그녀가 뭐라고 말했는지 방청하는 사람에게는 들리지 않았으나 판사는 무심중에 일어섰으며, 배심원들도 그녀의 주위로 모여들었다. 피고도 침묵을 깨뜨리고 미친 듯이 부정하는 말을 떠들어댔다. 그 소리는 혼란된 법정에 한결 높이 울려퍼졌다. 피고가 그녀 옆으로 다가가 발언을 제지하려는 것이 보였다. 그러나 그녀가 이야기한 내용은 곧 모든 사람들에게 알려졌다. 기록에 올리고 서명하게 되었기 때문이다. 이리하여 테일러에 대한 고소 사실은 기각되었다.

그녀가 매슈를 죽인 것이었다. 사건의 자초지종은 이러했다. 그녀와 테일러는 사랑하는 사이로, 결혼하기로 약속되어 있었다. 그런데 매슈가 죽기 전날 밤 두 사람은 말다툼을 했으며, 그 이튿날 아침 테일러는 이곳을 떠났다. 매슈가 그녀에 대한 뜬소문을 테일러에게 이야기한 것이 말다툼의 원인이었다. 오후가 되어 그녀가 매슈의 집에 가보니 테일러는 떠나고 없었다. 자기와 애인 사이를 갈라놓은 장본인의 모습을 보자 그녀는 자기도 모르게 화가 치밀어올라 난로 위에서 총을 내려 그를 쏘아죽였다. 그리고 나서 총을 본디 있던 자리에 놓고 집을 나왔다. 그것이 오후 2시쯤——테일러가 총을 가지러 되돌아오기 한 시간쯤 전의 일이었다.

드디어 진상을 알았다는 감개와 함께 모든 사람의 감정에는 큰 변화가 일어났다. 그녀의 고백은 테일러에게 불리했던 상황증거와 들어맞을 뿐만 아니라 그의 진술과도 맞고, 살해 동기도 명백해졌다. 테일러가 이곳을 떠난 이유를 말하려 하지 않았던 까닭도 이것으로서 설명이 되었다. 그녀의 발언을 부정하고, 진술을 저지시키려던 것은 사랑하는 여자에게 그러한 희생을 치르게 하고 싶지 않았기 때문이다.

그리고 나서 폐정까지의 법률적 수속을 여기서 낱낱이 말할 수는 없지만, 어찌되었든 그녀의 자백을 움직일 수 있는 일은 하나도 일어나지 않았다. 필요한 법률상의 수속은 재빨리 끝났다. 그리고 이튿날의 출정에 대비하여 그녀를 보안관에게 맡기게 되었다.

공소 사실이 완전히 깨뜨려졌다고 생각되는데도 테일러는 석방되지 않고 역시 구치되었다. 피고측 변호인이 배심의 평결(評決)을 요구했는데, 판사는 이것을 기각했다. 배심원 한 사람을 파면시키고 심리를 계속한다는 것이었다. 이 사건에서 누군가가 처벌될 때까지는 섣불리 법의 손을 늦추고 싶지 않았던 모양이다.

그날 밤 우리는 판사와 말을 나란히 하고 집으로 돌아가게 되었다. 판사는 엉클 애브너와 스톰 의사를 상대로 목초와 소 시세에 대해 이야기를 나누었는데, 생각과는 달리 재판에 대해서는 말하지 않았다. 아니, 한 번인가 재판 이야기가 나왔다. 엉클 애브너와 스톰이 처음으로 매슈의 시체를 발견했고, 또 스톰은 시체검증에 입회한 의사의 한사람인데도 어째서 검찰측은 두 사람을 증인으로 부르지 않았을까 하는 것이었다. 그러자 스톰은 공직(公職)에 오르는 사람은 신사가 아니면 안된다고 말하여 선거운동 중의 경찰관을 호되게 공격한 일이 있기 때문이라고 설명했다. 스톰의 이야기에 따르면 그로서는 정치가 해밀턴의 말을 인용한 것뿐이었는데 검찰관은 그것을 심한 모욕으로 받아들였으며, 그리하여 해밀턴의 말이 옳다는 것을 스스로 입증해 보인 셈이라는 것이었다. 매슈가 죽은 상황이 문제가 되는 일이 없고, 자기들과 거의 동시에 현장에 도착한 사람들을 소환했기 때문에 검찰관으로서는 그 이상의 증언이 필요치 않다고 생각한 게 틀림없다고 엉클 애브너는 말했다.

판사는 고개를 끄덕이며 화제를 다른 데로 돌렸다. 자기 집 문 앞까지 오자 판사는 이 지방 습관에 따라 의례적으로 들어가자고 우리에게 권했다. 그런데 놀랍게도 엉클 애브너와 스톰이 그 권유에 응한 것이다. 판사도 깜짝 놀란 모양이었다. 난처한 표정이었으나, 어찌되었든 우리를 서재로 안내했다.

엉클 애브너와 스톰이 어째서 그 집에 들어갔는지 나로서는 알 수 없었지만, 이 두 사람이 처음부터 그 처녀에게 관심을 가지고 있었던 점이 문득 생각나서 어떻게든 그녀를 변호하려는 거로구나 하고 짐작했다. 그녀에 대해서 나는 동정심이 끓어올랐다. 그녀는 놀라운 희생을 치렀던 것이다. 그것은 아무것도 두려워하지 않는 용기였다. 그녀를 가능한 한 도와주려는 것은 어디까지나 두 사람다운 일이었다.

생각한 대로 그 처녀에 대한 일을 이야기하기 위해서였다. 그러나 변호하거나 하지는 않았다. 사이먼 킬레일에게 그들은 다음과 같이 놀라운 사실을 이야기했다. 두 사람은 재판이 시작되었을 때부터 테일러를 무죄라고 생각하고 있었는데, 재판이 어떻게 전개되는가 지켜보려고 되어가는 대로 두었다는 것이다. 왜냐하면 검찰측은 미처 보지 못했지만, 여자에게 죄가 있고 테일러가 무죄라는 것을 보여주는 상황증거가 있었기 때문이다. 스톰은 매슈의 시체를 살펴보았을 때, 피해자는 독살된 것으로 총을 맞았을 때는 이미 죽어 있었다는 것을 발견했다. 그것은 테일러에게 혐의를 돌리기 위한 위장공작이라는 말이 된다. 그날 아침 처녀는 매슈를 위해 빵을 구웠는데, 점심에 매슈가 먹은 빵에 독이 들어 있었다.

엉클 애브너가 다시 설명을 계속하려고 하자 하인이 들어와서 판사에게 시간을 물었다. 판사는 지금 이야기에 몹시 마음이 끌리는 듯 가만히 생각에 잠겨 있었다. 그는 주머니에서 몸시계를 꺼내들고 보더니 퍼뜩 정신이 든 듯 이 시계는 태엽이 풀려버렸다고 대답했다. 엉클 애브너가 시간을 가르쳐주고, 자기가 가지고 있는 태엽감는 기계로 그 시계의 태엽을 감을 수 있을지 모르겠다고 말했다. 판사가 시계를 내밀자 엉클 애브너는 그것을 받아 태엽을 감아 테이블 위에 놓았다. 스톰은 엉클 애브너를 지켜보고 있었다. 그 눈길에는 이상한 관심이 담겨져 있는 것처럼 생각되었는데, 판사는 마음에도 두지 않았다. 생각에 잠겨 방심상태에 빠져 있었던 것이다. 마침내 제정신으로 돌아온 듯 그는 입을 열었다.

"이것으로 결국 명백해졌군요. 그녀는 법정에서 고백한 것과 같은 동기에서 매슈 영감을 죽이고, 버림받은 화풀이로 테일러를 함정에 빠뜨리려고 위장공작을 꾸민 거요. 그렇게 하여 이중으로 원한을 푼 셈이로군. ……그러나 끝내 양심의 가책에 못 이겨 실토하고 말았다는 것은 정말 여자답지 않소?"

그리고 판사는 엉클 애브너를 보고 더 해줄 이야기가 없느냐고 물었다. 아까 하인이 들어왔을 때 엉클 애브너는 분명 뭔가 말하려고 했었는데, 갑자기 이제 더 이상 할 이야기가 없다고 대답하며 말 준비를 부탁했다. 판사는 말을 준비시키기 위해 나갔다. 우리는 계속 잠자코 있었다. 엉클 애브너는 침착한 태도로 생각에 잠겨 있었으나, 스톰은 안절부절 못했다. 그는 문이 닫히자 의자에서 일어나 방 안을 성큼성큼 돌아다니며 선반에 꽂혀 있는 가죽 표지의 법률서적을 둘러 보았다. 문득 발길을 멈추었는가 했더니 작은 책 한 권을 뽑아들었다. 둘째손가락으로 빨리빨리 책장을 넘기며 우물우물 저주의 말을 중얼거리더니, 그 책을 주머니에 넣고 나서 엉클 애브너를 손짓하여 불렀다. 그리하여 두 사람은 판사가 돌아올 때까지 창 옆 벽실(壁室)에서 뭔가 이야기를 나누고 있었다.

우리는 판사의 집을 나오자 말을 타고 집으로 향했다. 엉클 애브너와 스톰은 그녀를 변호하는 것 같은 말을 판사에게 할 작정이었음에 틀림없다고 나는 생각했다. 유죄든 아니든 용감하게 고백한 것은 훌륭한 일이었기 때문이다. 그런데 이야기하는 동안에 생각이 달라진 것이다. 아마 판사의 의견을 듣고 있다가 변호해 봐야 아무 소용 없다는 것을 깨달은 것이리라. 두 사람은 말을 타고 가면서도 줄곧 이야기를 주고받았는데, 뒤에서 따라가는 나에게는 잘 들리지 않았다. 그러나 화제는 역시 그녀에 대한 일이었다. 이야기가 토막토막 내 귀에 들렸다.

"그러나 동기가 무엇일까?" 하고 스톰이 물었다.

그러자 엉클 애브너가 대답했다.

"열왕기 21장이오."

우리는 일찍 군청 소재지에 닿았다. 그렇게 하기를 잘했다. 법정에는 벌써 사람이 가득 들어차 있었기 때문이다. 엉클 애브너는 군주사의 방에 들러 큰 등기부를 한 권 가지고 왔다. 엉클 애브너가 그 위에 앉도록 나에게 건네주었기 때문에 나는 몸의 위치를 높게 하여 법정 안을 둘러볼 수가 있었다. 스톰도 와 있었다. 구릉지의 온갖 계층 사람들이 다 모여와 있었다.

보안관이 개정 선언을 하자 피고가 끌려나오고, 판사가 재판장석에 앉았다. 판사는 한 잠도 못 잔 것처럼 파리한 얼굴이었다. 그처럼 잔혹한 의무를 떠맡게 되면 누구나 잠을 잘 수 없을 것이다. 인정은 그녀를 구해주라고 조르고 있는데, 법은 교수형을 요구하고 있기 때문이다. 그러나 악몽에 시달린 듯한 얼굴을 하고 있기는 했지만 직무를 집행하는 단계에 이르자 판사는 엄정하기 이를 데 없었다.

판사는 고백서를 낭독하도록 명령하고 그녀에게는 일어서도록 일렀다. 테일러는 다시 항의하려고 했으나, 의자로 끌려 돌아갔다. 그녀는 용감하게 일어섰으나 얼굴에는 핏기가 하나도 없고 눈이 당겨붙듯 긴장되어 있었다. 이 자백을 번복할 생각은 없는가, 이 자백의 결과 어떻게 되는지 알고 있는가 하고 질문받자 그녀는 머리 끝부터 발끝까지 떨면서도 분명하게 대답했다. 한순간 침묵이 흐른 다음 판사가 입을 열려고 한 바로 그때, 어떤 소리가 법정 안에 울려퍼졌다. 나는 등기부 위에 앉은 채 뒤돌아보다가 머리가 엉클 애브너의 다리에 부딪쳤다.

"나는 그 자백을 기피(忌避 키관이 소송관계인과 어떤 특수한 관계에 있거나 또는 다른 사정으로 편벽된 재판을 할 우려가 있을 경우 소송 당사자가 법관의 직무 집행을 거절하는 일)합니다!"

법정 전체가 웅성거렸다. 모두들의 눈이 감연히 우뚝 서 있는 비장한 두 사람의 모습으로 쏠렸다. 창백한 얼굴의 날씬한 소녀와 음울한 얼굴을 한 덩치 큰 엉클 애브너에게. 판사는 깜짝 놀랐다.

"어떤 이유에서입니까?"

"그 자백이 거짓이기 때문이오!" 하고 엉클 애브너가 말했다.

넓은 법정 안 어디에서 바늘이 하나 떨어져도 들릴 정도로 조용해졌다. 처녀는 한 번 헐떡이고는 숨을 삼켰다. 피고 테일러는 일어서려고 했으나 무릎이 몸무게를 지탱하지 못하는 것처럼 주저앉고 말았다. 판사는 입을 열었으나 잠시 동안 말을 하지 못했다. 나는 그의 놀라움을 이해할 수 있었다. 엉클 애브너는 어젯밤 직접 판사의 눈앞에서 지지한 고백을 오늘 무섭게 부정하고, 스스로 유죄라고 입증한 처녀의 무죄를 주장하려 하고 있는 것이다. 그는 공(公)과 사(私)에 의해 그 입장을 달리하려 하는 것이다. 대체 어찌된 까닭일까? 판사가 목소리를 높인 것도 무리가 아니라고 나는 생각했다.

"그러한 주장은 불법이오, 매슈 노인을 죽인 것은 이 처녀일지도 모르고 테일러일지도 모르오, 두 사람 사이에 어떤 공모가 있었던 것 같소——틀림없이. 당신은 이 사건을 해명하는 데 도움이 될 만한 사실을 쥐고 있을지도 모르며 그렇지 않을지도 모르오, 그러나 어찌되었든 지금은 아직 당신의 증언을 들을 단계가 아니오. 본 재판관이 이 사건을 심리하는 단계가 되면 발언할 기회는 얼마든지 있을 것이오."

"그러나 당신이 이 사건을 심리해서는 안되오!" 하고 엉클 애브너가 말했다.

법정 안의 사람들이 얼마나 흥미를 불러일으켰는가는 펜이나 말로 다 표현하기 어렵다. 모두들 마른침을 삼키고 법정 안은 죽은 듯 조용해졌다. 마을에서 사람 소리가 들려왔다. 활짝 열린 창문으로 왔다 갔다하는 사람과 말의 소리가 들려왔다. 엉클 애브너가 대체 무슨 말을 하려는 것인지 아무도 알지 못했다. 그러나 그는 입에서 나오는 대로 아무 말이나 지껄이는 사람은 아니다. 그것은 누구나 다 알고 있었다

판사는 험상궂은 얼굴로 엉클 애브너를 노려보았다.

"그게 무슨 뜻이오?"

"재판장석에서 내려오지 않으면 안된다는 말이오." 엉클 애브너가 대답했다——타고난 굵고 또렷한 목소리로.

판사는 말할 수 없이 성이 났다. 그는 울부짖는 듯한 큰 소리로 외쳤다.

"당신은 나를 모욕했소! 체포하겠소, 보안관!"

그러나 엉클 애브너는 꿈쩍도 하지 않았다. 태연히 판사의 얼굴을 지켜볼 뿐이었다.

"당신은 나를 위협하고 있지만, 당신은 전능하신 하느님에게 위협을 당하고 있는 것이오." 엉클 애브너는 방청객 쪽으로 몸을 돌렸다.

"법의 권위는 이 군의 유권자들 손에 맡겨져 있습니다. 유권자 여러분은 일어나주실 수 없겠습니까?"

그 뒤에 곧 일어난 일을 나는 결코 잊을 수 없다. 그처럼 생각깊은

행동, 그처럼 인상적인 광경은 본 적이 없기 때문이다. 법정의 사람들은 마치 하느님의 교회에 있는 것처럼 서서히 침묵 속에 격하는 일 없이 일어나기 시작했다.

맨 먼저 일어난 사람은 랜돌프였다. 그는 치안관으로, 거만하고 허영심이 강하며, 이어받지도 못한 조상의 재능을 내세우는 사람이었다. 그 천박한 인품은 엉클 애브너에게 고민의 씨앗이었다. 그러나 나중 일이야 어찌되었든, 여기서는 이 점만을 말해 두고 싶다. 그 편협과 허영의 밑바닥에도 남자다운 면목이 있었다는 것을. 다른 사람이야 어떻게 하든 주위에는 눈 한번 돌리지도 않고 자기 혼자 거기에 있었던 것처럼 일어나 태연히 판사를 쳐다보았던 것이다. 이로써 나는 똑같은 사람이 때로는 못난이가 되기도 하고 때로는 용감한 사람이 될 수도 있다는 것을 깨달았다.

그리고 아놀드가 일어났다. 이어서 록포드가, 암스트롱이, 엘카이어가, 쿠프만이, 먼로가, 엘너선 스톤이, 나의 아버지 루퍼스가, 데이튼이, 워드가, 산 저쪽에서 온 매디슨이 일어났다. 언덕까지도 골짜기까지도 일어나는 것처럼 보였다.

몹시 이색적이고 교훈적인 광경이었다. 시끄러운 이들과 앞뒤가리지 않는 자들도 법정에 와 있었는데, 정치적인 집회 같은 데서 마구 떠들어대며 되는 대로 휩쓸리는 자들과 한패가 되어 법석을 떠는 그들은 엉클 애브너가 인민의 권위를 발동시킬 것을 요구했을 때 선뜻 일어날 사람들이 아니었다. 여느 때에는 돌아다보지도 않던 사람들——대장장이, 마구장이(馬具長), 그리고 다이버즈 영감까지도 일어났다. 그리하여 나는 깨달았다——법도 질서도, 그밖에 문명이 쌓아올린 모든 조직도 사람들이 가슴에 품고 있는 정의감에 뿌리박고 있다는 것을. 위급한 일에 부딪쳤을 때 정의감이 사라져버리는 사람 따위는 사람축에도 들지 못한다는 것을.

드노반 신부가 일어났다. 그는 시내 맞은편에 몇 명 안되는 신도들과 함께 주님인 예수처럼 가난하고 겸손하게 살고 있었으나 두려워하지는 않았다. 그리고 칼뱅교를 주장하는 브론슨도 일어나고, 메소디스트 파의 순회목사 아담 라이더도 일어났다. 이들은 서로 상대가 말하는 것을 믿으려고 하지는 않지만 정의를 믿는 점에서는 같은 입장에 서서, 선을 긋게 될 때에는 똑같이 정의 쪽에 서는 것이었다.

마지막으로 일어선 것은 나다니엘 데이비슨이었다. 그가 늦게 일어선 것은 너무 나이가 많은 탓으로, 아들들이 부축해 주기를 기다리지 않으면 안되었기 때문이다. 그 노인은 신사계급과 대지주밖에 의석(議席)에 앉을 수 없었던 시대에 몇 번이나 버지니아 주 의원을 지낸 일이 있었다. 고결하고 두려운 것을 모르는 정의로운 사람이었다.

판사는 얼굴이 빨갛게 되어 끝까지 권위를 행사하려고 필사적이었다. 책상을 쾅쾅 치며 모두 퇴정시키라고 보안관에게 명령했다. 그러나 보안관은 상대해 주지 않았다. 그 역시 용기가 모자란 사람이 아니었으며, 인민과 맞서지 않으면 안되게 되었을 때는 단호하게 맞섰으리라 생각된다. 그 태도는 흔들리는 일이 없고, 조금도 애매한 데가 없었다. 그는 판사의 명령에 따르려고 하지 않았다.

판사는 목소리를 높여 보안관을 꾸짖었다.

"여기서는 내가 법의 대표자요, 무얼 우물쭈물하고 있소!"

보안관은 평범한 사람으로서 제퍼슨 대통령의 교묘한 말 따위는 알 턱도 없었지만, 그때 그가 한 대답은 제퍼슨이 쓴 것보다 더 나았으면 나았지 못하지는 않은 것이었다.

"그전 같으면 법의 대표자의 명령에 따르겠습니다만, 지금은 법 그 자체 앞에 서 있기 때문에 당신의 명령에 따를 수 없습니다!"

판사는 일어났다.

"이건 이미 혁명이라고밖에 말할 수 없소. 지사에게 국민군이 출동해 주기를 부탁하지 않으면 안되겠군."

그때 입을 연 것은 나다니엘 데이비슨 노인이었다. 나이가 워낙 많았기 때문에 목소리가 떨리기는 했으나 말투는 또렷했다.

"앉으시오, 재판장. 혁명이 일어난 것은 아니니까 군대에게 권위를 유지해 주도록 부탁할 필요는 없소. 기어이 권위를 행사해야 한다면, 여기 있는 우리들이 뒤를 밀어주겠소. 그러나 인민이 당신을 재판장으로 선출한 것은 당신의 성실성을 믿었기 때문이오. 만일 그것이 잘못된 판단이었다면 결국에는 사람들도 알게 되겠지요."

노인은 힘을 불러일으키려는 듯이 한숨돌렸다.

"재판장의 권위는 사람들이 뒤에서 밀어 선출해 준 데 바탕을 두는 거요. 당신은 우리의 권위를 배경으로 법을 집행하고, 우리는 당신의 뒷받침이 되어 있는 거지요. 대리인인 당신에 의해 우리의 권위가 짓밟히거나 하는 일은 용납할 수 없소."

노인의 목소리는 굵어지고 결연한 울림을 띠었다.

"우리와 맞서 대결하는 일은 쉽지 않을 것이오. 경솔하게 돼먹잖은 이유로 그런 짓을 하려는 이가 있으리라고는 생각되지 않소."

그리고 나서 노인은 엉클 애브너에게도 몸을 돌렸다.

"그런데 애브너 씨, 이게 대체 어찌된 일이오?"

어린 나이였지만 나로서도 느낄 수 있었다——노인이 법정에 일어서 있는 사람들을 대신해서, 그의 목소리로 그들의 권위를 가지고 발언하고 있다는 것을. 엉클 애브너가 취한 수단이 횡포한 것은 아니었을까 하고 나는 걱정이 되었다. 그러나 그는 거대한 바위처럼 우뚝 서 있었다.

"나는 그를 엘리휴 매슈 살해용의자로 고발합니다! 그리고 재판장석에서 물러날 것을 요구합니다."

지금 그 이상한 사건을 돌이켜 생각해 보면——그처럼 강타를 당한 사이면 킬레일의 냉정한 태도에 경탄하지 않을 수 없다. 잘 생각해 보면 그는 이미 그 과정을 예상하고, 그것을 받아넘길 마음의 준비가 되어 있었던 모양이다. 그러나 아무리 준비가 되어 있었다고는 하지만, 그러한 강타를 정면으로 받으며 힘줄 하나 까딱하지 않았다는 것은 무쇠 같은 신경을 가진 자가 아니면 불가능한 일이다. 강제 집행권을 발동하려다 그것이 실패하자, 이번에는 재판관의 위엄을 보여주려는 태도와 행동에 의지하려고 했다. 테이블에 두 팔꿈치를 짚고 손가락을 마주끼고 턱을 괴었다. 그리고 차갑게 엉클 애브너를 지켜보았으나 말은 한 마디도 하지 않았다. 잠시 침묵이 있은 다음 나다니엘 데이비슨이 판사를 위해 변론했다. 그 얼굴과 목소리는 무쇠처럼 단단했다.

"아니, 애브너 씨, 그런 억지 이유를 붙여 판사를 재판장석에서 내려오게 할 수는 없소. 증거를 제시하시오."

판사는 차가운 얼굴을 엉클 애브너에게서 나다니엘 데이비슨에게로 옮겼다가, 이어서 기립해 있는 사람들을 바라보았다.

"나로서는 한 국외자(局外者)의 구두(口頭)에 의한 고발로 폭도의 재판을 받기 위해 여기에 머물러 있을 생각은 없소. 당신들 멋대로 재판을 무효로 만들고 법의 집행을 정지시킬 수 있었지만, 버지니아 주의 헌법을 무효로 만들고 이 공화국의 시민으로서의 내 권리를 정지시킬 수는 없을 거요."

이윽고 판사는 자리에서 일어났다.

"길을 열어준다면 여러분의 폭력에 의해 폭동의 거리가 된 법정에서 물러나고 싶소."

그 목소리는 차갑고 매끄러웠다. 그가 엄청나게 어려운 문제를 들고 나온 것처럼 생각되었다. 그의 앞에 선 사람들은 어떻게 해서 이 변경(邊境)의 평화를 지키고, 그 무법의 요소를 법의 형식에 맞추어 심판하여 이 판사에 대해 법수속을 거부하려는 것일까? 대배심이며 정식 기소며 제대로 갖춘 법수속의 권리 권한 같은 것과, 그런 것이 없는 무질서를 견주어 저울에 달려는 것일까?

이 아주 위험하고 어려운 문제에 맞부딪친 것은 나다니엘 데이비슨 이었다.

"우리가 지금 여기서 문제삼고 있는 것은 시민으로서 당신의 권리에 대해서가 아니오. 한 시민으로서의 권리는 침해되는 일이 없으므로 한 시민인 당신은 그 권리를 잃는 일이 없을 것이오. 그러나 당신은 단순히 한 시민이 아니오. 우리의 대리인인 것이오. 우리는 대표자로서 법을 집행해 달라고 당신을 뽑았소. 그런데 지금 그 집행권이 기피를 받았소. 우리는 당신의 배경인 권위로서 그 이유를 밝히려 하고 있는 것이오."

판사는 태연자약했다.

"나를 피고 취급 하겠다는 거요?"

"아니, 공인(公人)으로 대우하려는 거요" 하고 데이비슨 노인이 대답했다. "당신에 대해서는 퇴정을 허락하지 않을 뿐만 아니라, 재판장석에서 내려오는 것도 허락할 수 없소. 우리들 모두의 뜻에 의해 뜯어고쳐질 때까지 이 법정은 우리가 조직한 대로 해두지 않으면 안 되오. 누구든 한 개인의 의사나 요구에 의해 바꿀 수는 없소. 그것을 바꿀 수 있는 것은 우리뿐인 것이오. 그것도 충분한 이유를 명백하게 보여준 다음에 말이오."

다시 나는 엉클 애브너의 일이 걱정되었다. 법의 형태와 대리 행위에 나타나 있는 인민의 권위에 간섭하는 것이 얼마나 중대한가를 알았기 때문이다. 그러나 그런 말을 한 이상, 그 근거에 대해 상당히 확고한 증거를 쥐고 있음이 틀림없다.

사실 그러했다. 엉클 애브너는 단도직입적으로 이야기하기 시작했다.

"이 두 사람은——"

그는 테일러와 처녀를 가리켰다.

"서로가 상대를 구하기 위해서는 기꺼이 목숨을 내던지려고 한 것입니다. 어느 쪽도 범인이 아닙니다. 테일러가 침묵을 지키고 처녀가 거짓말한 것도 그 목적은 같습니다. 이 사건의 진상은 이렇습니다. 두 사람 사이에 말다툼이 있었고, 본인이 말하고 있듯이 테일러는 이곳을 떠났습니다. 그 동기에 대해 말하려고 하지 않았던 것은 처녀가 말려들까 두려웠기 때문이지요. 처녀 쪽은 남자의 목숨을 건지기 위해 그런 자백을 하여 죄를 덮어주려고 한 것입니다. 그렇다면 범인은 누구인가?"

엉클 애브너는 잠깐 말을 끊고 스톰 의사를 가리켜 보였다.

"우리는 먼저 그녀에게 의심을 두었습니다. 매슈 노인이 독이 든 빵을 먹고 독살된 뒤에 총탄을 맞았기 때문이지요. 어제 우리는 판사와 함께 집으로 돌아갔는데, 이 이야기는 그에게도 들려주었습니다."

그는 또 잠시 사이를 두었다.

"그런데 그 이야기를 하고 있을 때 조그마한 사건이 일어나 우리의 생각이 잘못되어 있었다는 것을 알았습니다. 그 다음 사건에 의해 우리는 확신을 굳히게 되었습니다. 그 사건이란 첫째, 판사의 몸시계 태엽이 풀려져버린 것, 둘째, 어느 한 곳을 빼놓고는 페이지가 전혀 끊어져 있지 않은 책이 그의 집 서재에서 발견된 것, 셋째, 목록에 실려 있지 않은 기록이 군청의 오랜 등기부 속에서 발견된 것——이상입니다."

법정 안은 물을 끼얹은 듯이 조용해졌다. 엉클 애브너는 말을 계속했다.

"따라서 테일러의 범행이라는 주장과, 처녀의 범행이라는 주장 말고 또 하나의 추론이 성립됩니다. 그러나 그 추론을 뒷받침할 만한 사실은 단 한 가지밖에 없었기 때문에, 다른 두 가지 추론이 해명되기까지는 그것을 들고 나오기가 망설여졌습니다. 그 셋째 추론이란 이렇습니다. 즉 메슈 노인의 죽음에 의해 이익을 얻을 수 있는 사람이 매슈의 빵을 굽는 이 처녀에게 혐의가 돌아가게 하는 방법으로 그를 죽였다, 그런데 마침 그때 테일러가 어디론가 자취를 감추고, 난로 위에 잊어버리고 놓아둔 총이 있었으므로 그 사람은 또하나의 위장공작을 꾸미기로 생각한 거지요. 그런데 그것이 너무 지나쳤던 겁니다!

총의 안전장치쇠가 발사의 반동으로 범인의 몸시계줄에 걸려서 시계를 주머니에서 낚아냈습니다. 범인은 시계를 본디 있던 데로 도로 넣었으나, 태엽감는 나사가 바닥에 떨어진 줄은 모르고 있었습니다. 그 태엽감는 나사를 나는 시체 옆에서 주웠습니다."

엉클 애브너는 판사 쪽으로 몸을 돌렸다.

"그리하여 나는 사이먼 킬레일을 이 살인피의자로 고발합니다. 왜냐하면 그 태엽감는 나사로 내가 고발하는 사람의 시계 태엽이 감겨졌기 때문입니다. 그리고 옛날 등기부에 실려 있는 기록이란 매슈 노인의 토지를 본디 상속했던 자가 그 토지를 현소유권자의 죽음과 함께 사이먼 킬레일에게 넘겨준다는 내용을 약속한 양도증서였기 때문입니다. 그리고 그의 서재에서 발견된 책은 독물에 관한 것이었는데, 엘리휴 매슈를 살해하는 데 사용한 독물이 기재되어 있는 부분 이외에는 전혀 페이지가 끊어져 있지 않았기 때문입니다."

엉클 애브너의 말에 뒤이어 내리덮였던 침묵은 온 법정을 울리는 한 소리에 의해 깨어졌다. 그것은 랜돌프의 목소리였다.

"그 자리에서 내려와!"

이번에는 나다니엘 데이비슨도 잠자코 있었다.

판사는 천천히 일어났다. 그 얼굴에는 결심한 빛이 나타나 얼굴 가득 번져갔다.

"곧 답변하겠소, 잠깐만 기다려주시오."

말을 마치자 판사는 빙글 몸을 돌려서 재판장석 뒤쪽에 있는 자기 방으로 들어갔다. 그 방에는 법정 안으로 통하는 문이 하나 있을 뿐이었다. 그리하여 모두들 기다렸다.

법정의 창문은 활짝 열려 있었다. 푸른 들과 태양과 저 멀리 산들이 보이고, 가을의 평온과 고요함과 한가로움이 찾아들었다. 판사는 모습을 나타내지 않았다. 이윽고 닫힌 문 저쪽에서 한 발의 총소리가 울렸다. 보안관이 문을 활짝 열자 방바닥에는 피투성이가 된 사이먼 킬레일이 결투용 권총을 쥔 채 쓰러져 있었다.

인간적 매력 넘치는 시골탐정 엉클 애브너

이 책은 멜빌 데이비슨 포스트 《엉클 애브너의 지혜(Uncle Abner : Master of Mysteries)》의 완역이다. 〈엉클 애브너 시리즈〉는 미스터리소설의 고전으로서, 널리 그 이름이 알려져 있다.

지은이 멜빌 데이비슨 포스트는 1869년 미국 웨스트 버지니아 주 클라스버그에 가까운 시골에서 태어났다. 웨스트 버지니아 대학을 졸업한 뒤 11년 동안 법률 실무에 종사했다. 그동안 악덕변호사를 주인공으로 하는 단편집 《랜돌프 메이슨의 기묘한 계획(The Strange Schemes of Randolph Mason ; 1896)》을 시작으로 〈메이슨 이야기〉 세 권을 세상에 내놓아 작가로서의 발판을 구축했다. 그 뒤 변호사를 그만두고 창작에 몰두하는 한편, 정치활동을 하기도 하고 해외 여행을 다니기도 했다.

그의 주요 작품으로는 이 〈엉클 애브너 시리즈〉와 앞에 든 〈메이슨 이야기〉 외에 런던 경시청 수사부장 헨리 맥스 경을 주인공으로 하는 《세인트 제임즈 스퀘어의 탐정(The Sleuth of St. James's Square ; 1920)》과 《브래드무어 살인사건(The Bradmoor Murder ;

1929)》, 용켈 씨를 주인공으로 하는 《파리 경시총감 용켈 씨(Monsieur Jonquelle : Prefect of Police of Paris ; 1923)》, 도둑 출신인 워커 탐정을 주인공으로 하는 《첩보기관의 워커(Walker of the Secret Service ; 1924)》, 변호사 블랙스턴 대령을 주인공으로 하는 《침묵의 증인(The Silent Witness ; 1930)》 등이 있다.

1930년 멜빌 데이비슨 포스트는 말에서 굴러떨어진 것이 원인이 되어 2주일 뒤에 세상을 떠났다.

〈엉클 애브너 시리즈〉가 한 권으로 모아진 것은 1918년이며, 잡지에 처음으로 등장한 것은 1911년이다. 이것은 영국에서 G. K. 체스터튼의 브라운 신부가 탄생된 때와 같은 해로서, 미스터리소설 연구의 권위자 하워드 헤이클래프트는 이것을 미스터리소설 사상 이정표가 되는 기념할 만한 해의 하나로 꼽고 있다.

〈엉클 애브너 시리즈〉는 제3대 대통령 제퍼슨이 재임하던 19세기 첫 무렵, 버지니아 주의 한 시골 마을에 살고 있던 마틴이라는 소년이 아홉 살부터 스무 살까지 보고 들은 마을의 범죄 사건을 수기 형식으로 기록했다. 아마추어 명탐정은 이 소년의 삼촌인 덕망가 애브너. 솔로몬처럼 현명하나 외모는 볼품없는 중늙은이 목장주인이다.

이 무렵 지은이 포스트는 집필할 때보다 백년쯤 옛날일을 그리고 있는 셈인데, 이 때문에 이른바 〈역사 미스터리〉가 된 것이다. 이 시대 배경이나 엉클 애브너의 활약무대에 대해서는 여러 작품에 잘 나타나 있고, 에드먼드 크리스핀이 쓴 머리글에도 잘 요약되어 있으므로 여기서는 특히 덧붙일 것이 없을 듯싶다.

〈엉클 애브너 시리즈〉는 모두 18편인데 특히 〈하느님이 하시는 일〉〈나보테의 포도원〉〈양녀〉〈도움도프 살인사건〉이라는 4작품이 유명하다. 이 작품들은 모두 현대추리소설의 근간이 되며, 착각트릭이나 논리적인 구성, 기발한 착상, 밀실살인트릭 등의 기교는 그즈음으로서는 놀라우리만큼 참신하고 독창적이라 할 수 있다. 또한 사건의 수사과정을 통하여 서부의 개척자 정신도 엿보게 한다. 그런 의미에서도 《엉클 애브너의 지혜》는 미스터리소설에 크게 공헌했음에 틀림없다.

그 밖에 〈손자국〉〈하느님의 사자〉〈보물찾기〉〈죽은 사람의 집〉〈황혼의 괴사건〉〈기적시대〉〈제10계〉〈황금 십자가〉〈마녀와 그 부하〉〈금화〉〈지푸라기 인형〉〈하느님의 섭리〉〈콘도르의 눈〉〈피의 희생〉이 수록되어 있다.

이 책이 끊임없이 판을 거듭하며 1세기 가까이 지난 지금도 계속 읽혀지고 있는 것은, 역시 크리스핀이 지적하고 있듯 주인공 엉클 애브너의 인간적인 매력에 의한 바가 크다.